SHADES OF MAGIC

L'autrice

Aussi à l'aise dans le domaine de la fantasy ou les histoires de super-héros que dans l'univers young adult, **V. E. Schwab** se passionne pour les contes et légendes, le folklore et les récits qui vous font douter de la réalité du monde. Née en 1987, fille d'une mère britannique et d'un père californien, elle a grandi dans le sud des États-Unis. Elle a été très remarquée pour divers ouvrages jeunesse, notamment ses grands succès du moment : *La vie invisible d'Addie Larue* et *This Savage Song*.

Dans la même série :

Shades of Magic
Shades of Shadows (à paraître en 2023)
Shades of Light (à paraître en 2024)

V. E. SCHWAB

SHADES OF MAGIC

Traduit de l'anglais (États-Unis)
par Sarah Dali

LUMEN

Titre original :
A Darker Shade of Magic

Loi n° 49-956 du 16 juillet 1949 sur les publications destinées à la jeunesse : février 2023.

Publié en accord avec l'auteur, c/o Baror International, Inc., Armonk, New York, USA.
Illustrations supplémentaires intérieures :
Will Stachle et Tor Books.

ISBN 978-2-266-33194-4

Dépôt légal : février 2023.

À tous ceux qui rêvent de mondes inconnus

Ce qui compte, en matière de magie, ce n'est pas la force mais l'équilibre. Toute la difficulté est là. Trop peu de pouvoir, et nous nous affaiblissons. Trop, et nous changeons totalement de nature.

Tieren SERENSE,
Grand prêtre du sanctuaire de Londres

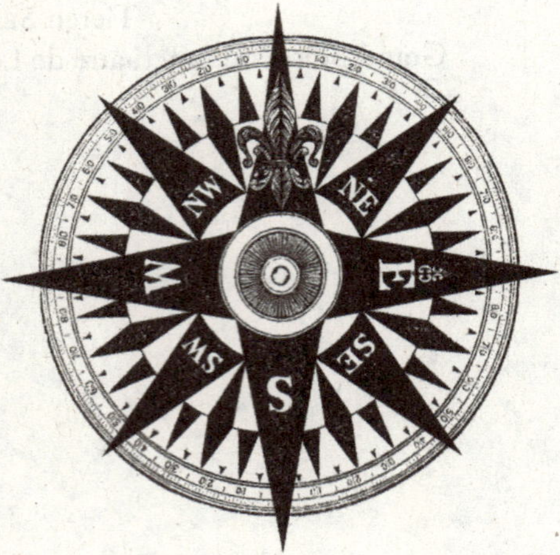

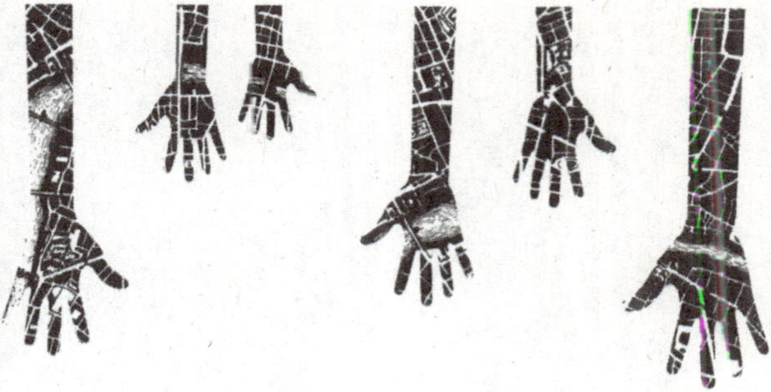

PREMIER CHAPITRE

LE VOYAGEUR

I

Le manteau de Kell était absolument unique en son genre.

Ce vêtement n'avait ni un seul côté (pour le coup, il n'y aurait pas eu de quoi fouetter un chat), ni même deux (ce qui aurait déjà semblé plus surprenant), non… son pardessus avait tout bonnement plusieurs faces – concept, il faut bien l'avouer, complètement invraisemblable.

Le premier geste de Kell, quand il quittait un Londres pour un autre, était de retirer le manteau en question et de le retourner une, deux, voire trois fois, afin de trouver le côté qu'il cherchait. Tous n'étaient pas à la dernière mode, mais chacun avait son intérêt. Certains lui permettaient de se fondre dans le paysage, d'autres de se faire remarquer. L'un d'entre eux se trouvait même, à vrai dire, dénué de la moindre utilité – ce qui n'empêchait pas le jeune homme de beaucoup aimer le porter.

C'est pourquoi, quand Kell eut traversé le mur du palais pour pénétrer dans l'une de ses nombreuses antichambres, il prit quelques instants pour se ressaisir

– passer d'un monde à l'autre n'était jamais sans conséquences – puis ôter son manteau rouge à col montant afin de le tourner une fois de droite à gauche, histoire d'en faire une veste noire toute simple. Enfin… simple, certes, mais élégamment rehaussée de fil d'argent et décorée de deux colonnes luisantes de boutons du même métal. Même s'il choisissait d'adopter une allure moins voyante quand il était en mission (il ne souhaitait ni offenser le monarque local, ni attirer l'attention sur lui-même), il n'en sacrifiait pas pour autant toute élégance.

Oh, princes et rois! soupira Kell en reboutonnant le vêtement. Voilà qu'il commençait à penser comme ce satané Rhy…

Sur la paroi, derrière le voyageur, s'effaçait déjà la trace fantomatique de sa traversée, comme une empreinte de pas dans un sol de sable balayé par les vents.

Le visiteur ne s'était jamais donné la peine de marquer l'existence du passage de ce côté-là du mur, tout simplement parce qu'il n'empruntait jamais ce même chemin pour repartir. C'est que la distance respectable qui séparait Windsor, où se dressait le palais royal, de la ville de Londres elle-même ne lui facilitait pas la tâche… En effet, pour passer d'un monde à l'autre, la règle était simple: il fallait partir d'un endroit bien précis dans l'univers de départ pour se matérialiser au même emplacement dans celui d'arrivée.

Ce qui pouvait parfois causer quelques complications. Par exemple, nul château de Windsor ne se dressait à une journée de cheval du Londres de son monde d'origine, le Londres rouge. Pour tout dire, le jeune homme venait de traverser le mur de pierre qui fermait la cour d'une demeure bourgeoise dans une petite ville champêtre du nom de Disan. Le bourg, du reste, ne manquait pas de charme.

Tout le contraire du château de Windsor, qu'on pouvait indubitablement qualifier d'impressionnant, mais certainement pas de chaleureux.

Le long de la paroi que venait de franchir Kell courait un comptoir de marbre où l'attendait, comme toujours, une cuvette remplie d'eau. Il y rinça sa main ensanglantée, ainsi que la couronne d'argent qu'il avait utilisée pour ouvrir le passage. Puis il glissa autour de son cou le cordon auquel était suspendue la pièce avant, pour finir, de la dissimuler sous le col de sa chemise, bien à l'abri des regards. Depuis le hall lui parvenaient les bruits de pas et le murmure des conversations d'un petit groupe de serviteurs et de gardes. À vrai dire, le choix de faire de cette antichambre déserte son lieu d'arrivée habituel ne devait rien au hasard. Le prince régent ne voyait pas d'un très bon œil ces visites au vieux roi malade, Kell le savait bien. Aussi semblait-il préférable d'éviter de croiser d'éventuels témoins qui ne manqueraient pas de rapporter ses allées et venues au fils du souverain.

Un miroir entouré d'un cadre de bois doré à l'or fin pendait au-dessus de la desserte. Kell ne put s'empêcher de jeter un coup d'œil à son reflet. Une mèche de cheveux brun roux dissimulait l'un de ses deux yeux, mais il ne céda pas à l'envie de l'écarter de son front. Il prit bien soin en revanche d'épousseter les épaulettes de son manteau avant de franchir une porte sculptée à double battant pour aller retrouver son hôte.

Il faisait une chaleur étouffante dans la pièce à l'air confiné. En cette belle journée d'octobre, les fenêtres demeuraient obstinément fermées… Pire, une flambée crépitait dans l'âtre.

Le roi Georges III d'Angleterre était assis au coin du feu, sa silhouette flétrie perdue dans une large robe de chambre, un plateau de thé refroidi posé devant lui. Il n'y avait de toute évidence pas touché. Lorsque Kell entra, le souverain empoigna les accoudoirs de son fauteuil et s'écria sans se retourner :

— Qui va là ? Un voleur ? Un fantôme ?

— Voyons, Votre Majesté, croyez-vous vraiment qu'un spectre ferait l'effort de vous répondre ?

À ces mots, le vieil homme malade découvrit d'un sourire une rangée de dents en décomposition.

— Maître Kell ! Vous m'aurez fait attendre, cette fois-ci…

Le visiteur s'avança vers le centre de la chambre.

— Un petit mois, comme de coutume.

— Bien plus, au contraire ! J'en mettrais ma main au feu, répliqua le roi Georges, qui plissa ses yeux au regard mort.

— Mais non, je vous l'assure…

— Peut-être pas pour vous, mon garçon, mais le temps ne s'écoule pas de la même façon pour les fous et les aveugles !

Kell réprima un sourire. Le monarque était en forme, ce jour-là – or ce n'était pas toujours le cas. Le jeune homme ne savait jamais dans quel état il allait trouver son hôte. Lors de son passage précédent, le souverain traversait une de ses crises. C'était peut-être pour cette raison, justement, que leur dernière entrevue lui semblait remonter à plus d'un mois. Kell n'était d'ailleurs parvenu à le calmer que juste assez longtemps pour lui transmettre le message qui lui était destiné.

— Une nouvelle année a peut-être débuté ? suggéra le roi.

— Non, c'est toujours la même.

— Et de laquelle s'agit-il ?

— 1819, répondit Kell, inquiet du tour que prenait la conversation.

Une ombre passa sur le visage du roi Georges, qui secoua la tête en s'exclamant :

— Ah, comme le temps passe ! (Comme si c'était la source de tous les maux du monde.) Asseyez-vous donc, ajouta-t-il. Il y a sûrement un autre fauteuil par là, quelque part.

Il se trompait, malheureusement : la pièce était quasi vide… Et les portes verrouillées de l'extérieur, aurait parié Kell. Le malade tendit soudain une main noueuse. Ses doigts étaient nus – on lui avait pris ses bagues pour l'empêcher de se blesser –, ses ongles coupés à ras.

— La lettre, fit le vieillard, impérieux, laissant transparaître, l'espace d'un instant, le fantôme de l'homme majestueux qu'il avait été autrefois.

Kell tapota ses poches : il avait oublié, avant de retourner son manteau, d'en sortir les messages dont il était chargé. Il ôta donc le vêtement et le manipula pour faire réapparaître sa belle veste rouge, fouiller les plis et les replis de l'étoffe, puis en tirer une mince enveloppe qu'il déposa dans la main du roi. Le monarque en caressa le sceau de cire : l'emblème du trône écarlate, un calice accompagné d'un soleil levant. Il porta ensuite le papier à son nez pour le humer profondément.

— Le parfum des roses, comme toujours, soupira-t-il, mélancolique.

L'odeur de la magie. Kell ne distinguait jamais les senteurs subtiles du Londres rouge qui imprégnaient ses propres habits, mais dès qu'il changeait de monde, on lui faisait souvent remarquer qu'il émanait de lui une fragrance de fleurs fraîchement coupées. Tulipes, assuraient certains. Lis, chrysanthèmes ou pivoines, insistaient d'autres. Mais pour le roi d'Angleterre, c'étaient des roses, toujours des roses. Kell était content de savoir qu'il s'agissait au moins d'un parfum agréable, même si lui-même ne pouvait pas le sentir. Il parvenait bien sûr à discerner les effluves du Londres gris (des relents de fumée) comme ceux du Londres blanc (une odeur de sang) mais, pour lui, le Londres rouge n'avait pas d'arôme particulier. C'était juste chez lui.

— Ouvrez l'enveloppe, mais sans abîmer le sceau, ordonna le vieil homme.

Kell obéit et en sortit la lettre. Pour une fois, il se réjouit que le souverain ait perdu la vue, car la missive était très brève. Trois lignes, pas une de plus. Un simple geste de courtoisie à l'égard d'un fantoche à la santé déclinante.

— C'est un message de notre reine.

— Lisez, le somma le monarque, affectant un air auguste qui tranchait avec son allure frêle et sa voix chevrotante. Allez !

— « Salutations à Sa Majesté le roi Georges III de la part d'un trône voisin », entonna Kell d'une voix étouffée.

La reine ne mentionnait ni trône écarlate, ni Londres rouge, car elle ne voyait pas l'intérêt de désigner sa capitale de la sorte (même si l'abondante lumière carmin qui sourdait du fleuve donnait effectivement à la ville une légère nuance pourprée). À ses yeux, comme à celui de ses sujets, un seul Londres faisait vraiment référence, le leur, et il ne servait pas à grand-chose de le qualifier. Pour s'adresser à leurs homologues, les souverains employaient donc des mots vagues et génériques – « autres » ou « voisins » – quand ce n'étaient pas, surtout à propos du Londres blanc, des termes moins flatteurs encore.

Seuls les très rares individus capables de circuler d'un univers à l'autre avaient vraiment besoin de les distinguer entre eux. Kell s'était donc inspiré du surnom de l'une des capitales – une cité disparue depuis, le Londres noir – afin d'attribuer une couleur à chacune.

Gris pour la ville sans magie.

Rouge pour l'empire prospère.

Blanc pour le monde affamé.

En réalité, les cités se ressemblaient peu (et les pays qui les entouraient encore moins). Qu'elles s'appellent toutes Londres demeurait un mystère, même si la théorie la plus répandue voulait qu'elles aient adopté le même nom longtemps auparavant, avant que les passerelles entre elles ne soient supprimées et que seule la correspondance royale soit autorisée à circuler. Mais quelle ville avait porté cette appellation en premier ? Personne ne s'accordait sur la question.

— « Nous espérons que vous vous portez bien et que la saison est aussi belle dans votre capitale que dans la nôtre », poursuivait la reine.

La lettre se concluait là, à l'exception de la signature. Georges III se tordit les mains.

— C'est tout ?

Kell hésita avant de replier la feuille.

— Non, ce n'était que le début.

Il se racla la gorge avant de se mettre à arpenter la pièce pour rassembler ses pensées et les reformuler à la manière de la reine.

— Je vous remercie d'avoir demandé des nouvelles de notre famille. Le roi se porte comme un charme, tout comme moi. Quant à notre fils, le prince Rhy… Il continue de provoquer autant d'admiration que d'irritation autour de lui, mais il est parvenu à passer un mois sans se rompre le cou ou se choisir une épouse indigne de lui. Notre reconnaissance éternelle va à Kell, qui l'a empêché à lui seul de commettre ces terribles impairs.

Le jeune homme comptait bien laisser la souveraine s'étendre à l'envi sur ses propres mérites, quand l'horloge accrochée au mur sonna cinq heures de l'après-midi. Il jura tout bas. Il était en retard et conclut donc à la hâte :

— Dans l'attente de votre prochaine lettre, je vous souhaite bonheur et santé. Affectueusement, Son Altesse Emira, reine d'Arnes.

Kell attendit en vain que son interlocuteur réagisse, mais les yeux aveugles du monarque, braqués droit devant lui, semblaient égarés au loin. Persuadé de l'avoir perdu, le messager finit par déposer sa missive sur le plateau à thé et se diriger vers le mur le plus éloigné. Il avait traversé la moitié de la pièce quand le vieillard reprit enfin la parole.

— Je n'ai pas de lettre pour la reine…

— Ce n'est pas grave, souffla le jeune homme.

Depuis plusieurs années déjà, Georges III ne pouvait plus rien écrire. Certains mois, il faisait une tentative, traînant avec peine sa plume au hasard sur le parchemin. D'autres fois, il insistait pour que Kell transcrive ses propos. Mais la plupart du temps, il se contentait de formuler son message au voyageur, qui lui promettait de le répéter au mot près.

— C'est que… j'ai manqué de temps, voyez-vous.

Le roi tentait de préserver le peu de dignité qui lui restait. Kell n'eut pas le cœur de le contredire.

— Bien sûr, je comprends. Je saluerai la famille royale de votre part.

Il s'apprêtait à prendre congé quand le souverain le rappela.

— Attendez, attendez. Revenez ici.

Le messager s'arrêta, les yeux levés vers l'horloge. Chaque minute qui passait le retardait davantage. Il se représenta le prince régent, qui dirigeait le pays depuis que la maladie mentale s'était emparée de son père, assis à sa table au palais Saint James, occupé à ruminer sa colère en silence. Cette image arracha un sourire à Kell, qui retourna donc auprès du roi. Le vieillard tâtonnait pour sortir un petit objet de sa robe de chambre – une pièce de monnaie.

Il la tint un instant entre ses mains fripées comme s'il s'agissait d'un objet précieux et fragile.

— La magie… Elle s'estompe, dit-il. Je ne la perçois plus, je ne sens plus son odeur.

— Ce n'est qu'une simple pièce, Votre Majesté

— C'est faux, et vous le savez parfaitement, grommela le vieux monarque. Allons, retournez vos poches !

Kell poussa un profond soupir.

— Vous allez m'attirer des ennuis.

— Allez, allez, mon garçon… C'est notre petit secret.

Le jeune homme plongea la main dans son manteau. La première fois qu'il avait rendu visite au roi d'Angleterre, il avait donné au souverain une pièce de monnaie comme preuve de son identité et de ses origines. Le secret de l'existence des autres Londres n'était connu que de la couronne et se transmettait d'héritier en héritier mais, à l'époque, aucun émissaire n'avait plus fait le voyage depuis des années. Les yeux plissés, le roi Georges avait contemplé longuement le garnement qui se présentait devant lui, puis tendu sa grosse main, dans laquelle Kell avait déposé la pièce : un simple lin, semblable à un shilling gris, mais frappé d'une étoile rouge au lieu du profil royal. Le souverain avait refermé son poing dessus et porté la pièce à son nez pour en humer le parfum. Un sourire aux lèvres, il l'avait glissée dans la poche de sa veste avant d'accueillir Kell officiellement.

Depuis ce jour, à chacune des apparitions du garçon, le roi prétendait que toute magie avait quitté le disque de métal – qu'il s'appliquait toujours à conserver précieusement –, et obligeait son visiteur à l'échanger contre un nouveau. Invariablement, Kell lui répondait que c'était défendu (l'interdiction était d'ailleurs absolue), mais l'homme jurait de garder le secret. Alors, à contrecœur, le messager tirait une petite pièce de son manteau.

Conformément à leur habitude, il substitua donc, dans la paume du roi, un lin tout frais au précédent, puis replia sur l'objet les doigts noueux de Georges III.

— Oui, voilà… chuchota le vieil homme à son nouveau trésor.

— Prenez soin de vous, fit Kell, qui s'éloignait déjà.

— Oui, voilà, répéta le monarque, dont l'esprit s'était mis, d'un seul coup, à vagabonder.

Il semblait en avoir oublié le monde qui l'entourait, et jusqu'à son invité. Parvenu dans l'un des coins de la pièce, Kell écarta un lourd rideau pour révéler une marque sur le papier peint à motifs. Un simple cercle traversé d'une ligne, tracé avec son sang un mois plus tôt à peine. Sur un autre mur, dans une autre pièce et un autre palais, figurait la même marque, comme les deux poignées d'une porte.

Pour passer d'un univers à l'autre, seul suffisait le sang de Kell, associé à n'importe quel objet issu du monde cible. Inutile pour lui de préciser sa destination : il parvenait toujours à l'équivalent de l'endroit où il se trouvait, mais dans l'univers d'arrivée. En revanche, pour créer un passage entre deux lieux situés à l'intérieur d'un même monde, il fallait orner les deux côtés de la porte très exactement du même symbole. Le tracé ne devait pas être vaguement semblable, mais absolument identique… Le voyageur l'avait appris à ses dépens.

Le signe esquissé sur le mur ne s'était pas effacé depuis sa dernière visite – seuls les bords s'en trouvaient un peu estompés – mais il lui fallait tout de même prendre soin de le redessiner.

Kell remonta donc sa manche et dégaina le couteau qu'il gardait sanglé contre son avant-bras. C'était une arme de belle facture, une véritable œuvre d'art, en argent de la pointe à la garde, ornée des lettres K et L.

L'unique vestige d'une autre vie – une existence dont il n'avait pas connaissance, ou du moins ne conservait pas le moindre souvenir.

Il appuya la lame sur la partie externe de son poignet. Plus tôt ce jour-là, Kell avait déjà tracé une ligne dans sa chair afin de créer la porte qui l'avait conduit jusque-là. Il en grava une deuxième : son sang, d'une profonde couleur rubis, perla à la blessure et se mit à couler sur sa peau claire. Le voyageur rengaina son couteau et toucha du bout des doigts la coupure puis le mur, où il traça de nouveau le cercle traversé d'une ligne. Il laissa sa manche recouvrir la balafre – il ne soignerait ses diverses entailles qu'après son retour – et jeta un dernier coup d'œil au roi, qui marmonnait toujours des mots sans suite, confortablement installé dans son fauteuil. Puis il posa la paume bien à plat sur le symbole fraîchement tracé, frémissant de magie.

— *As Tascen*, ordonna-t-il.

Transfère. Le papier peint sembla onduler puis céder sous ses doigts. Kell fit un pas en avant et traversa le mur.

II

Une seule et unique enjambée suffit à transformer le morne château de Windsor en un élégant palais londonien, Saint James. L'air confiné de la chambre du roi – de sa cellule, puisqu'il fallait bien appeler les choses par leur nom – laissa place à des rangées de tapisseries aux couleurs vives et de vaisselle d'argent poli. Aux marmonnements du dément succéda un silence pesant. À l'autre extrémité d'une table magnifiquement ouvragée était assis un homme visiblement très contrarié, une coupe de vin à la main.

— Vous êtes en retard… grommela le prince régent.

Kell prit bien soin de ne s'incliner qu'aussi peu que le protocole le lui permettait.

— Toutes mes excuses. J'avais une mission à accomplir.

Le fils du roi posa son verre d'un geste irrité. Il s'appelait lui aussi Georges – on avait coutume, dans le Londres gris, de donner le même prénom de père en fils, une habitude que Kell trouvait à la fois redondante et déroutante.

— Ce n'est pas moi, l'objet de votre mission, maître Kell ?

Le visiteur toisa son interlocuteur avant de répondre :

— J'ai pour ordre d'aller voir d'abord le roi, Votre Altesse.

Le prince régent accompagna ces paroles d'un geste dédaigneux de la main.

— Si seulement vous pouviez cesser d'entrer dans son petit jeu. Ces attentions lui montent à la tête.

— En quoi est-ce un problème ?

— Ce n'est pas bon pour lui. Après votre passage, il est dans tous ses états. Il danse sur les tables, parle de magie et d'autres versions de notre Londres. Quel tour lui avez-vous montré, aujourd'hui ? Vous l'avez encore convaincu qu'on pouvait voler, peut-être ?

Kell n'avait commis cette erreur qu'une seule fois. À sa visite suivante, il avait appris que le roi d'Angleterre s'était mis en tête de sauter par la fenêtre. Du troisième étage.

— Rien de tout ça, je vous assure, rétorqua le voyageur.

Le prince Georges se pinça l'arête du nez, avant de caresser du bout des doigts le plateau doré de la table.

— Il ne sait plus tenir sa langue, voilà pourquoi il est consigné dans ses quartiers.

— Emprisonné, vous voulez dire.

— Windsor est une résidence tout à fait convenable pour un roi.

Une prison convenable reste une prison… pensa Kell, qui sortit une deuxième enveloppe de la poche de son manteau.

— Votre courrier.

Le prince contraignit le messager à rester debout pendant qu'il lisait la missive (il ne faisait jamais aucun commentaire sur le parfum de fleurs coupées que les lettres exhalaient) puis sortait des plis de ses vêtements une réponse déjà en partie rédigée pour la compléter à loisir. De toute évidence, il prenait son temps pour contrarier son visiteur, mais Kell s'en moquait. Pour s'occuper, le jeune homme se mit à pianoter lentement sur la table, un doigt après l'autre. Et, chaque fois que son index heurtait le bois du meuble, l'une des nombreuses bougies de la pièce s'éteignait.

— Sûrement un courant d'air, fit-il remarquer, songeur.

Le prince régent serrait sa plume convulsivement, agacé : le temps de terminer son mot, il en avait déjà cassé deux. Il semblait à présent de fort mauvaise humeur, à l'inverse de Kell. Lorsque l'émissaire tendit la main pour s'emparer de la lettre, l'homme ignora délibérément son geste et se leva.

— Je suis tout engourdi à force de rester assis. Allons faire un tour.

Bien que cette idée ne l'enchante guère, Kell n'avait pas le choix : impossible pour lui de repartir les mains vides. Mais avant d'emboîter le pas à son hôte, il en profita pour empocher la dernière plume encore intacte posée sur la table.

Le prince le conduisit vers une porte dérobée, à moitié dissimulée par un rideau.

— Vous repartez tout de suite après notre entrevue, j'imagine ?

— Pas tout à fait, répondit le messager, qui prenait bien soin de rester un pas en arrière, le plus loin possible de son interlocuteur.

Deux membres de la garde royale les avaient rejoints dans le couloir et suivaient désormais leur souverain comme son ombre. Leur regard inquisiteur pesait sur Kell, qui ne put s'empêcher de se demander ce qu'ils savaient sur le royal visiteur. Les divers membres de la famille régnante étaient censés être dans la confidence, mais ce qu'ils répétaient à leur entourage semblait laissé à leur discrétion.

— Je croyais que vous ne rendiez visite qu'à mon père et moi, s'étonna le prince.

— J'aime beaucoup votre ville, répondit Kell d'un ton léger. Mon travail est épuisant alors, avant de rentrer, je vais prendre un peu l'air dans ses rues.

— J'ai bien peur que vous ne soyez déçu… On respire mieux à la campagne, rétorqua l'homme, la bouche pincée en une grimace amère. Comment nous appelez-vous déjà… Le Londres gris, je crois ? Un surnom bien mérité par les temps qui courent… Allons, restez plutôt dîner ici ce soir.

Le prince terminait presque toutes ses phrases par un point, y compris les questions. *Un peu comme Rhy, d'ailleurs. Sans doute, tout simplement, parce qu'on ne leur refuse jamais rien*, songea Kell.

— Vous passerez un bien meilleur moment avec nous. Le vin, comme la compagnie, sont excellents.

Une proposition généreuse au premier abord… mais son hôte ne faisait jamais rien par simple bonté d'âme.

— Je ne peux pas rester.

— J'insiste. La table est déjà dressée.

Et qui a été convié pour l'occasion ? se demanda le voyageur. Que cherchait donc à accomplir le jeune Georges ? S'agissait-il pour le prince d'exhiber son mystérieux visiteur ? Kell le soupçonnait d'en brûler d'envie : l'homme aimait se donner en spectacle. Il préférait l'ostentation aux secrets, jugés trop encombrants. Mais malgré ses défauts, il était loin d'être idiot, or seul un imbécile oserait donner au messager une occasion de se montrer ainsi au grand jour. Les habitants du Londres gris avaient depuis longtemps oublié la magie, et Kell n'avait aucune intention de leur rappeler son existence.

— Une fort aimable attention, Votre Altesse, mais je ferais peut-être mieux de rester dans l'ombre…

Il pencha la tête pour écarter de devant ses yeux une mèche de cheveux cuivrés et révéler ainsi non seulement le gauche, bleu vif, mais aussi le droit, d'un noir de jais. D'épaisses ténèbres en emplissaient à la fois le blanc et l'iris. Cet œil n'avait rien d'humain, il était pure magie. La marque d'un magicien de sang, d'un *Antari*.

Le prince tenta de soutenir le regard du voyageur, en vain. Kell se délecta de ce qu'il discerna au fond des prunelles de son interlocuteur : un mélange de circonspection, de malaise… et de peur.

— Savez-vous pourquoi nos mondes sont isolés les uns des autres, Votre Altesse ? demanda-t-il avant de poursuivre sans attendre la réponse. Pour protéger le vôtre, figurez-vous. Il fut un temps – il y a une éternité de ça – où nos univers n'étaient pas vraiment séparés. Des passages reliaient le vôtre au mien, et à d'autres encore. Le premier venu, à condition d'être doté d'un minimum de pouvoir, pouvait franchir ces portes. La magie, elle aussi, passait d'un monde à l'autre. Mais le problème, avec la magie, c'est qu'elle s'attaque à la fois aux esprits forts, trop ambitieux, et aux plus faibles, ceux qui manquent de volonté. L'un de ces mondes a fini par perdre toute maîtrise, toute mesure. Ses habitants se sont nourris de magie et *vice versa*, jusqu'à ce qu'elle dévore leur corps, leur esprit et leur âme.

— Le Londres noir, murmura le prince régent.

Kell hocha la tête. Ce n'était pas lui qui avait choisi d'attribuer cette couleur à la cité. Tout le monde – du moins toute la population des Londres rouge et blanc, sans oublier les rares initiés du Londres gris – connaissait le Londres noir. C'était une fable qui se chuchotait à la nuit tombée. Une légende, une mise en garde. L'histoire d'une ville qui avait cessé d'exister, d'un monde disparu.

— Le Londres noir et le vôtre ont un point commun, Votre Altesse. Le connaissez-vous ?

Le prince se rembrunit mais ne l'interrompit pas.

— L'un comme l'autre manquent de modération, reprit Kell. Ils souffrent d'une soif irrépressible de pouvoir. Si votre monde existe encore, c'est pour une seule raison : nous nous sommes isolés de lui. Il a appris à oublier. Et, croyez-moi sur parole, mieux vaudrait pour lui que la mémoire ne lui revienne pas.

Ce que le voyageur ne précisa pas, c'était que la magie coulait à flots dans les veines du Londres noir, à la différence du gris. Kell voulait juste faire passer un message à son interlocuteur et, à l'évidence, il y était parvenu. Cette fois, quand il tendit la main, le prince ravala toute protestation et lui remit la missive sans sourciller. Le magicien glissa le parchemin dans sa poche, juste à côté de la plume volée, puis exécuta une nouvelle révérence, très appuyée cette fois-ci.

— Merci, comme toujours, pour votre hospitalité.

Le prince régent appela ses gardes d'un claquement de doigts.

— Veillez à ce que maître Kell parvienne sans encombre à destination, ordonna-t-il puis, sans prononcer un mot de plus, il se retourna et s'éloigna à grands pas.

La petite escorte accompagna Kell jusqu'à l'entrée du parc : derrière lui, le palais Saint James et, devant lui, les rues agitées de Londres. Il inspira à pleins poumons la fumée qui emplissait l'air vicié. Malgré son impatience à l'idée de rentrer chez lui, il avait à faire en ville. Sans compter que l'état de plus en plus préoccupant du roi et les manigances de son héritier l'avaient troublé plus que de raison… Il avait bien besoin d'un verre. Il tira sur ses manches, rajusta son col et laissa ses pas le guider vers le cœur de l'auguste cité.

Il traversa le parc Saint James au soleil couchant, par un petit sentier de terre qui longeait le lac. L'air était vif sinon pur, et une brise d'automne faisait claquer les pans de son manteau noir. Lorsqu'il emprunta une passerelle qui enjambait le cours d'eau, ses pas résonnèrent doucement sur le bois. Il s'arrêta au milieu du pont : le palais de Buckingham, tout illuminé de lanternes, se dressait derrière lui. La Tamise, elle, coulait paresseusement loin à l'horizon. Il s'accouda au parapet pour contempler l'eau qui clapotait sous les lattes de bois. Quand il plia les doigts d'un air absent, le courant se figea sous lui, soudain aussi lisse que du verre. Il prit le temps d'y observer son reflet.

— Arrête un peu, tu n'es pas si beau que ça ! disait son frère Rhy dès qu'il le surprenait à s'admirer dans un miroir.

— Je ne me lasserai jamais de mon image… répondait Kell, faussement arrogant.

En réalité, il ne se regardait jamais vraiment. Il ne contemplait que son œil, le droit. Même dans le Londres rouge, où proliférait la magie, son étrange prunelle le distinguait toujours des autres. Elle faisait de lui une anomalie.

Un rire cristallin s'éleva soudain sur sa droite, suivi d'un grognement et de quelques bruits moins aisément identifiables. Toute tension quitta sur-le-champ sa main et l'eau se remit en mouvement. Avec un soupir, il poursuivit sa route : les artères de Londres remplacèrent bientôt les allées du parc et la silhouette de Westminster se profila à l'horizon. Kell avait un faible pour l'abbaye, qu'il salua de la tête comme une vieille amie. Malgré la suie et la crasse qui envahissaient la ville, malgré son désordre et sa pauvreté, elle possédait une qualité qui faisait défaut au Londres rouge : sa résistance au changement. On y cultivait une certaine appréciation de ce qui perdure, des efforts nécessaires à construire quelque chose de durable.

Combien d'années avaient été nécessaires à l'édification de l'abbaye ? Combien de temps tiendrait-elle encore debout ? Dans le Londres rouge, les goûts variaient au fil des saisons. Au gré de ces modes éphémères, des édifices grimpaient vers le ciel, se retrouvaient rasés presque aussitôt, puis rebâtis sous d'autres formes. La magie rendait tout si simple. *Parfois trop, peut-être*, songea Kell.

Certains soirs, il avait l'impression de se coucher quelque part et de se réveiller totalement ailleurs. Mais dans le Londres gris, l'abbaye de Westminster l'attendait toujours fidèlement au même endroit.

Après avoir dépassé l'imposant monument, il traversa des rues encombrées de charrettes, puis descendit une route étroite qui longeait l'ancien monastère aux murs de pierre recouverts de mousse. Le chemin se rétrécissait encore jusqu'à se terminer devant une taverne.

C'est là que Kell s'arrêta, lui aussi, pour ôter son manteau. Il le retourna une fois de plus de droite à gauche afin d'échanger le pardessus noir orné de boutons d'argent contre une tenue plus sobre qui avait connu des jours meilleurs : un paletot marron à col montant, aux ourlets effilochés et aux coudes élimés. Il tapota ses poches avec satisfaction et, une fois prêt, entra d'un pas assuré.

III

Le Jet de pierre était une curieuse petite taverne.

Les murs en étaient défraîchis, le sol constellé de taches, et Kell savait pertinemment que le propriétaire des lieux, Barron, coupait les boissons à grandes rasades d'eau. Malgré tout, le jeune homme ne cessait d'y retourner, encore et encore.

En dépit de son apparence miteuse et de ses clients tout aussi pitoyables, l'endroit exerçait sur lui une étrange fascination. C'est que – par hasard ou à dessein – *Le Jet de pierre* ne variait jamais d'un pouce. Le nom de l'établissement changeait, bien sûr, tout comme les alcools qui y étaient servis… mais dans le Londres gris, comme dans le rouge ou le blanc, une taverne se dressait toujours à cet endroit précis. Il ne s'agissait pas à proprement parler d'une source de magie, comme la Tamise ou Stonehenge autrefois – sans compter les dizaines de foyers de pouvoir moins connus éparpillés à travers le monde –, mais cette curiosité n'en était pas moins remarquable. C'était un lieu unique, un véritable phénomène. Un point fixe.

Et puisqu'il traitait ses affaires dans cette auberge (que son enseigne annonce *Le Jet de pierre*, *Le Soleil couchant* ou *L'Os calciné* – le nom de l'endroit dans trois mondes différents), Kell devenait lui-même une sorte de constante. Peu d'hommes auraient été capables de saisir la poésie de cette idée. Holland, peut-être… à supposer que ce vaurien sache apprécier quoi que ce soit.

Poésie mise à part, la taverne était, du point de vue de Kell, l'endroit idéal pour exercer ses activités. Les rares habitants du Londres gris à croire encore en la magie – quelques fantaisistes qui se raccrochaient désespérément à l'idée qu'elle existe vraiment, qui en avaient surpris le murmure ou humé le parfum – se donnaient sans trop savoir pourquoi rendez-vous en ces lieux, attirés là par la sensation indistincte qu'il existait autre chose, autre part. Kell subissait la même irrépressible attraction… mais lui, au moins, savait de quoi il retournait.

Bien entendu, ceux des clients de l'auberge qui se montraient sensibles à l'idée de magie n'étaient pas seulement attirés là par la fascination à la fois subtile et profonde qu'elle exerçait sur eux, mais aussi par Kell lui-même. Ou du moins par les rumeurs qui l'entouraient. Après tout, le bouche-à-oreille était presque une forme d'enchantement en soi et, au Jet de pierre, son surnom, « le magicien », franchissait les lèvres des clients presque aussi souvent que de généreuses gorgées de bière coupée d'eau.

Absorbé dans ses pensées, l'objet de toutes ces spéculations contemplait le liquide couleur ambre qui croupissait au fond de sa chope. Le tenancier s'approcha pour y verser une nouvelle rasade.

— Bonsoir, Kell.
— Bonsoir, Barron.
Leurs conversations n'allaient jamais plus loin. L'homme semblait bâti comme un mur de prison – pour peu qu'un ouvrage de maçonnerie ait décidé de se laisser pousser la barbe : il était grand, large et impressionnant de solidité. Le propriétaire du Jet de pierre avait sans le moindre doute assisté à son lot d'étrangetés au cours de son existence, mais il ne semblait jamais rien laisser le prendre par surprise.

En tout cas, s'il perdait parfois contenance, il le cachait bien.

Lorsque l'horloge suspendue au mur, derrière le comptoir, sonna sept heures du soir, Kell sortit un objet de son manteau brun : une petite boîte en bois, de la taille de sa paume, dotée d'un simple fermoir en métal. Quand il ouvrit l'attache et fit glisser le couvercle du bout de son pouce, la boîte se déplia pour former un plateau de jeu à cinq cases. Chacune contenait un élément.

La première, une motte de terre.

La deuxième, une cuillerée d'eau.

La troisième, un petit tas de sable (qui permettait de rendre visibles les mouvements de l'air).

La quatrième, une goutte d'huile, hautement inflammable.

Et la cinquième et dernière, un fragment osseux.

Dans le monde de Kell, la boîte et son contenu servaient à la fois de jouet pour enfant et de test d'aptitude. C'était un moyen pour les plus jeunes de découvrir avec quels éléments ils entretenaient le plus d'affinités, et réciproquement. La plupart s'en lassaient vite et passaient soit à la pratique des incantations, soit à des versions plus grandes et complexes du plateau, histoire de se perfectionner. Taille réduite, danger limité… Le jeu ne manquait pas d'atouts. Il était donc très répandu : on en retrouvait un exemplaire dans presque tous les foyers du Londres rouge, et sans doute dans la majorité des villages alentour (même si Kell, qui s'y aventurait rarement, n'en était pas certain). Mais dans ce monde sans magie, l'objet était d'une grande rareté. Son client l'apprécierait beaucoup, le voyageur en était certain. Après tout, l'homme était un Collectionneur.

Dans le Londres gris, seules deux sortes d'individus venaient débusquer Kell dans son antre : les Collectionneurs et les Passionnés.

Les Collectionneurs, riches et blasés, ne s'intéressaient pas à la magie en elle-même – ils n'auraient pas su distinguer une rune de guérison d'un sort d'entrave. Kell raffolait littéralement de cette clientèle d'humeur égale et facile à satisfaire.

Les Passionnés, en revanche, étaient pour lui une véritable épine dans le pied, une source d'ennuis perpétuels. Ceux-là se prenaient pour de vrais magiciens et, s'ils voulaient acheter des babioles, ce n'était pas pour les rassembler ou les exposer, c'était pour les utiliser. Le voyageur avait ces idiots en horreur : non seulement ils perdaient leur temps mais, en répondant à leurs demandes, Kell éprouvait vraiment le sentiment, pour le coup, de trahir la couronne. C'est pourquoi, lorsqu'il vit du coin de l'œil un jeune homme s'approcher de lui et découvrit le visage inconnu d'un Passionné à la place de celui du Collectionneur qu'il attendait, son humeur s'assombrit soudain considérablement.

— Cette place est libre ? demanda l'intrus – un comble : il s'asseyait déjà.

— Ne vous donnez pas cette peine, je ne suis pas intéressé, le rabroua Kell sans même hausser la voix.

Mais l'énergumène ne bougea pas d'un pouce. Le nouveau venu avait tout du Passionné : dégingandé, maladroit, habillé d'une veste un poil trop courte pour sa stature... Lorsqu'il posa ses longs bras sur le comptoir et que le tissu remonta un brin sur son poignet, un bout de tatouage apparut. Une rune de pouvoir, de celles censées lier la magie au corps, mais très maladroitement tracée.

— C'est vrai, ce qu'on raconte ? s'entêta-t-il.

— Ça dépend de qui parle et de ce qui est dit, répondit Kell en refermant la boîte.

Il avait déjà exécuté cette petite danse du ventre une bonne centaine de fois. Du coin de l'œil, il regarda l'impertinent chorégraphier sa réplique suivante. S'il s'était agi d'un Collectionneur, Kell y serait allé un peu moins fort, mais un homme qui se jetait à l'eau en prétendant savoir nager ne méritait pas qu'on lui prête un radeau.

— Que vous vendez des objets qui viennent d'autres mondes, précisa le Passionné en jetant nerveusement un coup d'œil autour de lui.

Posément, Kell dégusta une bonne gorgée de bière – l'homme prit son silence pour une marque d'assentiment.

— Pardon, je devrais sans doute me présenter. Edward Archibald Tuttle, troisième du nom. Mais tout le monde m'appelle Ned.

Le voyageur dévisagea son voisin d'un air goguenard. De toute évidence, le jeune Passionné s'attendait à le voir décliner lui aussi ses noms et qualités. Mais comme son interlocuteur avait déjà une assez bonne idée de son identité, Kell préféra s'épargner cette formalité et entrer directement dans le vif du sujet :

— Qu'est-ce que vous voulez ?

Edward Archibald, ou plutôt Ned, se tortilla sur son siège, avant de se pencher vers lui d'un air de conspirateur.

— Je cherche un peu de terre.

L'intéressé inclina sa chope vers la porte.

— Le parc vous tend les bras, l'ami.

Le jeune homme lâcha un petit rire gêné. Kell en profita pour vider son verre. *Un peu de terre*. En dépit des apparences, il ne s'agissait pas d'une requête anodine. La plupart des Passionnés savaient que le Londres gris recelait peu de pouvoir, mais s'imaginaient que posséder une relique issue d'un autre monde leur permettrait de puiser dans la magie de cet univers-là.

Et il fut un temps où ils auraient eu raison. Un temps où les portes étaient ouvertes et où des flots de magie circulaient entre les mondes. À condition d'être pourvu d'un peu de pouvoir et d'un objet issu d'un autre univers, n'importe qui pouvait puiser dans cette source supplémentaire de puissance. Ou même se déplacer grâce à elle, et passer d'un Londres à l'autre.

Mais ce temps-là était révolu. Les portes avaient disparu, détruites plusieurs siècles auparavant après l'effondrement du Londres noir – qui avait entraîné tout un monde dans sa chute. Il n'en restait plus que des légendes. À présent, seuls les *Antari* étaient encore assez puissants pour créer de nouveaux passages, ou les franchir. Jusque-là, les magiciens de sang avaient toujours été assez rares mais, avant que ne se referment les portes, personne ne se doutait à quel point. Leurs rangs, alors, commencèrent à s'éclaircir encore plus. Si la source de leur pouvoir demeurait un mystère (il ne se transmettait pas de génération en génération), une chose était sûre : plus longtemps les mondes restaient séparés, moins les *Antari* étaient nombreux à se manifester.

Kell lui-même – et Holland, bien sûr – étaient sans doute les derniers spécimens d'une espèce en voie de disparition.

Ned se racla la gorge.

— Alors, cette terre ? Vous acceptez de m'en fournir un peu ?

Le messager baissa les yeux sur le tatouage qui ornait le poignet de l'importun. Ce que tant d'habitants du monde gris ne semblaient pas comprendre, c'était que la puissance d'un sort dépendait de la force de celui qui le jetait.

De quel pouvoir disposait vraiment le Passionné ? Kell poussa le jeu vers lui, un petit sourire aux lèvres.

— Vous savez de quoi il s'agit ? demanda-t-il.

Ned souleva la boîte avec précaution, comme si elle risquait de s'enflammer à tout moment. Le magicien envisagea un court instant d'y mettre lui-même le feu, mais parvint à refréner la tentation. Le Passionné manipula l'objet jusqu'à en effleurer le fermoir, et le plateau s'ouvrit en tombant sur le comptoir. Les éléments qu'il contenait se mirent à scintiller à la lumière vacillante de la taverne.

— Très bien, choisissez un élément, déclara Kell. Si vous parvenez à le sortir de sa case – sans le toucher bien sûr –, vous aurez votre terre.

Les sourcils froncés, Ned étudia les cinq options qui se présentaient à lui avant de pointer l'eau du doigt.

— Celui-là.

Au moins, il n'a pas eu la bêtise de choisir l'os, songea Kell. L'air, la terre et l'eau étaient les plus faciles à déplacer. Même Rhy, pourtant quasiment dénué de pouvoir, était au moins capable de les faire remuer. Le feu s'avérait en général un peu plus complexe à manipuler, mais l'os était, de loin, le plus ardu du lot. Et ce pour une bonne raison : quiconque savait déplacer des ossements pouvait faire bouger un corps contre la volonté de son propriétaire. Même dans le Londres rouge, c'était considéré comme une magie rare et puissante.

La main en suspens au-dessus du plateau, Ned se mit à chuchoter une série de mots à l'attention de l'eau dans un idiome qui était peut-être du latin, ou un obscur charabia, mais certainement pas de l'anglais. Les coins de la bouche de Kell se relevèrent. Les éléments n'avaient pas de langue attitrée, ou plutôt, ils les comprenaient toutes. Les mots en soi importaient moins que la concentration qu'ils permettaient au magicien d'atteindre, que le lien qu'ils l'aidaient à nouer, que le pouvoir qu'ils contribuaient à mobiliser. En bref, peu importait le verbe, seule comptait l'intention. Alors qu'il aurait aussi bien pu parler en anglais (et ce avec tout aussi peu de succès, il faut bien le dire), le Passionné persistait à marmonner dans son jargon imaginaire. Dans le même temps, il déplaçait sa main d'un air inspiré dans le sens des aiguilles d'une montre.

Accoudé au comptoir, la tête appuyée sur sa paume, Kell regardait en soupirant Ned s'évertuer à lutter, le visage rougi par l'effort. Au bout d'interminables instants, l'eau frémit légèrement (le bâillement soudain du magicien n'y était peut-être pas étranger – à moins que ce ne soit le geste du Passionné : sous l'effet de la frustration, il avait fini par empoigner violemment le rebord du bar). Puis l'élément recouvra toute son immobilité.

Ned fixait le jeu, les veines du cou gonflées à craquer, les poings serrés. Kell craignit un instant que le jeune homme ne pulvérise le plateau, mais il se contenta de frapper brutalement le bois du comptoir, juste à côté.

— Quel dommage… susurra le magicien.

— Ce test est truqué ! gronda Ned.

— Vraiment ?

Kell se redressa sur son siège. Il plia imperceptiblement les doigts et la motte de terre décolla pour atterrir en douceur sur sa paume.

— Vous en êtes bien certain ? insista-t-il. (Un petit souffle d'air souleva le sable, qu'il envoya tournoyer autour de son poignet.) Vous avez peut-être raison… (La goutte d'eau quitta le plateau pour aller se transformer en glace au contact de la peau du voyageur.) Ou pas…

L'huile choisit ce moment pour s'embraser dans sa case. Kell jeta à l'intrus un regard torve.

— Peut-être… (Pour finir, le morceau d'ossements s'éleva dans les airs.) Peut-être au contraire ne possédez-vous tout simplement aucun pouvoir ?

Bouche bée, Ned observa la danse des cinq éléments autour des doigts du magicien. La voix réprobatrice de Rhy sembla résonner à l'oreille de Kell – *« Mais quel fanfaron ! Tu ne changeras donc jamais…* » –, qui, toujours avec la même nonchalance, finit par laisser retomber les pièces du jeu. La terre et la glace rejoignirent leurs cases avec, respectivement, un bruit sourd et un petit tintement, tandis que le sable retournait sans un murmure à sa place et que la flamme qui dansait jusque-là sur l'huile s'éteignait d'un seul coup. Seul l'os continua de planer au-dessus d'eux. Kell sentait peser sur lui le regard avide du Passionné.

— Combien ?

— Il n'est pas à vendre, rétorqua-t-il d'abord avant de se reprendre. Pas à vous, en tout cas.

Ned se leva de son tabouret, prêt à partir, mais le voyageur n'en avait pas terminé avec lui.

— Si je vous rapportais un peu de terre, qu'est-ce que vous m'offririez en échange ?

Le Passionné se figea avant de répondre :

— Quel est votre prix ?

— Mon prix ?

Kell ne se livrait certainement pas à cette petite contrebande pour de l'argent – d'autant que la monnaie du Londres gris ne lui aurait pas été d'une très grande utilité. À quoi pouvaient bien lui servir des shillings ou des livres dans son monde d'origine ? Il n'en tirerait rien non plus dans les ruelles glacées du Londres blanc – là-bas, autant les brûler pour se tenir chaud. Il restait bien sûr possible de les dépenser dans leur univers d'origine, mais que pourrait-il bien acheter avec ? Non, il visait autre chose.

— Je ne veux pas de votre argent. Il me faut un bien précieux en échange, quelque chose qui ait de la valeur pour vous.

— D'accord, répondit Ned avec empressement. Ne bougez pas, je vais…

— Pas ce soir.

— Alors quand ?

— Dans le courant du mois prochain.

— Vous espérez que je vais rester là à attendre ?

— Je n'espère rien du tout.

Plutôt cruel de sa part, Kell s'en rendait bien compte, mais il était curieux de voir jusqu'où le Passionné serait prêt à aller. S'il tenait bon et qu'il était encore là le mois suivant, le magicien lui apporterait son petit sac de terre.

— Maintenant, filez, conclut-il.

Ned ouvrit et referma la bouche, puis soupira et sortit d'un pas traînant, manquant au passage de se cogner à un petit homme à lunettes.

Kell attrapa le fragment d'os qui flottait toujours dans les airs et le déposa dans sa case au moment où le nouvel arrivant s'asseyait sur le tabouret désormais libéré.

— Un problème ?

— Rien de grave.

— C'est pour moi ?

L'homme désignait la boîte. Kell acquiesça et la tendit au Collectionneur, qui la prit avec précaution. Le messager le laissa la tourner et la retourner entre ses doigts avant de lui en montrer le fonctionnement. L'acheteur écarquilla des yeux conquis.

— C'est vraiment splendide…

Il sortit alors de sa poche un mouchoir plié, qu'il déposa sur le comptoir avec un petit bruit sourd. Kell déballa le paquet : dissimulé sous l'étoffe se trouvait un coffret en argent étincelant, muni sur le côté d'une minuscule manivelle.

Une boîte à musique… Le magicien se sourit à lui-même.

Ce type d'objet existait aussi dans le Londres rouge, mais la plupart égrenaient leur mélodie au moyen d'un enchantement, et non d'un mécanisme. Kell aimait l'idée de tous les efforts déployés pour construire une telle machine. Le monde gris était souvent poussif mais, de temps à autre, son absence de magie ouvrait la voie à des trésors d'ingéniosité. Par exemple ces boîtes à musique, d'une conception à la fois complexe et élégante. Tant de pièces assemblées, tant de travail accompli, simplement pour donner vie à une petite ritournelle.

— Vous voulez que je vous explique son fonctionnement ? demanda le Collectionneur.

— Non, murmura le voyageur. J'en ai déjà plusieurs.

L'homme se rembrunit.

— Elle vous convient malgré tout ?

Kell le lui confirma d'un hochement de tête et replia le mouchoir pour protéger le bibelot.

— Vous ne voulez pas l'écouter ? s'étonna son client.

Si, mais pas dans cette petite taverne misérable où il ne pourrait pas en apprécier le son à sa juste valeur. De plus, il était temps pour le messager de rentrer chez lui.

Le Collectionneur resta assis au comptoir, émerveillé devant sa nouvelle acquisition : il avait beau secouer la petite boîte, ni la glace fondue ni le sable ne se renversaient. Une fois la porte du Jet de pierre franchie, Kell s'enfonça dans la nuit en direction de la Tamise, entouré des bruits familiers de la ville : les charrettes proches et les cris lointains, certains de plaisir, d'autres de douleur (mais ce n'était rien en comparaison des hurlements qui déchiraient le silence du Londres blanc). Le fleuve apparut bientôt, traînée noire dans la nuit, alors que les cloches d'une église sonnaient au loin huit coups.

L'heure de partir.

Arrivé devant la paroi en brique d'une boutique qui bordait le cours d'eau, il remonta sa manche. Après les deux premières entailles, son bras commençait à le faire souffrir, mais Kell sortit tout de même son couteau pour en tracer une troisième, et toucha du bout des doigts d'abord le sang qui perlait sur sa peau, puis le mur.

Il portait un lin rouge, comme celui que le roi Georges lui avait rendu cette après-midi-là, suspendu à un cordon autour de son cou. Il posa la pièce contre la trace écarlate sur la brique.

— Allez, on rentre à la maison…

Il se surprenait souvent à converser avec la magie. À lui parler comme à une vieille amie, sans lui donner d'ordre. Elle était douée de vie – ça, tout le monde le savait –, mais lui avait parfois l'impression qu'elle était davantage encore : une camarade, presque une sœur. Elle faisait, après tout, partie de lui – bien plus que de la plupart de ses semblables, en tout cas. Il ne pouvait s'empêcher de penser qu'elle comprenait ce qu'il disait, ce qu'il éprouvait, non seulement quand il la manipulait, mais aussi à chacun des battements de son cœur, chacune de ses respirations.

Il était, tout bien considéré, un *Antari*. Et les *Antari* avaient le pouvoir de parler au sang qui coulait dans leurs veines. À la vie qui palpitait en toutes choses.

À la magie elle-même – celle qui était à la fois le tout premier élément, et le dernier d'entre eux, aussi omniprésente qu'insaisissable.

Kell sentait cette puissance frémir sous sa paume. Le mur de brique semblait tout à la fois se réchauffer et se refroidir au contact de sa peau. Il hésita, curieux de voir si elle se manifesterait sans ordre prononcé à haute voix. Mais comme toujours, elle restait en retrait, sur le qui-vive, attendant qu'il formule sa requête. Si la magie élémentaire comprenait toutes les langues, la magie *Antari* – la vraie, celle de sang – n'en parlait qu'une seule. Le voyageur remua imperceptiblement les doigts sur la paroi.

— *As Travars*, lança-t-il.

Traverse. Cette fois, elle l'écouta et lui obéit : le mur se mit à onduler. Kell fit un pas en avant pour franchir la porte et pénétrer dans l'obscurité.

Il changeait de monde comme de manteau.

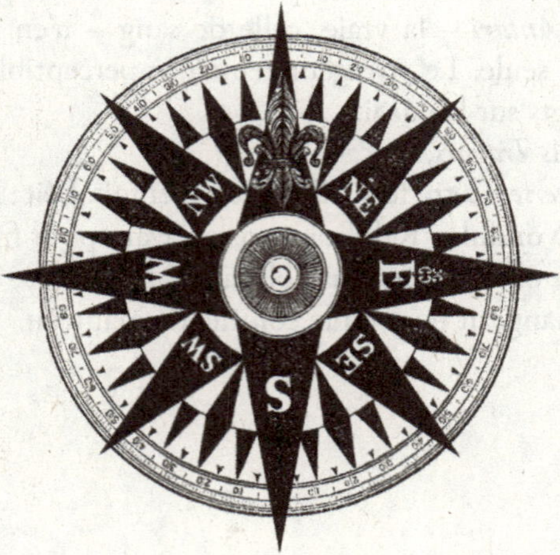
NW
NE
W
E
SW
SE
S

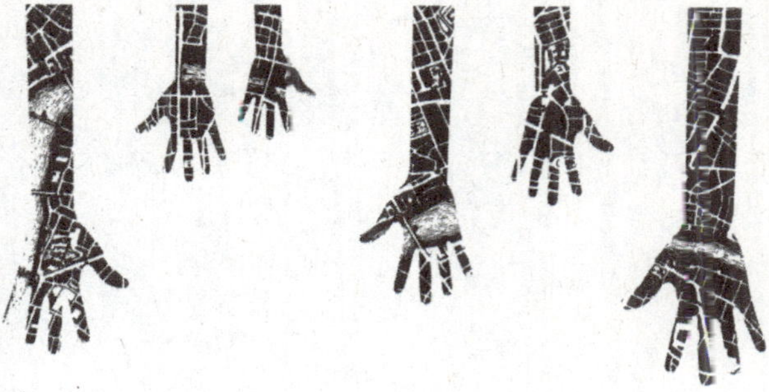

DEUXIÈME CHAPITRE

ROUGE ROYAL

I

— *Sanct!* s'écria Gen, qui jeta sa carte sur la pile, un sourire triomphant aux lèvres.

Y figurait une silhouette encapuchonnée, tête inclinée, qui brandissait une rune tel un calice. Parrish laissa tomber sur la table ses dernières cartes sans les retourner. Il aurait pu accuser son adversaire de tromperie, mais à quoi bon ? Il trichait lui-même depuis près d'une heure, sans pour autant avoir remporté une seule manche. Il grogna et poussa ses pièces vers l'imposante pile de l'autre garde. Gen rassembla ses gains puis commença à mélanger les cartes.

— Une autre partie ?

— Non merci.

Lorsque Parrish se leva, sa lourde cape, où brillaient des bandes rouge et or disposées en éventail comme des rayons de soleil, vint retomber sur ses épaules cuirassées. Les plaques métalliques de son plastron et de ses jambières cliquetèrent en se remettant en place. Gen abandonna l'anglais, la langue employée à la cour, pour répondre en arnésien, le dialecte qu'utilisait le peuple :

— *Ir chas era.*

— Pas amer, non, juste fauché… rétorqua Parrish à mi-voix.

— Allez, jamais deux sans trois !

Insensible à ces encouragements, le garde rajusta la courte épée qu'il portait à la ceinture et déclara :

— Il faut que j'aille satisfaire un besoin naturel.

— Je t'en prie !

Hésitant à laisser son camarade seul pour assurer la protection du prince, Parrish passa en revue le couloir où ils étaient postés. Rien qui sorte de l'ordinaire. Pas la moindre embûche à l'horizon – ni le moindre signe d'activité, à vrai dire –, mais les jolis objets, eux, ne manquaient pas : portraits royaux, trophées ou petits guéridons (comme celui sur lequel ils s'étaient installés pour jouer aux cartes). Au bout du corridor se trouvait une double porte en merisier, sculptée de l'emblème royal d'Arnes, le calice et le soleil levant, marqueté d'or fondu. Au-dessus du sceau, ces fils de métal précieux dessinaient un R sur le bois poli.

Les deux battants donnaient sur les appartements privés du prince Rhy. Membres de sa garde personnelle, Gen et Parrish se trouvaient donc en faction devant.

Parrish avait beaucoup d'affection pour Rhy. Le prince était un enfant gâté, bien sûr, comme n'importe quel membre de la famille royale – simple supposition, bien sûr, la sentinelle n'avait jamais été au service de personne d'autre – mais il était toujours de bonne composition et se montrait en particulier très indulgent envers ses gardes du corps (c'était lui, par exemple, qui avait offert à Parrish le beau jeu de cartes aux bordures dorées). Parfois, après une soirée arrosée, il abandonnait son anglais aux accents prétentieux pour discuter avec eux dans la langue du peuple, qu'il maîtrisait à la perfection. Il semblait même se sentir coupable de contraindre ses gardes à jouer continuellement les plantons, estimant sans doute qu'ils avaient mieux à faire que de rester postés jour et nuit devant sa porte (en réalité, la plupart des nuits, il s'agissait plus pour eux de se montrer discrets que de le protéger).

Les moments les plus agréables demeuraient ceux où le prince et maître Kell sortaient en ville le soir. Dans ce cas, Gen et Parrish étaient en général autorisés à les suivre à bonne distance, voire relevés de leurs fonctions pour tenir tout simplement compagnie aux deux frères : Kell était mieux à même de protéger Rhy qu'aucun de ses gardes, nul ne l'ignorait. Mais cette nuit-là, l'*Antari* tardait à rentrer. Le prince, qui ne tenait pas en place, se montrait donc de fort mauvaise humeur et s'était retiré plus tôt qu'à l'accoutumée dans ses appartements. Voilà pourquoi Gen et Parrish se trouvaient en faction devant sa porte – et pourquoi le premier avait dépouillé le second de presque toute sa menue monnaie.

Après avoir ramassé son casque posé sur la table, Parrish partit se soulager pendant que Gen comptait ses gains. Le garde prit son temps : il méritait bien ça après les pertes de la soirée. À son retour, le couloir était vide. Plus aucune trace de Gen. Parrish haussa un sourcil désapprobateur – l'indulgence avait ses limites… Jouer de l'argent restait acceptable, mais s'il découvrait le prince temporairement sans protection, leur capitaine serait furieux.

Le soldat avait commencé à ranger les cartes toujours éparpillées sur la table quand il entendit une voix masculine résonner dans la chambre. Rien d'étrange en soi, car Rhy aimait s'amuser et ne faisait pas mystère de la diversité de ses penchants. Parrish ne se serait d'ailleurs jamais permis de trouver quoi que ce soit à y redire.

Mais la voix ne lui était pas étrangère, et n'appartenait pas à l'une des fréquentations de Rhy. Si l'homme s'exprimait en anglais, c'était avec des intonations bien plus gutturales que l'accent arnésien.

Ce timbre rappelait une ombre dans les bois, la nuit. Douce, menaçante et glacée. Elle appartenait à Holland, le deuxième *Antari*.

Parrish blêmit. S'il vouait un véritable culte au frère du prince – Gen ne se lassait jamais, d'ailleurs, de le taquiner à ce sujet –, Holland, l'alter ego de maître Kell venu de l'autre monde, le terrifiait. Était-ce à cause de sa voix monocorde, dénuée de la moindre inflexion, de son apparence étrangement décolorée ou de ses yeux hantés – l'un noir bien sûr, l'autre d'un vert laiteux ? Ou parce qu'il semblait fait d'eau et de pierre plutôt que de chair et de sang ? Quelle qu'en soit la raison, l'*Antari* lui avait toujours fait froid dans le dos. Entre eux, certains gardes le surnommaient même « le Fantôme », mais Parrish ne s'y hasardait jamais.

— *Pourquoi ?* le taquinait souvent Gen. *Il ne risque pas de t'entendre, depuis son monde !*

— *Et qu'en sais-tu ?* chuchotait Parrish. *Peut-être bien que si…*

Et voilà que Holland se trouvait dans la chambre de Rhy. Était-ce prévu ? Qui l'avait laissé entrer ?

Mais où est passé Gen, bon sang ?

Parrish retourna se camper devant la porte. Il n'avait pas l'intention d'écouter la conversation, mais un petit interstice séparait les deux battants et, quand il tourna la tête, des bribes de phrases lui parvinrent par la fente.

— Pardonnez mon intrusion, murmurait Holland de son timbre grave.

— Je vous en prie, répondit Rhy, nonchalant. Mais pourquoi venez-vous me voir à la place de mon père ?

— Mon entrevue avec Sa Majesté est déjà terminée. Si je viens vous voir, c'est pour une autre raison.

La séduction évidente qui perçait dans la voix de l'intrus fit rougir Parrish. Peut-être ferait-il mieux d'abandonner son poste plutôt que d'épier la discussion... Pourtant, il ne put se résoudre à bouger. Il entendit Rhy se carrer dans un des fauteuils moelleux qui meublaient sa suite.

— Laquelle ? demanda le prince sur le même ton.

— C'est bientôt votre anniversaire, me semble-t-il.

— En effet. Vous devriez assister aux festivités, d'ailleurs, si vos souverains vous le permettent.

— J'ai bien peur que non. Mais ils sont la raison de ma venue. Ils m'ont demandé de vous apporter un cadeau.

Rhy marqua un temps d'hésitation. Les coussins de cuir gémirent quand il se pencha vers son hôte.

— Vous connaissez nos lois, Holland, dit-il. Je ne peux pas accepter...

— Je les connais, jeune prince, répondit l'*Antari*, rassurant. Je me suis donc procuré ce cadeau ici, dans votre propre ville, au nom de mes maîtres.

Silence.

— Très bien.

Parrish entendit Rhy quitter son siège, puis ouvrir un paquet.

— À quoi sert-il ? demanda le prince après une nouvelle pause.

Holland fit un bruit qui n'était pas tout à fait un rire – une première pour Parrish, qui ne l'avait jamais vu exprimer la moindre joie ni la moindre satisfaction.

— À vous rendre plus fort.

À cet instant, les horloges qui se mirent à sonner l'heure à travers tout le palais couvrirent la réponse de Rhy et la suite de la conversation. Leur écho résonnait encore dans le couloir quand la porte de la chambre s'ouvrit. En franchissant le seuil, Holland posa sur Parrish le regard étrange de ses yeux vairons.

Après avoir refermé le battant derrière lui, il dévisagea le soldat d'un air résigné en passant une main dans ses cheveux charbonneux.

— On en renvoie un et voilà qu'un autre apparaît, marmonna-t-il.

Et, sans laisser à Parrish le temps de répondre, l'*Antari* sortit de sa poche une pièce qu'il lui lança.

— Je ne suis jamais venu ici.

Le disque de métal décrivit un arc parfait. Lorsqu'il atterrit dans sa main, le garde se trouvait seul dans le couloir. Il fixait la pièce nichée dans sa paume, sans comprendre comment elle était arrivée là. Certain d'avoir oublié quelque chose, il serra le poing comme pour retenir une pensée fugace.

Mais le souvenir s'était déjà envolé.

II

Même au cœur de la nuit, le fleuve brillait d'un éclat pourpre.

Lorsque Kell fut passé d'un monde à l'autre, la nappe noire de la Tamise laissa place à la chaude lueur de l'Île – le nom du cours d'eau dans le Londres rouge –, qui scintillait tel un bijou, éclairée de l'intérieur. Le ruban de lumière traversait la capitale. C'était une source de puissance, une veine gorgée de pouvoir, une artère qui palpitait.

Certains pensaient que la magie provenait de l'esprit, d'autres de l'âme, du cœur ou même de la volonté. Mais Kell savait qu'elle naissait du sang des hommes.

Le sang était l'incarnation, la manifestation de la magie. Voilà où elle s'épanouissait, voilà où, parfois, elle se faisait poison. Le jeune homme avait vu ce qui se passait quand elle livrait bataille contre le corps : elle assombrissait les veines des hommes qu'elle corrompait. Leur sang, autrefois cramoisi, se drapait de ténèbres. Si le rouge était la couleur de l'équilibre, de l'harmonie entre pouvoir et humanité, le noir était celle de l'instabilité, du désordre, de la démesure.

Chez Kell, l'*Antari*, se mêlaient équilibre et chaos : le sang qui coulait dans ses veines était d'un pourpre chatoyant, débordant de vie, tout comme l'Île qui traversait Londres, mais son œil droit, couleur d'encre, brillait d'un noir de jais.

Il aurait aimé croire qu'il ne tenait sa puissance que de son sang. Mais comment ignorer le stigmate de la magie noire qui altérait son visage ? Dans chaque miroir, dans chaque paire d'yeux ordinaires, où se lisait un respect mêlé de crainte, la magie lui rendait invariablement son regard. Dès qu'il déployait sa puissance, elle murmurait au plus profond de lui. Mais jamais son sang ne noircissait – il restait d'un rouge pur, tout comme l'Île.

Devant lui, tel un pont de verre, de bronze et de pierre jeté au-dessus du fleuve, se dressait le palais royal, qu'on appelait Soner Rast, le « Cœur battant » de la ville. Ses flèches aux lignes courbes scintillaient comme des flambeaux.

Les habitants y affluaient jour et nuit, certains pour soumettre une affaire à l'arbitrage du roi ou de la reine, mais la plupart simplement pour se trouver au plus près de l'Île, qui coulait juste en dessous. Si les érudits s'installaient au bord du fleuve, c'était pour étudier cette source étonnante de pouvoir. Les magiciens, eux, s'y rendaient dans l'espoir d'y puiser de la force. Quant aux visiteurs venus de la campagne arnésienne, ils s'y aventuraient simplement pour en contempler le célèbre panorama et déposer des bouquets – lis, cyclamens, azalées ou fleurs de lune – le long de ses rives.

Tapi dans l'ombre d'une boutique, Kell observa longuement le palais, éternel soleil levant suspendu au-dessus de la ville et, l'espace d'un instant, parvint à le voir avec les yeux des hôtes de passage, avec émerveillement.

Son bras qui l'élançait ne tarda pas à le ramener à la réalité. Une légère grimace sur le visage, il glissa sous son col la pièce de monnaie qu'il venait d'utiliser avant de se diriger d'un pas nonchalant vers l'Île et ses berges toujours en effervescence.

Aux lueurs conjuguées du fleuve, des lanternes et de la lune, le marché de nuit battait justement son plein. Sous des tentes colorées, des commerçants proposaient leurs marchandises aux habitants du cru comme aux pèlerins : des plats locaux côtoyaient des objets magiques ou plus prosaïques. Une jeune femme vendait des bouquets de trientales, que les visiteurs pouvaient ensuite déposer sur le perron du palais. Un vieil homme présentait sur son bras levé des dizaines de colliers, tous ornés d'un galet poli censé amplifier la maîtrise de tel ou tel élément.

Le subtil parfum des fleurs était couvert par d'autres arômes : viande grillée, fruits coupés, épices aux odeurs entêtantes et vin chaud. À côté des prunes confites qu'exhibait un homme en toge noire, une femme avait étalé des pierres de divination. Un marchand versait du thé fumant dans de petits gobelets en verre, en face d'un étal qui exposait des masques, et d'un autre où s'alignaient de minuscules flacons d'eau prélevée dans le fleuve et dont le contenu brillait encore faiblement. Chaque soir, d'un bout à l'autre de l'année, le marché prenait vie et s'animait, florissant. Les camelots changeaient sans cesse, mais le foisonnement en demeurait inchangé – il faisait partie de la ville autant que le fleuve où elle puisait sa force. Kell se faufila dans la foire nocturne, longeant les quais. Il savourait le goût et l'odeur de l'air, les rires, la musique, le murmure de la magie.

Un magicien des rues exécutait des numéros de feu devant un attroupement d'enfants. Quand les flammes surgirent de ses mains en coupe pour former un dragon, un petit garçon recula sous le coup de la surprise et percuta Kell, qui le rattrapa par la manche avant qu'il ne tombe sur les pavés.

Le gamin avait marmonné la moitié d'un « Désolé… Merci, monsieur ! » lorsqu'il aperçut la prunelle noire de Kell sous la mèche qui cachait son front et écarquilla des yeux marron clair.

— Mathieu ! le gronda une femme alors qu'il se réfugiait derrière sa cape.

Elle ajouta alors en arnésien :

— Excusez-le, monsieur. Je ne sais pas ce qui lui a…

Elle s'interrompit à la vue du visage de Kell, mais eut la décence de ne pas s'enfuir comme son fils. Non, sa réaction fut bien pire. Elle s'inclina si bas qu'elle parut près de basculer.

— *Aven*, maître Kell ! souffla-t-elle.

L'estomac noué, il tendit la main pour la relever avant que quelqu'un ne voie son geste, mais c'était déjà trop tard.

— Il ne… re… regardait pas où il… bredouilla-t-elle.

Elle peinait à s'exprimer en anglais, la langue royale, ce qui hérissa Kell encore plus. Il la releva par le coude et la rassura doucement en arnésien :

— Non, c'était ma faute.

— Il a… il a juste… il ne vous a pas reconnu dans cette tenue, dit-elle, à l'évidence soulagée de pouvoir parler sa langue.

Il baissa les yeux sur ses vêtements. Il portait encore son manteau marron tout effiloché au lieu de son pardessus rouge habituel. Ce n'était pas un oubli : il avait juste espéré pouvoir profiter de la foire, un petit moment, comme un simple visiteur ou un des habitants de Londres. Mais sa ruse avait échoué. La nouvelle de sa présence se répandait déjà à travers la foule, comme une vague, et transforma bien vite l'atmosphère du marché de nuit.

Lorsqu'il lâcha le bras de la femme, les badauds s'écartaient déjà devant lui, rires et cris réduits soudain à des murmures pleins de révérence. Rhy savait quelle attitude adopter dans ce genre de situations, comment les retourner à son avantage.

Kell, lui, ne souhaitait qu'une chose : disparaître.

Il esquissa un sourire qui devait ressembler à une grimace, salua la mère et son fils, puis fila le long de la berge sans se retourner. Mais les voix des marchands et de leurs clients le suivirent jusqu'aux marches, jonchées de fleurs, du palais royal.

Lorsqu'il gravit à la hâte le monumental escalier, les sentinelles se contentèrent de le saluer de la tête sans quitter leur poste. Il leur était reconnaissant de ne pas s'incliner. Seul l'un des gardes personnels de Rhy, Parrish, semblait incapable de résister, mais il avait au moins la décence de rester discret. Avant même d'avoir atteint le palier, le voyageur ôta son manteau pour le retourner de droite à gauche. Quand il glissa de nouveau les bras dans chaque manche, le tissu brun, usé à la corde et taché de suie, était déjà remplacé par un riche brocart cramoisi du même rouge chatoyant que l'Île. La couleur réservée à la famille royale.

Kell s'arrêta sur la dernière marche pour fermer le rang de boutons d'or scintillant, avant de pénétrer d'un pas lourd dans l'imposant bâtiment.

III

Il les trouva dans la cour, attablés devant un thé tardif sous la canopée automnale et une voûte nocturne sans nuage.

Le roi et la reine écoutaient Rhy, allongé sur un sofa, divaguer – comme souvent – sur son anniversaire qui approchait et l'avalanche de festivités censée l'accompagner.

— Un anniversaire célèbre un jour de naissance, maugréait le roi Maxim sans lever les yeux de la pile de documents qu'il étudiait. Pas plusieurs jours et certainement pas une semaine.

C'était un homme imposant, large d'épaules, aux yeux pleins de vie et à la barbe brune.

— Vingt ans ! rétorqua Rhy, qui faisait de grands gestes avec sa tasse vide, ses yeux mordorés scintillants de malice. Vingt ! Quelques jours de célébration ne me paraissent pas exagérés… En plus, une bonne moitié de ces réjouissances est destinée au peuple. Qui suis-je donc pour les en priver ?

— Et l'autre moitié ? soupira la reine Emira, dont les longs cheveux bruns étaient rassemblés en une lourde tresse nouée par un ruban doré.

Rhy lança à ses parents un sourire conquérant.

— C'est vous qui désirez à tout prix me trouver un bon parti, Mère.

— Certes, mais je préférerais éviter de transformer au passage le palais en maison close, marmonna-t-elle en rectifiant d'un air absent la disposition des couverts sur la table.

Le prince passa la main dans ses épaisses boucles brunes – sa fine couronne dorée s'en retrouva toute de travers – et poursuivit sa tirade.

— Vous exagérez ! Je cherche juste un moyen efficace d'évaluer les nombreux attributs nécessaires… Ah, Kell ! Toi, tu seras d'accord avec moi !

Le voyageur, qui rejoignait à grands pas le petit groupe, répliqua :

— C'est une très mauvaise idée…

— Traître ! s'écria Rhy d'un air faussement blessé.

— Mais rien ne l'en détournera, malheureusement, termina Kell. Alors autant organiser la fête ici, au palais, où on pourra en contrôler le déroulement. Essayer d'éviter à Rhy de se retrouver dans le pétrin…

— C'est judicieux… très judicieux, déclara l'intéressé, un grand sourire aux lèvres, d'une voix grave qui imitait assez bien le timbre de son père.

Le roi reposa le document qu'il déchiffrait et leva enfin les yeux pour dévisager Kell.

— Comment était ton voyage ?

— Plus long que prévu.

— Nous commencions à nous inquiéter, avoua son épouse.

— Le roi n'était pas dans son assiette, et son fils… encore pire.

Kell fouilla dans les diverses poches de ses manteaux pour trouver la lettre du prince régent. Il la tendit au monarque, qui la posa à côté de lui sans la lire.

— Assieds-toi, lui recommanda la reine. Tu es tout pâle.

— Tout va bien ? lui demanda le roi.

— Très bien. Je suis juste fatigué.

Il se laissa tomber avec soulagement dans un fauteuil à côté de la table. La reine lui caressa la joue d'un air préoccupé. Toute la famille royale avait un teint hâlé qui, associé à leurs yeux couleur miel et leurs cheveux bruns, rappelait le bois ciré. Avec sa peau claire et ses cheveux auburn, Kell ne se sentait jamais vraiment à sa place parmi eux. Emira écarta quelques mèches cuivrées de son front pâle. Elle plongeait invariablement le regard dans son œil droit pour y chercher la vérité comme on scrute une table de divination. Mais ce qu'elle y voyait, elle ne le révélait jamais. Kell lui prit la main pour l'embrasser.

— Je vais bien, Votre Majesté… Mère, se corrigea-t-il devant son regard las.

Un serviteur apporta un nouveau pot de thé sucré parfumé à la menthe. Kell en but une longue gorgée et laissa son esprit vagabonder, bercé par les voix réconfortantes de sa famille.

Quand ses paupières commencèrent à se fermer, il s'excusa et se leva, aussitôt imité par son frère. Il ne s'en étonna pas : depuis qu'il s'était assis, le regard du prince pesait sur lui. Après avoir souhaité bonne nuit à leurs parents, Rhy suivit Kell dans le couloir.

— Qu'est-ce que j'ai manqué ? demanda le voyageur.

— Pas grand-chose. Holland est passé nous rendre visite. Il vient de repartir.

Kell fronça les sourcils, interloqué. Les Londres rouge et blanc maintenaient entre eux des contacts bien plus étroits qu'avec le gris, mais leurs échanges suivaient tout de même un rythme assez régulier. Or Holland s'était présenté au palais avec près d'une semaine d'avance.

— Qu'est-ce que tu as rapporté, ce soir ?

— Un bon mal de tête, répondit Kell en se frottant les yeux.

— Tu m'as très bien compris. Qu'est-ce que tu as fait entrer dans notre monde ?

— Quelques lins, c'est tout. Tu peux me fouiller si tu veux, ajouta-t-il avec un sourire narquois, les bras largement écartés.

Rhy n'avait jamais saisi le principe de fonctionnement de son manteau. Alors que Kell se retournait pour partir, estimant la question réglée, le prince le prit par surprise : au lieu d'inspecter ses poches, deux mains l'attrapèrent par les épaules pour le plaquer contre le mur sans ménagement. Un portrait du couple royal trembla, sans toutefois se décrocher. Les gardes postés à intervalles réguliers tout le long du couloir levèrent les yeux mais n'esquissèrent pas le moindre geste.

Kell avait un an de plus que son assaillant mais, grand et mince, il ressemblait à une ombre étirée au soleil de l'après-midi tandis que le prince était bâti comme une statue, et presque aussi robuste.

— Ne mens pas, gronda Rhy. Pas à moi.

La bouche du voyageur se fit amère. Son frère l'avait percé à jour, deux ans plus tôt. Il ne l'avait pas pris sur le fait, bien sûr, mais l'avait poussé aux aveux de façon bien plus sournoise. En s'appuyant sur leur confiance réciproque. Un soir d'été, tous deux contemplaient l'Île rougeoyante et le ciel sombre, accoudés, un verre à la main, à l'un des nombreux balcons du palais, quand la vérité avait échappé à Kell. Il avait avoué à son compagnon de beuverie les marchés qu'il passait dans les Londres gris, blanc, et parfois même rouge, et décrit les divers objets qu'il y introduisait en contrebande. Rhy l'avait écouté sans mot dire, incrédule. Quand le prince avait à son tour pris la parole, ce n'était pas pour le sermonner, lui rappeler les préceptes de la loi ou de la morale, mais pour lui demander la raison de son comportement.

— *Pourquoi, Kell ? Dis-moi simplement pourquoi.*

— *Je ne sais pas*, avait répondu Kell.

C'était la pure vérité. Déjà passablement éméché, Rhy s'était redressé de toute sa hauteur, le regard trouble, à l'évidence contrarié.

— *On subvient bien à tous tes besoins, pourtant ? Tu ne manques de rien, si ?*

— *Non.*

À la fois une vérité et un mensonge.

— *On t'aime et on te protège, non ? Tu es traité comme un membre de la famille ?*

— *Mais je n'en suis pas un, Rhy. Même si le roi et la reine m'ont offert de porter ce nom, je ne suis pas un vrai Maresh. J'ai souvent l'impression d'être leur propriété plutôt qu'un prince.*

En entendant ces mots, son frère lui avait balancé un bon coup de poing en plein visage. Une semaine durant, Kell avait arboré deux yeux noirs au lieu d'un seul et, même si de telles paroles n'avaient plus jamais franchi ses lèvres, le mal était fait. Si seulement Rhy avait été trop ivre pour se souvenir de leur échange… Mais il n'en était rien. Le prince n'avait rien répété au roi ou à la reine de cette conversation – Kell lui devait d'ailleurs une fière chandelle – mais, désormais, après chacune de ses expéditions, l'*Antari* devait endurer un interrogatoire et les exhortations de Rhy à la prudence.

Dans le couloir à moitié plongé dans la pénombre, son frère finit par le relâcher.

— Pourquoi tiens-tu autant à continuer ton petit trafic ?

— Ça me distrait.

— Écoute, ça fait un bout de temps déjà que je ferme les yeux sur ces accès de rébellion complètement puérils, mais si les passages entre les mondes ont été fermés, c'est pour une bonne raison. Le transfert d'un objet est un acte de haute trahison.

— Ce ne sont que des petits riens. Il n'y a vraiment aucun mal à ça, aucun danger.

Kell remontait déjà le couloir, Rhy sur les talons.

— Oh que si ! Par exemple, celui qui t'attend si jamais nos parents apprennent que…

— Tu le leur dirais ?

Le prince soupira et ouvrit la bouche pour esquisser plusieurs tentatives de réponse avant de se résoudre à déclarer :

— Kell, tu sais que je ferais tout pour toi.

Le cœur de l'*Antari* se serra douloureusement.

— Je sais, répondit-il.

— Tu es mon frère. Mon meilleur ami.

— Je sais.

— Alors mets un terme à ces inepties, sinon c'est moi qui le ferai.

Kell parvint à esquisser un petit rictus plein de lassitude.

— Attention, Rhy ! Un peu plus, et on risque de croire que tu te fais à ton futur rôle, railla-t-il.

— Mais un jour, je monterai sur le trône, sourit son frère. Et tu sais bien que j'aurai besoin de toi à mes côtés…

— C'est tout ce que je demande, crois-moi.

C'était, une fois encore, la plus pure vérité. Rhy lui tapota l'épaule et partit se coucher. Les mains dans les poches, Kell le regarda s'éloigner. Le peuple de Londres, et de tout le pays, aimait son prince. Rien de plus normal : non seulement il était jeune et beau, mais il avait bon cœur. Il jouait peut-être les débauchés trop souvent et trop bien, mais derrière ses sourires aguicheurs et son charisme indéniable se cachait un esprit vif, bardé de bonnes intentions et du désir sincère de rendre heureux tous ceux qui l'entouraient. Il n'avait pas grand don pour la magie – et manquait de toute façon de la discipline la plus élémentaire pour bien exploiter son potentiel –, mais la puissance de son charme compensait largement ses maigres pouvoirs. D'ailleurs, si Kell avait retenu une seule leçon de ses visites au Londres blanc, c'était justement que la magie ne rendait pas les souverains meilleurs, bien au contraire.

Le jeune homme regagna ses propres appartements, où deux battants en bois de chêne donnaient sur une vaste chambre. L'éclat pourpre de l'Île se déversait dans la pièce par de larges portes-fenêtres ouvertes sur un balcon privé. Sous le haut plafond pendaient des tapisseries précieuses et des volutes de tissu arachnéen, gonflé par la brise. Au centre, un somptueux lit à baldaquin, rembourré de plumes et drapé de soie, attendait Kell. À vrai dire, il lui tendait même les bras. Le voyageur résista de toutes ses forces à la tentation d'aller s'y écrouler et traversa la chambre pour entrer dans une deuxième pièce, plus petite, aux murs tapissés de livres. C'étaient, pour la plupart, des traités de magie, à commencer par les rares ouvrages qu'il avait pu trouver sur les *Antari* et leurs incantations de sang – la majorité ayant été détruits dans l'affolement qui avait suivi la chute du Londres noir. Aussitôt la porte refermée derrière lui, il claqua des doigts pour allumer une bougie posée au bord d'une étagère. À sa faible lueur, il pouvait à présent voir un petit nombre de symboles tracés au dos du battant. Un triangle inversé, une série de lignes, un cercle : des figures simples, faciles à recréer mais assez spécifiques pour les distinguer entre elles. Il s'agissait de passages qui menaient vers différents lieux du Londres rouge. Le sceau du milieu était composé de deux lignes croisées. *Une croix marque l'emplacement du trésor*, plaisanta-t-il en son for intérieur. Il appuya les doigts sur sa toute dernière entaille, encore humide de sang, et retraça l'emblème sur la paroi de bois.

— *As Tascen*, dit-il d'une voix où perçait l'épuisement.

La porte céda sous sa main. Sa bibliothèque privée se transforma en une pièce exiguë. Le silence molletonné de ses appartements au palais fut remplacé par le brouhaha d'une taverne sous ses pieds et, de l'autre côté de la fenêtre, par les bruits de la ville, bien plus proches qu'un instant auparavant.

L'enseigne qui se balançait au-dessus de la porte d'entrée du lieu indiquait *Is Kir Ayes*, « Le Champ de rubis ». L'auberge était tenue par une vieille femme du nom de Fauna. Elle avait l'apparence d'une petite dame respectable, le langage d'une véritable poissonnière et un caractère d'ivrogne. Grâce à un marché conclu quand il était plus jeune (et elle déjà âgée – mais il faut dire qu'elle partait de loin), Kell s'était vu attribuer une chambre tout en haut de l'escalier.

Décrépite, minuscule et dotée d'un ameublement plus que sommaire, elle avait au moins le mérite d'être à lui. Un sort, pas tout à fait légal, marquait la fenêtre et la porte, afin que personne ne puisse trouver cette pièce ou même percevoir son existence. À première vue, l'endroit paraissait assez dénudé, mais à y regarder de plus près, l'espace sous le petit lit – comme les tiroirs de la commode d'ailleurs – abritait un tas de boîtes, qui contenaient des trésors venus de tous les Londres connus. Kell, il lui fallait bien l'avouer, était lui aussi un Collectionneur.

Les seuls objets exposés aux regards étaient un recueil de poèmes, une boule en verre remplie de sable noir et une série de cartes. Le recueil, écrit par un certain Blake, lui avait été offert par un client du Londres gris l'année précédente – le dos du livre était déjà usé jusqu'à la corde. La boule en verre, issue du Londres blanc, était censée révéler les rêves dans le sable, mais Kell ne l'avait pas encore essayée.

Les cartes, enfin, étaient pour lui une sorte d'avertissement, de rappel. Punaisées au mur côte à côte, elles constituaient l'unique décoration de la chambre. De loin, elles auraient pu passer pour identiques, car y figuraient les mêmes contours du même pays insulaire. Mais de près, seul le mot « Londres » était commun aux trois. Londres gris. Londres rouge. Londres blanc. La carte de gauche, très détaillée, représentait la Grande-Bretagne, de la Manche jusqu'au nord de l'Écosse. À l'inverse, celle de droite ne contenait presque aucune indication. Le pays s'appelait Makt, sa capitale était tenue par les impitoyables jumeaux Dane, mais le reste du territoire fluctuait sans cesse. La carte du milieu était pour Kell la plus familière, car c'était celle de sa terre natale. Le nom du pays, Arnes, était tracé en lettres élégantes le long de l'île, qui ne représentait en réalité qu'une faible partie du royaume impérial.

Trois cités bien distinctes, dans trois pays tout aussi différents… Et Kell était l'un des seuls êtres sur terre à les avoir tous visités. Ironie du sort, il n'avait jamais vu les mondes qui s'étendaient au-delà des trois capitales. Attaché au service de la couronne, il ne devait pas s'éloigner à plus d'une journée de cheval de chacun des Londres, et ne s'y était jamais risqué.

Rongé par la fatigue, il s'étira avant de se débarrasser de son manteau. Il en fouilla les poches pour retrouver le paquet que lui avait remis le Collectionneur, le déposa avec précaution sur le lit et le déballa afin de dévoiler la minuscule boîte à musique qu'il contenait. Kell l'admira à la lumière, soudain plus vivace, des lanternes de la chambre, mais la reposa lorsque la douleur dans son bras le fit de nouveau grimacer.

Sur la commode l'attendaient une bassine d'eau et plusieurs pots. Il remonta la manche de sa tunique noire et se mit au travail avec des gestes assurés. En quelques minutes, il avait nettoyé les plaies et appliqué un baume dessus. Il existait une incantation de sang pour guérir, *As Hasari*. Mais les *Antari* n'étaient pas censés l'utiliser sur eux-mêmes, surtout pas pour des blessures légères, car ce sortilège demandait trop d'énergie. D'ailleurs, les entailles à son avant-bras, plutôt superficielles, commençaient déjà à cicatriser. Grâce à la magie qui coulait dans leurs veines, les *Antari* guérissaient vite : dès le lendemain matin, sa peau serait de nouveau lisse. Il s'apprêtait à redescendre sa manche quand la petite cicatrice présente au creux de son coude accrocha la lumière et, comme toujours, retint son attention. Ses lignes, désormais floues, rendaient le symbole presque illisible. Presque.

Kell vivait au palais depuis l'âge de cinq ans et ne s'était rendu compte de l'existence de la marque qu'à douze ans. Il avait passé des semaines à chercher le sens de cette rune dans les diverses bibliothèques du bâtiment. « Souvenir ».

Du pouce, il effleura le symbole. Contrairement à ce que semblait indiquer son nom, le sceau n'était pas censé l'aider à se rappeler, mais le forcer à oublier.

Oublier un moment. Une journée. Une vie entière. Or, tout sortilège qui enchaînait le corps ou l'esprit n'était pas seulement interdit : son usage constituait un crime capital. Les coupables étaient dépouillés de leurs pouvoirs, un châtiment que certains jugeaient pire que la mort dans un monde gouverné par la magie. Pourtant, Kell portait la marque d'un tel sort. Pire encore, il soupçonnait le roi et la reine d'y avoir donné leur aval.

« K. L. » Ces initiales figuraient sur son couteau. Il y avait tant de choses qu'il ne connaissait pas, qu'il ne saurait jamais : l'origine de l'arme, du monogramme gravé dessus, la vie qui allait avec autrefois… (Était-ce de l'anglais ou de l'arnésien ? Mystère… Ces caractères figuraient dans les alphabets des deux langues. Que signifiaient-ils ? Il ne savait rien des deux lettres qui lui avaient donné son prénom – « K. L. » était devenu « Ka-Ell » puis « Kell ».) Il n'était encore qu'un enfant lorsqu'on l'avait amené au palais. Le couteau lui avait-il toujours appartenu ? Ou était-ce une possession de son père, un souvenir à emporter avec lui pour l'aider à se rappeler son passé ? Et surtout, de quoi était donc fait ce mystérieux passé ? Ce trou béant dans sa mémoire le rongeait. Il se surprenait souvent à observer la carte du milieu, à se demander d'où, sur cet immense territoire, il venait vraiment. Qui avaient été ses parents…

En tout cas, ils n'étaient pas *Antari*. Si la magie coulait bien dans les veines de chaque être, elle ne se transmettait pas par le sang ou l'hérédité. Elle ne passait pas de père en fils. Elle seule choisissait les chemins qu'elle empruntait, les formes qu'elle prenait. Le fort donnait parfois naissance au faible, et inversement. Les virtuoses du feu étaient souvent issus de mages de l'eau, les maîtres de la terre de simples guérisseurs. Le pouvoir ne se cultivait pas comme une graine, distillé et affiné de génération en génération. Sinon, les *Antari* auraient été, depuis longtemps, soignés et récoltés comme de vulgaires végétaux. Capables de contrôler tous les éléments, de jeter n'importe quel sort, d'utiliser leur propre sang pour plier le monde qui les entourait à leur volonté, ils étaient de parfaits instruments de pouvoir. Et, entre de mauvaises mains, des armes implacables. Qui sait… L'absence d'hérédité était peut-être le moyen trouvé par la nature pour maintenir l'ordre, préserver un certain équilibre.

En réalité, nul ne savait comment naissait un magicien de sang. Certains croyaient au hasard, au simple coup de dés. D'autres prétendaient qu'ils étaient d'origine divine, destinés à de grandes choses. Pour certains érudits, comme Tieren, l'existence des *Antari* résultait des transferts entre les mondes, de la combinaison incongrue de différents types de magie – voilà pourquoi, d'ailleurs, ils semblaient en voie d'extinction. Mais peu importaient les diverses théories sur leurs origines, on les considérait comme sacrés. Élus, peut-être même bénis, assurément marqués du sceau de la magie. Sans en avoir conscience, Kell porta la main à son œil droit, puis commença à se masser la tempe.

En tout cas, les *Antari* se faisaient de plus en plus introuvables, et par conséquent précieux. Leur talent avait toujours fait d'eux des objets de convoitise, mais leur raréfaction les rendait toujours plus recherchés. Il fallait les débusquer, les garder, les protéger. Les posséder. Que Rhy le veuille ou non, Kell appartenait aux collections de la couronne.

Il souleva la boîte à musique et en tourna la minuscule manivelle de métal. *Un bibelot de valeur, mais un simple colifichet tout de même*... Les notes qui s'égrenaient lui chatouillaient la paume comme le bec d'un petit oiseau, mais il ne reposa pas l'objet pour autant. Il se laissa tomber sur le lit de fortune pour contempler à loisir l'exquise petite babiole.

Comment Kell avait-il fini par échouer là, sur cette étagère de musée ? Que s'était-il passé quand son œil avait viré au noir ? Était-il né ainsi ou l'empreinte de la magie était-elle apparue plus tard ? Il avait été cinq années entières le fils de quelqu'un d'autre. Ses parents avaient-ils été tristes de le laisser partir ? Ou heureux de le remettre aux souverains comme une offrande ?

Le roi, comme la reine, refusaient de lui révéler son passé, et il avait appris à ne plus poser de questions, mais l'épuisement sapait sa résistance, attaquait les murs qu'il avait érigés à grand-peine autour de lui.

Quelle vie avait-il oubliée ? La main de Kell glissa de son visage et retomba sur le lit. Il tenta de se rappeler à l'ordre : combien de souvenirs pouvait vraiment avoir accumulé un simple enfant de cinq ans ? Peu importait qui il était avant d'arriver au palais, ce garçon n'existait plus.

Lorsque la musique ralentit et finit par s'arrêter, Kell remonta le mécanisme. Les yeux fermés, bercé par une mélodie du Londres gris et l'atmosphère familière du Londres rouge, il sombra dans le sommeil.

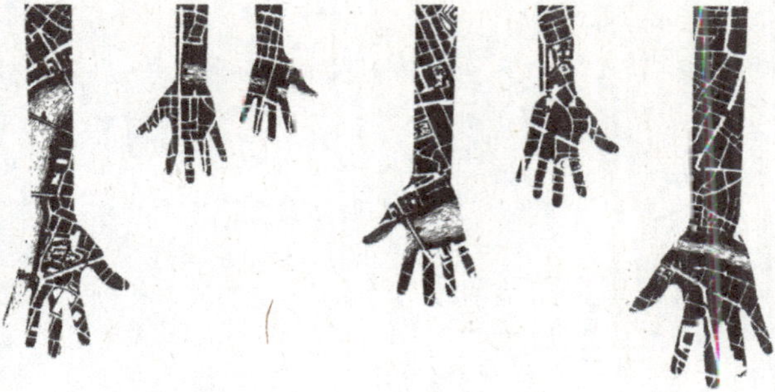

TROISIÈME CHAPITRE

VOLEUSE GRISE

I

Dans la vie, Lila Bard suivait une règle simple : tout ce qui était bon à prendre, elle se l'appropriait.

À la faible lueur d'un réverbère, elle regarda scintiller l'argent de la montre à gousset en se demandant ce que pouvaient bien signifier les initiales gravées au dos de l'objet : « L. L. E. » Elle venait tout juste de le subtiliser à un gentleman sans méfiance. Leur collision maladroite sur un trottoir bondé avait conduit à quelques mots d'excuse prononcés à la hâte. Lila avait posé la main gauche sur l'épaule de l'homme pour distraire son attention de la droite, glissée dans la première poche accessible. La jeune fille avait les doigts aussi rapides qu'agiles. Un petit salut amical du bout du chapeau, une phrase pour souhaiter bonne soirée à sa victime, et – abracadabra – elle était devenue l'heureuse propriétaire d'une montre toute neuve. Le promeneur, lui, avait repris son chemin sans s'apercevoir de rien.

Ce n'était pas l'objet en lui-même qui intéressait Lila, mais ce qu'il lui permettait de préserver : sa liberté. Un piètre semblant de liberté, peut-être, mais qui valait toujours mieux que la prison ou l'hospice. Elle passa son pouce ganté sur le cadran de cristal.

— Vous avez l'heure ? lui demanda une voix grave.

Surprise, Lila leva les yeux. Un agent de police se penchait vers elle. Elle porta la main à son haut-de-forme, dérobé la semaine précédente à un chauffeur assoupi dans sa voiture à cheval, et espéra que son geste passerait pour un salut poli plutôt qu'un accès de nerfs, une tentative désespérée de dissimuler son visage. Quand elle glissa la montre dans la poche de sa veste, elle veilla à ne pas laisser la lumière allumer de reflets sur l'assortiment de lames dissimulé sous sa cape.

— Neuf heures et demie, murmura-t-elle de sa voix la plus grave.

Grande et filiforme, elle pouvait passer au besoin pour un homme, mais uniquement de loin. Si qui que ce soit y regardait de plus près, l'illusion se dissipait aussitôt.

Lila aurait dû s'éclipser tant qu'elle le pouvait encore, mais lorsque l'agent fouilla en vain son manteau pour trouver de quoi allumer sa pipe, elle se surprit à ramasser, sans réfléchir, un petit morceau de bois dans la rue. Un pied posé sur le socle du réverbère, elle s'y hissa avec agilité pour approcher la branchette de la flamme. La lumière illumina le menton, les lèvres et les pommettes de la jeune femme – tous les contours de son visage exposés sous son haut-de-forme. Parcourue d'un délicieux frisson à l'idée de l'imminence du danger, elle se demanda, pour la centième fois, ce qui clochait chez elle. Barron ne manquait jamais une occasion de lui poser la question, mais peu importait : ce rabat-joie ne savait pas profiter de la vie.

— *À force de chercher les ennuis, tu vas finir par les trouver*, disait-il.

— Ce sont les ennuis qui me cherchent, alors autant prendre les devants.

— Tu as donc tellement envie de mourir, Lila ?

— Pas de mourir, non. Juste de vivre.

Elle redescendit du réverbère, le visage de nouveau caché par le bord de son chapeau, et tendit à l'agent le bout de bois enflammé. Après avoir marmonné un remerciement, l'homme alluma sa pipe et en tira quelques bouffées. Mais alors qu'il semblait sur le point de partir, il marqua un temps d'arrêt pour examiner Lila avec un peu plus d'attention. Le cœur de la jeune fille s'emballa.

— Vous devriez vous méfier, monsieur, finit par dire le policier. À vous promener comme ça dehors, seul, le soir… Vous risquez de vous faire détrousser.

— Des voleurs ? demanda Lila, qui luttait pour empêcher sa voix de monter dans les aigus. Non, pas à Eaton, tout de même !

— Eh si, je vous assure…

D'un air las, l'agent sortit de son manteau une feuille de papier pliée en quatre. Même si elle avait reconnu l'avis de recherche pour ce qu'il était dès le premier coup d'œil, Lila prit le temps de détailler le croquis, plutôt sommaire : une obscure silhouette qui portait un masque – une simple bande de tissu noir –, et un chapeau à larges bords.

— Un pickpocket. Il a même dévalisé plusieurs gentlemen et une dame. Rien qui sorte de l'ordinaire, au fond, mais dans ce quartier, c'est quand même étonnant. Il ne manque pas d'air, le bougre !

Lila retint à grand-peine un sourire. L'agent avait raison. Il y avait une différence entre piquer deux ou trois piécettes à South Bank et dérober de l'or et de l'argent jusque dans les calèches de Mayfair. Mais les voleurs étaient idiots de se cantonner aux bas-fonds, car les pauvres ne baissaient jamais leur garde. Les riches, au contraire, se pavanaient sans méfiance, persuadés d'être en sécurité dans les beaux quartiers de la ville, confits dans leurs certitudes. Or Lila savait qu'il n'y avait pas de bon ou de mauvais côté de la barrière, juste des opportunités à saisir… ou à laisser filer. Elle avait vite fait son choix.

Elle rendit le papier à l'agent et souleva son haut-de-forme.

— Je vais surveiller mes poches, dans ce cas.

— C'est plus sage, en effet. Ah, les temps ont bien changé, je vous assure…

Il s'éloigna, sa pipe à la bouche, en épiloguant dans sa barbe sur le déclin de la société – des marmonnements vite noyés par le battement du pouls de Lila qui palpitait à ses oreilles.

Dès qu'il fut hors de vue, elle poussa un long soupir et s'affala contre le réverbère, si soulagée que la tête lui tourna. Elle ôta son haut-de-forme pour examiner le masque et le chapeau à larges bords fourrés à l'intérieur, puis replaça son couvre-chef sur sa tête. Un petit sourire aux lèvres, elle se dirigea ensuite en sifflotant vers les quais de la Tamise.

II

Le *Roi des mers* était loin d'être aussi impressionnant que ne le laissait supposer son nom.

Le bateau pesait lourdement sur la berge où il était amarré, sa peinture tout écaillée par le sel et sa coque à moitié pourrie par endroits. Il semblait s'enfoncer tous les jours davantage dans les eaux de la Tamise et ne flottait plus guère que grâce au quai, qui n'était lui-même pas dans le meilleur état. Lila se demandait si le flanc du navire et les planches des docks ne finiraient pas par se décomposer de concert et tomber un jour en poussière dans les flots troubles de la baie.

Powell prétendait que le *Roi des mers* était plus solide que jamais : « Il est encore de taille à affronter la haute mer ! » jurait-il à qui voulait l'entendre. Mais de l'avis de Lila, le brick ne résistait que par miracle à la faible houle du port de Londres.

Elle posa un pied sur la passerelle, qui craqua sous son poids. Le grincement en suscita d'autres de loin en loin jusqu'à ce que tout le bateau semble vouloir protester contre son arrivée. Déterminée à faire la sourde oreille, la jeune fille porta la main à son cou pour desserrer le nœud de sa cape avant de grimper à bord sans hésiter.

Malgré son immense fatigue, elle se livra au même rituel que tous les autres soirs : traversant le pont, elle se rendit à la proue pour empoigner le gouvernail. Le bois glacé contre ses paumes, le léger roulis sous ses pieds… pas de doute, tout était parfait. Au plus profond de son être, Lila Bard savait qu'elle était née pour être pirate. Il ne lui manquait pour ce faire qu'un bateau en bon état. Ensuite… Le vent souleva sa cape et, l'espace d'un instant, elle s'imagina, loin du port de Londres et de toute terre ferme, sillonner à bonne allure les mers du globe. Les yeux fermés, elle tenta de se représenter la brise marine s'engouffrant dans ses manches élimées. Le choc des vagues de l'océan contre les flancs du navire. Le frisson de la liberté – la vraie cette fois –, et de l'aventure. Le menton levé bien haut (elle sentait presque le sel des embruns lui chatouiller le visage), elle prit une profonde inspiration et huma l'air marin, un grand sourire aux lèvres. Quand elle rouvrit les yeux, elle s'étonna de retrouver le *Roi des mers*, toujours amarré aux docks, à l'agonie.

Elle quitta alors le bastingage pour revenir sur ses pas. Pour la première fois de la soirée, en écoutant le bois résonner sous la semelle de ses bottes, elle dut reconnaître qu'elle se sentait… en sécurité. C'était un sentiment trompeur, elle ne l'ignorait pas. Aucun endroit de la ville n'était sûr, à commencer par une somptueuse calèche à Mayfair – alors que dire d'un bateau en décomposition installé contre l'un des quais les plus mal famés de Londres ? Elle éprouvait malgré tout un sentiment de… quiétude. Elle avait l'impression d'être chez elle, ou du moins à l'abri des regards. Elle n'avait jamais complètement l'impression d'être en sécurité, mais à bord du *Roi des mers*, elle éprouvait quelque chose d'approchant. Personne ne la regarda traverser le pont pour descendre l'escalier raide qui menait aux entrailles du navire, ni pénétrer dans la cabine située au bout de la petite coursive humide.

Elle se débarrassa de sa cape, qui tomba dans un doux bruissement d'étoffe sur la couchette installée contre l'une des parois de la cabine. Le haut-de-forme ne tarda pas à suivre et vomit son précieux contenu, lequel s'éparpilla sur le drap foncé. Un petit poêle à charbon se trouvait dans un coin de la pièce, mais les braises qu'il contenait suffisaient à peine à réchauffer l'atmosphère. Lila les attisa, avant de se servir du tisonnier pour allumer quelques chandelles de suif disposées çà et là. Elle retira ensuite ses gants, qu'elle lança à leur tour sur le lit. Enfin, elle ôta sa ceinture en cuir dont elle détacha poignard et pistolet. Elle avait d'autres armes, bien entendu, mais ne prit pas la peine de les enlever. Le poignard n'avait rien de spécial – le fil en était juste très tranchant. Elle le jeta aussi sur le lit. Le pistolet, en revanche, était une petite merveille, dotée d'un mécanisme à silex, tombée l'année précédente de la main sans vie d'un homme riche. Caster – car toutes les bonnes armes méritaient de se voir attribuer un nom – était une vraie beauté. Elle le glissa avec douceur, presque avec respect, dans le tiroir de son bureau.

La longue marche jusqu'aux quais avait refroidi puis réduit à néant l'enthousiasme éprouvé par Lila un peu plus tôt dans la soirée. Elle s'affala donc dans un fauteuil, qui gémit sous son poids comme le reste du bateau, et posa ses pieds bottés sur le plateau usé du bureau, recouvert de cartes roulées. Une seule était dépliée et maintenue en place à l'aide de quelques pierres ou babioles volées. C'était la préférée de la jeune fille, car elle ne contenait aucun nom, aucune indication. Quelqu'un devait bien savoir où elle menait, quelle région du monde y était représentée, mais pas Lila. Pour elle, c'était une carte qui menait vers une destination inconnue.

Un grand miroir aux bords abîmés et au tain écaillé était posé sur le bureau, appuyé contre la coque. Lorsqu'elle croisa son propre regard dans la glace, la jeune fille grimaça légèrement puis passa la main dans ses cheveux bruns – un carré court mal coupé, qui lui balayait la mâchoire.

Lila avait dix-neuf ans. Chacune de ces années lui semblait gravée dans sa chair. Elle tapota la peau sous ses yeux, tira sur ses joues, effleura ses lèvres du bout des doigts. Personne ne lui avait dit qu'elle était belle depuis un sacré bout de temps.

Elle ne s'en plaignait pas. Après tout, les attributs de la beauté ne lui serviraient pas à grand-chose. Elle n'avait aucune raison d'envier les dames et leurs corsets cintrés, leurs jupes froufroutantes, leurs rires de fausset ridicules. Celles-là se pâmaient devant les hommes, marchaient languissamment appuyées sur eux et simulaient la faiblesse pour mieux savourer leur force. Une telle attitude dépassait l'entendement : pourquoi diable feindre d'être fragile ?

Lila essaya de s'imaginer à la place de l'une de ses victimes féminines de la soirée. Un sourire se dessina sur son visage. C'était tellement facile de trébucher sur tous ces jupons et de se laisser assister par une main secourable. Combien de dames avaient flirté ce soir avec elle, une femme ? Combien s'étaient pâmées puis, mollement appuyées à son bras, extasiées sur sa force ?

Le butin de la soirée alourdissait ses poches. C'était largement assez. Ces dames se retrouvaient bien punies pour leurs minauderies ! Voilà qui leur apprendrait à ne pas défaillir devant le premier haut-de-forme venu, à ne pas saisir chaque main qu'on leur tendait.

Somnolente, Lila appuya la tête contre le dossier du fauteuil. Elle entendait Powell dans sa cabine, occupé à son propre rituel nocturne : libations, jurons et récits sans queue ni tête murmurés aux murs pourrissants de son cher bateau. Des histoires de pays qu'il n'avait jamais visités. De jeunes filles qu'il n'avait jamais courtisées. De trésors qu'il n'avait jamais découverts. C'était un menteur doublé d'un ivrogne et d'un imbécile – et, plus d'un soir, les trois à la fois, en particulier quand il revenait de sa taverne fétiche, *La Marée basse*. Mais il avait une cabine de libre à bord, et elle besoin d'un toit, alors tous deux étaient parvenus à un accord. Elle achetait l'hospitalité de Powell avec une part de ses larcins quotidiens et, en échange, lui oubliait qu'il louait la cabine non seulement à un criminel recherché, mais aussi à une représentante du sexe faible.

Powell radotait souvent, enfermé dans sa chambre, des heures durant. Lila y était tellement habituée que la voix du soûlard avait tendance à se fondre parmi les grincements et les murmures de la carène du vieux navire.

La jeune fille commençait à dodeliner de la tête quand on frappa trois coups à sa porte. Enfin, deux pour être exact, car son visiteur, de toute évidence trop ivre pour achever son geste, gratta pour finir le bois du battant. Les pieds de Lila glissèrent pesamment du bureau et elle se leva.

— Oui ? lança-t-elle.

La porte s'ouvrit en grand sur Powell, armé d'une bouteille où clapotait une bonne dose d'eau-de-vie. L'alcool et le léger tangage du bateau le faisaient tituber.

— Liiila, entonna-t-il. Liiilaaa.

— Qu'est-ce que tu veux ?

Il lui tendit la main, paume vers le haut.

— Ma part.

Lila tira de sa poche une poignée de pièces. La plupart étaient en cuivre mais quelques disques d'argent scintillaient au milieu des autres. Elle les sélectionna pour les déposer dans la paume de Powell, qui les fit tinter dans son poing refermé.

— C'est un peu court.

Occupée à ranger sa petite monnaie, la jeune fille ne pouvait manquer de remarquer le poids de la montre nichée dans sa veste, tout contre sa poitrine. Mais sans vraiment s'expliquer pourquoi, elle choisit de la garder pour elle. Elle s'était sans doute prise d'affection pour le bel objet. Peut-être craignait-elle que Powell n'exige ensuite chaque jour un autre bien aussi précieux. Elle croisa les bras sur son torse.

— C'était calme, ce soir, expliqua-t-elle. Je me rattraperai demain.

— Tu es un nid à emmerdes, toi…

— Pas faux.

Le ton de Lila était mielleux, mais son sourire aiguisé.

— Et tu n'en vaux sans doute pas la peine. Ce soir, en tout cas, le compte n'y est pas.

— Je te donnerai le reste demain. Tu es ivre, va te coucher.

Elle s'apprêtait à lui tourner le dos quand il l'attrapa par le coude.

— Tu vas me payer maintenant, menaça-t-il, ricanant.

— Je t'ai dit que je n'avais…

La bouteille glissa des doigts de Powell, qui fit reculer Lila contre le rebord du bureau, où il la coinça avec ses hanches.

— Je ne parle pas d'argent, chuchota-t-il, les yeux baissés sur la tunique de Lila. Un corps de fille doit bien se cacher quelque part là-dessous.

Ses grosses mains se mirent à vagabonder. Lila lui donna un coup de genou dans le ventre, qui l'envoya chanceler en arrière.

— Tu n'aurais pas dû faire ça ! grogna-t-il, le visage rouge.

Il tenta de déboucler sa ceinture. Sans attendre, Lila ouvrit le tiroir où elle avait rangé le pistolet, mais Powell releva brusquement la tête, alerté par son mouvement. Il se précipita pour lui saisir le poignet, la plaquer contre lui et la précipiter en arrière sur le lit. Elle sentit sous elle le chapeau, les gants, la cape… et le poignard.

L'ivrogne se jeta sur Lila, qui cherchait l'arme à tâtons. Au moment précis où les doigts de la jeune fille se refermaient sur l'étui en cuir, Powell l'attrapa par le genou. Tandis qu'il la tirait vers lui, elle dégaina la lame et, lorsque son agresseur lui saisit l'autre poignet, elle se servit de la force de cette prise pour se relever et lui planter le couteau dans le ventre.

Et, sans autre forme de procès, toute lutte cessa dans la petite cabine. Powell qui, les yeux écarquillés, fixait le poignard fiché dans ses entrailles, sembla prêt, l'espace d'un instant, à poursuivre le combat malgré tout. Mais Lila savait se servir d'un couteau, où frapper pour blesser comme pour ôter la vie.

La main de l'homme se crispa un instant autour du bras de la jeune fille, puis ses forces le quittèrent et il lâcha prise. Grimaçant, il chancela – pour finir, ses jambes se dérobèrent sous lui.

— Tu n'aurais pas dû faire ça, répéta-t-elle, récupérant le poignard avant qu'il ne s'effondre dessus.

Le corps de Powell heurta le sol, puis ne bougea plus. Elle le contempla un moment, stupéfiée par l'immobilité et le silence qui régnaient à présent dans la pièce. Ils n'étaient perturbés que par son pouls affolé et par le clapotis de l'eau contre la coque du bateau. Elle toucha son adversaire du bout de sa botte.

Il était bel et bien mort. Quelle pagaille… Son sang coulait sur le plancher et, par les interstices ménagés entre les lattes, gouttait jusque sur le pont inférieur. Lila devait agir, et sans perdre une minute.

Accroupie, elle essuya sa lame sur la chemise de Powell et reprit dans sa poche l'argent qu'elle lui avait remis. Elle enjamba ensuite le corps pour sortir son revolver du tiroir. Après avoir bouclé sa ceinture et enfilé sa cape, elle ramassa la bouteille de whisky, restée intacte malgré une belle chute. Le sang de l'ivrogne contenait sans doute déjà assez d'alcool pour alimenter un véritable feu de joie, mais Lila la déboucha tout de même avec les dents afin de la vider sur Powell.

Elle s'empara d'une bougie, et en approchait déjà la mèche enflammée du sol quand la carte – celle qui menait vers des terres inconnues – lui revint en mémoire. Lila s'accorda juste le temps de la prendre sur le bureau. Elle la roula et la glissa sous sa cape puis, après avoir jeté un dernier regard à la cabine, mit feu au cadavre et au bateau.

Elle s'attarda sur le quai pour regarder le *Roi des mers* partir en fumée. Elle prit quelques minutes pour le contempler, son visage rougi par l'incendie levé vers le gréement. La lumière dansait sur ses joues et son menton comme celle du réverbère quelques heures plus tôt dans la soirée. *Quel dommage !* Elle avait éprouvé une certaine affection pour l'épave. Mais ce bâtiment ne lui appartenait pas. Non, son bateau à elle serait beaucoup mieux.

Le *Roi des mers* gémit quand les flammes dévorèrent sa peau puis ses os. Pour finir, il se mit à couler sous les yeux de Lila. Elle ne quitta les lieux que lorsqu'elle entendit une course précipitée et des cris d'alarme. Les secours arrivaient, mais trop tard.

Avec un profond soupir, elle partit chercher un autre endroit où passer la nuit.

III

Campé sur le perron du Jet de pierre, Barron contemplait les quais au loin d'un air absent quand Lila approcha d'un pas tranquille, la carte et le haut-de-forme sous le bras. Lorsqu'elle suivit son regard, elle aperçut les volutes de fumée qui montaient au-dessus des bâtiments, ombres noires sur le noir de la nuit.

Au début, Barron fit semblant de ne pas l'avoir remarquée. Comment lui en vouloir ? La dernière fois qu'ils s'étaient vus, il avait été contraint de l'expulser pour vol. Pas qu'elle l'ait détroussé lui, non, bien sûr – mais un client. Elle était partie furieuse en vouant aux gémonies l'homme et sa petite auberge.

— Où cours-tu comme ça ? avait-il tonné – c'était le plus près qu'il ait jamais semblé de perdre son calme.

— Je pars à l'aventure ! s'était-elle écriée sans se retourner.

Ce soir-là, près d'un an plus tard, elle se planta devant l'escalier après avoir remonté la rue d'un pas traînant.

— Déjà de retour ? lui demanda-t-il sans la regarder en tirant méthodiquement sur son cigare. Alors, on a trouvé l'aventure ? Ou c'est plutôt elle qui t'est tombée dessus ?

Elle gravit quelques marches pour venir s'adosser à la porte de la taverne sans rien répondre. À l'intérieur résonnaient le tintement des chopes et le brouhaha des conversations de clients déjà ivres pour la majeure partie d'entre eux – et ce n'était pas près de s'arranger. Ce type d'atmosphère (et la plupart des tavernes de la capitale) faisait en général horreur à la jeune fille. Seul *Le Jet de pierre* faisait exception à la règle. Les auberges lui répugnaient, mais celle-là exerçait sur elle, tel un aimant, une attraction persistante. Même quand elle n'en avait pas l'intention, elle finissait toujours par échouer là. Combien de fois au cours de l'année écoulée ses pieds l'avaient-ils ramenée malgré elle devant cet escalier ? Combien de fois avait-elle failli le gravir ? Mais ça, Barron n'avait pas besoin de le savoir. La tête penchée en arrière, il fixait le ciel comme s'il voyait à travers les nuages.

— Alors, et le *Roi des mers* ? demanda-t-il.

— Parti en fumée.

Le tavernier sembla accuser le coup. Elle éprouva une pointe de fierté : elle adorait le prendre au dépourvu, ce qui n'était pas une mince affaire.

— Vraiment ? rétorqua-t-il d'un air dégagé.

— Tu sais ce que c'est. Le vieux bois prend feu si facilement…

Il la gratifia d'un regard appuyé, puis exhala une longue bouffée.

— Powell aurait dû mieux prendre soin de son brick.

— Tu peux le dire.

— Tu sens la fumée, reprit-il.

Lila triturait le bord de son chapeau, mal à l'aise. Les mots faillirent rester coincés dans sa gorge :

— Tu aurais une chambre de libre ?

Barron tira de nouveau sur son cigare.

— C'est drôle, dit-il. Tu m'as pourtant suggéré, la dernière fois qu'on s'est vus, de prendre ma foutue taverne, et chacune de ses minables chambres, et de me les foutre dans le…

— Les choses ont changé.

Elle lui ôta le cigare de la bouche pour en tirer à son tour une bouffée. Il la dévisagea à la lumière de la lampe.

— Lila, est-ce que ça va ? demanda-t-il.

Elle regarda les volutes de fumée franchir la barrière de ses lèvres.

— Comme toujours.

Elle lui rendit le cigare et sortit la montre à gousset de la poche de sa veste. Le métal poli en était tout chaud contre sa peau – pourquoi l'objet lui plaisait-il donc autant ? Peut-être parce qu'elle l'avait choisi ? C'est elle qui avait résolu de le prendre pour cible, et décidé ensuite de le conserver au lieu de le revendre. Sans arrière-pensée, au départ… mais il y avait quelque chose, là, qu'elle ne s'expliquait pas. Un peu comme si elle l'avait conservé pour une raison précise… Peut-être même en prévision d'un soir comme celui-ci.

Elle tendit le précieux accessoire à Barron.

— Combien de nuits, pour ce prix-là ?

Après avoir examiné la montre, le propriétaire du Jet de pierre referma dessus la main de la jeune fille.

— Garde-la. Je sais que tu me paieras sans faute.

Lila la rangea aussitôt, soulagée. Le poids de l'objet dans sa poche la réconfortait, d'autant qu'il lui fallait bien se rendre à l'évidence : elle avait tout perdu. Enfin, presque tout. Il lui restait un haut-de-forme, une carte qui menait vers des terres inconnues – autrement dit, nulle part – une poignée de couteaux, un pistolet, quelques piécettes et une montre en argent.

Barron entrouvrit la porte d'entrée, mais quand elle voulut le suivre à l'intérieur, il lui barra le passage.

— Interdiction de faire les poches de mes clients. Compris ?

Elle hocha la tête, raide et compassée.

— Je ne reste pas longtemps. Seulement jusqu'à ce que les choses se tassent.

Un bruit de verre brisé s'éleva derrière Barron, qui entra en soupirant mais pas avant d'avoir lancé par-dessus son épaule :

— Content de te revoir, en tout cas…

Lila leva les yeux, non vers le ciel mais vers les hautes fenêtres de la petite taverne miteuse. L'endroit n'avait rien d'un bateau pirate. Ce n'était pas ici qu'elle allait trouver la liberté ou rencontrer l'aventure.

« Jusqu'à ce que les choses se tassent », se répéta-t-elle.

Ce n'était peut-être pas si mal, après tout. La jeune fille ne revenait pas au Jet de pierre vaincue, la queue entre les jambes. Pour elle, il s'agissait d'une simple planque. Lila était, ni plus ni moins, un homme recherché. L'ironie de l'expression la fit sourire.

Une feuille de papier claquait, accrochée à un panneau à côté de la porte. Le même avis que celui que lui avait montré l'agent : une silhouette masquée coiffée d'un chapeau à larges bords, sous le mot « Recherché ». On l'appelait « le Voleur fantôme ». On l'y avait représentée encore plus grande et mince que dans la réalité. Un spectre vêtu de noir, redoutable… Un personnage de contes. Une légende.

Lila lui adressa un clin d'œil avant de pénétrer dans la salle commune.

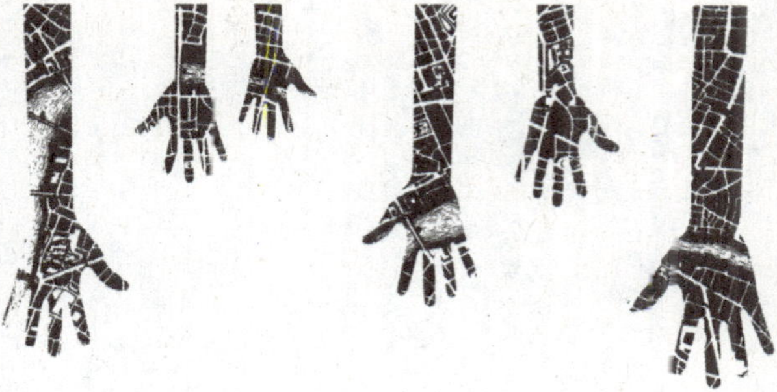

QUATRIÈME CHAPITRE

TRÔNE BLANC

I

— Et pourquoi pas un bal masqué, pour changer ?

— Rhy… Concentre-toi un peu.

— Ou un bal costumé… Ça aurait du panache, non ?

— Attention à ce que tu fais ! maugréa Kell.

Assis dans un fauteuil à haut dossier, ses bottes aux boucles dorées posées à même la table, le prince roulait une boule de verre entre ses doigts. Le globe faisait partie d'une version plus grande et plus complexe du jeu acquis la veille par le Collectionneur du Jet de pierre. Le petit plateau à cinq cases était remplacé par autant de boules de verre, qui contenaient chacune un élément. Quatre se trouvaient toujours dans le coffre en bois sombre, doublé de soie et plaqué d'or, posé entre eux sur la table. La dernière, placée entre les mains de Rhy, renfermait une poignée de terre qui allait et venait au rythme de ses gestes.

— Des costumes qui demanderaient un peu d'imagination, poursuivit le prince. Plusieurs couches de vêtements, qu'on pourrait enlever au fur et à mesure. On commencerait la soirée en grande tenue pour finir en…

— Tu ne fais aucun effort… soupira Kell.

Rhy grogna, irrité, et planta bruyamment ses pieds par terre. Il se releva, la boule brandie bien haut en face de lui.

— Tu as gagné. Admire un peu mes prouesses.

Il fixa du regard l'élément piégé à l'intérieur du verre et, avec toute la concentration dont il était capable, lui murmura quelques mots en anglais. Sans le moindre résultat. Les sourcils froncés, il s'appliqua plus intensément, chuchotant sans trêve, avec une irritation croissante. La terre finit par remuer légèrement (mais, il faut bien le dire, sans grand enthousiasme).

— Et voilà !

— Rhy… Je t'ai vu la secouer.

— Tu plaisantes, j'espère ?

— Recommence.

Le prince s'affala dans son fauteuil avec une exclamation de désarroi.

— *Sanct*, Kell ! Qu'est-ce qui cloche chez moi ?

— Rien du tout.

— Je parle onze langues. Certaines venues de pays où je n'ai jamais mis les pieds, et que je ne verrai sans doute pas de ma vie entière. Mais je ne parviens pas à déplacer une motte de terre ni à soulever une goutte d'eau. C'est frustrant ! s'emporta-t-il. Pourquoi est-ce que j'ai autant de mal à maîtriser le langage de la magie ?

— Parce que ce n'est pas ton charme, ton sourire ou le prestige de ton rang qui peuvent convaincre les éléments de t'obéir.

— Et quel manque de respect ! marmonna Rhy, pince-sans-rire.

— La terre sous tes pieds se fiche que tu sois un prince. Tout comme l'eau dans ce verre ou l'air que tu respires. Tu dois leur parler d'égal à égal… mieux encore, les implorer.

Rhy se frotta les yeux en soupirant.

— Je sais. Je sais. J'aurais juste besoin…

Il ne termina pas sa phrase. Kell fronça les sourcils car son frère paraissait vraiment contrarié.

— De quoi ? le pressa-t-il.

Le prince releva la tête. Un certain trouble se lisait dans ses yeux d'or pâle, mais cette ombre disparut aussi vite qu'elle était apparue : ses défenses étaient de nouveau en place.

— D'un petit verre.

Il faisait exprès de changer de sujet. Il se leva brusquement et s'approcha d'une desserte pour se servir à boire, puis se racla la gorge.

— Je fais vraiment de mon mieux, tu sais. Je veux m'améliorer – enfin, autant que possible. Mais on ne peut pas tous être…

Il but une gorgée et désigna vaguement son frère de la main. Kell pensait qu'il cherchait le mot « *Antari* », mais Rhy termina en disant :

— Toi.

— Il n'y en a pas deux comme moi !

— Eh bien si, justement !

Le voyageur passa la main dans ses cheveux, se rembrunit et demanda :

— À propos, qu'est-ce que Holland est venu faire ici, hier ?

Son élève revint se camper devant le jeu d'un air éminemment insouciant.

— Comme d'habitude. Livraison du courrier.

Kell dévisagea le prince, qui se dandinait d'un pied sur l'autre en tapotant le couvercle du coffret ouvert. Quelque chose clochait. Son frère avait tendance à gigoter comme un beau diable quand il ne disait pas toute la vérité. Mais l'*Antari* préféra éviter d'insister et sélectionna dans la boîte une autre boule en verre, remplie d'eau cette fois. Les doigts écartés, il la tint en équilibre sur sa paume.

— Le problème, c'est que tu veux *trop bien faire*, expliqua-t-il.

Lorsqu'il suggéra à l'eau de se mettre en mouvement, elle obéit et se mit à tourbillonner à l'intérieur du globe, de plus en plus vite, jusqu'à former une tornade de liquide.

— Sans doute parce que c'est *trop ardu*, répliqua Rhy. Tu donnes une impression de facilité mais ce n'est qu'une illusion.

Kell se refusait à avouer à son élève qu'il n'avait même pas besoin de parler pour exercer son influence sur le liquide. Il pouvait se contenter de penser les mots, de se concentrer sur eux, pour que les flots répondent à sa demande. Ce qui les animait, comme tous les autres éléments, coulait aussi dans ses veines. Il pouvait les déplacer aussi facilement que ses propres membres. Seule exception à cette règle : le sang. Il n'obéissait pas aux mêmes lois que les autres éléments et ne pouvait être manipulé, déplacé ou immobilisé. Le sang était doué de sa propre volonté. Impossible de le traiter comme un objet, il fallait s'adresser à lui comme à un égal – voire un adversaire. Voilà pourquoi les *Antari* sortaient du lot : ils étaient capables de dominer non seulement les éléments mais aussi le sang. Les sorts élémentaires visaient simplement à atteindre un degré nécessaire de concentration afin d'établir une certaine harmonie entre l'esprit et la magie – c'était une forme de méditation, une psalmodie tout autant qu'un sortilège. Mais les incantations de sang, elles, étaient de véritables ordres. Les mots que prononçait Kell pour ouvrir un passage entre les mondes ou guérir une blessure à l'aide de son sang étaient autant d'injonctions qu'il devait impérativement formuler pour les voir exécutées.

— Ça fait quel effet ? demanda Rhy de but en blanc.

L'attention du magicien se fixa sur son frère, mais l'eau continua de tournoyer à l'intérieur de la boule.

— Quoi donc ?

— De voyager. De visiter les autres Londres. Comment sont-ils, d'ailleurs ? Tu n'en parles jamais…

Kell marqua un temps d'hésitation. Une table de divination était appuyée contre un mur. L'objet n'avait pas la même fonction que les panneaux d'ardoise lisse qui relayaient les messages des autorités et des particuliers dans toute la ville. Il contenait un petit bassin d'eau enchantée, dont la surface reflétait les idées, les souvenirs, les images qui habitaient l'esprit de son utilisateur. Il permettait non seulement la réflexion, mais aussi le partage des pensées quand la parole ne suffisait plus ou faisait défaut.

Kell aurait pu s'en servir pour montrer à Rhy les deux autres Londres. De façon assez égoïste, il aurait bien aimé les partager avec son frère, histoire de se sentir un peu moins seul. Histoire qu'à part lui, quelqu'un soit aussi le témoin de ces merveilles. Mais, contrairement à ce qu'ils pensaient, les autres ne voulaient pas vraiment savoir. Ils n'en concevaient que de la tristesse. À quoi bon découvrir l'existence d'objets dont on ne pourrait jamais se servir, de lieux où il était impossible de se rendre ? Quel intérêt pour Rhy, qui, malgré tous les privilèges conférés par son rang, ne pourrait jamais, de sa vie entière, visiter l'un des autres Londres ?

— Sans surprises, finit par répondre Kell.

Il rangea la sphère dans le coffre. Aussitôt, la tornade de liquide se dissipa. L'eau clapota quelques instants encore avant de s'immobiliser. Sans laisser au prince le temps de poser une autre question, Kell lui demanda de se remettre au travail avec la boule de terre.

Après un nouvel essai – et un nouvel échec –, Rhy, excédé, lâcha la sphère sur la table. Kell la rattrapa avant qu'elle ne roule à terre.

— Je ne vaux pas un clou, et on le sait tous les deux !

— Avec un peu d'entraînement…

— Non, ça ne change rien à rien !

— Ton problème, Rhy, c'est que tu ne veux pas apprendre la magie pour elle-même, mais parce que tu crois qu'elle t'aidera à attirer les autres dans ton lit.

— Et alors ? Je vois bien comment les filles, et les garçons, s'extasient sur ton bel œil noir. (Le prince se leva d'un bond.) Bon, tant pis pour la leçon, je ne suis pas d'humeur. Viens, sortons !

— Pourquoi ? Pour que tu puisses utiliser ma magie pour séduire des innocents ?

— Bonne idée, mais non. Nous sommes en mission, vois-tu…

— Ah oui ?

— Mais bien sûr ! Parce que, à part si tu comptes m'épouser toi-même, je dois me trouver une future femme. Et ne te méprends pas, je tiens à dire qu'on formerait un couple superbe, toi et moi.

— Et tu crois pouvoir en trouver une en traînant en ville ?

— Mon Dieu, non ! s'écria Rhy avec un petit sourire. Mais je devrais pouvoir bien m'amuser au passage…

Les yeux levés au ciel, Kell reposa le coffret sur une des étagères de la bibliothèque.

— Bon, passons à un autre exercice.

— Qu'on en finisse ! gémit son frère.

— Ce sera chose faite dès que tu me montreras que tu sais contenir une flamme.

De tous les éléments, le feu était le seul pour lequel le prince avait… peut-être pas du talent, le mot était trop fort, mais au moins quelques dispositions. Kell débarrassa la table afin de poser devant Rhy une assiette creuse en métal, un morceau de craie blanche, un flacon d'huile et un curieux petit instrument : deux bouts de bois noircis, attachés en croix par une charnière. Avec un soupir, le prince traça à la craie un cercle d'enchantement autour du plat. Il y vida ensuite le contenu de la fiole : l'huile forma une flaque de la taille d'une pièce de dix lins. Enfin, il souleva l'instrument, qui tenait facilement dans sa paume. Il s'agissait d'un boutefeu. Lorsque l'élève ferma le poing, les deux tiges frottèrent l'une contre l'autre et une étincelle tomba sur la flaque d'huile, qui s'embrasa.

Une petite flamme bleue dansait à présent à sa surface. Rhy fit craquer ses doigts, puis étira son cou et remonta ses manches.

— Avant que la flamme ne s'éteigne ! lui rappela Kell.

Le prince le fusilla du regard, mais plaça les mains de chaque côté du cercle d'enchantement, paumes tournées vers l'intérieur, et se mit à parler au feu en arnésien. Plus fluide que l'anglais, cette langue aux accents cajoleurs se prêtait mieux à la magie. Au bout d'un instant, les douces sonorités de son murmure ininterrompu semblèrent presque prendre forme dans la pièce.

Et à la grande stupéfaction des deux frères, le sort fonctionna. La flamme, devenue blanche, se mit à brûler sans l'aide de l'huile. Elle couvrit petit à petit toute la surface du plat et s'éleva dans l'air sous le regard ravi de Rhy, qui la désigna du doigt.

— Regarde! J'ai réussi!

Il ne se trompait pas. Mais même s'il ne lui parlait plus, la flamme continuait à grandir et léchait à présent les bords du cercle.

— Attention, reste bien concentré, l'avertit Kell.

Le feu se tordait et s'arc-boutait contre le trait de craie. L'élève se tourna vers son professeur, suffoqué par l'indignation.

— Quoi? Pas un mot d'éloge? Pas même...

— Rhy!

Trop tard: les doigts du prince avaient frôlé la table, effleuré le cercle et étalé la craie. L'incendie surgit, soudain libéré, et se propagea sur toute la longueur du meuble. Le jeune homme recula d'un bond pour éviter de prendre feu à son tour et faillit tomber à la renverse dans son fauteuil.

D'un seul geste, Kell avait dégainé son couteau, entaillé sa paume et posé la main sur l'extrémité de la table.

— *As Anasae*, ordonna-t-il.

Dissipe. Le feu enchanté se volatilisa aussitôt, soufflé en un clin d'œil. La tête du magicien lui tournait. Rhy resta planté là, stupéfait et penaud.

— Je suis désolé, bredouilla-t-il. Je n'aurais pas dû…

Il détestait quand Kell était forcé d'utiliser la magie de sang, car il se sentait personnellement responsable de son sacrifice. C'était d'ailleurs souvent le cas. De longues années plus tôt, le prince avait infligé à son frère une grande souffrance, et ne se l'était jamais tout à fait pardonné.

— Ce n'est rien, tout va bien, le rassura Kell en essuyant sa main blessée avec un mouchoir. Mais je crois qu'on en a terminé pour aujourd'hui.

— Oui, approuva Rhy, encore un peu secoué. Un autre verre ne me ferait pas de mal. J'ai besoin d'un bon remontant.

— D'accord, concéda Kell, le sourire las.

— D'ailleurs, ça fait une éternité qu'on n'est pas allés à l'*Is Aven Stras* !

— Tu plaisantes, j'espère ? On ne peut pas y retourner.

Ce qu'il fallait comprendre ? « Je ne peux pas te laisser y aller. » Malgré son nom en apparence inoffensif, « Les Saintes Eaux », l'*Is Aven Stras* était un repaire de brigands. On y croisait les citoyens les moins recommandables de la ville. Mais Rhy avait déjà retrouvé son entrain habituel :

— Allez, ne te fais pas prier ! Gen et Parrish nous dénicheront des uniformes. On ira tous déguisés en…

C'est alors qu'on se racla la gorge derrière eux. Les deux frères se retournèrent pour découvrir le roi Maxim sur le seuil de la pièce.

— Père ! s'exclamèrent-ils en chœur.

— Ça va, tous les deux ? La leçon se passe bien ?

Rhy lança un regard lourd de sous-entendus à Kell, qui haussa un sourcil narquois mais se contenta de répondre :

— Oui, on vient juste de terminer.

— Tant mieux.

Le monarque tira une enveloppe de sa poche. C'est seulement en la voyant que Kell comprit la vérité : malgré toutes ses protestations, il avait vraiment envie d'une petite virée nocturne avec Rhy, mais il allait devoir s'en passer. Le cœur serré, il fit de son mieux pour cacher sa déception.

— J'ai besoin que tu transmettes un message à notre puissant voisin, lui expliqua le roi.

Le Londres blanc faisait toujours un effet particulier à Kell – un mélange inextricable de peur et de curiosité.

— Bien sûr.

— Holland m'a apporté une missive hier, poursuivit le souverain, mais n'a pas pu rester pour attendre la réponse. Je lui ai dit que tu t'en chargerais.

— Tout va bien ? demanda l'émissaire, circonspect.

S'il connaissait rarement le contenu des courriers adressés au Londres blanc, Kell pouvait généralement en deviner le ton : d'un côté, la correspondance avec le voisin gris s'était réduite à de simples formalités, les deux royaumes n'ayant plus grand-chose en commun. De l'autre, le dialogue avec le monde blanc, incessant et complexe, rendait de toute évidence le roi soucieux. Chez leur « puissant voisin » (comme il aimait à le surnommer) régnaient la violence et des luttes incessantes pour le pouvoir. La signature au bas des courriers royaux changeait à une fréquence inquiétante. Il eût été facile de cesser toute relation, d'abandonner cet univers à la ruine, mais les héritiers du trône écarlate ne pouvaient s'y résoudre, car ils se sentaient en partie responsables de son déclin. Et à juste titre.

Car c'était le monde rouge qui, le premier, avait décidé de couper tout contact avec les deux autres. Pris en tenaille entre le Londres rouge et le Londres noir, le blanc s'était retrouvé piégé, forcé de combattre seul la peste noire, de s'isoler à son tour pour empêcher une magie corrompue de le contaminer. Cette décision avait hanté plusieurs générations successives de souverains, des siècles durant. Mais, à l'époque, le monde blanc était puissant, plus puissant encore que le trône écarlate, qui croyait (ou prétendait croire) qu'il s'agissait là de leur seule chance, à tous, d'en réchapper. Il avait eu à la fois raison et tort. Le Londres gris s'était enfoncé dans une étrange amnésie, et lentement replié sur lui-même. Non content de survivre, le rouge avait rencontré une immense prospérité. Mais, autrefois glorieux, le blanc s'était retrouvé changé à tout jamais. Ce monde avait sombré dans la désolation et la barbarie, la cendre et le sang.

Le roi considéra son fils adoptif d'un air songeur.

— Aussi bien que possible… répondit-il avant de lui remettre l'enveloppe et de prendre congé.

Kell s'apprêtait à suivre le souverain quand son frère l'attrapa par le bras.

— Ce coup-ci, tu reviens les mains vides, chuchota le prince. Jure-le-moi.

— C'est promis, répondit le voyageur après un instant d'hésitation.

Il se demanda à combien de reprises il avait prononcé ces mots, devenus depuis bien creux. Mais il tira de sous son col une pièce de métal délavée en espérant de tout son cœur ne pas avoir, pour une fois, proféré un mensonge.

II

À son arrivée dans le monde blanc, un frisson parcourut l'échine de Kell. En disparaissant, le Londres rouge avait emporté avec lui sa chaleur. Les bottes du voyageur heurtèrent la pierre glacée, son souffle se condensa devant ses lèvres. Il resserra autour de lui son manteau – le noir aux boutons d'argent.

Priste ir Essen. Essen ir Priste : « Le Pouvoir dans l'Équilibre. L'Équilibre dans le Pouvoir. » À la fois devise, mantra et prière, ces mots accompagnaient l'emblème du trône écarlate. On les retrouvait dans la plupart des échoppes et des maisons. Dans le monde de Kell, la magie n'était considérée ni comme une ressource de base, ni comme une richesse inépuisable. Il convenait de l'utiliser, certes, mais sans en abuser. De la manipuler avec respect et prudence.

La conception que se faisait le Londres blanc de cette manne était diamétralement opposée. La magie n'y était pas traitée en égale. Il fallait la conquérir. L'asservir, la contrôler à tout prix. Le Londres noir s'était laissé envahir, dominer et, pour finir, consumer par elle. Lorsque son voisin s'était effondré, le monde blanc avait adopté l'approche inverse et cherché à soumettre cette puissance indomptée à sa volonté par tous les moyens possibles. « Le Pouvoir dans l'Équilibre » était devenu « Le Pouvoir par la Domination ».

Or, quand on tentait de contrôler la magie, elle résistait. Elle se repliait sur elle-même, se terrait toujours plus profond, hors de portée des hommes. Ses habitants grattaient la surface du monde blanc pour en extraire un peu de puissance, mais la magie s'amenuisait de plus en plus, déclinant à l'image de ceux qui se la disputaient. Elle paraissait déterminée à affamer les pillards. Et, lentement mais sûrement, elle semblait en passe d'y parvenir.

Cet affrontement avait un effet secondaire, celui-là même qui avait conduit Kell à attribuer au Londres blanc cette teinte bien particulière : jour et nuit, été comme hiver, une sorte de chape recouvrait la ville entière, comme si une mince couche de neige, ou de cendre, s'était abattue sur elle, ainsi que sur ses habitants. Malveillante et pleine d'amertume, la magie privait peu à peu le monde de vie, de chaleur et de couleurs, ne laissant derrière elle qu'un cadavre pâle et gonflé.

Kell repassa autour de son cou le cordon où pendait une lourde pièce de fer frappée dans le Londres blanc, qu'il dissimula aussitôt sous le col de sa tunique. Dans ce labyrinthe de rues aux teintes délavées, son manteau d'un noir profond attirait dangereusement l'attention. Il glissa sa main blessée dans sa poche avant que la vue de son sang rouge vif ne donne à quiconque de mauvaises idées. Derrière lui s'étirait un fleuve nacré à moitié gelé. Il ne s'appelait ni la Tamise, ni l'Île, mais la Sijlt. Au-delà, les quartiers nord de la ville s'étendaient jusqu'à l'horizon. Au sud l'attendait le reste de la cité, dominé par la silhouette élancée d'un magnifique château de pierre, gigantesque à côté des bâtiments qui l'entouraient, ses flèches semblables à des couteaux.

Sans perdre de temps, le messager se dirigea droit vers l'édifice. Grand et mince comme il l'était, Kell avait tendance à se voûter légèrement, mais au fil des rues pavées du Londres blanc, où ses pas résonnaient comme des coups de canon, il entreprit de se redresser de toute sa taille, le menton levé bien haut, les épaules rejetées en arrière. La différence ne se résumait pas à son attitude, d'ailleurs. Dans son univers d'origine, il dissimulait ses capacités, mais dans ce monde-là, il prenait bien soin de ne pas faire une telle erreur. Il laissa sa magie emplir l'air. Privé de pouvoir depuis trop longtemps, le Londres blanc se délecta aussitôt de sa puissance : l'atmosphère se réchauffa au contact de sa peau, se chargeant de volutes de fumée. Kell, qui devait doser ses effets, marchait sur la corde raide. Trop peu de pouvoir, et il serait considéré comme une proie. Dans le cas contraire, élevé au rang de trophée.

En théorie, les habitants de la ville connaissaient leur visiteur – ou avaient du moins entendu parler de lui –, et le savaient sous la protection du trône blanc. Toujours en théorie, personne n'aurait eu la bêtise de défier les jumeaux Dane. Mais ces hommes et ces femmes étaient désespérés : leur soif d'énergie et de vie pouvait les pousser à commettre l'irréparable.

Kell demeurait donc sur ses gardes et jaugeait régulièrement la hauteur du soleil sur l'horizon, car il savait le Londres blanc bien plus docile à la lumière du jour qu'en pleine nuit. Au crépuscule, la ville semblait se transformer. Son silence contre nature, anormalement pesant – celui de milliers de poitrines qui retenaient leur souffle – laissait place au bruit, aux rires, aux manifestations de passion (elle était considérée par certains comme un moyen de faire advenir la magie), mais surtout à des affrontements sans merci et à des cris d'agonie. C'était la ville de tous les extrêmes. Un endroit fascinant, mais mortel. Les rues en auraient été irrémédiablement maculées de sang depuis bien longtemps si les assassins n'avaient pas eu l'habitude écœurante de le boire.

Puisqu'il faisait encore jour, les humbles et les égarés rôdaient dans les embrasures des portes, se penchaient aux fenêtres et erraient par les ruelles les plus sombres. Silhouettes décharnées au regard vide, tous regardaient Kell s'aventurer parmi eux. Leurs vêtements étaient aussi délavés que le reste de la ville. Tout comme leurs cheveux, leurs yeux et leur peau, par ailleurs souvent couverte de marques – autant de brûlures, de cicatrices et de mutilations censées lier à leur corps le peu de magie qu'ils parvenaient à invoquer. Plus ils étaient faibles, plus ils portaient de stigmates, ayant déchiqueté leur propre chair dans une vaine tentative de ne pas voir s'échapper leur minuscule pouvoir.

Dans le Londres rouge, de tels sceaux auraient été considérés comme vils et méprisables, car ils souillaient non seulement le corps lui-même, mais aussi la magie qu'ils enchaînaient à la chair. Dans le monde blanc, seuls les forts pouvaient s'en passer, et même eux n'y voyaient pas une marque de profanation mais un signe de désespoir. En revanche, tous s'appuyaient sur des amulettes et une grande variété de breloques pour dompter le pouvoir (seul Holland ne portait jamais aucun bijou, hormis la broche qui faisait de lui un serviteur de la couronne). Dans ce monde, la magie n'advenait jamais de son plein gré. Plus personne n'utilisait le langage des éléments depuis que ceux-ci refusaient de s'y soumettre. Le seul d'entre eux qui consentait encore à se manifester était une forme pervertie d'énergie, un mélange de feu et d'une force plus sombre, profondément corrompue. Le peu de puissance qu'on pouvait encore se procurer ne se laissait assujettir qu'au moyen d'amulettes, de sorts et d'enchantements divers. Mais ce n'était jamais suffisant, jamais satisfaisant.

Pourtant, ses habitants ne quittaient pas la ville. Le pouvoir de la Sijlt – même à moitié gelée –, les retenait là, et sa magie moribonde semblait la toute dernière source de chaleur de la cité.

La vie poursuivait donc son cours. Ceux qui n'avaient pas (encore) succombé à la terrible pénurie vaquaient à leurs occupations quotidiennes, sans se préoccuper des autres, et faisaient de leur mieux pour oublier la lente agonie de leur monde. Beaucoup continuaient de croire au retour de la magie. Ils espéraient que monte sur le trône un souverain assez puissant pour ranimer le Londres blanc et lui rendre sa force.

Croyaient-ils Astrid et Athos assez doués pour y parvenir ou attendaient-ils simplement le prochain magicien qui les renverserait, comme leurs prédécesseurs ? C'était, il fallait bien le dire, quasiment inéluctable.

Le silence se faisait plus lourd à mesure que Kell approchait du château. Si les souverains des Londres gris et rouge possédaient des palais, le Londres blanc, lui, disposait en son cœur d'une véritable forteresse.

Entre la citadelle voûtée et ses hauts remparts se trouvait une vaste cour de pierre, telle une douve, remplie de silhouettes en marbre. La tristement célèbre Krös Mejkt, ou « Forêt de pierre », ne contenait pas d'arbres mais des statues. Le bruit courait que ces silhouettes humaines n'avaient pas toujours été faites de roche, que la forêt était en réalité un cimetière créé par les Dane pour rendre hommage à leurs victimes et rappeler à tous leurs visiteurs le sort réservé aux traîtres dans le monde blanc.

Kell franchit le portail du château, traversa la célèbre cour et approcha d'un immense escalier flanqué de gardes aussi immobiles que les statues dressées sous leurs yeux. C'étaient de simples pantins, dépouillés par Athos de tous leurs attributs, à l'exception de l'air dans leurs poumons, du sang dans leurs veines et des ordres que le souverain murmurait à leurs oreilles. À ce spectacle, Kell ne put retenir un frisson. Dans le Londres rouge, utiliser la magie pour contrôler, posséder ou soumettre le corps et l'esprit d'autrui était formellement interdit. Dans le monde blanc, ce n'était qu'un signe supplémentaire de la puissance d'Athos et d'Astrid, et donc de la légitimité de leur règne.

Les yeux vides des sentinelles regardèrent le voyageur gravir les marches et passer la lourde porte. À l'intérieur, d'autres soldats, tout aussi raides et inanimés, s'alignaient contre les murs d'une antichambre au plafond voûté. Seules leurs prunelles bougeaient. Kell traversa le hall pour gagner un couloir désert. Une fois la porte refermée derrière lui, il se laissa aller à souffler, et abaissa légèrement sa garde.

— À ta place, j'attendrais encore un peu… murmura une voix.

Aussitôt, une silhouette sortit de l'obscurité. À la lueur vacillante des torches, disposées de loin en loin et qui brûlaient sans jamais s'éteindre, Kell reconnut l'homme. C'était Holland.

L'*Antari* avait la peau quasi incolore et des cheveux d'un gris charbonneux qui lui tombaient juste au-dessus des yeux. L'un était gris-vert, l'autre noyé de ténèbres. Quand leurs deux prunelles noires se croisèrent, on eût dit deux silex produisant des étincelles.

— J'apporte une missive.

— Ah bon ? Je croyais que tu étais venu prendre le thé.

— Mais avec plaisir après tout… Tant que j'y suis !

La bouche de Holland esquissa une moue qui n'était pas tout à fait un sourire.

— Athos ou Astrid ? demanda-t-il.

Sa question ressemblait à une énigme – à ceci près que, dans le cas des jumeaux Dane, il n'y avait pas de bonne réponse. Kell ne parvenait jamais à décider lequel il préférait affronter. Il ne leur faisait pas confiance, pas ensemble. Et séparés, encore moins.

— Astrid.

Avait-il fait le bon choix ? Holland n'en laissa rien paraître. Le serviteur du trône blanc se contenta de hocher la tête avant d'ouvrir la marche.

Le château, vaste et presque vide, était bâti comme une église (c'en était d'ailleurs peut-être une, autrefois). Le vent s'engouffrait dans les couloirs en sifflant et leurs pas résonnaient, lugubres, sur la pierre des corridors. Enfin, ceux de Kell surtout, car Holland se déplaçait avec la grâce terrifiante d'un prédateur. Sa capeline blanche, qu'il portait drapée sur l'épaule, était maintenue par un fermoir, un bijou rond gravé de marques qui ressemblaient de loin à de banales décorations.

Mais le voyageur connaissait l'histoire de Holland et de sa broche en argent. Il ne l'avait pas apprise de la bouche de l'intéressé, bien entendu : il avait été contraint, plusieurs années auparavant, d'acheter la vérité à un client de *L'Os calciné* en échange d'un lin venu de la ville rouge. Jusque-là, Kell ne comprenait pas pourquoi l'*Antari*, sans doute l'homme le plus puissant du Londres – voire du monde – blanc, servait les intérêts de deux vulgaires assassins tels qu'Astrid et Athos. Du vivant de leur prédécesseur, lors des quelques audiences accordées à Kell, Holland se tenait toujours aux côtés du monarque. Il était son allié, et non son serviteur. À l'époque, il semblait bien différent : plus jeune et plus arrogant, certes. Mais il avait surtout au fond des yeux une lueur indomptable. Puis, entre une visite et la suivante, cette flamme s'était éteinte, tout comme le roi, remplacé par les Dane. Holland, lui, était toujours là, à leurs côtés, comme si rien n'avait changé. Sauf… Sauf lui, à vrai dire. Il s'était fait taciturne et sinistre. Kell brûlait de découvrir ce qui s'était réellement passé.

Il s'était donc mis en tête de démêler ce mystère. L'explication, il l'avait trouvée, comme toujours, dans la taverne qui ne variait jamais d'un pouce (là-bas, les réponses avaient même tendance à venir à lui quasiment de leur propre chef). Dans le monde blanc, l'auberge s'appelait *L'Os calciné*.

Installé sur un tabouret, le lin serré dans son poing comme pour mieux en conserver la chaleur, le conteur au dos voûté avait pris la parole en maktais, la langue aux accents gutturaux du Londres blanc.

— *Öm vejr tök*, avait-il chuchoté.

« On raconte que… »

— Notre trône ne se transmet pas de génération en génération, avait-il expliqué. Il se conquiert dans le sang. Celui qui se fraie un chemin jusqu'à lui, les armes à la main, s'efforce de le conserver le plus longtemps possible. Une année passe, peut-être deux, et ce nouveau monarque est à son tour renversé. Nos souverains vont et viennent. C'est un cycle incessant, et qui n'a habituellement rien de compliqué. L'assassin prend la place de l'assassiné. Mais il y a sept ans, au moment du meurtre du dernier roi, plusieurs prétendants se disputaient la couronne. À la fin, ils n'étaient plus que trois. Astrid, Athos et Holland.

Kell en était resté bouche bée. S'il savait bien sûr que l'*Antari* avait servi le monarque précédent, il ignorait tout de ses aspirations au trône, somme toute assez logiques. Holland était un magicien de sang dans un monde où le pouvoir signifiait tout. Il aurait dû remporter la victoire sans mal. Les jumeaux Dane s'étaient toutefois révélés non seulement puissants, mais aussi impitoyables et rusés. Ensemble, ils étaient parvenus à le vaincre. Cependant, plutôt que de le tuer, ils avaient préféré le soumettre à leur volonté.

Au début, Kell pensait avoir mal compris, car son maktais n'était pas aussi affûté que son arnésien. Il avait demandé à l'homme de répéter le mot : *vëxt*. « Soumettre ».

— C'est le fermoir de son manteau, une broche ronde en argent, qui scelle l'enchantement.

Un sort d'entrave – et des plus implacables – jeté par Athos en personne. Le roi avait le don de contrôler les autres, mais le sceau ne faisait pas de Holland un esclave aveugle, comme les gardes alignés dans les couloirs du château. Le sort le laissait libre de ses pensées, de ses sensations et de ses désirs. Il ne le contraignait qu'à une seule chose, l'obéissance.

— Le roi blanc est rusé, avait ajouté l'informateur en triturant la précieuse piécette. Ignoble, mais rusé.

Dans le couloir de la forteresse, Holland s'arrêta net. Kell força son esprit et son regard à revenir au présent et considéra la porte qui se dressait devant eux. Dans le bois du panneau étaient gravés des symboles disposés en cercle. Avec dextérité, l'*Antari* blanc en toucha quatre à la suite, et un verrou glissa à l'intérieur. Holland poussa la porte et précéda Kell dans la pièce.

La salle du trône était tout aussi vaste et vide que le reste du château, depuis ses murs incurvés jusqu'aux nervures de son plafond voûté, depuis son sol étincelant jusqu'aux deux trônes identiques installés sur une estrade placée en son centre. Kell réprima de nouveau un frisson. La pièce n'était pourtant pas froide : elle donnait seulement l'apparence d'être taillée dans la glace.

Il sentit Holland s'éclipser derrière lui, mais ne détourna pas son attention de la femme assise sur l'un des deux larges sièges.

Astrid Dane se serait fondue sans mal dans le décor, n'eussent été ses veines, qui couraient sur ses mains et ses tempes comme autant de fils sombres. Le reste du tableau qu'elle formait était un véritable camaïeu de blanc. Les habitants de son monde étaient nombreux à couvrir ou peindre leur peau pour tenter de dissimuler leur pâleur et ainsi paraître en meilleure santé. Mais pas la reine du Londres blanc, dotée d'une peau de porcelaine et de longs cheveux incolores, coiffés en une seule et unique tresse. Sa tenue était ajustée comme une armure : une tunique rigide à col montant et à longues manches lui couvrait l'ensemble du buste, sans dévoiler un pouce de son cou et de ses bras. C'était moins par pudeur que pour sa propre protection, Kell le sentait bien. Sous une ceinture en argent étincelante, elle portait un pantalon moulant fuselé et de hautes bottes – le bruit courait qu'un homme lui avait un jour craché dessus pour avoir refusé de porter une robe, et qu'elle lui avait tranché les lèvres. Les seules touches de couleur étaient le bleu pâle de ses yeux, ainsi que le vert et le rouge des talismans qui ornaient son cou, ses poignets et ses cheveux.

Sec mais puissant, son corps mince ressemblait à un fil tendu sous ses vêtements. Indolemment renversée sur son trône, elle jouait avec un pendentif à la surface en verre dépoli et aux rebords aussi rouges que du sang frais. *Étrange de voir un objet aussi chatoyant dans le Londres blanc*… songea Kell.

— Quel doux parfum ! soupira-t-elle, les yeux fixés au plafond, avant de consentir à regarder en face son visiteur. Bonjour, petite fleur.

La reine s'exprimait en anglais. Kell savait qu'Athos et Astrid ne parlaient cette langue que grâce à un sort, une rune de traduction gravée sur leur peau. Contrairement aux tatouages pratiqués par les assoiffés de pouvoir, ce sceau était la réponse d'un soldat à un problème de diplomate. Pour le trône écarlate, l'anglais était une preuve d'appartenance à la haute société mais, dans le Londres blanc, il ne servait pas à grand-chose. Un jour, Holland avait expliqué à Kell que Makt était un pays de guerriers et non d'ambassadeurs. Ils préféraient les batailles aux bals et n'attachaient aucune valeur à une langue que le peuple ne comprenait pas. Plutôt que de perdre des années à l'apprendre, ceux qui s'emparaient du trône mettaient aussi la main sur la précieuse rune.

— Votre Majesté, répondit Kell.

La reine se redressa avec la même nonchalance, mais son attitude n'était qu'une mascarade. Astrid Dane avait tout du serpent, dont l'immobilité ne valait que jusqu'au moment de frapper.

— Approche, laisse-moi voir comme tu as grandi.

Le visiteur haussa un sourcil ironique.

— Ça fait un certain temps que j'ai atteint ma taille adulte, Votre Altesse, rétorqua-t-il.

La reine passa un ongle sur l'accoudoir de son trône.

— Pourtant ta beauté ne se fane pas.

— Mais ça viendra, répondit-il, un sourire circonspect aux lèvres.

— Viens par ici, insista-t-elle, main tendue. Ou c'est moi qui viendrai à toi.

S'agissait-il d'une promesse ou d'une menace ? Kell n'avait de toute façon guère le choix. Aussi s'avança-t-il dans l'antre du reptile.

III

Le fouet claqua dans l'air et sa pointe fourchue vint lacérer le dos du garçon. Au grand regret d'Athos, il ne hurla pas, mais laissa échapper un hoquet de douleur entre ses dents serrées.

Épinglé tel un papillon contre le chevalet de métal, il avait les bras écartés, les poignets attachés aux deux barres verticales du cadre, la tête pendante. Sueur et sang lui coulaient sur le visage et perlaient à son menton.

Le garçon, âgé de seize ans, ne s'était pas incliné. Montés sur leurs pâles destriers, entourés de leurs soldats aux yeux vides, Athos et Astrid avaient traversé les rues du Londres blanc en savourant la peur et la docilité de leur peuple, genou en terre et tête basse.

Mais un simple adolescent était resté debout, la tête à peine inclinée. Athos avait appris plus tard qu'il s'appelait Beloc, quand les lèvres ensanglantées de l'intéressé avaient fini par lui cracher son nom. Une multitude de regards s'étaient tournés vers l'insoumis et une émotion viscérale avait soudain soulevé la foule : un sentiment d'horreur, certes, mais teinté de stupéfaction, voire d'approbation. Le roi avait aussitôt arrêté son cheval pour dévisager le garçon et contempler, pensif, cette attitude de défi juvénile plus que surprenante.

Bien sûr, Athos lui aussi avait été jeune et obstiné, autrefois. Il avait même commis son lot d'imprudences. Mais il avait tiré nombre de leçons de sa lutte pour la conquête du pouvoir, et bien d'autres encore depuis son accession au trône. Il savait surtout qu'une telle provocation devait être traitée comme de la mauvaise herbe : il fallait l'arracher à la racine, et sans tarder.

Sous le regard amusé de sa sœur, il avait lancé une pièce de monnaie à la mère du garçon, inclinée à ses côtés, en disant :

— *Öt vosa rijke.*

« En dédommagement. »

Le soir même, les soldats aux yeux vides avaient enfoncé la porte de la maison de Beloc, puis cagoulé et traîné jusque dans la rue le garçon qui se débattait en hurlant. Tenue en respect par une incantation tracée à la hâte sur le mur de pierre de leur minuscule logis, sa mère n'avait pu que gémir.

Les gardes avaient emmené leur prisonnier jusqu'au palais pour le déposer, en sang et meurtri, sur le sol blanc étincelant au pied du trône d'Athos. Le roi avait réprimandé ses hommes.

— Vous l'avez blessé, bande d'incapables ! (Le souverain s'était dressé sur l'estrade pour fixer sur l'adolescent un regard glacial.) Ça, c'est ma prérogative.

À présent, le fouet sifflait presque sans discontinuer. Lorsqu'il s'abattit de nouveau sur la chair du supplicié, Beloc hurla enfin. Tels des filaments d'argent liquide, les lanières retombaient en cascade de la paume d'Athos jusqu'à sa botte. Il les enroula autour de sa main, puis plaça le manche de l'arme dans un étui glissé à sa taille.

— Tu sais ce que je vois en toi, petit ? Un feu sacré.

Le garçon cracha sur le sol, aux pieds de son bourreau. Les lèvres du souverain dessinèrent un rictus. Il s'approcha à grands pas et empoigna la mâchoire de sa victime pour lui cogner violemment la tête contre le cadre de métal. Beloc poussa un gémissement de douleur à moitié étouffé par la main pressée sur sa bouche.

— Un feu qui te consume… poursuivit Athos qui se pencha pour mieux murmurer à son oreille. Et que j'ai hâte de dompter.

— *Nö kijn avost*, grommela le garçon quand la main du roi le lâcha.

« La mort ne me fait pas peur. »

— Oh, je te crois… rétorqua le monarque d'une voix douce. Mais je ne compte pas te tuer, justement. Et je peux te promettre que tu vas le regretter.

Sur une table de pierre placée non loin du chevalet étaient posés côte à côte un calice en métal rempli d'encre et une lame particulièrement affûtée. Athos les montra à Beloc, dont le visage se décomposa un peu plus quand il comprit ce qui allait se passer. Le prisonnier tenta en vain de se détacher. Son tortionnaire esquissa un sourire.

— Je vois que tu as entendu parler de mon petit passe-temps…

Toute la ville connaissait son penchant – et son talent – pour les sorts d'entrave, ces marques qui privaient un être humain de sa liberté, de son identité, de son âme. Athos prit tout son temps pour préparer le couteau. La peur du garçon contamina petit à petit l'air environnant, à mesure que son bourreau faisait tourner le poignard dans le calice telle une plume dans un encrier. Un profond sillon courait sur toute la longueur de la lame. Une fois cette rainure chargée d'encre, le roi ressortit du récipient le couteau maculé de noir avec une lenteur cruelle – une parodie de geste amoureux – et en appuya la pointe sur le torse haletant de Beloc.

— Je vais te laisser conserver toute ta tête. Et tu sais pourquoi ? Pour pouvoir lire le supplice dans tes yeux chaque fois que ton corps obéira à mes ordres.

Beloc retint un hurlement tandis que la lame se taillait un chemin dans sa chair depuis la base de son cou jusqu'au-dessus de son cœur. Murmurant tout bas sans jamais s'interrompre, Athos traça les lignes du sort d'entrave d'une main assurée, les yeux mi-clos, indifférent à la peau qui se déchirait et au sang qui coulait.

Une fois sa tâche terminée, il reposa la lame et recula pour admirer son œuvre. Encore pantelant, le garçon était affaissé contre le chevalet qui le retenait, la poitrine maculée de sang et d'encre mêlés.

— Tiens-toi droit, lui ordonna Athos.

Beloc tenta d'abord de résister de toutes ses forces. Ses muscles frémirent longuement, avant de finir par céder à l'injonction. Satisfait, son bourreau le regarda redresser à grand-peine son corps scarifié. La haine brûlait dans les yeux, toujours aussi brillants, du supplicié, mais son corps appartenait désormais au roi.

— Qu'y a-t-il ?

La question d'Athos ne s'adressait pas à Beloc mais à Holland, qui venait d'apparaître sur le seuil. L'*Antari* balaya la scène du regard – le sang, l'encre, le garçon torturé – avec un vague mélange d'étonnement et de désintérêt. Comme si elle ne signifiait rien pour lui.

Rien n'aurait pu être moins vrai. L'homme aimait jouer les indifférents, mais son maître n'ignorait pas qu'il s'agissait d'une ruse. Si Holland feignait la torpeur comme personne, il était parfaitement capable de sensation, à commencer par la douleur.

Il désigna Beloc d'un geste de la tête.

— *Ös-vo tach ?*

« Vous êtes occupé ? »

Athos s'essuyait les mains sur un torchon.

— Non, je crois qu'on en a fini pour l'instant, répondit-il. Que se passe-t-il ?

— Il est arrivé.

— Je vois.

Le roi posa le chiffon, prit sa cape blanche, pendue à un fauteuil, l'enfila d'un geste fluide et en fixa le fermoir.

— Où est-il ?

— Il a demandé à voir votre sœur.

— Ah… Espérons qu'il ne soit pas trop tard.

Il se dirigeait déjà vers la porte quand il surprit le regard jeté par Holland au supplicié.

— Que voulez-vous que je fasse de lui ?

— Rien, rétorqua Athos. Il ne risque pas de s'envoler.

Sans laisser à son serviteur le temps de tourner les talons, le roi lui posa une main sur la joue. L'*Antari* ne se dégagea pas, ne se raidit même pas.

— Jaloux ? souffla le monarque.

Holland soutint le regard de son maître de ses yeux vairons, sans ciller une seule fois.

— Il a souffert, mais pas comme toi, souffla le roi, avant d'approcher encore un peu plus ses lèvres. Personne ne sait souffrir aussi bien que toi.

Et voilà, les émotions de Holland ressurgissaient enfin : au coin de sa bouche, dans le pli de ses paupières… Fureur, chagrin, mépris… Athos sourit, victorieux, et lâcha sa victime.

— Allons-y, avant qu'Astrid ne mange notre jeune invité tout cru.

IV

Astrid lui fit signe d'approcher.

Kell aurait aimé pouvoir poser la lettre du roi Maxim sur la petite table qui se dressait entre les deux trônes et reculer de quelques pas afin de garder ses distances, mais la reine lui tendait la main, impérieuse. Elle voulait la missive, et elle le voulait, lui.

Quand il lui présenta l'enveloppe, les doigts d'Astrid se refermèrent sur son poignet. D'instinct, il tenta de se dégager, mais elle ne fit que resserrer sa prise. Elle articula un mot, un seul : ses bagues se mirent sur-le-champ à briller et l'air crépita. Un éclair remonta le long du bras de Kell, suivi presque aussitôt d'une douleur fulgurante, et la lettre lui échappa. Dans le sang de l'*Antari*, sa magie déferla en un véritable tourbillon. Elle lui intimait d'agir, de réagir, mais il se força à résister à la tentation. C'était le jeu préféré d'Astrid. Elle n'attendait qu'une chose : qu'il se révolte. Il se contraignit donc au calme, même quand le pouvoir de la reine – acéré, incandescent et contre nature – le força à plier le genou.

Elle finit par lui lâcher le poignet.

— Hmm… J'aime quand tu t'inclines, murmura-t-elle.

Les mains à plat sur le sol de pierre glacée, Kell lutta pour maîtriser les tremblements de son corps. Astrid ramassa la lettre et la posa sur la table, avant de se laisser retomber sur le trône.

— J'aimerais vraiment que tu sois à moi, reprit-elle en tapotant d'un air distrait le pendentif à son cou.

Kell se releva lentement, le bras encore douloureux.

— Et pourquoi donc ?

— Parce que je n'aime pas ce qui ne m'appartient pas. Ça ne m'inspire pas confiance.

— Mais à quoi, à qui, faites-vous vraiment confiance ? rétorqua-t-il en se frottant le poignet.

La reine le dévisagea, un rictus boudeur sur ses lèvres pâles.

— Ceux qui sont sous nos pieds en ce moment avaient tous accordé leur confiance à quelqu'un. Maintenant, je piétine leurs ossements matin et soir.

Kell baissa les yeux sur le sol de granit. Des bruits couraient, bien sûr. On racontait des choses étranges sur les éclats plus ternes qui constellaient la pierre blanche.

C'est alors que la porte s'ouvrit derrière lui. Le roi entra à grands pas, suivi, à distance respectable, de Holland. Athos était le portrait craché de sa sœur. Hormis ses épaules plus larges et ses cheveux plus courts, tout le reste – son teint, ses muscles secs, sa cruauté gratuite – était un fidèle reflet d'Astrid.

— Il paraît qu'on a de la compagnie ? lança-t-il avec entrain.

— Votre Majesté... répondit Kell en inclinant la tête. J'allais justement partir.

— Déjà ? Reste boire un verre, voyons !

L'*Antari* se tâta longuement. Il y avait un monde entre décliner une invitation du prince régent et une proposition d'Athos Dane. Le roi sembla s'amuser de son embarras.

— Regarde comme il s'inquiète, chère sœur.

Kell ne se rendit compte qu'Astrid s'était levée qu'en la voyant soudain debout à ses côtés. Elle passa un doigt sur les boutons en argent de son manteau noir. *Antari* ou non, en compagnie des Dane, il se sentait comme une souris au milieu des serpents. Pourtant, il ne s'écarta pas, de peur de provoquer de nouveau la colère de la reine.

— Il me le faut, celui-là... déclara Astrid.

— Nos voisins ne seraient pas d'accord, je le crains. Mais il va prendre un petit verre avec nous... N'est-ce pas, maître Kell ?

L'intéressé se surprit à hocher lentement la tête et le sourire d'Athos s'élargit, découvrant des dents brillantes et acérées.

— Excellent !

D'un claquement de doigts, il appela un serviteur au regard mort.

— Apporte-nous un fauteuil, lui ordonna-t-il.

Le domestique vint placer un siège derrière Kell, puis se retira, aussi silencieux qu'un fantôme.

— Allons, assieds-toi, lança Athos.

Le voyageur préféra rester debout. Le roi monta sur l'estrade et s'approcha de la table installée entre les trônes, où étaient posés une carafe remplie d'un liquide doré et deux gobelets en verre vides. Athos en prit un, puis se tourna vers Holland.

— Viens ici.

Adossé au mur du fond, l'*Antari* était parvenu jusque-là à se fondre parfaitement dans le décor malgré le gris anthracite de ses cheveux et le noir profond de son œil. Il s'approcha à pas lents, silencieux comme à son habitude. Le roi lui tendit la coupe.

— Entaille-toi le bras.

Kell eut un haut-le-cœur. Les doigts de Holland glissèrent un instant vers la broche qui ornait son épaule, avant de se poser sur sa manche. Il la remonta sans plus hésiter, révélant au passage un entrelacs de veines, mais aussi de cicatrices. Les magiciens de sang guérissaient nettement plus vite que les autres – ces blessures avaient donc dû être profondes.

Après avoir tiré un couteau de sa ceinture, l'*Antari* plaça son poignet, ainsi que la lame, au-dessus du verre.

— Votre Majesté, se hâta d'intervenir Kell. Je goûte assez peu le sang. Auriez-vous autre chose à boire ?

— Mais bien sûr, répondit Athos sans paraître se formaliser.

Son invité réprimait à grand-peine un soupir de soulagement quand le roi se retourna vers Holland, qui avait baissé le bras, et fronça les sourcils, l'air contrarié.

— Je croyais t'avoir demandé quelque chose…

Kell grimaça lorsque l'*Antari* fit glisser sur sa peau le fil du poignard. La coupure était superficielle, une égratignure juste assez profonde pour le faire saigner. Un mince filet pourpre coula dans le gobelet. Un petit sourire aux lèvres, Athos soutint le regard de son serviteur.

— On ne va pas y passer la nuit… Appuie plus fort.

Les dents serrées, l'homme obéit et enfonça la lame dans sa chair. Son sang se mit à ruisseler, rouge foncé. Athos donna le gobelet plein à sa sœur avant de caresser la joue de Holland.

— Va me nettoyer ça.

Il avait parlé d'une voix douce, comme un père à son fils. L'*Antari* se retira. Alors, et alors seulement, Kell se rendit compte qu'il était non seulement assis à présent, mais bel et bien cramponné aux accoudoirs de son fauteuil, les jointures blanchies par l'effort. Il se força à desserrer les mains et à se détendre tandis que Athos versait le liquide doré de la carafe dans le second verre.

Le monarque porta un toast à son invité et, pour prouver à Kell qu'elle n'était pas empoisonnée, but presque entièrement la coupe avant de resservir l'*Antari*. C'était le geste d'un homme rompu aux tentatives d'assassinat.

Kell vida son gobelet d'une traite pour tenter d'apaiser ses nerfs. Athos le remplit aussitôt. Sucré, à la fois léger et fort, le breuvage se buvait très facilement. Pendant ce temps, les Dane partageaient leur propre festin, les lèvres rouges du sang de Holland. Celui de Kell commençait d'ailleurs à se réchauffer. Il se força à boire plus lentement. *Dans nos veines coule le pouvoir*, récita-t-il en son for intérieur.

— C'est incroyable…

— Quoi donc ? demanda le roi, affalé sur son trône.

Kell désigna de la tête le liquide écarlate du gobelet, puis termina son deuxième verre.

— Que vos vêtements restent aussi blancs.

Astrid éclata de rire et s'empressa de le resservir.

V

Kell aurait dû se contenter d'un seul verre, ou de deux. Il lui semblait s'être arrêté à trois, mais sans en être tout à fait certain. Il n'avait ressenti tout l'effet du breuvage qu'en se relevant. Le sol de marbre blanc avait tangué dangereusement sous ses pieds. Boire autant était bien imprudent, il le savait, mais la vue du sang lui avait fait perdre contenance. Impossible pour lui d'oublier le visage de Holland juste avant qu'il ne s'enfonce le couteau dans le bras. Jusque-là impassible quelles que soient les circonstances, le masque du magicien de sang s'était fissuré l'espace d'un instant. Kell, pourtant, était resté les bras ballants. Il ne s'était pas interposé, n'avait même pas plaidé la cause de son alter ego ou insisté pour qu'Athos renonce à son caprice. Toute intervention aurait été vaine, il le savait, mais Holland était un *Antari*, comme lui. Seules les lois du hasard l'avaient fait naître dans ce monde sans pitié, et Kell dans un Londres florissant, plein de vie. Et si leurs sorts avaient été inversés ?

Kell poussa un soupir tremblant et l'air se condensa devant ses lèvres. Le froid ne faisait pas grand-chose pour lui éclaircir les idées, mais il était au moins conscient qu'il ne pouvait pas rentrer chez lui, pas tout de suite, pas dans cet état. Il erra donc au hasard dans les rues du Londres blanc – ce qui était tout aussi imprudent, et frisait même l'inconscience. Un comportement typique chez lui.

Pourquoi ? enragea-t-il, soudain furieux contre lui-même. Pourquoi agissait-il toujours ainsi ? Pourquoi jeter toute précaution aux quatre vents pour se précipiter dans les ténèbres, se ruer au-devant du danger ? La voix suppliante de son frère, sur le balcon le soir de ses aveux fatidiques, résonna à ses oreilles : « *Pourquoi ?* »

À son grand regret, il n'en avait pas la moindre idée. Tout ce qu'il savait, c'est qu'il était grand temps que ça cesse. Sa colère le quitta, remplacée par une chaleur apaisante – à moins que ce ne soient là les effets du satané breuvage…

En tout cas, la boisson était délicieuse. Un peu forte peut-être, mais pas assez pour lui mettre un véritable coup dans l'aile. Non, elle l'avait rendu plus fort, au contraire. Elle lui faisait bouillir le sang, lui donnait… Kell leva la tête pour admirer le ciel et faillit perdre l'équilibre.

Il devait absolument s'éclaircir les idées. Il était presque certain de se diriger vers le fleuve. L'air refroidissait vite, la nuit tombait – quand le soleil s'était-il donc couché ? – et, aux dernières lueurs du jour, la ville commençait à s'éveiller. Voix et cris commençaient à déchirer le silence.

— Beau garçon, chuchota en makrais une vieille femme sur le seuil de sa maison. Jolie peau. Jolis os.

— Par ici, maître… appela une autre.

— Entrez.
— Reposez-vous.
— Reposez vos os.
— Jolis os.
— Joli sang.
— Boire votre magie.
— Manger votre vie.
— Allons, entrez, entrez…

Kell tenta en vain de se concentrer, mais ses pensées ne cessaient de se disperser. Dès qu'il parvenait à en rassembler quelques-unes, une espèce de brise soufflait dans son cerveau et les éparpillait implacablement, le laissant étourdi, comme pris de vertige. La sensation d'un danger imminent le rongeait. Chaque fois qu'il fermait les yeux, il revoyait le sang de Holland couler dans le gobelet, et les rouvrait aussitôt.

Il leva soudain le menton : l'enseigne de *L'Os calciné* oscillait dans la brise au-dessus de sa tête. Il n'avait jamais eu l'intention de se diriger vers la taverne – ses jambes l'y avaient conduit toutes seules.

Mais même si elle était indubitablement un point fixe, l'auberge du Londres blanc n'avait rien de commun avec les deux autres. Elle aussi exerçait sur Kell une irrésistible attraction, bien sûr, cependant l'endroit sentait la cendre et le sang. Sous la semelle de ses bottes, les pavés de la rue tentaient de puiser dans sa chaleur, de s'abreuver à la source de son pouvoir. Lorsque ses pieds firent mine de l'entraîner à l'intérieur, il résista fermement à la tentation.

Rentre chez toi, s'exhorta le voyageur. Rhy avait raison. Rien de bon ne pouvait sortir de cette petite contrebande. En tout cas rien qui en vaille la peine. Les objets qu'il achetait et revendait ne lui apportaient aucune paix. Ce n'était qu'un petit jeu complètement idiot, et il était grand temps d'y mettre fin. Avec cette pensée en tête, il sortit son couteau de l'étui glissé à sa ceinture et l'approcha de son bras.

— Mais je vous reconnais ! s'exclama alors une voix derrière lui.

Kell fit volte-face et rengaina sa lame. Une femme se tenait à l'entrée de la ruelle, le visage dissimulé par le capuchon d'un manteau bleu passablement élimé. Dans un autre Londres, ce bleu aurait été celui du saphir ou de la mer. Mais dans le monde blanc, il était d'une nuance extrêmement pâle, comme un ciel perdu sous des couches successives de nuages. Kell plissa les yeux pour tenter de percer l'obscurité.

— Pardon… je vous ai déjà vue ?

Elle fit non de la tête.

— Mais moi oui, *Antari*.

— Je ne crois pas, rétorqua-t-il, assez sûr de son fait.

— En tout cas, je sais à quel petit jeu vous vous livrez, quand vous n'êtes pas au château.

— Ce soir, je n'ai rien à vendre.

— S'il vous plaît… le supplia l'inconnue, qui étreignait une enveloppe. Il ne s'agit pas de ça. Je voudrais juste que vous transmettiez ceci à quelqu'un.

Elle lui tendit le courrier. Kell fronça les sourcils, surpris. Une lettre ? Toute communication entre les mondes était interrompue depuis des centaines d'années. À qui pouvait-elle bien écrire ? La femme sembla lire sa question dans son regard.

— Ma famille. Il y a une éternité, quand le Londres noir s'est effondré et que les passages ont été condamnés, nous avons été séparés. Nous avons essayé de perpétuer ce souvenir, mais je suis la dernière survivante de ce côté-ci de la barrière. Tout le monde est mort, sauf moi ici, et Olivar là-bas. C'est ma seule famille et il est mourant, alors je voudrais juste… (Elle serra convulsivement la missive contre sa poitrine.) Il ne reste plus que nous.

Kell avait de plus en plus le tournis.

— Comment avez-vous donc pu apprendre qu'Olivar était malade ?

— L'autre *Antari*, expliqua-t-elle après avoir jeté un coup d'œil autour d'elle comme si elle craignait d'être entendue. Holland. Il m'a apporté un courrier.

Kell ne parvenait pas à imaginer son alter ego s'abaissant à faire la moindre opération de contrebande entre deux univers, encore moins au profit de simples roturiers.

— Il s'est montré très réticent, ajouta la femme. Mais Olivar lui a donné tout ce qu'il possédait pour acheter le passage de sa lettre, et je me suis acquittée du reste.

Elle porta la main à son cou, comme pour y effleurer un bijou, mais ses doigts ne rencontrèrent que le vide.

Le voyageur recula d'un pas. Voilà qui ressemblait de moins en moins au Holland qu'il connaissait. Si l'homme était loin d'être altruiste, il n'était pas non plus cupide. Ce genre de récompense ne l'intéressait pas. Mais d'un autre côté, tout le monde avait des secrets, et l'*Antari* protégeait si bien les siens que Kell se demanda s'il pouvait vraiment prétendre le connaître.

La femme lui tendit de nouveau l'enveloppe.

— *Nijk shöst.* Je vous en prie, maître Kell.

Il s'efforça de se concentrer pour y voir plus clair. Il venait justement de promettre à Rhy… mais ce n'était qu'une simple lettre. Techniquement, selon les lois en vigueur dans les trois mondes, l'interdiction de transférer tout objet ne s'appliquait pas au courrier. Bien sûr, cette dérogation ne concernait en pratique que la correspondance royale...

— Je peux vous régler d'avance, insista-t-elle. Vous n'aurez pas besoin de revenir. C'est la seule et unique lettre que j'enverrai, la dernière. Je vous en prie...

Elle sortit de sa poche un petit objet enveloppé dans un bout de tissu. Sans laisser à Kell le temps de refuser, elle lui fourra la missive et le paquet entre les mains. Au contact de l'étoffe, il éprouva une sensation étrange. Mais l'inconnue reculait déjà.

Kell contempla l'enveloppe, ornée d'une adresse, puis le colis emmailloté. Il s'apprêtait à le déballer quand elle s'avança pour lui prendre la main. Après avoir lancé un regard craintif dans la ruelle derrière elle, elle chuchota :

— Pas ici. Ne soyez pas bête. On vous coupe la gorge pour une simple pièce de monnaie dans ce quartier. Mais vous ne serez pas déçu, je vous le promets. (Ses doigts lâchèrent ceux de l'*Antari*.) Je ne peux rien vous donner de plus, malheureusement.

Les sourcils froncés, Kell détailla l'étrange petit colis. L'offre, nimbée de mystère, était tentante, mais aucune de ces explications ne faisait sens. Elles soulevaient trop de questions, présentaient trop de contradictions. Il releva la tête et ouvrit la bouche pour décliner la proposition...

Or la femme avait disparu. Kell resta planté quelques secondes devant la porte de *L'Os calciné*, hébété.

Que venait-il donc de se passer ? Alors qu'il avait enfin trouvé le courage de mettre fin à son petit trafic, on venait littéralement de lui forcer la main. Il examina la missive et la récompense en se demandant, l'esprit embrumé, de quoi il pouvait bien s'agir. Un hurlement, au loin, ramena soudain le voyageur à la réalité. Il n'était pas en sécurité dans cette ruelle sombre. Après avoir fourré la lettre et le paquet dans la poche de son manteau, il s'entailla le bras. Quand le sang perla à la blessure, la prémonition d'une calamité imminente s'abattit sur lui. Fébrile, il ouvrit le portail qui lui permettrait de rentrer chez lui.

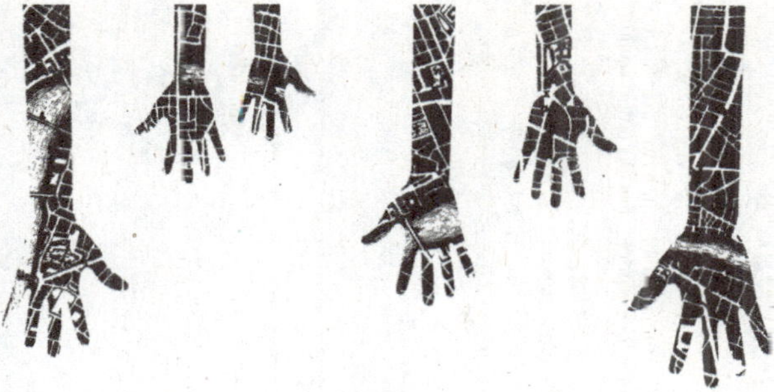

CINQUIÈME CHAPITRE

PIERRE NOIRE

I

Lila rentrait au Jet de pierre avec, dans la poche, un nombre respectable de pièces d'argent.

Le soleil venait tout juste de se coucher sur la ville, mais elle avait déjà amassé un beau butin. Voler de jour était risqué, surtout quand on cherchait à se faire passer pour un homme : vision trouble et faible luminosité étaient ses alliées. Il lui fallait toutefois prendre ce risque pour pouvoir se refaire. La maigre somme de ses possessions – une carte et une montre en argent – ne risquait pas de lui permettre d'acheter un bateau ou de faire enfin fortune dans un avenir proche.

En outre, elle aimait le poids des pièces de monnaie dans sa poche. Elles tintaient comme une promesse, ajoutaient un peu plus de ressort à son pas. Une pirate sans navire, voilà ce qu'elle était – et jusqu'à la moelle, mon capitaine ! Mais un jour, elle aurait son bateau, et prendrait la mer afin de quitter pour de bon cette maudite cité.

Comme souvent, elle se mit à dresser la liste de tout ce dont elle aurait besoin pour devenir un corsaire digne de ce nom. D'abord une bonne paire de bottes en cuir.

Ensuite, une épée et un fourreau, bien sûr. Elle avait déjà un pistolet, Caster – une véritable merveille –, et sa collection de poignards tous plus tranchants les uns que les autres, mais tout pirate qui se respectait arborait une rapière. Du moins ceux qu'elle avait rencontrés… et ceux dont elle avait dévoré les mémoires ou les biographies. Lila n'avait jamais eu beaucoup de temps à consacrer à la lecture, mais elle savait lire. Une compétence utile pour une voleuse – et puis elle apprenait vite. Les rares fois où elle avait dérobé des ouvrages, elle avait choisi des histoires de pirates ou des romans d'aventure.

Bref: une bonne paire de bottes, une épée et un fourreau. Et puis un chapeau, car celui du Voleur fantôme n'était pas particulièrement seyant. Il n'avait même pas de plume, de ruban ou…

Elle remarqua soudain un gamin perché sur un escalier, à quelques portes du Jet de pierre. Maigre et dépenaillé, moitié plus jeune qu'elle et aussi sale qu'un balai de cheminée, il tendait la main aux passants. Lila ralentit et fouilla dans sa poche. Était-ce sa bonne humeur, ou le fait que la soirée ne faisait que commencer ? Quoi qu'il en soit, la voleuse déposa plusieurs piécettes de cuivre dans les paumes en coupe du garçon, sans s'arrêter ni lui adresser la parole – ni même répondre à ses remerciements.

— Méfie-toi, on pourrait finir par croire que tu possèdes un cœur sous cette épaisse carapace… lui lança Barron, narquois.

Elle était arrivée devant l'auberge, mais n'avait pas entendu sortir le tavernier.

— Pas de cœur, non… rétorqua-t-elle. Juste ça.

Elle écarta sa cape pour lui montrer le pistolet et l'un des poignards. Barron secoua la tête avec un soupir, mais elle surprit sur son visage l'esquisse d'un sourire et, au fond de ses yeux, une lueur de fierté qui la mit mal à l'aise. Du bout de sa botte, elle tapota la première marche.

— Tu aurais de quoi nourrir une demoiselle affamée ? grommela-t-elle.

Il l'invita à entrer d'un signe de tête. Elle s'apprêtait à le suivre à l'intérieur pour déguster une bière et un bol de soupe (elle pouvait se le permettre, mais encore fallait-il qu'il accepte son argent) quand elle entendit se déclencher derrière elle une échauffourée. Elle se retourna pour découvrir un groupe de vauriens – trois, pas plus âgés qu'elle – qui bousculaient le gamin en haillons. À l'évidence, de la mauvaise graine… Le premier, de petite taille, barra le passage au mendiant. Le deuxième, bedonnant, le poussa contre le mur et le troisième, maigre à faire peur, lui arracha les pièces. Le garçon se défendit à peine. Il contempla ses mains, aussi vides qu'avant le passage de Lila, avec une résignation qui faisait peine à voir.

Les poings serrés, la jeune fille regarda disparaître les trois voyous dans une ruelle. Ils n'en valaient pas la peine, elle le savait parfaitement. Elle volait les riches pour une bonne raison : il y avait davantage d'argent à se faire, tout simplement. Ces vauriens ne possédaient sans doute pas un sou de plus que ceux qu'ils venaient de confisquer au petit mendiant. Elle n'avait que faire de ces quelques pièces… Mais là n'était pas la question.

— Lila ! lui lança Barron en voyant qu'elle hésitait sur le seuil. Qu'est-ce que tu manigances…

— Garde mon chapeau.

Elle lui fourra le haut-de-forme entre les mains, en sortit son déguisement et déplia d'un coup sec le couvre-chef à larges bords.

— Tu perds ton temps, insista-t-il. Et au cas où tu n'aurais pas remarqué, ils sont trois.

— Ô homme de peu de foi… En plus, c'est une affaire de principe.

— Principe ou pas, un de ces jours, tu vas te faire tuer, soupira-t-il.

— Je te manquerai ?

— Tu parles !

Avec un petit sourire, elle attacha le masque autour de sa tête et inclina le plus bas possible le bord du chapeau sur ses yeux.

— Occupe-toi du petit.

Barron grogna, irrité. Recroquevillé sur son perron, le gamin contemplait toujours ses mains vides.

— Viens un peu par ici, mon garçon… lui cria le tavernier.

Le reste de sa tirade se perdit dans la brise. Lila était déjà partie en chasse.

II

7 *Naresk Vas.*

C'était l'adresse écrite sur l'enveloppe. Un peu dégrisé, Kell avait décidé de s'y rendre directement pour en finir avec cette curieuse histoire de lettre. Rhy n'avait pas besoin de savoir ce qui s'était vraiment passé. L'*Antari* avait même prévu de déposer le mystérieux paquet dans sa chambre, au Champ de rubis, avant de rentrer au palais afin de pouvoir prétendre, en toute bonne conscience, qu'il était bien rentré les mains vides.

Voilà qui semblait être un bon plan – ou en tout cas le moins mauvais qu'il ait trouvé. Mais lorsqu'il parvint au croisement d'Otrech et de Naresk, il ralentit l'allure, avant de s'arrêter et de faire deux petits pas de côté pour se réfugier dans l'ombre du bâtiment le plus proche.

Quelque chose clochait. Rien qui saute aux yeux, à vrai dire, mais Kell le sentait dans la moelle de ses os. Les lieux puaient l'entourloupe à plein nez : contrairement aux apparences, la rue n'était pas déserte.

Car la magie avait ceci de particulier qu'elle était partout, dans toute chose et tout être vivant. Et si elle palpitait avec douceur et régularité dans l'air comme dans la terre, elle tambourinait plus fort dans le corps des hommes et des bêtes. Il suffisait à Kell de se concentrer pour en percevoir la présence, un peu comme un sixième sens. Moins puissant que la vue, l'ouïe ou l'odorat, certes, mais bel et bien là. Et, pas de doute, il la sentait battre la chamade de l'autre côté de la rue plongée dans l'obscurité.

Une seule conclusion s'imposait : il n'était pas seul. Il retint son souffle et resta en retrait pour observer tranquillement la maison sise à l'adresse qu'on lui avait donnée. Et, bien sûr, au bout d'un moment, il décela un mouvement dans l'obscurité. Une silhouette encapuchonnée rôdait entre les numéros 7 et 9 de la Naresk Vas. Mais Kell ne distinguait pas grand-chose, hormis l'éclat d'une arme dans la pénombre.

Pas encore tout à fait remis de sa visite chez les Dane, il pensa un instant que ce pouvait être Olivar, le destinataire de la lettre. Mais non, quelle idée… L'homme était censément à l'article de la mort, et même frappé d'une soudaine rémission, il ne pouvait pas savoir quand Kell comptait effectuer la livraison de la lettre. Il ne s'agissait donc pas d'Olivar. Mais alors… de qui ?

Un danger imminent rôdait, il le sentait. Il tira l'enveloppe de sa poche, en examina l'adresse puis, le souffle court, brisa le sceau et déplia la missive. Aussitôt, il étouffa un juron.

Même dans le noir, il voyait bien que la feuille de parchemin était vierge de toute écriture. Il s'était laissé prendre au piège ! Mais si les conspirateurs ne visaient pas vraiment le courrier, alors…

Sanct! Kell plongea encore une fois la main dans sa poche. Le paquet… En effleurant le tissu qui l'emmaillotait, il éprouva la même sensation étrange que la première fois. Qu'avait-il eu la bêtise d'accepter de passer d'un monde à l'autre ?

Qu'avait-il donc encore fait ?

C'est alors que la silhouette, de l'autre côté de la rue, sembla soudain remuer. Le parchemin trembla dans la main de Kell, tache plus claire dans la nuit. Il ne l'avait examiné qu'un instant mais c'était déjà trop : l'ombre se rua tout à coup dans sa direction.

Il tourna les talons et fila sans demander son reste.

III

Lila prit le groupe de voyous en filature dans un dédale de rues sinueuses. Elle espérait qu'ils se séparent, car Barron avait raison – seule, elle avait peu de chances de faire le poids face à trois adversaires. Elle avait donc déjà choisi sa cible. Quand le chemin des comparses divergea enfin, elle suivit sa victime désignée : le grand maigre, celui qui avait pris les pièces au garçon.

Prenant bien soin de rester dans l'ombre, elle le pista à travers une enfilade de ruelles de plus en plus étroites. Un petit morceau de bois coincé entre les dents et le fruit de son larcin bien au chaud dans sa poche, il finit par tourner dans une venelle. Lila se glissa derrière lui, aussi silencieuse qu'invisible.

Dès qu'ils furent seuls, elle se rapprocha de lui en trois enjambées et vint appuyer son couteau sur la gorge du vaurien. Quelques gouttes perlèrent au cou du blanc-bec.

— Vide tes poches, grogna-t-elle d'une voix rauque.

Il ne fit pas un mouvement, à part pour déplacer le bout de bois qu'il avait dans la bouche.

— Tu fais une énorme erreur.

Elle appuya un peu plus fort sur la lame.

— Ah vraiment ?

C'est alors qu'une cavalcade s'éleva dans son dos. Elle se baissa juste à temps pour esquiver un coup de poing. Le plus petit des trois acolytes se tenait là, une barre en métal à la main, l'autre poing serré et brandi. Quelques secondes plus tard, le plus gros tourna le coin de la venelle, rouge et essoufflé.

— Mais je te reconnais ! s'écria-t-il.

Elle crut un instant qu'il avait percé à jour son déguisement, avant de comprendre qu'il avait tout simplement déjà vu l'avis de recherche qui la présentait comme le Voleur fantôme. Le grand échalas cracha son bout de bois et se fendit d'un sourire.

— On dirait bien qu'on a décroché le gros lot, les amis.

Lila hésita un instant. Elle savait qu'elle pouvait gagner contre un, peut-être même deux adversaires, mais trois ? En plus, ils n'arrêtaient pas de se déplacer, si bien qu'elle ne les avait jamais tous en même temps dans son champ de vision. Elle entendit le déclic d'un cran d'arrêt, le choc de la barre en métal contre les pavés. Elle pouvait compter sur le pistolet dans son étui, le couteau dans sa main et un deuxième glissé dans l'une de ses bottes, mais jamais elle ne serait assez rapide pour éliminer les trois garçons avant que l'un d'entre eux ne lui tombe dessus à bras raccourcis.

— L'affiche précisait « mort ou vif » ? demanda l'avorton.

— Je ne crois pas, répondit le grand escogriffe, occupé à éponger le sang sur sa gorge.

— Moi, je crois qu'elle disait mort, ricana le gros.

— Et même s'ils le voulaient vivant, fit remarquer le plus maigre, s'il en manque des bouts, ils ne feront pas les difficiles…

Il se précipita sur Lila, qui s'écarta d'un bond et se retrouva à portée de main du plus replet des trois. Elle réussit à le poignarder au coude avant que le nabot ne se jette à son tour sur elle. Mais quand les bras du vaurien se refermèrent sur son torse, elle le sentit se raidir.

— Mais qu'est-ce que c'est que ça ? Il y a tromperie sur la…

Sans attendre, elle lui écrasa violemment le pied avec sa botte. Tétanisé par la douleur, il relâcha un court instant son étreinte. Il n'en fallut pas plus à Lila pour prendre la décision qui s'imposait et faire la chose qu'elle détestait le plus au monde : s'enfuir sans demander son reste.

IV

Tout en filant sans se retourner à travers les rues désertes, Kell compta ses poursuivants, d'abord un, puis deux, puis trois – à moins qu'il ne confonde le dernier avec les martèlements de son propre cœur. Il ne s'accorda de répit qu'une fois parvenu au Champ de rubis. Quand il pénétra dans la taverne, Fauna croisa son regard, un peu interloquée : il ne passait presque jamais par la porte d'entrée. Mais elle ne l'arrêta pas, ne lui posa aucune question. Même si ses assaillants avaient perdu sa trace à mi-chemin de l'auberge à peu près, il vérifia l'état des marques apposées sur l'escalier et la porte de sa chambre. Liés au bâtiment lui-même, au bois et à la pierre qui le composaient, les sorts étaient conçus pour dissimuler la pièce aux yeux de tous.

Kell claqua la porte derrière lui et s'y adossa. Des bougies s'allumèrent aussitôt dans la petite chambre.

Il s'était fait piéger, mais par qui ? Et pourquoi ? Il n'était pas certain d'avoir envie de le savoir, mais s'il voulait survivre, inutile de tergiverser : il sortit de sa poche le paquet enveloppé dans un petit bout de tissu gris délavé. Lorsqu'il déplia l'étoffe, une pierre grossièrement taillée tomba dans sa paume.

Il émanait de l'objet, assez petit pour tenir dans un poing fermé et aussi noir que l'œil droit de Kell, un murmure persistant. Une lente et profonde vibration qui en appelait à ses propres pouvoirs, tel un diapason. Un écho. Une résonance qui enflait un peu plus à chaque seconde. Le pouls de l'*Antari* s'emballa. Deux envies irréconciliables s'affrontaient en lui : il brûlait à la fois de lâcher la pierre et de la serrer plus fort dans sa main.

Lorsqu'il l'examina à la lueur des bougies, il découvrit qu'elle avait un côté irrégulier, comme si elle était brisée. Sur son autre face, lisse, brillait un symbole. Le cœur de Kell manqua un battement.

Il n'avait jamais vu cette pierre auparavant, mais il reconnut la marque, écrite dans une langue peu connue et encore plus rarement employée. Une langue qui coulait dans ses veines, qui palpitait dans son œil noir et qu'il en était tout simplement venu à appeler l'*Antari*.

Mais le langage de la magie n'avait pas toujours appartenu aux seuls *Antari*. On racontait qu'autrefois, ils n'étaient pas les seuls à savoir s'adresser directement à elle (personne d'autre qu'eux, en revanche, ne pouvait la commander par le sang). On parlait d'un monde où le pouvoir était si étroitement lié à la nature que chaque homme, chaque femme et chaque enfant en maîtrisait la langue.

Le Londres noir. C'était à ses habitants qu'appartenait, dans un lointain passé, le langage de la magie.

Mais après l'effondrement de la ville, toutes les reliques de cet univers avaient été détruites, tous ses vestiges effacés afin d'endiguer la peste qui l'avait consumé.

Voilà pourquoi il n'existait plus de livres rédigés en *Antari*. Les rares textes restants n'étaient que parcellaires, car les sorts avaient été rassemblés et transcrits phonétiquement, mais leur langue d'origine et son écriture, eux, éradiqués.

Le magicien de sang frissonna à la vue de cet idiome dans sa forme d'origine – écrit non en lettres mais en runes. Kell n'en connaissait d'ailleurs qu'une seule, et c'était celle-là.

Il possédait un livre sur la langue *Antari*, offert par son précepteur, Tieren. Un carnet en cuir rempli d'incantations de sang, où était précisée leur prononciation. S'y trouvaient aussi expliqués leurs effets, qu'elles convoquent la lumière ou les ténèbres, favorisent la croissance des plantes ou brisent tel ou tel enchantement. Sur la couverture se trouvait un symbole.

— *Que signifie-t-il?* avait-il demandé à son professeur ce jour-là.

— *C'est un mot qui appartient à la fois à tous les mondes et à aucun d'entre eux. Il signifie « magie » et désigne à la fois son existence et sa création. Si la magie portait un nom, ce serait celui-là*, avait ajouté Tieren en suivant du doigt les lignes du symbole. Vitari.

Lorsque Kell passa son pouce sur la rune gravée dans la pierre, le mot résonna dans sa tête. *Vitari*.

À ce moment-là, des bruits de pas retentirent dans l'escalier. Le voyageur en resta interdit. En principe, personne n'était capable de percevoir l'existence de la dernière volée de marche, et encore moins de la gravir. Pourtant, quelqu'un approchait. Comment ses poursuivants l'avaient-ils suivi jusque-là ?

C'est alors qu'il remarqua le motif tracé sur le carré de tissu déplié sur son lit. Des symboles griffonnés. Un sort de localisation. *Sanct!*

Il fourra la pierre dans sa poche et se précipita vers la fenêtre juste au moment où la petite porte s'ouvrait à la volée derrière lui. Il enjamba l'appui de la croisée puis sauta dans la rue, où il heurta violemment les pavés avant de se relever après un roulé-boulé. Loin au-dessus de sa tête, il entendit plusieurs intrus faire irruption dans sa chambre.

Quelqu'un lui avait tendu un guet-apens afin qu'il transporte une relique interdite depuis le Londres blanc jusque dans sa propre cité.

Une première silhouette sauta à son tour par la fenêtre. Kell fit volte-face, prêt à affronter les ombres lancées à sa poursuite. Il en attendait deux, mais n'en découvrit qu'une seule. L'inconnu au visage dissimulé par son capuchon ralentit le pas, avant de s'arrêter.

— Qui es-tu ? lui demanda Kell.

Sans prendre la peine de répondre, son adversaire se jeta sur lui. Les doigts de l'homme effleurèrent l'épée accrochée à sa hanche. À la faible lueur qui régnait dans la ruelle, Kell vit une cicatrice en forme de X tracée sur le dos de cette main. La marque des assassins et des traîtres. Un tueur à gages, donc. Mais quand l'homme dégaina son arme, Kell en resta bouche bée. Ce n'était pas la première dague venue, mais une épée de cour étincelante. Il reconnut le blason qui en ornait la poignée : le calice et le soleil levant, le symbole du trône écarlate. Cette arme était exclusivement réservée aux membres de la garde royale.

— Où est-ce que tu as trouvé ça ? gronda l'*Antari*, furieux.

L'assassin replia ses doigts sur la rapière, qui se mit à luire faiblement. Le jeune homme recula d'un pas. L'arme n'était pas seulement belle et effilée, mais aussi enchantée. Kell en personne avait contribué à créer le sort qui, au premier sang versé, annihilait temporairement le pouvoir de tout magicien. Il suffisait de toucher l'adversaire une fois pour le neutraliser. Ces lames étaient conçues pour étouffer tout conflit dans l'œuf, pour éliminer la moindre menace de représailles magiques. La couronne craignant de voir tomber une arme aussi puissante entre de mauvaises mains, les gardes royaux avaient pour ordre de ne jamais se séparer de leur épée. Le propriétaire de celle-là avait donc très probablement rendu l'âme.

— *Sarenach !* s'écria l'assassin.

« Rends-toi. » L'ordre prit Kell au dépourvu, car les tueurs à gages ne faisaient pas de prisonniers. Seul leur importait de faire couler le sang pour mettre la main sur le butin promis.

— Pose cette épée !

Il essaya d'arracher sa lame à l'assassin à l'aide d'un sortilège, mais l'arme était protégée contre de tels assauts – une autre mesure de sécurité destinée à l'empêcher de tomber entre les mauvaises mains. Un franc succès, d'ailleurs, de toute évidence… Kell poussa un juron et dégaina son poignard, plus court que l'épée royale d'au moins trente centimètres.

— Rends-toi, répéta l'homme d'un ton étrangement monocorde.

Dans ses yeux brillait une lueur incongrue, signe qu'il était sous l'emprise d'un enchantement. Un sort de contrainte ? Il n'eut pas le temps de s'interroger davantage sur l'usage de cette incantation défendue : l'assassin se ruait déjà vers lui. L'arme étincelante fendit l'air et Kell recula d'un bond pour l'esquiver. Une seconde silhouette apparut alors à l'autre extrémité de la ruelle. Il était pris en tenaille.

— Rends-toi, lança le nouveau venu.

— Merci de prendre rendez-vous ! rétorqua Kell.

Quand il leva la main, les pavés frémirent puis se dressèrent en un mur de pierre et de terre qui barra le passage à son deuxième agresseur.

Mais le premier ne semblait pas prêt à renoncer et multipliait les attaques. L'*Antari* recula en hâte, hors de portée de l'épée… ou presque. La lame trancha le tissu de sa manche, manquant sa peau de peu. La fois suivante, elle trouva sa chair et lui entailla le flanc. Une douleur aiguë lui transperça le torse et son sang se mit aussitôt à couler sur son ventre. L'homme pressa son avantage – Kell recula encore d'un pas. Lorsque le magicien tenta de nouveau d'utiliser les pavés comme rempart, ils frémirent mais ne bougèrent pas.

— Rends-toi, ordonna encore l'assassin de son ton trop placide.

— Non !

Les doigts pressés sur sa plaie, Kell s'efforçait de freiner le saignement. Après avoir évité une nouvelle entaille, il fit tourner le poignard dans sa main pour le prendre par la pointe et le lancer de toutes ses forces. La lame fila droit vers sa cible : elle s'enfonça dans l'épaule de l'assassin. Mais à la grande surprise de l'*Antari*, l'homme ne lâcha pas son arme pour autant. Il continua même d'avancer. Ses traits ne trahirent aucune douleur lorsqu'il arracha le couteau et le jeta par terre.

— Rends-nous la pierre.

D'un geste protecteur, le magicien étreignit plus fort le joyau, qui murmura contre sa paume. Même s'il avait pu renoncer au talisman – et sans savoir à quoi il servait et qui le convoitait, c'était tout bonnement exclu –, Kell se rendit compte tout à coup qu'il n'avait pas la moindre envie de le lâcher. Pire encore, l'idée de s'en séparer lui sembla soudain insupportable... C'était absurde mais indéniable : il aurait donné absolument n'importe quoi pour pouvoir le garder pour lui.

Le tueur à gages l'attaqua de nouveau. Kell tenta de reculer, mais alla heurter la barricade de fortune qu'il avait lui-même érigée. Il ne lui restait plus aucune échappatoire.

D'épaisses ténèbres scintillaient dans les yeux de l'homme. Sa lame siffla dans l'air. La main levée vers lui, Kell hurla : « Arrête ! » – un ordre bien dérisoire, qui ne risquait pas d'être entendu.

Pour une raison mystérieuse, c'est pourtant ce qui se passa. L'écho de son cri résonna dans la ruelle et, entre une réverbération et la suivante, le monde changea autour du jeune homme. Le temps parut se figer, les mouvements de l'assassin et de Kell lui-même ralentir. À l'inverse, la pierre serrée dans son poing sembla prendre vie. S'il était saigné de sa magie *Antari* par la plaie qu'il portait au côté, la pierre, elle, vibrait de son propre pouvoir. Une épaisse fumée noire surgit sous les doigts de Kell, s'enroula autour de son torse, de son bras et de sa main tendue, avant de fendre l'air en direction de l'assassin. Plutôt que de le frapper ou de le renverser, elle l'enveloppa de la tête aux pieds. À chaque nouveau pouce de son corps qu'elle effleurait, elle durcissait un peu plus. À son contact, l'homme se figea au milieu d'un pas, d'une respiration.

Le temps se remit tout à coup en mouvement. Kell s'étrangla, désorienté. Son pouls battait à ses oreilles, la pierre murmurait toujours dans sa main.

L'épée royale s'était immobilisée à quelques centimètres de son visage. L'assassin ne bougeait plus, l'étoffe de son manteau figée en plein soubresaut. Kell voyait la silhouette rigide et les yeux grands ouverts de sa victime à travers la chape de matière non identifiée qui la recouvrait. On eût dit une fine couche de glace – ou peut-être de pierre – noire comme la nuit. Ses prunelles vides n'étaient pas celles d'un homme soumis à un sort de contrainte, mais d'un mort.

Kell baissa les yeux sur la pierre et le symbole qui brillait à sa surface. *Vitari. « Il signifie "magie" et désigne à la fois son existence et sa création. »*

La rune pouvait-elle aussi renvoyer à la notion même de création ? Il n'existait pas d'incantation de sang pour créer à partir du néant. Le pouvoir avait une règle d'or : la génération spontanée n'était jamais possible. L'univers fluctuait, fait d'un constant va-et-vient. La magie s'en trouvait donc tantôt renforcée, tantôt affaiblie, mais ne pouvait jamais se manifester à partir de rien. Pourtant… L'*Antari* effleura le visage figé de l'homme.

Le pouvoir avait-il puisé dans les veines de Kell pour surgir ? Le voyageur n'avait pourtant prononcé aucune incantation de sang. Il s'était contenté de dire : « Arrête ! »

Et le talisman s'était chargé du reste... Ce qui paraissait impossible ! Même la magie élémentaire la plus puissante exigeait de se concentrer sur la forme visée. Or Kell n'avait pas imaginé la gangue qui enveloppait sa victime. La pierre ne suivait donc pas simplement les ordres. Elle interprétait, elle créait. Était-ce ainsi que le pouvoir se comportait autrefois dans le Londres noir ? Dénué de limites ou de règles, excepté le désir et la volonté de ceux qui le maniaient ?

Kell se força à ranger le joyau dans sa poche. Un long instant, ses doigts refusèrent de le lâcher – il dut se concentrer de toutes ses forces pour y parvenir. Lorsque le talisman quitta sa main, il fut pris d'un immense vertige. Le paysage tournoya autour de lui. Il se sentait faible, blessé, vidé. *Ce qui confirme bien qu'on n'a rien sans rien, en matière de magie...* se dit-il. Enfin... Rien, il ne fallait pas exagérer. Le talisman était sans le moindre doute à la fois puissant et dangereux.

Il tenta de se redresser, mais dut s'adosser, gémissant de douleur, au mur de pavés. Sans ses pouvoirs, il ne pouvait pas refermer la plaie, ni empêcher son sang de couler. Il lui fallait absolument reprendre un peu son souffle, s'éclaircir les idées, réfléchir aux options qui se présentaient à lui. Mais la paroi, dans son dos, fut tout à coup prise de tremblements. Elle ne tarda pas s'effondrer : derrière se dressait la seconde silhouette encapuchonnée.

— Rends-toi ! dit l'homme du même ton monocorde que son complice.

Impossible d'obtempérer. Même s'il brûlait de toucher à nouveau l'étrange talisman, Kell ne lui accordait pas la moindre confiance et ignorait tout bonnement comment le contrôler. Mais il ne pouvait pas pour autant le confier à de parfaits inconnus. Il se jeta donc sur son couteau resté à terre, qu'il planta sans plus de cérémonie dans le torse de son assaillant. Il craignait que l'homme ne s'écroule pas, que le sort de contrainte lui accorde, comme à son acolyte, une résistance surhumaine. Alors il enfonça profondément la lame pour trancher sans distinction organes vitaux et articulations. L'homme finit par tomber à genoux. Un bref instant, le sort se dissipa et la lumière se ralluma dans ses yeux. Puis la mort voila pour de bon son regard.

Kell récupéra son poignard et l'assassin s'effondra à ses pieds. L'*Antari* fut pris d'un haut-le-cœur. Ce n'était pas la première fois qu'il tuait, mais il ne prenait la vie d'autrui qu'avec la plus grande répugnance.

La ruelle tangua sous ses pieds. Haletant de douleur, il comprima la blessure à son côté. Mais quelqu'un d'autre approchait, et il se força à se redresser. Chancelant, il s'éloigna des deux corps, l'un debout et l'autre étendu, et se mit à courir.

V

Kell ne parvenait pas à faire cesser l'hémorragie.

Sa chemise trempée de sang lui collait à la peau. Malgré tout, il courait, ou plutôt titubait, dans le dédale des ruelles du Londres rouge, reliées tels les fils d'une toile d'araignée.

Lorsqu'il tâta sa poche pour s'assurer que la pierre s'y trouvait bien, ses doigts furent parcourus d'une légère vibration. Il aurait dû se diriger vers l'Île, y jeter le talisman et le laisser s'enfoncer dans les eaux cramoisies. C'était la bonne conduite à adopter, mais il n'y avait pas pensé tout de suite, et se retrouvait donc confronté à un problème.

Un problème qui gagnait sur lui à chaque enjambée et n'allait pas tarder à le rattraper. Kell prit un virage trop serré et son flanc blessé heurta l'angle d'un mur de briques. Il retint un cri de douleur. Impossible de continuer à courir ainsi – les forces lui manquaient –, mais il n'en devait pas moins à tout prix échapper à son poursuivant. Il lui fallait trouver refuge là où on ne le suivrait pas. Où on ne *pourrait pas* le suivre.

Il s'arrêta, porta la main à la pièce issue du Londres gris qui pendait à son cou, et en fit passer le cordon par-dessus sa tête. Les pas se rapprochaient dangereusement, mais il ne se démonta pas. Avec une grimace, il toucha la plaie ensanglantée, puis posa sa paume et la pièce sur la paroi de pierre la plus proche.

— *As Travars*, ordonna-t-il.

Il sentit le mot franchir ses lèvres et frémir en même temps contre sa main. Mais il ne se passa rien. Le mur resta où il était, et Kell aussi, par la force des choses.

L'épée enchantée qui avait causé sa blessure le privait donc toujours de ses pouvoirs. *Non !* La magie de sang était la plus puissante du monde. Impossible qu'elle se retrouve neutralisée par un simple sortilège… Elle était forcément la plus forte, il le fallait. Kell ferma les yeux.

— *As Travars*, répéta-t-il.

Il n'aurait pas dû ajouter quoi que ce soit mais, épuisé et saigné à blanc, il luttait pour garder les yeux ouverts et encore plus pour soumettre la magie à sa volonté. Le front appuyé contre le mur, il entendit les pas se rapprocher et implora :

— S'il te plaît… Laisse-moi passer !

Dans sa poche, la pierre murmurait des promesses de pouvoir et d'assistance. Il s'apprêtait à céder à ses sirènes quand le mur finit soudain par s'effacer sous ses doigts.

Le monde se volatilisa pour réapparaître un instant plus tard. Le subtil rougeoiement de son univers d'origine avait été remplacé par la nuit humide et enfumée du Londres gris. Kell s'écroula sur les pavés d'une ruelle étroite. Il resta d'abord à quatre pattes. Un instant, il envisagea sérieusement de se coucher à même le sol et de fermer les yeux, mais parvint tout de même à se relever. La ville oscilla sous ses pieds.

Il n'avait pas fait deux pas qu'il se heurtait à un homme masqué, coiffé d'un chapeau à larges bords. *Curieux déguisement...* pensa vaguement Kell. Mais vu son propre état, il n'était pas bien placé pour juger les choix vestimentaires des autres.

— Désolé, marmonna-t-il, refermant comme il pouvait son manteau pour dissimuler le sang qui maculait sa chemise.

— Mais... D'où est-ce que vous sortez ? s'étonna le nouveau venu.

À y regarder de plus près, Kell se rendit compte que sous le déguisement ne se cachait pas un homme, mais une femme. Ou plutôt une jeune fille. Sa longue silhouette s'étirait comme une ombre à la tombée du jour – un peu comme celle de Kell, à vrai dire, mais plus tard encore au crépuscule. Elle semblait trop grande et trop mince. Vêtue comme un homme, elle portait des bottes, un pantalon et une cape (dans les plis de l'étoffe, quelques armes jetaient des reflets assassins). Sans oublier, bien sûr, le masque et le chapeau. Elle paraissait essoufflée, comme si elle avait couru. *Étrange*, pensa Kell, qui manqua de tituber.

— Tout va bien, l'ami ? lui demanda la jeune fille.

Un bruit de pas résonna dans la rue voisine et Kell se raidit par réflexe avant de se rappeler qu'il était désormais en sécurité. Après un rapide coup d'œil jeté derrière elle, l'inconnue reporta toute son attention sur lui. Quand il fit un pas vers elle, les jambes de l'*Antari* faillirent ployer sous son poids. Elle voulut le soutenir, mais il se rattrapa au mur.

— Ça ira, murmura-t-il d'une voix tremblante.

La fille leva le menton. Dans ses yeux brillait une flamme, une force étrange. Une lueur de défi. Elle esquissa un sourire – seuls les coins de sa bouche se relevèrent. Dans d'autres circonstances, se dit soudain Kell, l'esprit de plus en plus embrumé, ils auraient pu être amis.

— Vous avez du sang sur le visage, dit-elle.

Et pas que… songea-t-il amèrement. Toute sa chemise en était imprégnée. Il porta les doigts à sa joue, mais eux aussi étaient rougis. La jeune fille s'approcha et, pour tamponner la mâchoire de Kell, sortit de sa cape un petit mouchoir foncé qu'elle fourra ensuite dans la main du blessé.

— Gardez-le.

Et l'inconnue s'éloigna à grands pas. Il la regarda partir, avant de s'adosser au mur de la ruelle.

La tête penchée en arrière, il contempla le ciel sombre et sans étoiles qui s'étirait au-dessus des toits du Londres gris. Puis il glissa une main dans sa poche pour toucher la pierre noire… et se figea, consterné.

Le talisman n'était plus là. Il fouilla avec acharnement toutes ses autres poches, sans succès. Le joyau avait disparu. Affolé, épuisé et couvert de sang, Kell contempla le mouchoir serré entre ses doigts.

Inconcevable… Il s'était fait dérober la pierre !

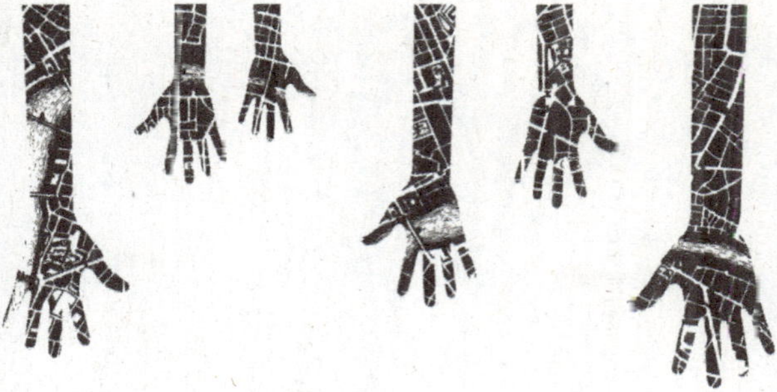

SIXIÈME CHAPITRE

RENCONTRE DE VOLEURS

I

Dans un autre Londres, les cloches se mirent à sonner huit heures du soir.

Issu du sanctuaire situé à la périphérie de la ville, le son déferla au-dessus de l'Île et dans les artères avoisinantes, s'engouffra dans la plupart des maisons par la fenêtre pour ressortir par la porte, puis remonta le labyrinthe des rues jusqu'au Champ de rubis où il enveloppa, pour finir, la silhouette immobile d'un homme dressé dans l'obscurité.

Un X tracé au dos de la main, une épée de cour toujours brandie au-dessus de la tête, il était prisonnier d'une substance étrange, à mi-chemin entre la glace et la pierre.

Lorsque le tintement des cloches se dissipa, une fêlure se forma dans la chape qui recouvrait son visage, puis une autre le long de son bras et une troisième sur sa lame. De minuscules fissures, toujours plus nombreuses et profondes.

« Arrête ! », avait ordonné le jeune *Antari* à son agresseur. L'homme avait refusé de l'écouter, mais pas la magie, qui avait surgi de la pierre noire, enveloppé le tueur à gages et formé sur lui une inquiétante carapace.

À présent, l'étrange coquille se brisait. Mais pas de la manière attendue – pas de surface écaillée et d'éclats pleuvant au sol. Non, cette gangue se fissura sans jamais relâcher son emprise sur sa proie. Elle s'accrocha au contraire à elle et, au lieu de couler le long de son corps en se dissolvant, s'infiltra sous ses vêtements et sa peau jusqu'à disparaître. Ou, plus exactement, se fondre en elle.

L'homme fut pris d'un frémissement, puis sa poitrine se souleva. L'arme lui glissa des doigts et tomba avec fracas sur les pavés à l'instant précis où les dernières gouttes de magie, luisant comme de l'huile sur sa peau, pénétraient en lui. Ses veines, désormais d'un noir d'encre, dessinaient des arabesques sous son épiderme. Il avait la tête pendante, les yeux ouverts mais vides – et complètement noirs. Chaque pupille, dilatée, avait avalé l'iris et même une partie du blanc.

Le sort de contrainte l'avait privé de toute résistance, permettant à cet autre maléfice de se glisser aisément en lui pour s'emparer de tout ce qu'il touchait : veines, muscles, matière grise. Son cœur, le siège de sa force, n'était plus rouge à présent, mais d'un noir pur.

Le tueur à gages, ou plutôt la chose en lui, leva lentement la tête et scruta la ruelle avec des yeux qui luisaient d'un éclat sombre sur le velours de la nuit. Le corps du second assassin gisait non loin, mais il était mort et bien mort, toute lueur de vie éteinte en lui. Rien à récupérer, rien à dévorer. Il ne restait pas non plus grand-chose dans son propre corps, juste une petite flamme, mais elle ferait l'affaire pour le moment.

Il roula des épaules puis se mit en route – d'abord d'un pas saccadé car il n'était pas encore habitué à cette nouvelle enveloppe. Puis il prit de la vitesse et de l'assurance. Le dos bien droit, il se dirigea alors à grands pas vers le bâtiment éclairé le plus proche. Un sourire étira ses lèvres. Malgré l'heure tardive, des lanternes étaient allumées aux fenêtres, et l'air empli d'éclats de rire doux et prometteurs, qui rappelaient le son des cloches.

II

Lila reprit le chemin du Jet de Pierre en fredonnant.

Elle en profita pour ôter son déguisement : d'abord le masque, ensuite le chapeau. Elle avait oublié qu'elle le portait encore quand elle était tombée sur l'homme dans la ruelle mais, passablement éméché, il ne semblait pas s'en être particulièrement formalisé. Il n'avait pas non plus remarqué la main de Lila glissée subrepticement dans la poche de son beau manteau noir tandis qu'elle lui essuyait la joue pour faire diversion. Une proie facile, vraiment.

En réalité, elle était toujours furieuse contre elle-même d'avoir dû prendre ses jambes à son cou devant le trio de vauriens – ou plus exactement d'avoir eu la bêtise de tomber dans leur piège, avec la fuite pour seule échappatoire. *Mais tout est bien qui finit bien*, se dit-elle, la main serrée sur l'objet qui alourdissait la poche de sa cape.

Juste avant de parvenir à la taverne, elle sortit son butin et s'arrêta sous un réverbère pour l'examiner de plus près. Sa joie retomba aussitôt. Elle avait espéré du métal, de l'argent ou de l'or, mais c'était une simple pierre. Pas un joyau ou un bijou, ni même un morceau de cristal. Un vulgaire caillou. D'un noir brillant, il ressemblait à un galet grossièrement taillé, avec un côté lisse et l'autre dentelé, comme s'il s'était brisé ou détaché d'un plus gros bloc. Qui donc se promenait avec un truc pareil dans la poche ? À moitié cassé, en plus ?

Pourtant, il sembla à Lila remarquer une espèce de picotement qui parcourait sa main au contact de l'objet. Elle étudia la roche un moment à la lumière du réverbère, puis balaya cette impression d'un revers de la main. Un caillou inutile, qui n'avait sans doute qu'une valeur sentimentale. C'était bien sa veine. Écœurée, elle le rangea dans sa cape et entra dans l'auberge.

Malgré l'animation qui régnait dans la salle commune, Barron leva les yeux vers elle et jeta un regard entendu sur le déguisement glissé sous son bras. Une ombre passa sur le visage du tavernier. Lila se hérissa immédiatement : ils n'avaient aucun lien de parenté. Barron n'avait donc pas la moindre raison de se faire du souci pour elle, ni elle de se préoccuper de lui. Elle se dirigea donc tout droit vers l'escalier sans s'arrêter devant le comptoir.

— Des ennuis ? lança-t-il.

Hors de question pour elle d'avouer la vérité : le guet-apens dans la venelle, le combat perdu d'avance auquel elle avait coupé court en fuyant, un caillou sans intérêt pour seul butin de la soirée… Elle se contenta de hausser les épaules avec désinvolture.

— Rien de bien méchant.

Assis sur un tabouret d'angle, le petit mendiant dégustait un bol de ragoût. Lila se rendit compte qu'elle avait faim – enfin plus que d'habitude : la jeune fille n'avait pas eu le ventre plein depuis des années. Mais elle tombait aussi de sommeil. À son grand soulagement, l'appel de son lit s'avéra plus fort que celui de son estomac. D'ailleurs, elle n'avait pas récupéré les piécettes de cuivre. Il lui restait les couronnes d'argent, bien sûr, mais il lui fallait les économiser si elle voulait pouvoir un jour quitter cette maudite cité et ses sempiternelles tavernes. Lila ne connaissait que trop bien le cercle vicieux où s'enlisaient la plupart des voleurs : ils ne dérobaient que juste assez pour rester toute leur vie des truands.

Lila, elle, n'avait aucune intention de se contenter de ces maigres succès. Et à présent qu'elle avait été démasquée – elle maudissait ces trois vauriens d'avoir découvert ce qu'ignoraient des dizaines d'agents de police, à savoir que l'homme qu'ils recherchaient n'en était pas un –, voler allait s'avérer plus difficile encore à l'avenir. Elle avait besoin d'enchaîner plusieurs gros coups, et vite.

Son ventre gargouilla. Elle savait que Barron lui offrirait le repas si elle le lui demandait, mais elle ne pouvait s'y résoudre. Cette idée lui était insupportable.

Lila Bard était peut-être une voleuse, mais pas une mendiante. À son départ – et qu'il ne se méprenne pas, tôt ou tard, elle partirait –, elle comptait bien lui rendre tout ce qu'elle lui devait, jusqu'au dernier centime. Elle s'engagea donc dans l'étroit escalier.

En haut se trouvait un petit palier où s'ouvrait une porte verte. Elle se rappelait avoir claqué cette porte, bousculé Barron puis dévalé les marches, furieuse. Leur dispute, elle aussi, était restée gravée dans sa mémoire : lui, furieux qu'elle ait fait les poches d'un des clients de l'auberge. Pire encore, exigeant désormais un loyer mais lui interdisant de le payer avec de l'argent volé. Et comme elle n'avait aucun moyen d'en gagner de manière honnête, il lui avait proposé d'aider à tenir la taverne en échange d'un salaire. Or, accepter signifiait rester, et donc s'installer. Elle avait donc refusé tout net. En fin de compte, il s'était avéré plus facile pour elle de s'en aller que de rester. Il ne s'agissait pas de prendre la fuite, non, mais de partir à la recherche d'un avenir meilleur. Et même si elle n'avait pas encore trouvé son paradis, elle avait bien le temps.

« *Ce n'est pas une vie !* s'était-elle écriée en s'éloignant à grands pas, ses maigres possessions sous le bras. *Ce n'est rien du tout. J'en veux plus. Tu comprends ça ?* »

*Il y a forcément autre chose, là dehors. Je ne peux pas me contenter de si peu, d'*être *si peu.*

À l'époque, elle n'avait pas encore adopté son déguisement, car elle n'osait pas attaquer ses victimes au grand jour. En sortant, elle avait attrapé un chapeau à larges bords pendu sur un crochet à côté de la porte avant de filer en trombe. Barron s'était écarté de son chemin sans faire un geste pour l'arrêter.

La seule vie qui vaut la peine d'être vécue, c'est une vie qu'on a peur de perdre.

Il y avait près d'un an – onze mois, deux semaines et quelques jours – qu'elle avait quitté *Le Jet de pierre* et cette petite chambre en se jurant de ne jamais y remettre les pieds. Et pourtant…

Une fois en haut de l'escalier, dont chaque marche comme elle, avait protesté contre son retour, elle entra dans la chambre, qu'elle retrouva avec un mélange de dégoût et de soulagement. Exténuée, elle sortit le caillou de sa poche et le lâcha sans cérémonie sur la table en bois installée à côté de la porte.

Barron avait déposé son haut-de-forme sur le lit. Lila se laissa tomber à côté pour ôter ses bottes, usées jusqu'à la corde, et grimaça à la pensée du coût d'une nouvelle paire. Ce n'était pas le genre d'objet qui se dérobait facilement. Soulager un homme de sa montre à gousset était une chose. De ses chaussures, en revanche…

Elle avait délacé la moitié de sa première botte quand elle entendit un étrange petit chuintement, comme si de l'air se déplaçait dans la pièce. Elle leva les yeux pour découvrir un homme au beau milieu de sa chambre.

Il n'était pas passé par la porte, verrouillée. Pourtant il se tenait là, une main ensanglantée appuyée contre le mur, le mouchoir de Lila roulé en boule entre sa paume et le lambris. Sur la boiserie, une étrange marque fantomatique se remarquait à peine.

Ses cheveux lui tombaient dans les yeux, mais elle le reconnut aussitôt. C'était l'homme ivre mort qu'elle avait détroussé dans la ruelle.

— Où est-elle ? demanda-t-il, pantelant, la voix teintée d'un accent presque imperceptible qu'elle peinait à situer.

— Bon sang, par où es-tu entré ?

— Il faut que tu me la rendes…

À la lumière de la petite chambre, elle remarqua la chemise collée à son torse, les gouttes de sueur sur son front.

— Tu n'aurais… pas dû… me la voler…

Lila jeta un coup d'œil rapide à la pierre, posée sur la table, et il suivit son regard. Ils se ruèrent dessus en même temps. Du moins, Lila se précipita. L'inconnu, lui, se détacha du mur, fit deux pas à peu près dans la bonne direction puis chancela sur ses jambes et s'écroula par terre. Sa tête rebondit légèrement sur le sol sous l'effet du choc.

C'est vraiment mon jour de chance… soupira la jeune fille en contemplant l'intrus. Elle lui toucha l'épaule du bout de sa botte. Comme il ne bougeait pas, elle s'agenouilla et le retourna. À lui aussi, la soirée semblait avoir réservé de sacrées déconvenues. Sa tunique noire était trempée. Elle crut au début à de la sueur, mais quand elle l'effleura, ses doigts se tachèrent de rouge. Elle envisageait de lui fouiller les poches avant de balancer son corps par la fenêtre quand elle se rendit compte que son torse se soulevait régulièrement. Il n'était pas mort – pas encore, du moins.

De près, l'inconnu paraissait moins âgé qu'elle ne l'avait cru. Sous la suie et le sang, il avait la peau lisse et des traits encore juvéniles. Il devait avoir à peine un ou deux ans de plus qu'elle. Lorsqu'elle écarta de son front une mèche de cheveux cuivrés, ses paupières frémirent puis s'entrouvrirent.

Elle recula d'un bond. L'un de ses yeux était d'un bleu magnifique. L'autre, noir comme du charbon. Il n'avait pas simplement l'iris très foncé comme certains Extrême-Orientaux, non : un noir complet, contre-nature, le recouvrait tout entier.

Pour l'empêcher de reprendre connaissance, Lila l'assomma avec le premier objet qu'elle trouva, un livre. Sa tête retomba sur le côté et ses muscles se relâchèrent. Une fois certaine qu'il ne se réveillerait pas, elle reposa l'ouvrage et saisit l'inconnu par les poignets pour le traîner sur le sol de sa chambre.

Étrange, cette odeur de fleurs…

III

Quand Kell revint à lui, il était ligoté sur un lit, ses poignets attachés aux montants par une corde grossière.

Le sang battait à ses tempes et une douleur sourde se fit sentir dans ses côtes dès qu'il tenta de bouger mais, au moins, il ne saignait plus. Lorsqu'il essaya de faire appel à eux, à son grand soulagement, ses pouvoirs lui répondirent. Le sortilège de l'épée royale s'était donc bien dissipé.

Au bout d'un moment, il se rendit compte qu'il n'était pas seul dans la pièce. En soulevant péniblement la tête de l'oreiller, il découvrit la voleuse perchée sur un fauteuil au pied du lit. Elle l'observait par-dessus ses genoux relevés tout en remontant une montre en argent. La vue du visage de l'inconnue, débarrassé du déguisement, surprit Kell. Ses cheveux bruns, coupés assez court, balayaient une mâchoire volontaire qui se terminait par un menton pointu. Elle paraissait jeune, mais vive d'esprit, les os aussi saillants que ceux d'un oiseau famélique. Dans toute son apparence, la seule rondeur venait de ses yeux, marron, mais pas tout à fait de la même nuance.

Alors qu'il ouvrait la bouche pour entamer la conversation par un « Détache-moi sur-le-champ ! » ou un « Où est la pierre ? » bien sentis, il se surprit à déclarer :

— Tu as un œil plus clair que l'autre

— Et toi, un œil noir, répliqua-t-elle d'un ton circonspect mais où ne perçait pas la moindre trace de peur – à moins que ce ne soit une comédienne accomplie. Qui es-tu, exactement ?

— Un monstre, répondit-il d'une voix rauque. Alors tu ferais mieux de me relâcher.

— Les monstres ne s'évanouissent pas en présence d'une dame, le railla-t-elle avec un petit rire moqueur.

— Les dames ne s'habillent pas en homme pour faire les poches de leur prochain.

Son sourire se fit plus aiguisé.

— Sérieusement, tu es qui… ou plutôt quoi ?

— Je suis ligoté sur ton lit, répondit-il d'un air détaché.

— Et ?

— Et dans le pétrin jusqu'au cou.

Cet aveu, au moins, lui valut un geste de surprise.

— En plus d'être pieds et poings liés sur ce matelas, tu veux dire ?

Il se débrouilla pour se redresser un peu malgré ses entraves afin de la regarder droit dans les yeux.

— Oui. Tu ferais mieux de me libérer et de me rendre ce que tu m'as volé. Je ne te dénoncerai pas. Je ferai comme si rien ne s'était passé, mais j'en ai besoin à tout prix. Je ne partirai pas sans elle.

En parlant, il examinait chaque recoin de la pièce, mais la pierre n'était plus posée sur la table. Il avait espéré que la voleuse jette un coup d'œil vers la planque du talisman, s'en rapproche sans le vouloir ou même se penche simplement dans la bonne direction, mais elle ne semblait pas prête à reproduire la même erreur deux fois. Elle demeura immobile comme une statue, le regard imperturbable.

— Comment es-tu entré ici ? reprit-elle.

— Tu ne me croirais pas, répondit-il sèchement.

Il n'imaginait pas un instant lui expliquer.

— Qui sait, je pourrais te surprendre…

Il hésita. Elle n'avait pas bronché ni appelé à l'aide à la vue de son œil, ne l'avait pas dénoncé aux autorités quand, couvert de sang, il avait traversé un mur pour pénétrer dans sa chambre. Le monde gris avait presque tout oublié de la magie, mais dans le regard de cette fille brillait une telle lueur de défi qu'il se demanda s'il n'avait pas tort. Et si elle ne s'apprêtait pas à le lui prouver.

— Comment t'appelles-tu ? demanda-t-il.

— Ne change pas de sujet.

— Je veux juste connaître le nom de ma geôlière.

Il replia les doigts sur la corde. Elle le dévisagea un instant avant de répondre :

— Delilah Bard. Lila.

Lila. Un nom aux sonorités pleines de douceur qu'elle utilisait pourtant comme un couteau, la première syllabe tranchante, la seconde un léger murmure métallique.

— Et vous, cher prisonnier ? ajouta-t-elle.

— Kell. Je viens d'un autre Londres et je suis entré dans ta chambre par magie.

Et bien sûr, elle eut un sourire.

— Par magie, répéta-t-elle.

— Mais oui.

Il étreignit la corde, qui prit aussitôt feu et se réduisit en cendres. Il y était peut-être allé un peu fort, mais sa petite démonstration eut l'effet escompté. Lila se raidit dans son fauteuil. Kell se redressa complètement sur le lit mais, soudain pris de vertige, demeura dans cette position en se frottant les poignets jusqu'à ce que la pièce cesse de tourner.

— Pour être parfaitement précis, j'ai créé une porte grâce à la magie.

Il se palpa le haut du corps : son couteau avait disparu. La voleuse l'avait désarmé. Préoccupé, il posa lentement les pieds sur le sol, sans gestes brusques.

— Quand tu m'as fait les poches dans la ruelle, tu m'as donné ton mouchoir, lui rappela-t-il. Je m'en suis servi pour arriver jusqu'à toi.

Ce qui était d'ailleurs bien plus difficile qu'il n'y paraissait. Les passages créés par les *Antari* étaient censés mener à des lieux, et non à des personnes. C'était seulement la seconde fois qu'il utilisait sa magie pour retrouver la trace de quelqu'un. Sans oublier qu'avec chaque goutte de sang il se vidait un peu plus de son pouvoir. Il ne lui restait presque plus rien, d'ailleurs, juste de quoi atteindre cette chambre, et là…

— Un autre Londres, répéta Lila.

— Oui.

— Et tu as créé une porte.

— Exactement.

— Grâce à la magie.

— C'est ça.

Lorsqu'il croisa son regard, il s'attendait à y lire confusion, scepticisme ou incrédulité. Mais elle le dévisageait, le regard vide. Non, songeur, comme si elle évaluait la situation. Mieux valait espérer qu'elle ne lui réclame pas une nouvelle démonstration, car il commençait tout juste à récupérer son pouvoir et devait l'économiser.

— D'où cette marque, je suppose.

Elle désigna le mur, où subsistait la trace presque invisible de sa porte. *Étonnant…* La plupart des habitants du Londres gris ne voyaient pas les traces des sorts, ou du moins ne les remarquaient pas. Comme le reste de la magie, elles échappaient à leurs sens.

— Et la pierre ?

— De la magie. Néfaste.

Noire. Puissante. Signe de mort.

Lila finit par commettre une erreur. Elle jeta un bref coup d'œil à la commode placée contre un mur. Sans hésiter, Kell se rua en avant, mais avant que ses doigts n'atteignent le premier tiroir, un couteau se posa sur sa gorge. Il était tombé du ciel, ou plutôt d'une poche ou d'une manche. Le sourire de Lila était aussi affûté que la fine lame posée juste sous le menton de l'*Antari*.

— Assieds-toi ou tu vas tomber, petit magicien.

Elle abaissa le poignard et le jeune homme se rassit lentement sur le bord du lit. Elle le surprit alors une nouvelle fois en sortant le talisman, non du tiroir de la commode comme son regard l'avait suggéré, mais de nulle part. La pierre se matérialisa d'un seul coup dans sa paume jusque-là vide – un tour de passe-passe impeccablement maîtrisé. Kell prit le temps de réfléchir. Il pouvait lui arracher le couteau, mais elle en avait sans doute au moins un autre. Pire que tout, elle avait la pierre. Elle était humaine et ignorait tout de la magie, mais si elle émettait un souhait, il se pouvait parfaitement que la pierre l'exauce. Il songea au tueur à gages dans sa gangue de roche.

Lila passa son pouce sur la pierre.

— Qu'a-t-elle de si mauvais ?

Kell choisit ses mots avec soin.

— Elle ne devrait pas exister.

— Quelle est sa valeur ?

— Celle de ta survie, répondit-il, les poings serrés. Crois-moi, ceux qui sont à mes trousses n'hésiteront pas une seconde à te tuer pour la récupérer.

Elle jeta un regard vers la fenêtre.

— Tu as été suivi ? demanda-t-elle.

— Non. Pas ici, ils n'en sont pas capables.

— Alors je n'ai rien à craindre.

Elle reporta son attention sur la pierre, visiblement dévorée par la curiosité. Était-elle, elle aussi, attirée par son pouvoir comme par un aimant ?

— Lila, s'il te plaît, pose-la.

Elle examina le symbole gravé sur sa face lisse, les yeux plissés comme pour tenter de le déchiffrer.

— Qu'est-ce que ça signifie ?

Kell garda le silence.

— Dis-le-moi, et je te la rendrai.

Incrédule, il répondit malgré tout :

— C'est le symbole qui signifie « magie ». Ça se prononce *Vitari*.

— Une pierre magique qui s'appelle magie ? Pas franchement débordant d'originalité. Qu'est-ce qu'elle fait ?

— Je ne sais pas.

C'était plus ou moins la vérité.

— Je ne te crois pas, rétorqua-t-elle.

— Je m'en fiche.

— Tu n'as peut-être pas très envie de la récupérer.

— Non, en effet. (Vrai et faux à la fois car, au fond de lui, il brûlait de la tenir de nouveau dans sa main.) Mais j'y suis obligé. Et j'ai répondu à ta question.

Lila contempla le talisman, qu'elle tourna et retourna entre ses mains.

— Une pierre magique qui s'appelle magie. Ce qui m'amène à croire qu'elle… quoi, qu'elle fabrique de la magie ? Ou fabrique des objets par magie ?

Elle avait dû lire la réponse sur le visage inquiet de Kell, car elle esquissa un sourire de triomphe. Elle avait l'air de se délecter de ce petit monologue.

— Bref, une source de pouvoir… Elle peut créer quelque chose ? Je me demande comment elle fon…

Il tendit la main pour attraper le talisman mais, en un éclair, la lame de Lila fendit l'air et le creux de sa paume. Il poussa un grognement de douleur – son sang se remit à perler jusque sur le sol, et il lui en restait déjà bien trop peu. Elle agita son couteau en signe d'avertissement.

— Je t'avais prévenu.

— Lila, dit-il d'un ton las, la main pressée contre son torse. S'il te plaît, rends-la-moi.

Mais il savait qu'elle n'en ferait rien. Une étincelle de malice dans le regard – une expression qu'il ne connaissait que trop bien pour l'avoir arborée tant de fois lui-même –, elle étreignit la pierre plus fort. Qu'allait-elle lui demander ? Que parviendrait à faire apparaître cette frêle petite humaine ? Partagé entre la curiosité et la crainte, il la regarda tendre les deux mains devant elle dans un geste solennel. Un panache de fumée émergea de sous ses doigts, puis alla s'enrouler autour de sa main libre et durcit jusqu'à former une magnifique épée dans son fourreau scintillant. Le plaisir et la surprise se mêlèrent sur son visage.

— Ça a marché… murmura-t-elle, à moitié pour elle-même.

De la même couleur ébène que la pierre et l'œil de Kell, la poignée de l'arme jetait mille feux. Lorsque Lila dégaina l'épée, le métal, lui aussi noir comme la nuit, étincela dans la lumière des bougies, aussi solide que le meilleur acier trempé. La jeune fille poussa un petit cri de ravissement et la posa contre le mur. Kell réprima un soupir de soulagement, car il pensait avoir échappé au pire.

— Satisfaite ? Maintenant donne-la-moi, dit-il d'un ton raisonnable. S'il te plaît… Avant de te blesser.

Elle ne savait pas – ne pouvait pas savoir – que cette magie, en plus d'être interdite, se nourrissait de son énergie. Elle lui lança un regard narquois et caressa la pierre.

— Oh non ! Ce n'est que le début.

— Lila…

Trop tard. Ses doigts vomissaient déjà une fumée noire, en bien plus grande quantité que la fois précédente, qui prit, cette fois, non pas la forme d'une arme mais celle d'un jeune homme. Et pas n'importe lequel. Lorsque les volutes qui en dessinaient le visage se figèrent, Kell se retrouva face à… lui-même !

La ressemblance était presque parfaite, depuis l'ourlet effiloché du manteau jusqu'aux cheveux auburn qui lui tombaient sur le visage. Seulement ce Kell-là n'avait pas d'œil bleu. Ses deux prunelles brillaient d'un noir aussi pur, aussi solide que la roche dans la main de Lila. Immobile, au départ, il semblait attendre quelque chose.

Le véritable Kell fusilla sa contrefaçon du regard.

— Qu'est-ce que tu fabriques ? demanda-t-il à Lila.

— Je m'amuse un peu, c'est tout.

— Tu ne peux pas te mettre à créer des gens comme ça !

— On dirait bien que si.

C'est alors que le nouveau venu esquissa son premier geste. Il ôta son manteau, qu'il lança sur le fauteuil le plus proche. Horrifié, Kell regarda l'apparition s'attaquer l'un après l'autre aux boutons de sa tunique. Il éclata d'un rire étranglé.

— C'est une blague !

Lila se contenta de sourire. Elle fit rouler la pierre dans sa paume, tandis que le double de Kell ôtait lentement sa chemise d'un air provocant. Une fois torse nu, il s'attaqua à sa boucle de ceinture.

— Bon, ça suffit. Détruis-le.

— Tu n'es vraiment pas marrant ! soupira-t-elle.

— Ça n'a rien de drôle, je te signale.

— Pour toi peut-être… répliqua-t-elle avec un petit rictus malicieux tandis que l'apparition poursuivait son effeuillage en faisant glisser la ceinture des passants de son pantalon.

Mais contrairement à Kell, Lila ne voyait pas le visage jusque-là inexpressif du sosie se transformer. Une subtile métamorphose, la vacuité de ses traits progressivement remplacée par autre chose.

— Lila, écoute-moi, dit-il d'une voix pressante. Détruis-le, et tout de suite.

— Bon, d'accord. Euh… mais comment ?

— Ta volonté l'a fait apparaître, répondit-il en se levant du lit. Maintenant il faut que tu souhaites le contraire.

Elle fixa le double, les sourcils froncés sous l'effet de la concentration. Le spectre cessa de se déshabiller, mais sans pour autant s'évanouir.

— Lila !

— J'essaie ! s'écria-t-elle, le poing serré autour de la pierre.

À ces mots, la fureur déforma tout à coup le visage neutre du faux Kell, comme s'il comprenait ce qui se passait. Son regard effleura le visage puis la main de la jeune fille, et soudain il se rua en avant. En un clin d'œil, il était déjà sur elle. Il la poussa violemment contre le mur, lui faisant lâcher la pierre. Il ouvrit la bouche pour parler, mais avant qu'il n'ait le temps de dire un seul mot, il s'évanouit en fumée. Lila se retrouva face au vrai Kell, une main couverte de sang – celle qui avait touché le spectre – brandie devant lui. Son incantation résonnait encore dans la petite chambre : *As Anasae*. Il venait de sacrifier une bonne partie des pouvoirs qui lui étaient revenus.

Lila chancela et se rattrapa à la commode, de toute évidence éprouvée par sa brève utilisation de la pierre, comme Kell un peu plus tôt. Elle parvint à prendre une seule et unique inspiration sifflante avant que la main ensanglantée de Kell ne se referme sur sa gorge.

— Où est mon couteau ?

— Tiroir du haut, répondit-elle, pantelante.

Il lui plaqua le poignet contre le mur, à côté de sa tête, sans relâcher son cou.

— Qu'est-ce que tu fais ?

Sans répondre, il se concentra sur la boiserie, qui commença à se fendre et se déforma jusqu'à aller entourer le poignet de la voleuse. Lila se débattit en vain : la transformation ne prit qu'un instant. Kell finit par la lâcher, mais le mur la retenait prisonnière. Il ramassa la pierre et se força à la rempocher, tandis que Lila s'arc-boutait contre le bois qui l'enchaînait à la paroi.

— Bon sang ! Le mur est dans un état... Comment est-ce que je vais rembourser, et surtout expliquer les dégâts ?

Il ouvrit le tiroir de la commode, où il trouva le contenu de ses poches – par chance, elle n'avait fouillé que son manteau noir – et son couteau.

— Tu ne peux pas me laisser comme ça !

Kell rempocha le tout, caressa du doigt le monogramme familier qui ornait la lame avant de la glisser dans l'étui sanglé à son avant-bras, puis alla ouvrir la fenêtre. Il entendit alors derrière lui le murmure du métal contre le cuir : Lila dégainait un autre poignard pour le lancer.

— À ta place, je ne ferais pas ça.

— Et pourquoi pas ?

— Parce que tu vas en avoir besoin pour te libérer.

Sans rien ajouter, il grimpa sur le rebord de la fenêtre et sauta. La chute se révéla plus longue que prévu, mais il atterrit sans encombre, accroupi sur les pavés d'une ruelle – l'air s'était élevé pour amortir le choc. La fenêtre lui avait semblé la voie la plus sûre, puisqu'il ne savait pas vraiment où il se trouvait dans le Londres gris, ni ce qui l'attendait derrière la porte de la chambre. De l'extérieur, il se rendit compte que le bâtiment n'était pas une maison mais une taverne. Quand il tourna dans la rue principale, il en vit l'enseigne se balancer dans l'air nocturne. Elle oscillait entre l'ombre et la lumière de la lanterne placée non loin d'elle. Il la reconnut sans mal. *Le Jet de pierre.*

Il n'aurait pas dû être surpris – toutes les routes semblaient mener à cette auberge –, mais n'en resta pas moins stupéfait. *Décidément, le monde est petit…* se dit-il. Il savait que la magie déjouait toutes les probabilités, mais là, tout de même…

Depuis le début, Kell avait de toute façon un curieux pressentiment à l'endroit de Lila, mais il l'écarta fermement. Peu importait la fille. Il avait la pierre.

Il ne lui restait plus qu'à décider ce qu'il allait en faire.

IV

Lila mit près d'une heure à se libérer, à force de couper, tailler, scier. Quand le bois finit par céder, la lame de son couteau était irrémédiablement émoussée, une partie du mur détruite, et elle-même avait désespérément besoin d'un remontant. Ses finances ne s'étaient pas améliorées dans l'intervalle, au contraire, mais tant pis pour ses précieuses économies !

Elle frotta son poignet douloureux, jeta le couteau sur le lit et ramassa par terre son autre poignard – toujours tranchant, lui. Au milieu d'un flot continu de jurons, elle essuya soigneusement la lame tachée du sang de Kell avant de la rengainer. Un déluge de questions affluait dans sa tête, mais elle les balaya d'un revers de la main et sortit son revolver du tiroir pour le ranger dans son étui. Si elle l'avait eu sur elle une heure plus tôt, elle aurait troué sans hésitation la tête du petit magicien.

Sans cesser de maugréer, elle enfilait sa cape quand son attention fut attirée par l'épée, celle qu'elle avait fait apparaître, toujours posée contre le mur. Cette ordure de Kell n'avait pas pris la peine de la détruire avant de tirer sa révérence. Elle la souleva avec précaution – quelle merveille, vraiment ! – et admira les reflets qui s'allumaient sur la poignée étincelante. Elle était en tout point conforme à la rapière dont elle rêvait, jusqu'aux détails gravés sur la garde. Le fourreau susurrait entre ses doigts, comme la pierre avant lui. Elle n'avait aucune envie de se séparer de l'épée, ne voulait rien tant que la garder entre ses mains, mais se méfiait de cet étrange désir irrésistible. Elle était intimement familière du sentiment d'envie, celle qui souvent chuchotait, chantait, hurlait dans sa chair afin d'être assouvie. Cette nouvelle sensation en était très proche, mais trompeuse. C'était une ruse, un stratagème.

Lila n'avait pas oublié le violent vertige qui l'avait tout à coup saisie après la perte du talisman – son corps soudain vidé de toute sa force, son énergie volée à son insu. Étrangement, la pierre lui faisait penser aux habiles tours de passe-passe d'un pickpocket. Car c'était exactement ainsi qu'ils fonctionnaient. Pour les exécuter proprement, il fallait toujours deux mains : la victime prêtait attention à l'une pendant que l'autre agissait. Trop concentrée sur celle qui agitait un bel objet brillant sous son nez, Lila n'avait pas remarqué l'autre, glissée dans sa poche.

« De la magie. Néfaste », avait dit Kell. *Non, maligne*, pensa-t-elle. Or « malin » était toujours plus dangereux que « néfaste », Lila le savait. À contrecœur mais sans s'accorder le temps d'hésiter, elle gagna la fenêtre en trois enjambées pour y jeter l'épée, qu'elle regarda tomber sur les pavés de la ruelle. *Bon débarras !*

Elle contempla la marée de toits et de cheminées qui s'étendait devant elle en se demandant où Kell était parti. Mais cette question en engendrait dix autres. Comme elle n'obtiendrait jamais la réponse à aucune d'entre elles, elle referma la fenêtre puis s'en alla chercher son petit remontant.

Un homme sortit du Jet de pierre d'un pas chancelant et faillit tomber dans l'escalier. *C'est malin*, pensa-t-il, vaseux. Ces marches n'étaient pas là à son arrivée quelques heures plus tôt, il l'aurait juré. Ou bien quelque chose avait changé. Il y en avait peut-être plus… Ou moins. Il tenta de les compter, mais finit par renoncer, la vision trouble.

L'homme s'appelait Booth, et il avait besoin de se soulager. Cette pensée surgit soudain du brouillard de son esprit, telle une lumière vive. Il traîna donc ses bottes sur les pavés jusqu'à la ruelle voisine (il eut la décence de ne pas se soulager sur l'escalier, pourtant tombé du ciel).

Il s'engagea, ou plutôt tituba, entre les bâtiments, surpris par l'obscurité qui y régnait : il n'aurait pas pu voir sa propre main, même s'il avait été assez sobre pour essayer. Mais peu importait car ses yeux ne cessaient de se fermer.

Le front appuyé contre les pierres fraîches du mur de la taverne, il urina sans cesser de fredonner une chanson de marin sur les femmes, le vin et… un autre mot qui devait rimer avec « vin », dont il ne se souvenait plus. La mélodie ne tarda pas à lui sortir de la tête. Il reboutonna son pantalon, mais quand il se retourna, sa botte heurta un objet, qui glissa jusqu'au mur dans un raclement. Il l'aurait peut-être laissé là si la lanterne la plus proche, secouée sur son crochet par un coup de vent, n'avait pas éclairé un instant la ruelle obscure.

Lorsque le bref éclat de lumière scintilla sur du métal, Booth écarquilla les yeux, stupéfait. Il avait plusieurs bières dans l'estomac mais, instantanément dégrisé par la cupidité, se retrouva à quatre pattes sur le sol humide, à tâtonner dans l'ombre jusqu'à mettre la main sur le trophée.

Il se releva tant bien que mal et s'approcha d'un pas mal assuré de la lanterne pour découvrir qu'il tenait le fourreau d'une épée, l'arme toujours à l'intérieur. Sa poignée étincelante n'était pas en argent, en or ou en acier, mais noire. Noire comme de l'encre et lisse comme de la pierre. Il dégaina l'arme avec un petit grognement appréciateur. La lame était aussi luisante et sombre que la garde. Une étrange épée, rare sans aucun doute. Ses grosses mains la soupesèrent. Elle allait lui rapporter un joli pactole… Un très joli pactole. Il savait à qui s'adresser, bien sûr, pour éviter de se retrouver accusé de vol. Mais qui trouve garde… ou plutôt qui trouve revend.

Curieux, tout de même. Ses doigts sur la poignée commençaient à le picoter. *Bizarre, ça…* se dit-il avec le détachement caractéristique d'un homme ivre mort. Il avait l'esprit trop embrumé pour vraiment s'en inquiéter, du moins au début. Mais quand il essaya ensuite de lâcher l'arme, ses doigts refusèrent tout bonnement de lui obéir.

Il secoua la main, d'abord lentement puis avec vigueur, mais sans le moindre succès. Tout à coup, le picotement se mua en soubresaut, une sensation invasive à la fois chaude et froide, très désagréable, qui remonta le long de son bras, sous sa peau. Il recula d'un pas vers l'entrée de la ruelle et, à la lumière de la lanterne, s'aperçut que les veines sur le dos de sa main, son poignet et son avant-bras viraient au noir.

Il secoua le bras avec l'énergie du désespoir, manquant de perdre l'équilibre, mais sans parvenir à se dégager. L'arme n'avait pas la moindre intention de se laisser faire.

— Lâche ! grommela-t-il, sans savoir s'il s'adressait à sa main ou à l'arme.

En réponse, ses doigts, qui ne semblaient plus du tout lui appartenir, serrèrent la poignée de l'épée. Haletant, il les regarda tourner lentement la lame vers son propre abdomen.

— Que diable !

Sa main libre luttait pour tenir l'autre à distance, mais son corps ne faisait pas le poids face à la force qui s'en était emparée. D'un seul coup net, le bras de Booth qui tenait l'épée la plongea dans son ventre jusqu'à la garde.

Il gémit, plié en deux, les doigts toujours collés à la poignée. Après avoir rayonné d'une lueur sombre, l'épée noire se mit à fondre. Mais cette matière visqueuse, au lieu de couler au sol, s'infiltra dans le corps de Booth. Pénétra par sa blessure, s'insinua dans son sang. Son pouls faiblit, avant de redoubler, fort et assuré, à mesure que la magie se répandait dans ses veines. Son corps frémit avant de se figer.

Un long moment, Booth, ou ce qui restait de lui, demeura accroupi sur le sol de la ruelle, sans bouger, les mains plaquées sur le ventre. Là où la lame s'était enfoncée ne subsistait plus qu'une tache sombre, semblable à de la cire fondue. Ses bras retombèrent peu à peu à ses côtés, couverts de veines noires – la couleur de la vraie magie. Il cligna de ses deux yeux, désormais noirs eux aussi, et regarda autour de lui, avant de contempler son propre corps. Il plia les doigts avec précaution, testant leur usage.

Enfin, lentement mais sûrement, il se releva.

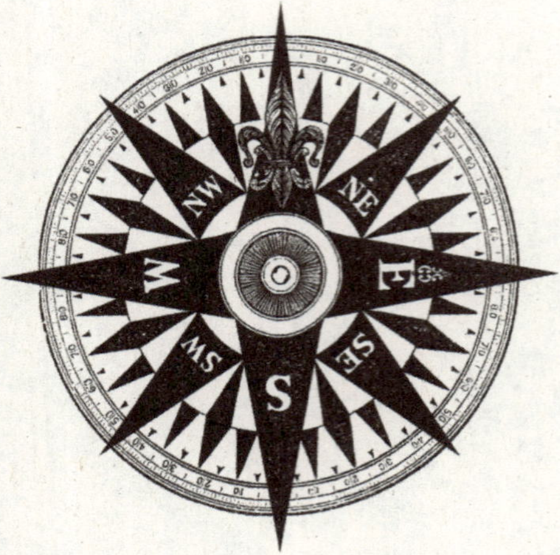
NW
NE
W
E
SW
SE
S

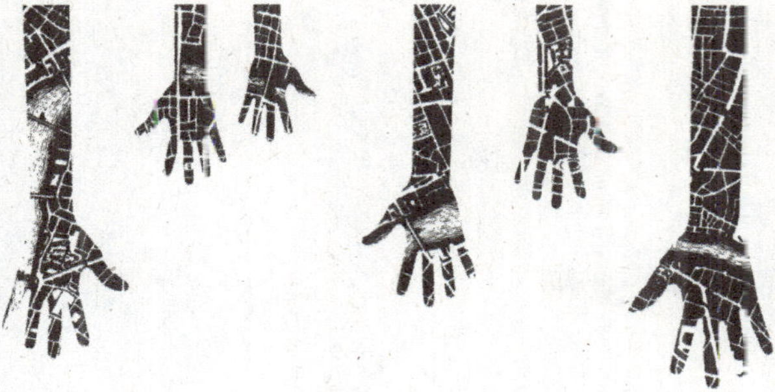

SEPTIÈME CHAPITRE

LE POURSUIVANT

I

Lila aurait tout simplement pu descendre dans les entrailles du Jet de pierre, mais elle devait déjà assez à Barron – il refusait son argent, soit qu'il pense qu'elle en avait besoin, soit qu'il le sache volé – et elle voulait prendre l'air pour se vider la tête.

D'autres Londres. Des hommes qui franchissaient des portes magiques. Des pierres capables de créer à partir du néant.

Tout ça était digne d'un conte, d'un roman d'aventure. Un instant à portée de main, le suivant évanoui, envolé. Lila se sentait vide à l'intérieur, affamée, mais d'une manière nouvelle et terrifiante. Ou peut-être était-ce la même soif qu'avant, mais dont l'objet portait désormais un nom : la magie. Mystère… Tout ce dont elle était certaine, c'était que serrer la pierre dans sa main, contempler l'œil noir de Kell, voir les boiseries s'enrouler autour de son poignet lui avait frappé un grand coup au cœur. L'avalanche de questions déferla à nouveau, mais elle l'écarta de plus belle. Respirant à pleins poumons l'air nocturne, humide et chargé de cendres, elle traversa d'un pas traînant le dédale de rues et le pont de Westminster jusqu'à *La Marée basse.*

La taverne se trouvait sur la rive sud de la Tamise, juste au nord du pont, coincée entre Belvedere et York dans une ruelle appelée l'allée du Vieux Marin. Lila avait pris l'habitude de s'y arrêter certains soirs après une tournée fructueuse, avant de rentrer au *Roi des mers* (c'était toujours une pièce en moins dans la main de Powell). Elle aimait le pub et son mobilier de bois sombre, ses vitres embuées, son côté rustre et sa clientèle à l'avenant. Pas un endroit rêvé pour faire les poches des clients, mais idéal pour se fondre dans la masse, disparaître. Elle ne craignait guère d'être identifiée comme une fille (la lumière était toujours tamisée et son capuchon relevé) ou un bandit recherché (ce que la plupart des clients étaient, de toute façon).

Elle gardait ses armes à portée de main – une précaution sans doute inutile. À *La Marée basse*, les clients ne se mêlaient pas des affaires des autres. Quand une altercation éclatait (ce qui n'était pas rare), les habitués se souciaient surtout de la sécurité de leurs boissons (ils préféraient ôter à la toute dernière seconde un pichet d'une table plutôt que d'empêcher un bagarreur de la percuter). Si quelqu'un criait à l'aide au beau milieu de la salle commune, il ne récolterait pas mieux qu'un toast et un haussement de sourcils de la part des consommateurs. Pas un endroit à fréquenter tous les jours, donc, mais ce soir-là, Lila était d'humeur.

Ce n'est qu'une fois tranquillement installée au bar devant une petite pinte qu'elle laissa les questions envahir son esprit. Les « pourquoi ? », les « comment ? »

et surtout les « et maintenant ? », car impossible pour elle de revenir en arrière. Elle ne pourrait plus jamais feindre l'ignorance, désormais. Absorbée dans ses pensées, elle ne remarqua pas l'homme venu s'asseoir à côté d'elle jusqu'à ce qu'il lui demande, d'une voix douce et grave, teintée d'un accent étranger :

— Vous avez peur ?

Lila leva les yeux. Surprise, elle en oublia presque d'employer sa voix grave.

— Pardon ?

— Vous vous cramponnez à votre verre.

Il désignait les jointures blanchies de ses doigts. Lila se détendit, mais imperceptiblement.

— Une soirée difficile, expliqua-t-elle avant de porter la bière tiède à ses lèvres.

— Et pourtant, elle ne fait que commencer.

Même à *La Marée basse*, qui accueillait chaque soir une clientèle pour le moins hétéroclite, l'homme ne semblait pas vraiment à sa place. Dans la semi-pénombre, il paraissait curieusement… terne. Il portait des vêtements gris foncé et une simple capeline ornée d'un fermoir en argent. Sa peau était pâle, surtout à côté du comptoir en bois sombre, ses cheveux d'une nuance étrange, presque noire et entièrement dénuée de la moindre chaleur, de la moindre couleur. Il s'exprimait sur un ton posé mais froid, dépourvu de toute inflexion, qui donnait des frissons à Lila. Dans sa voix perçait un accent étranger rocailleux.

— Vous n'êtes pas d'ici, vous.

— Non, répondit-il, un petit sourire aux lèvres.

Il passa un doigt sur le bord de son verre d'un air absent. Sauf qu'aucun de ses gestes ne pouvait être qualifié de distrait, au contraire. La lente précision de ses mouvements avait de quoi rendre Lila nerveuse.

Il y avait chez lui quelque chose d'à la fois étrange et de très familier. Rien qu'elle puisse voir à l'œil nu, c'était plutôt de l'ordre de la sensation. Soudain, elle sut : c'était le même sentiment qu'elle avait éprouvé en contemplant l'œil noir de Kell, en serrant la pierre dans sa main. Un frisson, un picotement, un murmure.

Elle se trouvait en présence de magie. Lila but une gorgée de sa bière pour tenter de cacher son agitation.

— Mais je ne me suis pas présenté… ajouta-t-il.

Lorsque l'inconnu se tourna sur son siège et révéla son visage, elle faillit s'étrangler. Rien ne clochait avec l'angle de sa mâchoire, la forme de son nez ou la ligne de ses lèvres. Mais ses yeux ! L'un était gris-vert, l'autre noir comme du charbon.

— Je m'appelle Holland.

Le sang de Lila ne fit qu'un tour. L'homme était à la fois semblable à Kell et très différent de lui. L'œil du jeune magicien avait semblé à la jeune fille une fenêtre ouverte sur un monde nouveau. Étrange peut-être, troublant sans doute, mais pas effrayant. Celui de Holland, en revanche, donnait la chair de poule à la voleuse. Sous sa surface lisse tourbillonnaient d'inquiétantes taches sombres. *File, file comme le vent!* chuchota une voix dans la tête de Lila.

N'osant pas soulever de nouveau son verre, de peur que ses mains ne tremblent, elle le repoussa et sortit un shilling de sa poche avec désinvolture.

— Et moi Bard, dit-elle.

C'était un adieu autant qu'une présentation. Elle s'apprêtait à se lever quand l'homme lui saisit le poignet, qu'il plaqua sur le bois usé du comptoir. Elle frissonna à son contact. Les doigts de sa main libre se crispèrent, attirés par le poignard sous sa cape, mais elle résista à la tentation.

— Et votre prénom, mademoiselle ?

Elle tenta de se dégager, mais il l'immobilisait d'une poigne de fer, apparemment sans effort.

— Delilah, gronda-t-elle. Lila, si vous préférez. Maintenant lâchez-moi, ou vous risquez d'y perdre vos doigts.

À nouveau, ses lèvres esquissèrent presque un sourire.

— Où est-il, Lila ? demanda-t-il.

Le cœur de la jeune fille fit un bond dans sa poitrine.

— Qui ça ?

— Ne me raconte pas d'histoires. Je sens la marque de sa magie sur toi.

Il avait resserré son étau. Grimaçante, elle soutint son regard sans ciller.

— Sans doute parce qu'il s'en est servi pour me menotter à un mur après que je l'ai détroussé et attaché à un lit. Je ne pourrai pas t'aider à retrouver ton ami. Notre rencontre s'est mal passée et on s'est séparés en très mauvais termes.

Elle retint un soupir de soulagement quand il la relâcha. Mais un instant plus tard, il se levait et la traînait par le bras vers la sortie.

— Mais bon sang, qu'est-ce que tu fais ? s'écria-t-elle. Puisque je te dis que je le connais à peine !

Elle tenta en vain de résister, ses bottes raclant le sol usé.

— C'est ce qu'on va voir.

Les clients de *La Marée basse* ne levèrent même pas les yeux de leurs chopes. *Bande de salauds !* ragea-t-elle, poussée sans ménagement dans la rue. Dès que la porte de la taverne se referma derrière eux, Lila dégaina son revolver, mais pour quelqu'un dont les mouvements semblaient si lents, Holland se révéla incroyablement rapide. Elle se retrouva à tirer dans le vide. Avant même la fin de la détonation, il réapparut derrière elle. Elle sentit sa présence un bref instant avant qu'il ne referme la main sur la gorge de la voleuse et ne la plaque contre son torse. De l'autre, il attrapa le pistolet dont il porta le canon à la tempe de Lila. Le tout quasi instantanément.

— Débarrasse-toi de tes armes, ou c'est moi qui le ferai.

Loin de lui broyer la gorge, sa poigne demeurait légère, assurée. Lila avait côtoyé assez d'assassins pour le savoir : les plus à craindre sont ceux qui tiennent leurs pistolets avec aisance, comme un prolongement de leur corps. De sa main libre, elle jeta d'abord par terre le couteau accroché à sa ceinture. Puis un autre, dissimulé dans son dos. Le troisième, qu'elle cachait d'habitude dans sa botte, était resté sur son lit, irrémédiablement endommagé. Holland abaissa la main de sa gorge à son épaule, mais arma le pistolet en guise d'avertissement.

— Quoi, pas même un petit mortier ? fit-il, ironique.

— Tu as perdu la tête ! Ton ami Kell est déjà loin.

— Tu crois ? Voyons voir…

L'air autour d'eux se mit à crépiter, soudain débordant d'énergie et de puissance. Holland n'avait pas menti : Lila pouvait en sentir l'odeur. Cette magie-là ne l'enveloppait pas d'un parfum de fleurs, contrairement à celle de Kell (de fleurs et, peut-être, d'herbe fraîche) mais de relents de métal et d'acier carbonisé. L'air en était comme roussi, calciné. Elle se demanda si Kell saurait aussi le sentir. Si c'était ce que recherchait Holland, au fond.

Ce pouvoir exsudait autre chose, une sensation aiguë, proche de la colère, de la haine. Une férocité qui ne se reflétait pas sur les traits de Holland, dont le visage était d'un calme saisissant, terrifiant.

— Hurle, ordonna-t-il.

— Quoi ?

La douleur empêcha la jeune fille de poursuivre. Un éclair d'énergie, telle une boule de foudre, parcourut son bras à l'endroit où Holland l'empoignait. Il dansa sur sa peau et embrasa ses nerfs. Elle ne put retenir un cri. La souffrance disparut alors, presque aussi vite qu'elle était apparue. Hors d'haleine, Lila tremblait de tout son corps.

— Espèce de… salaud ! s'étrangla-t-elle.

— Crie son nom.

— Je peux t'assurer… qu'il ne va… pas venir. Sûrement pas… pour moi. On…

Submergée par une nouvelle vague de douleur, plus vive, Lila serra les dents et attendit qu'elle passe, en vain cette fois. Elle ne faisait qu'empirer. Holland demanda d'un ton calme :

— Peut-être devrais-je commencer à te briser les os ?

Quand elle ouvrit la bouche pour répondre « non », tout ce qu'elle entendit fut un hurlement, puis la souffrance s'accentua, comme en représailles. Elle se mit donc à crier le nom de Kell – ça ne ferait aucune différence : de toute façon, il ne viendrait pas. Si elle obéissait, peut-être ce fou finirait-il par le comprendre et la relâcher pour se chercher un nouvel appât. Lorsque le supplice cessa enfin, Lila découvrit qu'elle était à genoux, une main écrasée sur les pavés de la ruelle, l'autre tordue dans son dos. Holland ne l'avait pas lâchée. Elle crut qu'elle allait vomir.

— Voilà qui est mieux.

— Va au diable !

Il la releva d'un geste brusque pour l'attirer de nouveau contre lui, et braqua le pistolet sous son menton.

— Je n'ai jamais utilisé de revolver, lui chuchota-t-il à l'oreille. Mais je sais comment ils fonctionnent. Six coups, n'est-ce pas ? Tu en as déjà tiré un, ce qui m'en laisse cinq si le barillet était plein. Penses-tu que je pourrais le vider entièrement, mais sans te tuer ? Les êtres humains meurent si facilement, mais si je me débrouille bien…

Il fit glisser le canon le long du corps de Lila, l'arrêta à son épaule, puis son coude, sa cuisse et enfin son genou.

— Plus vite il viendra, plus vite je te libérerai. *Crie son nom.*

— Il ne viendra pas, murmura-t-elle d'un ton amer. Pourquoi refuses-tu de croire…

— Parce que je connais notre ami.

Il leva la main qui tenait l'arme – Lila frémit de soulagement lorsque la gueule de métal s'éloigna de sa peau – pour passer le bras autour de ses épaules.

— Il est tout proche. J'entends ses pas sur les pavés. Ferme les yeux. Tu l'entends ?

Les paupières closes, elle n'entendait que le battement sourd de son cœur et cette pensée qui lui traversa l'esprit : *Je ne veux pas mourir. Pas ici. Pas maintenant. Pas comme ça.*

— Allez, amène-le-moi.

L'air se remit à crépiter.

— Non…

Le corps parcouru d'une douleur cuisante, de la tête aux pieds, Lila hurla. Puis soudain, la souffrance reflua, son cri s'étrangla dans sa gorge et Holland la lâcha. Elle s'écroula sur les pavés, les genoux et les paumes éraflés par la chute. Malgré le sang qui battait à ses oreilles, elle entendit la voix de Holland déclarer :

— Ah, te voilà enfin…

Quand elle releva la tête, elle découvrit au milieu de la rue l'étrange magicien revêtu d'un manteau noir, essoufflé et furieux. Elle n'arrivait pas à y croire.

Kell était revenu. Mais pourquoi ? Sans lui laisser le temps de formuler cette question, le jeune homme, dont les yeux vairons, le bleu comme le noir, étaient écarquillés, la regarda bien en face et prononça un seul mot :

— Va-t'en.

II

Appuyé au parapet du pont, Kell s'efforçait de comprendre comment et pourquoi il avait été piégé – la fausse lettre, l'humble supplication, les assassins manipulés par un sort de contrainte – quand il huma dans l'air l'odeur de la magie. Pas une flammèche mais un véritable brasier. Un fanal allumé dans une ville plongée dans les ténèbres. Et une signature qu'il aurait reconnue n'importe où : acier carbonisé et cendre. *Holland.*

Ses jambes le portèrent vers l'autre *Antari*, et ce n'est qu'une fois parvenu sur la rive sud qu'il entendit le premier hurlement. Là, il aurait dû s'arrêter pour réfléchir. Encore un piège, bien sûr – transparent, d'ailleurs. Holland n'aurait pas fait un tel raffut à moins de vouloir être remarqué, or la seule personne de tout le Londres gris capable de sentir sa présence était Kell lui-même. Pourtant, la seule réaction du jeune homme fut de se mettre à courir.

— *Tu as été suivi ?* lui avait demandé Lila.

— *Non, pas ici. Ils n'en sont pas capables.*

Faux, bien sûr. Personne n'en était capable… à l'exception de Holland. Qui s'était empressé de le pister jusque-là et, par conséquent, convoitait la pierre. La bonne conduite à suivre était donc de courir non pas vers l'*Antari* mais dans la direction opposée. De s'éloigner du danger.

Un nouveau cri transperça l'air lourd de la nuit. Cette fois, Kell se trouvait assez près pour reconnaître la voix. Lila. Pourquoi Holland s'en prenait-il à elle ?

Mais il connaissait déjà la réponse, comme un poids dans sa poitrine. Si cette ordure s'attaquait à Lila, c'était à cause de lui. Car dans un monde quasiment dépourvu de magie, le moindre sortilège se voyait comme le nez au milieu de la figure. Or la voleuse portait des traces – à la fois de sa magie à lui et de celle de la pierre – partout sur elle. Kell savait comment couvrir les siennes, mais pas Lila. Elle était comme une torche dans l'obscurité.

Mais c'est sa faute, bon sang ! Tout est sa faute.

Pourtant il continua de courir, malgré ses côtes qui le brûlaient et la petite voix qui lui répétait, encore et encore, d'abandonner la voleuse à son sort, de fuir tant qu'il en était encore temps. Car le piège était transparent.

Il longea le fleuve pour aller plus vite, traversa une rue, tourna au coin et s'arrêta net dans une ruelle au moment même où Lila cessait de hurler et s'écroulait sur les pavés. Holland se tenait au-dessus d'elle, mais il avait le regard braqué sur Kell.

— Ah, te voilà enfin… lança-t-il comme on accueille un vieil ami.

La tête de Kell lui tournait. La jeune fille leva les yeux.

— Va-t'en, lui dit-il, mais elle continua de le dévisager. Lila, fiche le camp !

Le regard de la voleuse retrouva son acuité. Elle se releva tant bien que mal, mais Holland l'attrapa par l'épaule et appuya un pistolet sur sa nuque.

— Non, Lila, répliqua-t-il de sa voix calme, si exaspérante. Reste.

— Qu'est-ce qui se passe, Holland ? demanda Kell, les poings serrés.

— Tu le sais très bien. Tu as quelque chose qui ne t'appartient pas.

La pierre pesait lourd dans sa poche. En effet, elle ne lui appartenait pas. Mais à Holland non plus, et certainement pas au trône blanc. Si les Dane, en permanence assoiffés de pouvoir, avaient possédé le talisman, ils ne s'en seraient jamais séparés, l'auraient encore moins envoyé dans un autre monde. Mais alors… qui l'avait fait ?

Le joyau pouvait rendre Astrid et Athos quasiment invincibles, mais aussi permettre à n'importe lequel de leurs sujets de s'emparer du trône. Dans un monde à ce point avide de pouvoir, pourquoi se donner tant de mal pour s'en débarrasser ?

La peur. La peur de la magie, de ce qui se passerait si elle tombait entre les mains des jumeaux… Qui avaient dû entendre parler du talisman et de sa disparition, et envoyer Holland mettre la main sur lui.

— Donne-moi la pierre, Kell.

— Je ne sais pas de quoi tu parles.

Holland lui lança un regard plein de mépris et resserra imperceptiblement son étreinte sur Lila. Le pouvoir crépita sur la peau de la jeune fille, qui retint un hurlement et lutta pour rester debout.

— Arrête ! intervint Kell, et Holland obtempéra.

— Tu vas me forcer à me répéter ?

— Laisse-la partir.

— La pierre d'abord.

Kell la sortit de son manteau. Elle murmurait entre ses doigts, impatiente d'être utilisée.

— Tu pourras toujours essayer de me la prendre, mais uniquement après avoir relâché Lila.

Il regretta aussitôt ces paroles. Avec un sourire sinistre, Holland ôta sa main du bras de sa prisonnière, un doigt après l'autre. Elle fit deux pas chancelants puis se retourna vers son tortionnaire.

— Envole-toi, petit oiseau, lui dit-il, les yeux toujours braqués sur Kell.

— Va-t'en, insista le jeune homme.

Il sentit le regard de la voleuse posé sur lui, mais n'eut pas la bêtise de laisser le sien quitter Holland, pas en un moment pareil. Il respira un peu mieux quand il finit par entendre les bottes de la jeune fille s'éloigner sur les pavés. *Tant mieux…* L'*Antari* jeta le pistolet, comme s'il était indigne de lui.

— C'était vraiment idiot de ta part. Dis-moi, es-tu aussi arrogant que tu en as l'air, ou juste naïf ?

— Holland, s'il te plaît…

— Tu t'imagines qu'on est semblables, l'interrompit l'*Antari*. Le même homme, pourquoi pas, mais placé sur deux chemins différents. Tu penses sans doute que nous sommes liés par nos pouvoirs. Mais permets-moi de corriger cette méprise. Nous partageons peut-être certaines capacités, toi et moi, mais ça ne fait pas de nous des égaux.

Le magicien ouvrit et referma le poing en le couvant d'un regard noir. *Tout ça va très mal se terminer…*

Holland avait combattu les Dane. Versé son sang, mis sa vie en danger, sacrifié sa magie et failli monter sur le trône blanc. À ses yeux, son adversaire n'était sans doute rien de plus qu'un enfant gâté.

Mais, même si elle ne vomissait qu'une magie noire, interdite, Kell avait toujours la pierre en sa possession. C'était au moins ça. Elle s'adressait à lui avec insistance. Le rebord dentelé du talisman s'enfonçait dans la paume de son poing serré. Le pouvoir niché à l'intérieur tentait de s'insinuer en lui, mais Kell résista, luttant pour le maintenir à part du sien. Il n'avait pas besoin de grand-chose. Il lui suffisait de faire apparaître un objet inanimé, qui arrêterait Holland sans toutefois se retourner contre eux ensuite.

Une cage, pensa-t-il, puis il ordonna dans son for intérieur : *Une cage*. La pierre se mit à murmurer dans sa main. Une fumée noire surgit d'entre ses doigts…

Mais Holland réagit sans perdre un instant. Une rafale déchira l'air et précipita Kell sans ménagement contre l'entrée d'une boutique qui se dressait juste derrière lui. Quand la pierre lui échappa des doigts et heurta les pavés, les volutes couleur d'ébène se dissipèrent aussitôt. Sans lui laisser le temps de se jeter à terre pour récupérer le talisman, les clous de la porte voisine se détachèrent et fendirent l'air pour venir le plaquer au bois. La plupart percèrent le tissu de son manteau, sauf un qui pénétra sa chair. Kell eut un hoquet de douleur lorsque la pointe de métal traversa son bras et s'enfonça dans le battant derrière lui.

— À trop hésiter, on finit par perdre son avantage, déclara Holland.

Kell s'efforçait en vain d'arracher les pointes de métal. Sa magie les repoussait de toutes ses forces, mais celle de Holland appuyait sur elles et la deuxième l'emportait clairement sur la première.

— Qu'est-ce que tu fais ici ?

— Ça ne se voit pas ? Je nettoie ton gâchis, soupira l'autre *Antari*, qui s'avança vers la pierre.

Kell en profita pour se concentrer sur les clous. Ils commencèrent à frémir, puis glissèrent de quelques centimètres – il serra les dents quand celui qui avait transpercé son bras fit de même – car la vigilance de son adversaire, à présent agenouillé devant le joyau, faiblissait.

— Ne fais pas ça ! l'avertit le jeune homme.

Mais Holland ignora sa mise en garde et ramassa le talisman, qu'il soupesa dans sa paume. Sa volonté et son attention étaient à présent entièrement accaparées par le cristal. Cette fois, quand Kell se concentra, les clous quittèrent le bois du battant, puis son manteau et sa chair avant de tomber en pluie sur les pavés. À quelques pas de là, son aîné exposait la roche à la lumière du réverbère le plus proche. Son bras blessé serré contre son torse, le jeune *Antari* s'écria :

— Lâche-la tout de suite !

Sans l'écouter, Holland examina la petite pierre noire, la tête penchée sur le côté, pensif.

— Tu as compris comment elle fonctionne ?

Quand Kell se rua en avant, le poing de son rival se referma sur le joyau – un tout petit geste, posé, presque nonchalant. Mais une fumée noire s'échappa aussitôt de sous ses doigts pour venir envelopper le jeune homme.

En un instant, il se retrouva figé au milieu d'une enjambée. Lorsqu'il baissa les yeux, il vit des ombres tourbillonner autour de ses bottes.

— On ne bouge plus, ordonna son adversaire.

La brume se transforma en de lourdes chaînes d'acier noir, sorties tout droit des pavés, qui se verrouillèrent avec un bruit métallique autour des chevilles du jeune *Antari*. Il se brûla la main à leur contact et siffla de douleur.

— La clé, c'est la conviction, expliqua Holland, qui caressait le talisman du pouce. Toi, tu crois que la magie est ton égale. Une compagne, une amie. Mais c'est faux, et cette pierre en est la preuve. On est soit le maître de la magie, soit son esclave.

— Rends-la-moi. Il n'en sortira rien de bon.

— Tu as raison, mais j'ai mes ordres.

Un panache de fumée s'échappa de nouveau du talisman. Kell se prépara au pire, mais le brouillard ne prit pas forme. Il les enveloppa tous les deux en tourbillonnant, comme si son maître n'avait pas encore décidé de sa destination. Kell suscita un courant d'air pour la dissiper, mais le vent passa à travers et n'alla gonfler que la cape de l'*Antari* blanc. La magie noire, elle, n'en fut pas affectée.

— Curieux, murmura Holland comme pour lui-même, qu'un si petit caillou renferme une telle puissance.

Ses doigts se refermèrent sur la pierre, et la fumée s'enroula autour de Kell. Soudain, elle se faufilait partout, dans ses yeux, son nez, sa bouche, jusque dans sa gorge. Elle l'aveuglait, l'étranglait, l'étouffait.

Puis elle disparut. Il toussa, à bout de souffle, mais il était indemne. Un instant, il crut qu'il avait échappé à son emprise. Très vite, cependant, il sentit le goût du sang sur sa langue.

Il porta les doigts à ses lèvres, mais s'arrêta à la vue de sa paume humide, entièrement écarlate. Tout comme ses poignets et ses bras.

— Mais que…

Sa bouche se remplit de cuivre et de sel. Pris d'un haut-le-cœur, il se plia en deux avant de perdre l'équilibre et de s'effondrer à quatre pattes.

— Certains croient que la magie naît dans l'esprit, d'autres dans le cœur, murmura Holland, mais toi et moi, on sait qu'elle coule dans le sang.

Kell toussa de nouveau. Le sol se couvrit de liquide cramoisi, qui gouttait de son nez et de sa bouche, coulait de ses paumes et de ses poignets. La tête lui tournait, son pouls s'emballait et il continuait de se vider dans la ruelle, saigné à mort sans aucune plaie visible. Les pavés en devenaient glissants. Impossible pour lui d'interrompre l'hémorragie, ni même de se relever. La seule personne capable de briser le sort le regardait agoniser avec une résignation qui confinait à l'indifférence.

— Holland… écoute-moi, supplia Kell, qui luttait pour ne pas perdre conscience. Tu peux… la pierre… elle peut…

— Garde ta salive.

— Tu peux utiliser la pierre… pour briser ton sceau !

L'*Antari* haussa un sourcil gris, incrédule, avant de tapoter la broche à son épaule en secouant la tête.

— Cette broche ? Ce n'est pas elle qui m'enchaîne. Ce n'est que de la ferraille.

Il s'agenouilla devant Kell, en prenant soin d'éviter la flaque de sang qui s'étendait, et écarta son col pour révéler le symbole argenté gravé sur sa peau au-dessus de son cœur.

— La marque, la voilà.

Elle paraissait encore fraîche, étonnamment récente. Même s'il ne voyait pas le dos de l'*Antari*, Kell savait qu'elle lui traversait tout le torse. Un sceau des âmes. Un sort ancré non seulement dans le corps, mais aussi dans l'existence même de celui qu'elle enchaînait. Immuable.

— Elle ne s'estompe jamais, mais Athos la redessine quand même de temps en temps. Quand il pense que je me ramollis… ou dès qu'il s'ennuie.

Les yeux fixés sur la pierre, Holland raffermit encore sa prise et Kell cracha son sang de plus belle. Dans un geste désespéré, il tendit la main vers les pendentifs à son cou, mais Holland s'y attendait. Il devança son adversaire, cassa les cordons d'un coup sec et jeta les reliques au loin. Atterré, Kell les entendit rebondir dans le noir. Les incantations de sang dansaient une folle sarabande dans sa tête, mais il n'arrivait pas à en retenir les formules, encore moins à les énoncer. Chaque fois que l'une d'entre elles affleurait à sa conscience, elle retombait aussitôt dans les ténèbres, déchiquetée par la chose qui le tuait de l'intérieur. Dès qu'il tentait de prononcer une parole, le sang montait dans sa gorge et emplissait sa bouche. Il toussait, se forçait à articuler et finissait par s'étrangler.

— *As… An…* bafouillait-il en vain, bâillonné par la magie.

— C'est ma volonté contre la tienne, Kell, expliqua doctement Holland, réprobateur. Tu ne gagneras jamais.

— S'il te plaît… haleta le blessé. Ne fais… pas ça.

La tache écarlate, sous lui, grandissait beaucoup trop vite.

— Tu sais bien que je n'ai pas le choix, répliqua son adversaire avec un regard apitoyé.

— Mais si !

L'odeur métallique du sang suffoquait Kell. Sa vision se troubla de nouveau, son bras céda sous lui et il tomba sur le côté.

— Tu as peur de mourir ? demanda Holland avec une curiosité qui semblait sincère. Ne t'inquiète pas. C'est vraiment très dur de tuer un *Antari*. Mais je ne peux pas…

Holland fut interrompu par un éclair de métal et le bruit retentissant d'un choc contre son crâne. Il s'écroula d'un seul coup et lâcha la pierre, qui glissa sur plusieurs mètres dans le noir. Le regard de Kell retrouva un peu d'acuité : Lila se tenait derrière sa victime, une barre de fer entre les mains.

— Je ne t'ai pas trop fait attendre ?

Il laissa échapper un petit rire hébété qui se termina en une horrible toux. Du sang frais tacha ses lèvres. Le sort n'était pas brisé. Horrifié, il sentit les chaînes autour de ses chevilles se resserrer. Holland ne l'attaquait plus, mais la magie ne cessait pas pour autant son assaut.

Il voulait le dire à Lila, mais manquait d'air. Par chance, elle avait une longueur d'avance sur lui. Elle ramassa la pierre sur le sol ensanglanté puis la brandit devant elle comme une torche.

— Stop ! s'écria-t-elle.

Rien.

— Disparais !

Le pouvoir faiblit. Kell posa ses mains à plat dans la flaque de sang.

— *As Anasae.*

Sans Holland pour le lui faire ravaler, l'ordre franchit enfin ses lèvres.

Cette fois, la magie se laissa convaincre de lever le sort. Les chaînes aux chevilles du blessé se dissipèrent, ses poumons se remplirent d'air. Le pouvoir afflua dans le peu de sang qui coulait encore dans ses veines. Kell avait l'impression d'avoir été quasiment saigné à blanc.

— Tu peux te relever ? s'inquiéta Lila.

La jeune fille l'aida à se remettre debout. Le paysage entier vacilla et, l'espace de plusieurs secondes, des ténèbres terrifiantes obstruèrent la vision du magicien. Elle le soutint avec plus de force.

— Accroche-toi.

— Holland… murmura-t-il d'une voix qui semblait étrange et lointaine même à ses propres oreilles.

Lila se retourna vers l'homme étendu par terre et pressa sa paume sur la pierre. D'épaisses volutes de fumée s'en déversèrent aussitôt.

— Attends… dit Kell d'une voix tremblante.

Mais les chaînes, du même métal sombre auquel il venait tout juste d'échapper, prenaient déjà forme. Tout droit sorties des pavés, elles vinrent entraver la taille de l'*Antari*, ses poignets, ses chevilles, et le clouèrent au sol humide. Elles ne le retiendraient pas longtemps, mais c'était mieux que rien. Kell s'étonna d'abord que Lila soit parvenue à créer un objet aussi précis. Puis il se rappela qu'elle n'avait pas besoin de disposer du moindre pouvoir. Il lui suffisait de désirer quelque chose, et la pierre s'occupait du reste.

— On arrête avec la magie, maintenant, la prévint-il.

Lila, le visage crispé par l'épuisement, rangea le talisman dans sa poche, puis lâcha Kell un instant. Quand il fit un pas, il faillit tomber, mais en un clin d'œil, elle l'avait déjà rattrapé. Elle glissa autour de ses frêles épaules le bras du blessé.

— Je devais récupérer mon pistolet. Tiens bon, reste avec moi.

Il s'efforça de garder conscience aussi longtemps que possible. Mais le silence qui l'entourait s'épaississait dangereusement, et la distance entre ses pensées et son corps se faisait toujours plus grande. Il ne sentait plus la douleur dans son bras à l'endroit où le clou l'avait transpercé. D'ailleurs, il ne sentait plus grand-chose, ce qui l'effrayait davantage que l'obscurité croissante. Il s'était déjà battu par le passé, mais jamais ainsi, à couteaux tirés, pour sa vie. Il avait eu sa part d'ennuis, de bleus et de plaies (il devait la plupart à ce bon vieux Rhy), mais il s'en était toujours sorti indemne. Il n'avait jamais été gravement blessé, au point de devoir lutter pour continuer à respirer. À présent, il craignait de mourir s'il cessait de résister, de s'efforcer d'avancer et de garder les yeux ouverts. Or il n'avait aucune envie de mourir. Pour commencer, Rhy ne le lui pardonnerait jamais.

— Reste avec moi, répéta Lila.

Kell tenta de se concentrer sur le sol sous la semelle de ses bottes. Sur la pluie qui s'était mise à tomber. Sur la voix de la voleuse. Très vite, les paroles qu'elle prononçait cessèrent de faire sens, mais il se raccrocha aux sonorités du timbre de la jeune fille pour repousser les ténèbres qui se resserraient autour de lui, menaçantes.

Il tint le coup tout le long de l'interminable pont qu'elle l'aida à traverser, au fil d'un dédale de rues qui ondulaient et oscillaient autour de lui. Il s'accrocha désespérément à sa conscience quand des mains – celles de Lila puis de quelqu'un d'autre – lui firent passer une porte et monter un vieil escalier avant de le traîner jusque dans une chambre, où elles lui retirèrent ses vêtements trempés de sang.

Il tint bon jusqu'à ce qu'il sente qu'on l'allongeait sur un lit. Jusqu'à ce que la voix de Lila se taise et que le fil qui le retenait au monde disparaisse.

Alors seulement, il céda et sombra enfin, avec soulagement, dans les ténèbres.

III

Lila était trempée jusqu'aux os.

À peu près au milieu du pont, le ciel avait fini par s'ouvrir au-dessus de leurs têtes. Ils n'avaient pas eu droit à l'habituelle petite bruine londonienne, non : ce fut un véritable déluge. En quelques instants à peine, ils s'étaient retrouvés ruisselants d'eau, ce qui, bien sûr, ne lui avait pas vraiment facilité la tâche. Lila avait mal aux bras à force de traîner un Kell au bord de l'évanouissement – elle avait même failli le lâcher à deux reprises – et lorsqu'ils parvinrent enfin à la porte de derrière du Jet de pierre, elle frissonnait des pieds à la tête. Lui, à vrai dire, n'était plus tout à fait conscient. Une seule et unique pensée tournait dans l'esprit de Lila : elle n'aurait jamais dû faire demi-tour.

Ce n'était pas en venant en aide à toutes les âmes en peine qu'elle croisait qu'elle était parvenue à survivre aussi longtemps et à préserver sa précieuse liberté. Les ennuis, elle avait déjà un mal fou à les éviter elle-même. Et quelle que soit sa vraie nature, ce Holland était de toute évidence un véritable nid de guêpes.

Mais Kell était revenu.

Sans nécessité, sans raison apparente. Il ne lui devait rien, mais il était quand même revenu sur ses pas. Le fardeau de cette certitude, impossible à oublier, avait ralenti les pas de la jeune fille, puis interrompu sa fuite. Elle avait fait demi-tour en priant au fond d'elle-même pour arriver trop tard. Couru de toutes ses forces en espérant à moitié qu'ils se soient déjà volatilisés. Mais pour être honnête, elle voulait surtout arriver à temps, ne serait-ce que pour comprendre pourquoi.

Pourquoi était-il revenu ?

C'était la première question qu'elle lui avait posée en l'aidant à se relever… En vain. La tête de Kell pendait sur sa poitrine, sa respiration était devenue sifflante. Que s'était-il passé ? Que lui avait fait Holland ?

Difficile de dire s'il saignait encore : elle ne voyait pas de grande plaie sur sa peau, pourtant il paraissait couvert de sang des pieds à la tête. C'était un spectacle effroyable – elle regrettait de ne pas avoir frappé Holland une seconde fois pour faire bonne mesure. Kell avait émis un léger râle, entre le hoquet et le gémissement. Elle avait donc placé sur ses propres épaules le bras du jeune homme et commencé à lui parler de peur qu'il ne meure dans ses bras. Ce qui aurait été un peu sa faute, même si elle avait fini par faire demi-tour. *« Reste avec moi »*, avait-elle dit.

Avec le corps de Kell si près du sien, difficile pour elle de penser à autre chose qu'à son odeur. Pas celle du sang, qui ne la dérangeait pas particulièrement, mais les autres senteurs qui collaient à la peau du magicien. Fleurs et terre fraîchement retournée, chez lui. Métal et cendre, chez Holland.

Le même Holland qui avait murmuré : « *Je sens la marque de sa magie sur toi.* » Parlait-il des effluves que celle-ci semblait laisser derrière elle ? Lila avait d'abord remarqué le parfum de Kell en le traînant, inconscient, sur le sol de sa petite chambre. À présent, ces fragrances se faisaient suffocantes. Des relents d'acier brûlant, la marque de Holland, flottaient encore dans l'air. Et même si la pierre se trouvait bien cachée au fond d'une poche, difficile de ne pas remarquer son arôme entêtant, qui envahissait les rues. Un mélange de mer et de fumée de bois. De sel et de ténèbres. *J'ai vraiment le nez fin*, se dit Lila… Avant de se rappeler, penaude, qu'elle avait marché jusqu'à *La Marée basse* sans se rendre compte que le parfum de Kell et celui de la pierre, jusque-là indiscernables de son point de vue, avaient mené Holland directement jusqu'à elle.

Mais sous la pluie battante ne demeura plus au bout d'un moment que l'odeur de l'eau sur les pavés. Sans doute l'odorat de Lila n'était-il pas assez développé… Les effluves de la magie persistaient-ils malgré l'averse ? Pouvait-on les effacer, ou du moins les atténuer ? Elle espérait que l'orage contribue à couvrir leurs traces.

Dans l'escalier de l'auberge, Kell ne tarda pas à semer une ribambelle de gouttes d'eau teintées de carmin. Lila était déjà à mi-hauteur quand une voix s'éleva derrière elle.

— Mais qu'est-ce que tu fabriques, au nom du ciel ?

Lorsqu'elle se retourna vers Barron, le blessé faillit lui glisser des bras et dégringoler les marches. Elle le rattrapa de justesse par la taille.

— C'est une longue histoire. Et il est loin d'être léger.

Après avoir jeté un regard derrière lui et crié un ordre à la serveuse, Barron monta au pas de charge, un torchon jeté sur l'épaule. Ensemble, ils hissèrent le corps trempé du jeune homme jusqu'au palier et le traînèrent dans la petite chambre de Lila.

Tandis qu'ils ôtaient à leur patient son manteau et sa chemise trempés avant de l'allonger sur le lit et de nettoyer sa peau maculée de sang, Barron tint sa langue. Il ne demanda pas à sa protégée où elle avait trouvé cet homme, ni pourquoi aucune blessure (hormis une vilaine entaille sur ses côtes) n'expliquait la large traînée rouge qu'il avait laissée dans l'escalier de la taverne. Quand elle fouilla en vain la pièce pour trouver quelque chose à brûler (au cas où la pluie n'aurait pas suffi à couvrir leurs traces, et craignant aussi que ne persiste dans la pièce l'odeur de ses petites expériences avec la pierre, un peu plus tôt dans la soirée), Barron ne lui posa aucune question et se contenta de descendre chercher des herbes à la cuisine.

En silence, il la regarda placer le bol d'aromates au-dessus d'une bougie et laisser la pièce s'emplir d'une odeur d'épices sans rapport avec Kell, Holland ou la magie. Il resta dans la chambre pendant qu'elle cherchait dans les poches du manteau du blessé (en réalité plusieurs manteaux en un) quelque chose, n'importe quoi, qui puisse soulager sa souffrance. C'était un magicien, après tout, et il allait de soi que les magiciens transportaient des potions. Barron ne prononça pas un mot lorsqu'elle tira la pierre noire de sa cape et la déposa dans un petit coffret en bois, avec une poignée d'herbes encore chaudes, avant de ranger le tout dans le tiroir du bas de sa commode. Il la regarda faire, le regard sombre.

Lila finit par se laisser tomber sur la chaise au pied du lit et se mit à nettoyer son pistolet. Alors, et alors seulement, Barron ouvrit enfin la bouche.

— Qu'est-ce que tu fabriques avec cet homme ?

Elle leva aussitôt les yeux de son arme.

— Tu le connais ? s'étonna-t-elle.

— En quelque sorte, répondit-il d'un air mystérieux.

— Alors... Tu sais qui c'est ?

— Et toi ?

— En quelque sorte, rétorqua-t-elle à son tour. Je l'ai pris pour cible, figure-toi.

Surpris, Barron se passa la main dans les cheveux. Pour la première fois, elle remarqua qu'il se dégarnissait.

— Bon sang, Lila ! Qu'est-ce que tu lui as volé ?

Le regard de la jeune fille alla du tiroir de sa commode jusqu'à Kell – livide sous la couverture foncée et parfaitement immobile hormis le léger mouvement de sa poitrine. Le jeune magicien, auparavant si méfiant, toujours sur ses gardes, était à présent mis à nu. Vulnérable. Elle suivit des yeux les lignes sur son ventre, son torse, sa gorge, et enfin ses bras, exposés à la vue sauf là où le poignard était resté attaché à son avant-bras. Cette fois, elle n'y avait pas touché.

— Que s'est-il passé ? insista Barron.

Lila se demandait bien comment répondre à cette question. Quelle étrange soirée... Elle parla tout bas, sans pouvoir quitter des yeux le visage de Kell. Il avait l'air tellement plus jeune, abandonné ainsi au sommeil.

— Je lui ai volé quelque chose et il est venu le récupérer. J'ai cru qu'on en resterait là... Mais quelqu'un était sur ses traces, et c'est moi que cet homme a trouvée…

Elle laissa un instant sa phrase en suspens avant d'ajouter comme pour elle-même, le front plissé par la perplexité :

— Kell… Kell m'a sauvé la vie. Je ne sais pas pourquoi.

— Alors tu l'as amené ici.

— Je suis désolée, soupira Lila, qui se tourna vers Barron. Je n'avais nulle part où aller… (Ces mots lui coûtèrent plus qu'elle n'aurait su le dire.) Mais dès qu'il se réveillera…

— Non. Je préfère te savoir ici plutôt que morte. Celui qui a fait ça, poursuivit-il en désignant le corps de Kell, il est mort ?

Elle secoua la tête. Barron se rembrunit considérablement.

— Dis-moi à quoi il ressemble, que je ne le laisse pas entrer.

Elle fit de son mieux pour lui décrire Holland : son apparence étrangement décolorée, ses yeux vairons.

— Il est comme Kell. Si tu vois ce que je veux dire. Il respire…

— La magie, termina-t-il sans s'émouvoir.

— Comment le sais-tu… balbutia Lila, troublée.

— Dans une taverne, on fait des rencontres. Dans la mienne, elles sont particulièrement… hautes en couleur.

Lila se rendit compte qu'elle frissonnait. Pendant qu'elle se changeait, Barron partit chercher une autre tunique pour Kell. Il rapporta en plus une serviette, une petite pile de vêtements et un bol de soupe fumant. Lila se sentit à la fois mal à l'aise et reconnaissante. Les attentions de Barron remuaient le fer dans la plaie : elle n'avait rien fait pour les mériter, il ne lui devait rien. Elle, au contraire, avait une grosse dette envers lui. Énorme, même. La situation la faisait grincer des dents.

Malgré tout, sa faim avait fini par égaler sa fatigue, et le froid commençait à gagner la moelle de ses os. Elle accepta donc la soupe, marmonna un « merci » et l'ajouta dans sa tête à son ardoise, comme si l'on pouvait vraiment rembourser ce genre de dette. Enfin, Barron les laissa et redescendit. Dehors, la nuit persistait. Tout comme la pluie.

Lila ne se rappelait pas s'être assise, mais elle se réveilla une heure plus tard sur sa chaise de bois, une couverture sur les épaules, toute courbaturée. Kell dormait toujours. Elle s'étira le cou et se redressa.

— Pourquoi es-tu revenu ? lui demanda-t-elle de nouveau, comme s'il pouvait lui répondre dans son sommeil.

Mais il ne dit rien. Ne marmonna pas, ne bougea pas. Il restait couché là, tellement pâle et immobile que, de temps à autre, elle approchait un bout de verre de ses lèvres pour s'assurer qu'il n'était pas mort. Mais son torse nu continuait à se soulever et à s'abaisser imperceptiblement. Hormis ses dernières blessures, elle remarqua qu'il arborait très peu de balafres. Une ligne blanche, presque effacée, à l'épaule. Une autre sur la paume, beaucoup plus récente – la trace du coup de poignard superficiel de Lila, déjà refermée. Et une marque au creux du coude, presque invisible.

Un nombre incalculable de cicatrices couvrait le corps de Lila, mais elle pouvait compter celles de Kell sur les doigts d'une main. Ce qu'elle fit. Plusieurs fois.

Le silence avait gagné la taverne sous ses pieds. Lila se leva pour brûler encore quelques herbes. Elle remonta sa montre en argent et attendit le réveil du jeune homme. Le sommeil pesait sur ses membres, mais elle ne pouvait s'empêcher d'imaginer l'ennemi traverser le mur de la chambre, comme Kell. Une douleur fantôme lui vrilla le bras, là où Holland l'avait empoignée, laissant une petite brûlure irrégulière. Elle posa la main sur le pistolet qu'elle portait à la hanche.

La prochaine fois, elle ne le raterait pas.

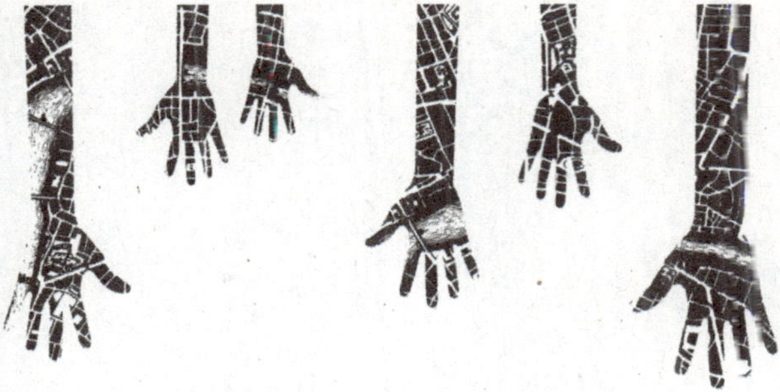

HUITIÈME CHAPITRE

UN ACCORD

I

Pour la seconde fois cette nuit-là, Kell se réveilla dans le lit de Lila.

Au moins, cette fois, n'était-il pas attaché. Ses mains reposaient à ses côtés, simplement recouvertes d'une couverture rêche. Il mit un certain temps à reconnaître la chambre de Lila et son lit, à se rappeler les événements de la soirée : Holland, la ruelle, le sang, puis Lila, la fermeté de ses mains et sa voix, aussi apaisante que la pluie. L'averse avait cessé, et le ciel s'éclaircissait imperceptiblement à l'horizon. Pendant un instant, Kell n'eut qu'une envie : rentrer chez lui. Pas dans sa chambre miteuse du Champ de rubis, mais au palais. Les yeux fermés, il pouvait presque entendre Rhy cogner à sa porte et débouler dans sa chambre pour le presser de s'habiller, car la calèche – et surtout le bon peuple de Londres – les attendait avec impatience.

— Du nerf, ou je te laisse ici ! s'écrierait le prince.

— Surtout, n'hésite pas… grommellerait Kell.

— Aucune chance, encore moins aujourd'hui ! répondrait Rhy avec son sourire le plus conquérant.

Sous la fenêtre de Lila, une charrette passa avec fracas sur les pavés. Kell cligna des yeux et l'image de son frère s'évanouit. Le roi et la reine s'inquiétaient-ils déjà pour lui ? Savaient-ils ce qui se passait ? Mais comment le pourraient-ils, puisque Kell lui-même l'ignorait ? Sa seule certitude, c'était qu'il détenait la pierre et devait s'en débarrasser.

Il tenta de s'asseoir dans le lit, mais tout son corps protesta et il dut se mordre la langue pour retenir un gémissement. Sa peau, ses muscles, ses os eux-mêmes… son corps entier semblait meurtri. La douleur, lancinante, ne lui laissait aucun répit. Même son cœur semblait peiner à battre dans sa poitrine. Il se sentait comme un squelette ambulant. Il n'avait jamais frôlé la mort d'aussi près, et n'avait pas la moindre intention de recommencer. Lorsque sa souffrance s'atténua – ou qu'il s'y fut un peu habitué –, il se força à se redresser, une main appuyée sur la tête du meuble.

Quand sa vision se fut un peu éclaircie, il se retrouva face à face avec Lila, assise au pied du lit sur la même chaise que la première fois, son pistolet posé en travers des genoux.

— Pourquoi est-ce que tu as fait ça ? lui demanda-t-elle sur-le-champ, comme si elle attendait depuis trop longtemps de pouvoir lui poser la question.

— Fait quoi ?

— Demi-tour, précisa-t-elle tout bas. Pourquoi es-tu revenu ?

Deux mots restèrent en suspens, sans avoir besoin d'être prononcés. *Pour moi.* Kell s'efforça de rassembler ses pensées, aussi endolories que le reste.

— Je ne sais pas.

Cette réponse sembla laisser Lila sur sa faim, mais elle soupira et rangea son arme dans l'étui accroché à sa taille.

— Comment tu te sens ?

Très mal. Mais lorsqu'il baissa les yeux sur son corps supplicié, il découvrit que la plaie à son bras, causée par le clou, et celle à son flanc, par l'épée de l'assassin, avaient presque cicatrisé.

— Combien de temps est-ce que j'ai dormi ?

— Quelques heures.

Kell effleura ses côtes. Impossible. Des incisions aussi profondes mettaient des jours à guérir et non des heures. À moins que…

— J'ai utilisé ceci.

Lila lui lança une petite boîte ronde, qu'il attrapa au vol avec une grimace de douleur. Même si l'objet ne portait aucune inscription, il le reconnut aussitôt. Le petit étui métallique, qu'il avait égaré quelques semaines plus tôt, contenait un baume cicatrisant. Et pas n'importe lequel : une préparation de son cru. Le couvercle portait l'emblème royal du calice et du soleil levant.

— Où l'as-tu trouvé ?

— Dans une des poches de ton pardessus. À propos, tu es au courant que tu as plus d'un seul manteau ? J'ai bien dû en fouiller cinq ou six avant de trouver la boîte.

Et Lila de s'étirer paresseusement. Il la dévisagea, bouche bée.

— Quoi ? grommela-t-elle.

— Comment connaissais-tu son usage ?

— Je l'ignorais.

— Et s'il s'était agi d'un poison ?

— On ne peut jamais avoir raison avec toi ! rétorqua-t-elle, irritée. Écoute, ce baume sentait bon, il avait l'air sans danger. (Kell poussa un gémissement.) Et bien sûr, je l'ai d'abord essayé sur moi.

— Tu as fait quoi ?

Elle croisa les bras, bien décidée à ne pas coopérer.

— Ne compte pas sur moi pour me répéter juste histoire que tu me fasses une scène.

Puis elle le laissa maugréer et désigna de la tête une pile de vêtements posée au pied du lit.

— Tiens, c'est pour toi. Un cadeau de Barron.

Il fronça les sourcils – bon sang, même son front lui faisait mal ! Barron et lui avaient une entente tacite, mais elle ne couvrait certainement pas le gîte et le linge. Kell lui serait redevable pour le dérangement… et c'était un euphémisme, ils le savaient tous les deux. Les ennuis ne faisaient que commencer. Il attrapa la tunique propre et l'enfila avec précaution sous le regard insistant de Lila.

— Qu'y a-t-il ?

— Tu as dit que personne ne te suivrait.

— J'ai dit que personne ne pouvait me suivre, nuance. Et c'est la vérité, mais Holland est l'exception qui confirme la règle, expliqua-t-il, déconfit. Je n'aurais jamais cru qu'il…

— Quelqu'un ou personne, ce n'est pas tout à fait la même chose, soupira-t-elle avant de passer la main dans ses cheveux bruns. Mais on ne peut pas dire que tu étais en pleine possession de tes moyens.

Il leva les yeux, surpris. Venait-elle vraiment de lui trouver des excuses ?

— Et puis je t'ai quand même assommé à coups de livre, poursuivit-elle à mi-voix.

— Pardon ?

Elle balaya le sujet d'un revers de la main.

— Non, rien. Alors, ce Holland, il est comme toi ?

Kell se rappela les paroles de l'*Antari* dans la ruelle – *« Nous partageons peut-être certaines capacités, toi et moi, mais ça ne fait pas de nous des égaux »* –, le dédain qui se lisait sur son visage. Il repensa à la marque tracée sur son cœur, à la mosaïque de cicatrices sur ses bras, au sourire suffisant du roi blanc quand l'homme avait planté la lame du couteau dans sa propre chair. Non, Holland n'avait rien à voir avec Kell, et réciproquement.

— Lui aussi est capable de passer d'un monde à l'autre. Dans ce sens-là, on se ressemble.

— Et l'œil ?

— C'est l'empreinte de notre magie. Nous sommes des *Antari*. Des magiciens de sang.

— Et il y en a beaucoup, des comme vous ?

Lila se mordillait les lèvres, soucieuse. Une ombre – une pointe de peur ? – passa sur son visage, presque aussitôt dissimulée par la ligne obstinée de sa mâchoire serrée.

— Non. Rien que nous deux, c'est tout.

Il pensait qu'elle en serait soulagée, mais l'expression de la jeune fille se fit plus grave.

— C'est pour cette raison qu'il ne t'a pas achevé ?

— Qu'est-ce que tu entends par là ?

Elle se pencha en avant sur sa chaise.

— S'il avait vraiment voulu te tuer, rien ne l'en empêchait. Alors pourquoi te saigner à blanc ? Pour le plaisir ? Ça n'avait pas l'air de beaucoup l'amuser, pourtant.

Elle avait raison. Holland aurait pu lui trancher la gorge dix fois, mais s'en était cependant abstenu. Les paroles de son adversaire résonnèrent dans la tête de Kell : *« C'est vraiment très dur de tuer un* Antari. *Mais je ne peux pas… »* Pas… quoi ? Prendre la vie d'un *Antari* était sans doute difficile, mais pas impossible. Holland avait-il suivi les ordres ou désobéi ?

— Kell ? insista Lila.

— Holland n'est pas le genre à s'amuser, jamais, murmura-t-il avant de relever les yeux tout à coup. Où est la pierre ?

Après un long regard scrutateur, Lila finit par lui répondre.

— C'est moi qui l'ai.

— Alors rends-la-moi, ordonna Kell d'un ton pressant qui l'étonna lui-même.

La pierre serait sans doute plus en sécurité avec lui, mais la vérité, c'est qu'il voulait la tenir entre ses mains, persuadé qu'elle apaiserait ses muscles douloureux et fortifierait son sang affaibli. Lila leva les yeux au ciel.

— Ne recommence pas.

— Écoute-moi, Lila. Tu n'as aucune idée de…

Elle se leva posément.

— En fait, je commence à avoir une bonne idée de l'étendue de ses pouvoirs, au contraire. Alors si tu veux la récupérer, tu vas d'abord me raconter tout le reste.

— Tu ne comprendrais pas, rétorqua-t-il sans réfléchir.

— Qui sait, je pourrais te surprendre…

Les yeux plissés, Kell observa cette fille étrange. Il lui fallait bien le reconnaître : dans la vie, Lila Bard semblait en effet du genre à saisir rapidement les tenants et les aboutissants d'une situation. Elle était encore en vie, ce qui en disait déjà long sur elle. Sans compter qu'elle était revenue pour lui. Il ignorait pourquoi, car les assassins et les voleurs n'étaient pas vraiment connus pour leur sens moral, mais il savait en revanche que sans elle, il se trouverait en ce moment même dans un sale état.

— D'accord, dit-il avant de s'installer au bord du lit. La pierre vient d'une ville connue sous le nom de Londres noir.

— Tu as déjà parlé d'autres Londres…

À l'entendre, le concept était curieux, mais pas tout à fait inconcevable. Pas de doute, elle ne se laissait pas décontenancer facilement.

— Il y en a combien ? ajouta-t-elle.

Kell passa la main dans ses cheveux auburn, ébouriffés par la pluie et ses quelques heures de sommeil.

— Il existe quatre mondes. Imagine quatre maisons différentes, mais construites sur les mêmes fondations. Ils ont peu de points communs, à part leur géographie. Mais ils possèdent tous une version de cette ville, toujours bâtie sur ce même fleuve, dans ce même pays insulaire. Et dans chaque monde, cette cité s'appelle Londres.

— Ça doit prêter à confusion.

— Non, pas pour les habitants de chacune, qui ne connaissent que leur propre monde. Mais moi qui passe de l'une à l'autre, je leur ai attribué une couleur pour ne pas les confondre. Il y a le Londres gris, le tien. Le Londres rouge, le mien. Le Londres blanc, celui de Holland. Et le Londres noir, qui n'appartient à personne.

— Pourquoi ?

— Parce qu'il est tombé aux mains des ténèbres, répondit Kell, qui se frotta la nuque là où s'était cassé le cordon de ses pendentifs. La première chose qu'il faut comprendre sur la magie, Lila, c'est qu'elle est vivante. Pas tout à fait comme toi et moi, mais bien vivante, malgré tout.

— C'est pour ça qu'elle a vu rouge ? Quand j'ai essayé de m'en débarrasser ?

Kell se rembrunit, préoccupé. Il n'avait jamais vu de magie aussi vivace que celle-là.

— Il y a près de trois siècles, dit-il après un rapide calcul – cette époque semblait plus lointaine à force de ne jamais être désignée autrement que comme « le passé » –, nos quatre mondes étaient liés. La magie et ceux qui la maniaient pouvaient passer de l'un à l'autre assez facilement en empruntant diverses sources.

— Qu'est-ce que c'est que ça ?

— Des bassins naturels de pouvoir. Certains étaient petits, discrets – un bosquet dans le lointain Orient, un ravin sur le Continent –, d'autres immenses, comme la Tamise, par exemple.

— La Tamise, une source de magie ? s'étrangla Lila, moqueuse.

— Sans doute la plus importante du monde. Vu d'ici, c'est peut-être difficile à croire, mais si tu la voyais dans mon Londres ! Bref, les portes entre les mondes étaient ouvertes, et les quatre villes interconnectées. Mais malgré les transferts incessants de l'une à l'autre, elles n'avaient pas tout à fait la même puissance. Imagine que la magie soit un feu, alors le Londres noir se trouvait le plus proche de sa chaleur.

Selon la tradition, au deuxième rang venait le blanc. Ce qui avait sans doute été vrai un jour, mais semblait inimaginable à présent.

Il baissa la main. Était-ce pour cette raison que le talisman semblait brisé ? Faute de parvenir à le détruire, avait-on préféré le cacher, l'enterrer – tout ça pour que quelqu'un d'autre le déterre ensuite ?

— La pierre ne devrait pas exister et on ne peut pas le permettre. Elle est…

— Maléfique ? demanda Lila, qui avait cessé de faire les cent pas – mais Kell secoua la tête.

— Non. *Vitari*. Pure, d'une certaine manière. Elle est potentiel, pouvoir et magie purs.

— Mais dénuée d'humanité. Ou d'harmonie.

— C'est ça. Une telle pureté est source de corruption. Les dégâts que pourrait provoquer ce talisman entre de mauvaises mains…

Entre les mains de n'importe qui, se reprit-il intérieurement.

— La magie de cette pierre est celle d'un monde en ruines, conclut-il. Elle ne peut pas rester ici.

— Alors que comptes-tu faire ?

Kell ferma les yeux. Il ignorait qui avait trouvé la pierre, et comment, mais il comprenait leur crainte. À l'idée qu'elle retombe entre les mains de Holland, ou finisse dans celles d'Athos ou d'Astrid, il avait la nausée. Mais ce qui l'effrayait plus que tout, c'était le désir inextinguible qu'il éprouvait lui-même pour le talisman. Ce pouvoir contaminé avait entraîné la chute du monde noir. Quels trésors de cruauté réservait il aux autres Londres ? Au blanc, assoiffé de pouvoir, au rouge, si flamboyant, ou au gris, seul et sans défense ?

Non, il lui fallait détruire la pierre. Mais comment ? Contrairement aux autres reliques, impossible de la jeter au feu ou de la découper à la hache. Quelqu'un semblait avoir essayé mais, malgré la cassure qu'elle présentait, son pouvoir paraissait intact. Même si Kell parvenait à la briser en plusieurs morceaux, chaque éclat risquait de devenir une arme en soi. Loin d'être un simple objet de collection, elle possédait une vie et une volonté propres, et l'avait démontré plus d'une fois. Seule une puissance immense saurait la démanteler, mais comme le talisman était le pouvoir incarné, la magie elle-même suffirait-elle à l'annihiler ?

La conclusion lui donnait mal à la tête : plutôt que de le détruire, il allait lui falloir se débarrasser du joyau. L'expédier là où il ne pourrait plus causer aucun dégât. Or, il n'existait qu'un seul endroit où il serait à l'abri et ne représenterait plus aucun danger pour personne.

Kell savait ce qui lui restait à faire. Au fond de lui, il le savait sans doute en fait depuis le premier instant où il avait tenu la pierre entre ses mains.

— Sa place est dans le Londres noir. Je dois l'y rapporter.

Lila inclina la tête sur le côté, interloquée.

— Mais comment ? Tu ignores ce qu'il en reste et, de toute façon, tout accès à ce monde a été condamné, selon toi.

— C'est vrai, mais à l'origine, c'est la magie *Antari* qui a permis de créer les passages entre les mondes. C'est aussi elle qui a dû servir à les sceller, alors il va de soi qu'elle pourrait les rouvrir. Ou au moins générer une faille.

— Alors pourquoi ne pas l'avoir déjà fait ? Ni toi, ni personne ? Je sais que vous êtes une espèce rare, mais tu ne me feras pas croire qu'en trois siècles, aucun *Antari* n'a eu la curiosité d'essayer d'y retourner !

Face à ce sourire plein de défi, Kell s'estima heureux, pour le bien de l'humanité, que Lila ne possède pas la moindre parcelle de pouvoir. Lui-même avait bien sûr éprouvé une immense curiosité à ce sujet. Au fond de lui, enfant, il avait toujours douté de l'existence, même passée, du Londres noir – les portes étaient scellées depuis tellement longtemps, comment savoir ? Qui n'a jamais rêvé de découvrir si les contes et légendes qu'il a entendu raconter petit n'ont pas au moins une minuscule parcelle de vérité en eux ? Mais même s'il avait vraiment voulu briser le sceau (et c'était un bien grand mot : il n'avait aucune envie d'affronter les ténèbres qui l'attendaient de l'autre côté), il lui avait toujours manqué, de toute façon, la marche à suivre.

— Les curieux n'ont pas dû manquer... expliqua-t-il. Mais un *Antari* a besoin de deux éléments pour créer une porte : son propre sang, d'abord, et une relique venue du monde cible. Or elles ont toutes été détruites...

— Mais la pierre vient du Londres noir !

— En effet.

Les yeux ronds, Lila désigna le mur qu'il avait traversé pour pénétrer dans sa chambre, la première fois.

— Alors tu ouvres un passage vers le monde noir, et ensuite... quoi ? Tu y jettes la pierre ? Bon sang, mais qu'est-ce que tu attends ?

— Je ne peux pas créer de portail entre ici et là-bas.

— Mais tu viens de dire...

— Deux autres Londres nous séparent du monde noir.

Un petit livre était posé sur la table de nuit. Il le feuilleta du bout du pouce.

— Les univers sont comme des feuilles de papier empilées les unes sur les autres.

C'est ainsi qu'il se les était toujours représentés. Il pinça plusieurs pages entre ses doigts, avant de les lâcher une à une, au fur et à mesure de son explication.

— Les déplacements doivent se faire dans un certain ordre. D'abord le Londres gris… ensuite le rouge… puis le blanc… et enfin le noir.

Il laissa retomber le reste des feuillets.

— Donc il va falloir tous les traverser, conclut Lila.

Présenté ainsi, c'était la simplicité même. Mais l'entreprise allait très vite se compliquer. On le cherchait sans doute déjà dans tout le Londres rouge : la famille royale, d'abord, et… qui d'autre ? Impossible de le deviner. (Combien de sorts de contrainte Holland avait-il jetés ? Combien d'hommes étaient en ce moment même à ses trousses ?) Sans ses pendentifs, Kell allait devoir trouver une nouvelle relique pour passer du Londres rouge au blanc. À supposer qu'il parvienne là-bas sans encombre, que les Dane ne l'attaquent pas aussitôt, qu'il s'avère capable de briser le sceau pour ouvrir une porte vers le Londres noir… Même alors, Kell ne pourrait pas se contenter d'y jeter la pierre. Il lui faudrait franchir le passage avec le talisman. Un détail auquel il s'efforçait désespérément de ne pas penser.

— Alors, quand est-ce qu'on part ? demanda la voleuse, les yeux brillants.

— « On » ? Certainement pas, c'est hors de question.

Elle se tenait adossée au mur, juste à côté de l'endroit où il l'avait menottée – le moins qu'on puisse dire, c'était que la boiserie avait souffert, et plutôt deux fois qu'une –, comme pour lui rappeler leurs méfaits, à l'un comme à l'autre.

— Je t'accompagne, un point c'est tout. Tant que tu n'auras pas accepté, je ne te dirai pas où est la pierre.

— Les chaînes que tu as fait apparaître pour immobiliser Holland ne résisteront pas longtemps, expliqua-t-il, les poings serrés. La magie *Antari* est assez puissante pour les dissiper, et une fois revenu à lui, il ne mettra pas longtemps à s'en rendre compte. La traque reprendra aussitôt. Je n'ai pas le temps pour ces petits jeux.

— Qui te parle de petits jeux ?

— Alors qu'est-ce que c'est ?

— Une chance unique. Un moyen de fuir.

Elle fit un pas en avant et, l'espace d'un instant, Kell entrevit les émotions qui se cachaient derrière son calme en apparence inébranlable. Désir, peur et désespoir se mêlaient en elle.

— Même sans savoir où tu vas ?

— Je m'en moque. Je t'accompagne, tu n'as pas le choix.

— Impossible.

Il se leva, mais fut pris d'un léger vertige et s'appuya contre le lit le temps de recouvrer l'équilibre. Elle éclata d'un rire moqueur.

— Tu n'es pas en état d'y aller seul.

— Tu ne peux pas venir, Lila, répéta-t-il. Seuls les *Antari* peuvent passer d'un monde à l'autre.

— Ma pierre…

— Elle ne t'appartient pas.

— Pour l'instant, si. Et tu l'as dit toi-même, c'est une source de magie pure. Elle me permettra de passer.

Elle s'exprimait avec une certitude en apparence absolue.

— Et si ça ne marche pas ? Si le talisman n'est pas tout-puissant, finalement ? S'il ne sert qu'à jeter des petits sorts de rien du tout ?

Mais elle semblait dubitative. Lui-même en doutait d'ailleurs fortement. Quand il avait tenu la pierre entre ses mains, il avait perçu un pouvoir apparemment illimité. Mais il ne voulait pas que Lila en fasse l'expérience.

— Tu n'as aucun moyen de le savoir, conclut-il.

— Ça me regarde. C'est moi qui prendrai ce risque, pas toi.

Il fixa sur elle un regard atterré.

— Pourquoi ?

— Je suis un homme recherché.

— Tu n'es pas un homme.

— Les autorités l'ignorent encore, répliqua-t-elle avec un rictus sans joie. Sans doute la raison pour laquelle je suis toujours recherchée et pas encore pendue.

Mais Kell ne comptait pas en rester là.

— Mais pourquoi t'entêter à vouloir partir, même au risque de ta vie ?

— Parce que je suis une imbécile.

— Lila…

— Parce que je ne peux pas rester ici, répondit-elle d'un ton brusque, son sourire envolé. Parce que je veux découvrir le monde, même si ce n'est pas le mien. Parce que ça te sauvera peut-être de la mort.

C'est de la folie ! pensa Kell. De la folie pure. Elle ne parviendrait sans doute même pas à franchir la porte. Et même si, par miracle, la pierre le lui permettait, que se passerait-il ensuite ? Tout transfert d'objet constituait un acte de haute trahison, et Kell était à peu près certain que la loi s'appliquait d'autant plus aux êtres humains, en particulier aux fugitifs. Passer une ravissante boîte à musique en contrebande était une chose, mais une voleuse, c'était une autre histoire… *Et une relique du Londres noir ?* le sermonna une voix dans sa tête.

Il se frotta les yeux. Ceux de la voleuse restaient rivés sur lui. Cette petite affaire de haute trahison mise à part, la jeune fille n'en demeurait pas moins une habitante du monde gris. Elle n'avait pas sa place dans son Londres à lui. Toute cette histoire était déraisonnable, et lui le serait encore plus s'il la laissait venir… mais Lila avait raison sur au moins un point. Il ne se sentait pas la force d'y aller seul. Pire encore, il n'en avait pas envie. Il craignait, davantage encore qu'il ne voulait bien l'admettre, la tâche et le sort qui l'attendaient. De plus, quelqu'un devrait expliquer à la famille royale – sa mère, son père et Rhy – ce qui s'était passé. Il refusait d'introduire le talisman dans le palais, mais il pourrait laisser Lila s'y rendre avec un message.

— Tu ne sais rien sur ces mondes, dit-il, presque résigné.

— Bien sûr que si ! Il y a le Londres sans intérêt, ton Londres à toi, le Londres qui donne la chair de poule et le Londres mort et enterré, récita-t-elle d'un ton joyeux en les énumérant sur ses doigts. Tu vois ? J'apprends vite.

Peut-être, mais tu restes un simple être humain, songea Kell. Étrange sans doute, têtu sûrement, sans scrupule à tous point de vue, mais malgré tout un simple être humain. La faible lumière du petit matin, diluée par la pluie, s'étirait dans le ciel. Il ne pouvait pas se permettre de rester là, à attendre qu'elle renonce.

— Donne-moi la pierre, et je te laisserai venir.

Lila retint un rire acerbe.

— Je crois que je vais la garder jusqu'à ce qu'on soit passés de l'autre côté.

— Et si tu ne survis pas ?

— Alors tu pourras détrousser mon cadavre, rétorqua-t-elle sans s'émouvoir. Je pense que je m'en ficherai.

Kell la dévisagea une fois de plus, troublé. Son air bravache était-il une simple façade, ou avait-elle vraiment si peu à perdre ? Elle était vivante, et pouvait très bien y perdre la vie. Se pouvait-il qu'elle n'ait peur de rien, pas même de la mort ?

« Tu as peur de mourir ? » lui avait demandé Holland dans la ruelle. La réponse était oui, et ce depuis toujours. Kell craignait de ne plus vivre, de cesser d'exister. Dans le monde de Lila, on croyait peut-être à l'enfer et au paradis mais, dans le sien, on croyait à la poussière. Il avait appris très tôt que la terre retournait à la terre, et la magie à la magie. Toutes deux se séparaient au moment où le corps mourait, et la personne qu'elles avaient formée était perdue pour toujours. Rien ne survivait. Rien ne durait éternellement.

Dans ses cauchemars, enfant, il lui arrivait de se désintégrer : un instant, il était en train de traverser la cour du palais en courant, ou regardait au loin, campé sur le perron. Celui d'après, il se retrouvait dispersé en une multitude de particules de poussière emportées par la brise. Il se réveillait en nage, le souffle court, à côté de Rhy qui le secouait par l'épaule.

— Tu n'as pas peur de mourir ? demanda-t-il à Lila.

Elle le regarda comme s'il s'agissait d'une question étrange.

— Tout le monde meurt un jour, répondit-elle simplement. Alors non, je n'ai pas peur. Ce qui me terrifie, c'est l'idée de mourir ici, précisa-t-elle avec un geste de la main qui englobait la chambre, la taverne, la ville. Je préfère partir à l'aventure, quitte à en mourir. Tout plutôt que de vivre immobile.

Kell l'observa un long moment avant de déclarer :

— Très bien.

— Comment ça, « très bien » ? demanda-t-elle, méfiante.

— Tu peux venir.

Un sourire naquit sur son visage, qui se transforma spectaculairement. Le visage ainsi illuminé, elle paraissait beaucoup plus jeune. Elle tourna aussitôt le regard vers la fenêtre.

— Le soleil est presque levé. Holland nous cherche déjà sûrement à l'heure qu'il est. Es-tu en état de partir ?

« C'est vraiment très dur de tuer un Antari. » Kell hocha la tête. Lila enfila sa cape et rengaina ses armes. Ses gestes étaient rapides, efficaces, comme si elle craignait qu'il ne revienne sur sa décision si elle mettait trop longtemps à se préparer. Mais il se contentait de la regarder, médusé.

— Tu ne veux pas… le prévenir que tu pars ?

Il désigna le plancher et, quelque part sous leurs pieds, Barron. Lila hésita, les yeux baissés sur ses bottes.

— Non.

Elle avait parlé tout bas, d'une voix où, pour la première fois, perçait de l'incertitude. Il ne connaissait pas les liens qui l'unissaient à Barron, mais n'insista pas. Il ne pouvait pas lui reprocher son choix. Après tout, il n'avait pas l'intention de repasser par le palais pour voir son frère une dernière fois. Il se disait que c'était trop dangereux, ou que Rhy ne le laisserait pas repartir, mais en fait il répugnait surtout à lui faire ses adieux.

Il récupéra son manteau sur une chaise et le retourna de gauche à droite, pour échanger le noir lustré par l'usage contre le rouge rubis. Une lueur d'intérêt brilla au fond du regard de Lila, voilée mais bien présente. Elle avait forcément découvert l'astuce en fouillant dans ses poches au cours de la nuit.

— Tu crois qu'il y a combien de manteaux, à l'intérieur ? demanda-t-elle d'un ton désinvolte, comme si elle parlait du beau temps et non des mystères d'un enchantement complexe.

— Je ne sais pas au juste, répondit Kell, avec un soupir de soulagement lorsqu'il retrouva une pièce dans sa poche brodée d'or. Parfois, alors que je crois les avoir tous essayés, je tombe sur un nouveau. Et d'autres fois, il y en a que je ne retrouve plus. Il y a deux ou trois ans, j'ai découvert un affreux manteau vert, court, les coudes rapiécés. Mais je ne l'ai jamais revu.

Il sortit de sa poche le lin du Londres rouge et l'embrassa. Les pièces de monnaie constituaient des clés idéales. En théorie, n'importe quoi faisait l'affaire – presque tout ce qu'il portait venait du Londres rouge – mais une pièce était un objet simple, solide, bien identifié, qui fonctionnait à tous les coups. Kell ne voulait pas prendre de risques, surtout quand une autre vie était en jeu (et c'était le cas, même si Lila prétendait le contraire).

Pendant ce temps-là, la voleuse avait empilé le contenu de son propre manteau – mélange hétéroclite de shillings, de pennies et de farthings – sur la commode près de son lit. Kell retira de la pile un demi-penny pour remplacer la pièce du Londres gris qu'il avait perdue. Les mains plongées dans les poches intérieures de sa cape, Lila contemplait le petit tas en se mordillant les lèvres. Ses doigts jouaient avec un dernier objet glissé dans sa poche. Au bout d'un moment, elle en tira une élégante montre en argent qu'elle déposa à côté de la petite monnaie. Puis elle pivota sur ses talons.

— Je suis prête.

Pas moi. Kell enfila pourtant son manteau avant de se diriger vers la porte. Un nouveau vertige le saisit, mais qui passa plus vite que le précédent.

— Attends, dit Lila. Je croyais qu'on repartirait par là où tu es arrivé. Par le mur.

— Les murs ne se trouvent pas toujours à la bonne place.

En réalité, *Le Jet de pierre* était l'un des seuls endroits où les parois se dressaient, immuables, toujours au même endroit. Mais là n'était pas la question. *Le Soleil couchant* était peut-être construit sur les mêmes fondations dans le Londres rouge, mais c'était aussi là que Kell traitait ses affaires, et l'un des premiers lieux où l'on viendrait le chercher.

— En plus, on ne sait pas ce qui nous attend de l'autre côté, ajouta-t-il. Autant nous approcher le plus possible de notre destination, puis franchir le passage. Tu comprends ?

Lila paraissait perdue, mais elle acquiesça. Ils descendirent sans bruit l'escalier et passèrent devant un petit palier qui bifurquait vers un étroit couloir desservant une multitude de chambres. Elle s'arrêta devant la plus proche et tendit l'oreille. Un léger ronflement filtrait à travers la cloison en bois. Barron. Elle effleura la porte un bref instant, puis passa devant Kell et descendit les dernières marches sans se retourner. Après avoir déverrouillé la porte de derrière, elle s'avança en hâte dans la ruelle. Kell la suivit et agita la main pour refermer le verrou derrière eux. Il écouta le métal coulisser, avant de retrouver Lila qui l'attendait, dos tourné à la taverne, comme si son présent était déjà son passé.

II

La pluie avait laissé les rues grises et humides. Dans la fraîcheur du mois d'octobre, Londres commençait à se réveiller. Le bruit des charrettes bringuebalantes, accompagné de l'odeur du pain frais et des feux de cheminée, emplissait l'air. Peu à peu, les marchands ouvraient portes et volets de leurs boutiques, et se préparaient, comme leurs clients, à une nouvelle journée de travail. Kell et Lila parcouraient la ville d'un bon pas, dans la faible lumière de l'aube.

— Tu es sûre d'avoir le talisman ?

— Oui, sourit la jeune fille. Et si tu envisages de le récupérer, je te le déconseille, car tu devras me fouiller. Avec ou sans magie, je suis prête à parier que mon couteau trouverait ton cœur avant que ta main ne déniche la pierre.

Son ton était plein d'une confiance si désinvolte qu'il la soupçonnait d'avoir raison. Il n'avait cependant aucune envie de le vérifier. Il tourna plutôt son attention vers les rues alentour, afin de se les représenter dans un autre monde.

— On y est presque.

— Où ça ?

— Whitbury Street.

Il avait déjà effectué la traversée à cet endroit, qui lui permettait d'arriver non loin de sa chambre au Champ de rubis, où il pouvait déposer toute nouvelle acquisition avant d'aller faire son rapport au palais. Plus important encore, la rangée de boutiques qui s'y alignaient ne se trouvait pas exactement à l'emplacement du Champ de rubis, mais à deux pâtés de maisons de là. Il avait appris très tôt à ne jamais s'approcher de trop près de son point de chute dans le monde d'arrivée : c'était risquer de se jeter dans la gueule du loup si des ennuis vous y attendaient justement.

— Il y a une auberge dans le Londres rouge…

Il essaya de ne pas repenser à sa dernière visite. Au sort de localisation, à l'attaque dont il avait été victime et aux cadavres qui gisaient sans doute encore dans la ruelle – des hommes qu'il avait tués de ses propres mains.

— J'y loue une chambre, poursuivit-il. Là, je trouverai ce dont j'ai besoin pour créer une porte vers le Londres blanc.

Il avait parlé à la première personne du singulier, mais Lila ne le releva pas, ou en tout cas ne prit pas la peine de le corriger. Perdue dans ses pensées, elle se faufila à sa suite dans le dédale de petites allées. Kell gardait la tête haute, tous ses sens en alerte. Lila finit par briser le silence.

— Je ne vais pas tomber sur moi-même, au moins ?

— Pardon ? dit-il, perplexe.

— Eh bien, c'est un autre monde, non ? Une autre version de Londres ? Est-ce qu'il existe une autre version de moi, là-bas ?

Les sourcils froncés, comme souvent, Kell la regarda donner un coup de pied dans un caillou.

— Je n'ai jamais rencontré quelqu'un comme toi.

Ce n'était pas censé être un compliment, mais elle le prit comme tel et lui adressa un grand sourire.

— Que veux-tu, je suis unique en mon genre !

Un reflet de ce sourire se dessina sur la figure de Kell.

— Mais qu'est-ce que je vois, là, sur ton visage ? s'étonna-t-elle, moqueuse.

Le magicien se rembrunit aussitôt.

— Quoi ?

— Laisse tomber, s'esclaffa-t-elle. C'est déjà parti !

Il secoua la tête – le sous-entendu lui avait échappé – mais sa petite plaisanterie avait mis en joie Lila, qui rit sous cape jusqu'à Whitbury Street.

Une fois dans la rue, Kell fit halte sur le trottoir entre les devantures de deux boutiques, un dentiste et un barbier (dans le Londres rouge, un herboriste et un forgeron). S'il plissait les paupières, il pouvait encore distinguer la trace de son sang sur la paroi de brique, protégée des intempéries par une étroite avancée. Lila scrutait le mur avec attention.

— Ta chambre est là ?

— Non, mais c'est ici qu'on va traverser.

Remarquant qu'elle serrait et desserrait les poings, il songea qu'elle devait être effrayée. Mais pas le moins du monde : les yeux brillants, elle esquissait l'ombre d'un sourire. Il n'en menait pas large et s'approcha du mur, hésitant. Elle le rejoignit.

— Qu'est-ce que tu attends ?

— Rien. Seulement…

Il enleva son manteau pour le poser sur les épaules de Lila, comme si l'on pouvait tromper aussi facilement la magie. Comme si elle ne distinguait pas un être humain d'un *Antari*. Son manteau n'y changerait rien, bien sûr : soit la pierre laisserait passer la voleuse, soit elle la bloquerait. Mais il le lui céda malgré tout.

En réponse, Lila sortit son mouchoir – celui qu'elle avait donné au magicien en lui faisant les poches et récupéré ensuite quand il s'était évanoui sur le plancher de sa chambre – et le glissa dans la poche arrière de Kell.

— Qu'est-ce que tu fabriques ?

— Ça me paraît logique. Tu m'as donné quelque chose qui t'appartient, alors je fais la même chose. À présent, on est liés.

— Ce n'est pas comme ça que ça fonctionne.

— Ça ne peut pas faire de mal, rétorqua-t-elle, désinvolte.

Elle avait raison. Il dégaina son couteau, en passa la lame sur sa paume, puis tamponna du bout des doigts le mince filet de sang et dessina une marque sur le mur.

— Sors la pierre, dit-il.

Lila lui lança un regard méfiant.

— Tu vas en avoir besoin, insista le jeune homme.

Avec un soupir, elle tira de sa cape son chapeau à large bord. Il était replié sur lui-même, mais elle le déplia d'un petit coup de poignet avant de plonger la main à l'intérieur à la manière d'un magicien de foire pour en sortir la pierre noire. À sa vue, Kell se raidit et dut résister de toutes ses forces pour ne pas la lui arracher, mais il parvint à refouler son impulsion. Pour la première fois, il se dit que l'avoir confiée à quelqu'un d'autre était peut-être pour le mieux.

Lorsqu'il prit la main de Lila, qui étreignait le joyau, il sentit le talisman chuchoter à travers la chair et les os de la jeune fille. Il tenta d'ignorer ce murmure insistant.

— Tu es sûre de toi ? demanda-t-il une dernière fois à sa compagne.

— Ça va marcher, répondit-elle d'un ton moins assuré qu'auparavant, comme si elle voulait à tout prix y croire mais commençait à douter. Tu l'as dit toi-même, tout le monde possède un mélange d'humanité et de magie. En d'autres termes, c'est aussi mon cas… Et maintenant ? ajouta-t-elle, les yeux levés vers lui.

— Je ne sais pas, avoua-t-il.

Lila s'approcha alors, si près que leurs torses se touchèrent. Il sentit le cœur de la jeune fille palpiter dans sa poitrine. Elle savait si bien la cacher, cette frayeur. Aucune crainte ne se lisait dans ses yeux, ni sur son visage, mais son pouls affolé la trahissait. Puis un immense sourire s'inscrivit sur son visage, et Kell le lui rendit en se demandant si c'était bien de la peur qu'elle éprouvait, ou un tout autre sentiment.

— Je ne vais pas mourir. Pas avant d'avoir vu ça.

— Vu quoi ?

Les coins de sa bouche se relevèrent encore, et elle répliqua :

— Mais tout, bien sûr.

Elle posa alors sa main libre sur la joue du magicien, dont elle rapprocha les lèvres des siennes. Ce fut un baiser fugitif, aussi éphémère que les sourires de Lila.

— C'est en quel honneur ? demanda-t-il, abasourdi.

— Pour me porter chance, répondit-elle en se tournant face au mur. Même si je n'en ai pas besoin.

Il la dévisagea un instant, avant de se forcer à contempler les briques tachées de sang. Sa main serrée autour de celle de Lila, il appuya ses doigts sur la marque.

— *As Travars.*

Le mur s'ouvrit alors. Le voyageur et la voleuse s'y engouffrèrent.

III

Pour la deuxième fois ce matin-là, Barron fut réveillé par un bruit.

Quoi de plus courant, dans une taverne, après tout ? Le volume sonore variait en fonction de l'heure entre le murmure et le vacarme, mais le tapage ne cessait jamais vraiment. Même après sa fermeture, *Le Jet de pierre* restait rarement tout à fait silencieux. Barron aurait reconnu entre mille les sons de l'établissement, du craquement du plancher au grincement des portes en passant par le sifflement du vent dans les centaines de fissures de ses murs anciens. Il les connaissait tous. Celui-là, en revanche, était différent.

Barron possédait cette taverne au bord de la ruine – le vieux bâtiment était vraiment mal en point – depuis un bon bout de temps déjà. Assez pour en être arrivé à comprendre les êtres singuliers qui y défilaient jour et nuit, comme à la dérive. Assez pour que cette étrangeté en vienne à lui sembler normale. Même s'il n'en faisait pas partie – il ne ressentait ni intérêt ni attirance pour la pratique de cette anomalie que les autres appelaient la magie –, il avait fini par développer une espèce d'instinct. Qu'il ne manquait jamais d'écouter.

Tout comme il écoutait le bruit au-dessus de sa tête. Ce grincement n'était pas très bruyant, mais en revanche incongru. Il faisait naître au plus profond de lui un curieux sentiment. D'anormalité. De danger. Les poils de ses bras se hérissèrent et les battements de son cœur, pourtant toujours réguliers, accélérèrent comme pour le mettre en garde.

Le son se répéta et Barron reconnut alors le gémissement du vieux parquet. Le tavernier se redressa dans son lit. La chambre de Lila se trouvait juste au-dessus de la sienne, mais ces bruits de pas n'étaient pas les siens.

Quand quelqu'un passe assez de temps sous votre toit (comme Lila dans son auberge), vous finissez par reconnaître les sons qu'il produit – non seulement le timbre de sa voix mais aussi sa façon de se déplacer. Barron reconnaissait la cadence des pas de sa protégée quand elle voulait être entendue et quand elle se faisait plus furtive… et ce craquement-là n'avait rien à voir. En outre, il avait déjà été réveillé un peu plus tôt par le départ de Lila et Kell (il n'était pas intervenu, car il avait compris depuis longtemps qu'il était inutile d'essayer de la retenir, et s'était résolu bien des années plus tôt à être pour elle une constante, un point d'ancrage, invariablement là quand elle finissait, tôt ou tard, par repasser la porte).

Mais si ce n'était pas Lila qui se déplaçait dans la chambre, alors qui ? Barron se leva, remonta ses bretelles sur ses larges épaules et enfila ses bottes, de plus en plus troublé par cette sensation d'anormalité.

Un fusil se trouvait accroché au mur près de la porte, à moitié rouillé – quand un mauvais coup se préparait en bas, la silhouette massive de Barron suffisait en général à ramener le calme. Il en empoigna sans bruit le canon, ouvrit la porte de sa chambre (dont le gémissement le fit grincer des dents) et monta l'escalier jusqu'à celle de Lila.

Sans discrétion aucune cette fois. Barron pesait son poids, et les marches craquèrent l'une après l'autre sous la semelle de ses bottes. Arrivé devant la petite porte verte, il hésita et colla son oreille contre le bois du battant. Pas un bruit. Il commençait à douter de lui-même. Il avait peut-être dormi d'un sommeil trop inquiet après le départ de Lila et tout simplement rêvé cette menace. Avec un soupir, il desserra sa prise sur le fusil et s'apprêtait à retourner se coucher quand il entendit un cliquetis de pièces de monnaie qui roulaient à terre. Ses doutes s'envolèrent aussitôt. Il ouvrit la porte en grand, fusil braqué.

Aucune trace de Lila et Kell, mais la chambre n'était pas vide pour autant : devant la fenêtre ouverte, un homme soupesait dans sa paume la montre à gousset de Lila. Depuis ses cheveux anthracite jusqu'à sa peau blême en passant par ses habits d'un gris délavé, il paraissait étrangement décoloré à la lueur de la lanterne posée sur la table (qui brillait elle aussi d'un curieux éclat trop pâle). Lorsqu'il posa un regard détaché sur Barron, sans paraître se soucier le moins du monde du fusil, le tavernier vit qu'il avait un œil vert et l'autre noir comme du charbon. Lila lui avait décrit cet homme. *Holland.*

Sans hésiter, Barron appuya sur la gâchette. La détonation fit bourdonner ses oreilles. Mais lorsque le panache de fumée se dissipa, l'intrus se tenait exactement à la même place, indemne. Le tavernier en resta incrédule. L'air entre eux scintillait, et il mit un certain temps à reconnaître les éclats de plomb qu'il venait de tirer. Les minuscules billes métalliques flottaient devant lui. Elles finirent par tomber par terre dans un bruit de grêle.

Sans lui laisser le temps d'ajuster un nouveau tir, Holland agita les doigts. L'arme échappa des mains de Barron, vola à travers la pièce et alla s'écraser contre le mur. Il voulut la rattraper, mais son corps refusa de bouger, figé sur place, non par la peur, mais par quelque chose de plus fort. Par la magie. Malgré tous ses efforts, cette force improbable lui immobilisait les membres.

— Où sont-ils ? demanda Holland d'une voix froide, caverneuse.

Barron, qui luttait vainement contre le sortilège, sentit une goutte de sueur couler sur sa joue.

— Partis, gronda-t-il.

Holland fit la moue, déçu, puis tira de sa ceinture un couteau à la lame incurvée.

— J'avais remarqué.

L'écho de ses pas résonna sur le plancher quand il traversa la chambre sans se presser et approcha lentement sa dague de la gorge de Barron. La lame était glacée, affûtée avec précision.

— Partis où ? ajouta le visiteur.

De près, Kell sentait le lis et l'herbe tendre. De Holland, en revanche, se dégageait une odeur de cendre, de sang et de métal. Barron croisa le regard du magicien.

Ses yeux étaient si semblables à ceux de Kell. Et pourtant tellement différents. Il y lut de la colère, de la haine et du chagrin, des émotions que le reste de son visage ne trahissait pas.

— Alors ? insista l'intrus.

— Aucune idée.

C'était la vérité. Son seul espoir était qu'ils se trouvent déjà loin. Le visage de Holland se ferma.

— Mauvaise réponse.

Il fit glisser la lame. Barron sentit une brûlure insoutenable sur sa gorge, puis plus rien.

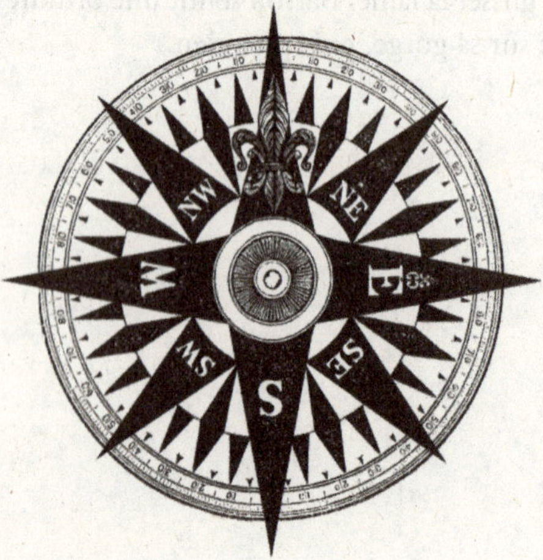
NW
NE
W
E
SW
SE
S

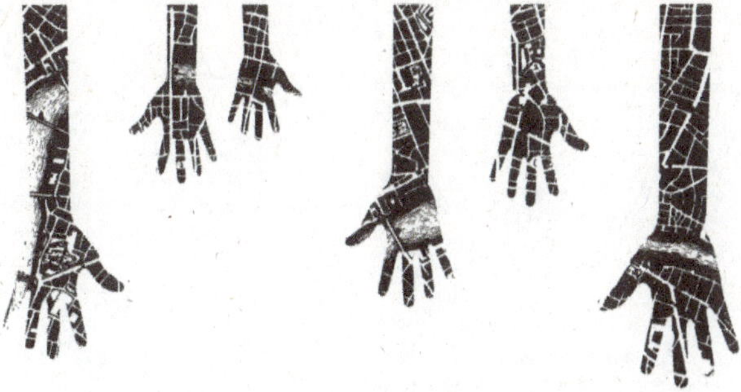

NEUVIÈME CHAPITRE

FESTIVAL ET INCENDIE

I

Le Londres rouge accueillit Kell comme si de rien n'était. Là-bas, il n'avait pas plu. Le ciel était strié de traînées nuageuses et d'une lumière pourpre, tel un reflet de l'Île, l'air empli d'un doux parfum, mélange d'épices et de thé. On entendait le grondement habituel des charrettes sur les pavés et, au loin, les sons d'une fête qui commençait.

Ne s'était-il vraiment écoulé qu'une poignée d'heures depuis la fuite du magicien, grièvement blessé, jusque dans le Londres gris ? Dérouté par le calme rassurant de ce monde si familier, Kell douta, l'espace d'un instant, qu'un drame soit en train de se jouer. Pourtant il savait cette paix illusoire. Dans le palais sur le fleuve, on avait dû remarquer son absence. Quelque part en ville, deux hommes aux yeux vides gisaient, morts, tandis que d'autres, assurément, les cherchaient sans relâche, lui et son précieux trésor. Mais sur Whitbury Street devenue Ves Anash, entre la lumière du fleuve et celle du soleil matinal, le Londres rouge ne semblait pas conscient du péril qui le menaçait – un danger apporté dans ses rues par Kell lui-même.

Une petite pierre noire capable de tout créer puis de tout détruire. À cette pensée, il frissonna et voulut serrer plus fort la main de Lila, mais ses doigts se refermèrent sur le vide. Il se tourna dans l'espoir de la trouver à côté de lui. Peut-être n'avaient-ils été séparés que d'un mètre ou deux au cours du transfert. Mais il était seul. L'écho de la magie *Antari* rayonnait encore sur le mur, trace de son point d'entrée.

Mais Lila avait disparu. Et avec elle, la pierre. Kell frappa le mur. L'entaille sur sa paume, qui commençait à cicatriser, se rouvrit et du sang coula sur son poignet. Avec un juron, il chercha un foulard dans son manteau avant de se rappeler qu'il avait confié le vêtement à Lila. Il allait jurer de plus belle quand il se souvint du mouchoir. Celui qu'elle lui avait offert en échange.

« Tu m'as donné quelque chose qui t'appartient, alors je fais la même chose. À présent, on est liés. »

Liés. Tandis que les pensées se bousculaient dans sa tête, il tira le carré de tissu de sa poche arrière. L'incantation fonctionnerait-elle ? Pas si Lila s'était littéralement désagrégée, pas si elle s'était retrouvée piégée entre les mondes (vraies ou fausses, les histoires de non-*Antari* coincés dans les limbes après avoir tenté d'ouvrir un passage n'étaient pas rares). Mais si elle n'avait jamais effectué la traversée, ou qu'elle se trouvait bien dans le Londres rouge, quelque part, vivante ou morte, alors le sortilège saurait la retrouver. Il appuya le mouchoir taché de sang sur le mur et sa main sur le résidu de son premier passage.

— *As Enose. As Enose* Delilah Bard.

Quand Lila ouvrit les yeux, elle ne vit que du rouge.

Pas le pourpre vif de la peinture fraîche, mais une nuance subtile, douce et omniprésente, comme si elle regardait les choses au travers d'une vitre teintée. Elle essaya de s'en débarrasser en clignant des yeux, peine perdue. Kell appelait sa ville le Londres rouge, mais elle s'était imaginé qu'il avait choisi cette couleur au hasard, pour un motif anecdotique. Alors qu'en fait, il parlait au sens propre. Un capiteux parfum de fleurs flottait dans l'air : lis, soucis et camélias. L'odeur en était suffocante, presque écœurante… Pas étonnant qu'elle colle à la peau du magicien ! Au bout d'un moment, une fois les sens de la voleuse adaptés à son nouvel environnement, les senteurs s'atténuèrent un peu (tout comme le filtre de couleur), avant de l'assaillir de nouveau à la première inspiration un peu trop profonde.

Elle toussa et resta sans bouger, couchée sur le dos dans une ruelle, devant une jolie porte rouge (réellement peinte dans cette couleur, cette fois). Un pavé lui rentrait dans le dos à travers le manteau. Celui de Kell. Il était étendu sous elle, les manches déployées comme des ailes. Mais, en revanche, nulle trace de l'*Antari*.

Elle ferma le poing pour s'assurer qu'elle pouvait bouger les doigts et sentit la pierre noire nichée dans sa paume, chuchotant toujours la même ritournelle. *Je suis de l'autre côté !* se réjouit Lila, qui se redressa, incrédule. L'incantation avait vraiment fonctionné.

Pas à la perfection, sinon elle n'aurait pas été séparée de Kell, mais elle y était arrivée ! Le Londres rouge – un tout nouveau monde – lui tendait les bras. Victoire ! Delilah Bard s'était finalement échappée, elle avait enfin réussi à larguer les amarres ! Pas à bord d'un vaisseau mais, étrangement, grâce à une pierre.

Quant à l'endroit précis où elle se trouvait, elle n'en avait pas la moindre idée. Une fois debout, elle se rendit compte que la teinte rouge ne venait pas du ciel mais du sol. Cette nuance était beaucoup plus marquée dans le monde à sa droite que celui à sa gauche. Lequel était aussi beaucoup plus bruyant, maintenant qu'elle y prêtait attention. En plus du tintamarre habituel des colporteurs et des charrettes – les Londres semblaient avoir au moins ce point en commun –, enflait aussi le brouhaha festif d'une foule grandissante, mélange de cris et d'acclamations. Tiraillée entre la nécessité de ne pas s'éloigner afin de retrouver Kell et la fascination qu'exerçait sur elle le flot de lumière, de couleurs et de sons, elle ne tarda pas à céder à la tentation. Le magicien l'avait déjà retrouvée une fois, se dit-elle. Il pourrait toujours réitérer l'exploit.

Elle glissa la pierre noire dans la poche intérieure de sa cape (étonnamment, le prix à payer pour la lâcher se résuma à un léger vertige) puis enfila le manteau de Kell après l'avoir épousseté. Elle s'attendait à le trouver trop grand, ou au moins récalcitrant, mais, à sa grande surprise, elle découvrit qu'il lui allait comme un gant, avec ses boutons lisses en argent alignés sur la somptueuse étoffe noire.

Curieux, pensa Lila avant de plonger les mains dans ses poches. Pas le plus grand des mystères du jour, bien sûr, mais un mystère malgré tout.

Elle s'aventura dans des rues étroites et tortueuses, semblables à celles de son propre Londres et pourtant totalement différentes. À la place de la pierre brute et du verre noirci par la suie, les boutiques arboraient des devantures où se mêlaient bois sombre et dalles polies, vitraux et métal brillant. Elles paraissaient à la fois solides et étrangement fragiles, traversées, comme tout ce qui l'entourait, par… une énergie – elle ne trouvait pas d'autre mot. La différence était tout simplement saisissante. Émerveillée par ce monde dont le squelette était similaire au sien mais dont le reste du corps, à se pâmer, étalait languissamment ses trésors devant elle, elle se dirigea vers la source du bruit.

Après avoir tourné au coin d'une rue, elle découvrit enfin la cause de l'agitation qui régnait. Une foule, grouillante d'impatience, s'était rassemblée le long d'une magnifique avenue. Des gens du peuple, à première vue, mais habillés bien plus richement que leurs alter ego du Londres gris. Si la mode vestimentaire ne divergeait pas de manière drastique – les hommes arboraient d'élégants manteaux à col montant, les femmes des robes cintrées sous des capes amples –, les tissus épousaient leurs formes comme des lamelles de métal fondu. Des fils d'or parsemaient coiffures, chapeaux et manchettes.

Lila resserra autour d'elle le manteau de Kell, qui par chance dissimulait sa cape élimée. Derrière la foule qui se bousculait, elle distingua le cours d'eau rougeoyant, à l'emplacement exact de la Tamise. Son étrange lumière baignait jusqu'à ses rives.

— *La Tamise, une source de magie ?*

— *Sans doute la plus importante du monde. Vu d'ici, c'est peut-être difficile à croire, mais si tu la voyais dans mon Londres !*

Et en effet, quel incroyable spectacle ! Cependant, Lila était moins attirée par le fleuve lui-même que par les bateaux qui couvraient sa surface. Des vaisseaux de toutes formes et de toutes tailles – bricks, galères, goélettes, frégates – sillonnaient les vagues cramoisies, leurs voiles gonflées par la brise. Sur leurs mâts ornés de dizaines d'emblèmes variés flottaient des étendards scintillants, rouge et or. Ils semblaient la narguer : « Monte à bord. Je peux être à toi. » Si elle avait été un marin, et les bateaux des sirènes, son désir n'eût pas été plus fort. *Qu'importent les beaux atours !* pensa-t-elle. *Je vais me choisir un bateau.*

Si les ébats de cette flotte dépareillée dans les eaux rouges du fleuve suffisaient à susciter l'admiration de Lila, il n'en allait pas de même de la populace. Ce qui mobilisait son attention, c'était la progression réglée au millimètre d'un somptueux cortège le long de l'avenue.

Au moment où la jeune fille finit par se joindre aux autres spectateurs passait justement une rangée d'hommes, les membres enveloppés de bandes de tissu foncé, comme autant de bobines de fil. Des flammes brûlaient entre leurs mains. Le feu accompagnait leur danse tournoyante, soulignait leurs mouvements et flottait dans l'air derrière eux. Leurs lèvres bougeaient sans discontinuer, mais la musique du défilé couvrait les mots qu'ils prononçaient. Malgré la cohue, Lila se pressa au premier rang pour mieux voir. Les hommes étaient déjà remplacés par un bataillon de femmes vêtues d'amples robes blanches, qui exécutaient une version plus fluide de la même chorégraphie, cette fois avec de l'eau. Lila observait le spectacle, les yeux ronds : tel un ruban, l'eau serpentait entre leurs mains expertes, comme par magie. *Mais bien sûr*, se morigéna-t-elle, *c'est de la magie !*

L'eau laissa place à la terre, puis au métal et enfin au vent, rendu visible par une poussière colorée que les danseurs lançaient dans les airs.

S'ils portaient chacun une tenue différente, ils avaient tous des rubans rouge et or enroulés autour des bras et des jambes, qui flottaient derrière eux telles des queues de comètes.

Dans leur sillage s'avança une fanfare qui jouait un air mêlant la sonorité des percussions et la douceur des cordes. Ils tiraient des notes que Lila n'avait jamais entendues d'instruments qu'elle n'avait jamais vus. Les musiciens continuèrent leur chemin, mais la musique s'attarda comme un voile tendu au-dessus des têtes de l'auditoire, comme si la mélodie pouvait se faire tangible. L'effet en était hypnotique.

Ensuite vinrent des chevaliers perchés sur leurs montures, armures brillant au soleil et capes rouges gonflées par la brise. La robe des chevaux, splendides, n'était pas tachetée mais toujours unie, blanche, grise ou noire. *Ils sont presque aussi beaux que les navires*, soupira Lila. Leurs yeux, marron, bleus ou verts, ressemblaient à des joyaux. Et leurs crinières, noires, argentées ou dorées, scintillaient. Ils avançaient avec une grâce surprenante pour leur taille imposante.

Tous les chevaliers brandissaient un étendard comme une lance de joute : un soleil levant doré sur un ciel rouge.

Un groupe de jeunes garçons passa soudain devant Lila, bras et jambes enrubannés eux aussi. Elle en attrapa un par le col.

— Qu'est-ce qui se passe ? demanda-t-elle au gamin qui se débattait.

Il ouvrit de grands yeux étonnés et cracha une série de mots affolés dans une langue qu'elle ne reconnut pas.

— Tu me comprends ? fit-elle plus lentement.

Mais l'enfant secoua la tête en se contorsionnant de plus belle jusqu'à ce qu'elle le lâche.

Une nouvelle vague d'acclamations, plus fortes celles-là, s'éleva alors de la foule. Une calèche ouverte approchait, tirée par quatre chevaux blancs et flanquée de gardes cuirassés. Les étendards qu'elle arborait semblaient plus complexes : le soleil, présent sur tous les drapeaux, se levait au-dessus d'un calice qui semblait empli de la lumière du matin. Un « M » ornait la coupe, le tout tissé en fil d'or sur de la soie rouge.

Dans la calèche se trouvaient un homme et une femme, main dans la main, vêtus d'une cape pourpre qui tombait de leurs épaules jusque sur le sol lustré. Leur peau dorée et leurs cheveux bruns faisaient ressortir l'or étincelant de leurs couronnes. (*La famille royale*, pensa-t-elle. Bien sûr, c'était un autre monde, donc un roi et une reine différents, mais lui aussi était doté d'une dynastie régnante.)

Entre les deux souverains, une botte posée sur le siège devant lui dans une attitude conquérante, se tenait un jeune homme, une fine couronne scintillante dans ses boucles brunes ébouriffées, une cape d'or pur drapée sur ses larges épaules. Leur fils, à l'évidence. Il salua de la main la foule, qui dévora son geste des yeux.

Un cri s'éleva de l'autre côté de l'avenue, aussitôt repris par des milliers d'autres voix :

— *Vares Rhy ! Vares Rhy !*

Le prince adressa à la multitude un sourire éblouissant. Quelques mètres plus loin, une jeune femme eut le mauvais goût de s'évanouir. La voleuse se moquait ouvertement de ces simagrées lorsqu'elle surprit sur elle le regard du prince, qui la dévisageait avec insistance. Lila se sentit rougir. Sans sourire ni faire le moindre geste, il se contenta de la regarder droit dans les yeux, les sourcils froncés comme s'il savait qu'elle n'avait rien à faire dans cette foule, comme s'il l'avait percée à jour. Le moment s'étira, interminable. Lila savait qu'elle aurait sans doute dû s'incliner, ou au moins détourner le regard, mais elle s'obstina à le lui rendre. Puis le charme se rompit. Le prince se retourna vers ses sujets, de nouveau radieux. La calèche continua son chemin, laissant dans son sillage des danseurs enrubannés et un peuple enthousiaste.

Lila mit un peu de temps à reprendre ses esprits. Elle ne s'était pas rendu compte qu'elle avait avancé avec la foule lorsqu'un groupe de filles se mit à bavarder à ses côtés.

— Où était-il ? murmurait l'une d'elles.

Lila sursauta, soulagée d'entendre enfin quelqu'un parler sa langue.

— *Ser asina gose*, répondit une autre avant d'ajouter dans un anglais teinté d'un fort accent étranger : Tu te débrouilles bien.

— *Rensa tav*, dit la première. Je m'entraîne pour ce soir. Vous devriez aussi, si vous voulez une danse.

Elle se hissa sur la pointe des pieds afin de saluer le prince.

— Ton cavalier pour le bal a l'air d'avoir disparu, dit une troisième dans un mauvais anglais.

— Il est toujours dans le cortège, d'habitude, répliqua la première. J'espère qu'il va bien.

— *Mas aven!* s'écria la deuxième, les yeux levés au ciel. Elissa est amoureuse du prince à l'œil noir.

Lila sursauta. Le prince à l'œil noir?

— Vous ne pouvez pas nier qu'il est séduisant, avec son air un peu torturé.

— *Anesh*. Effrayant, plutôt.

— *Tac*. Il n'arrive pas à la cheville de Rhy.

— Excusez-moi, intervint Lila. (Les trois jeunes filles se tournèrent vers elle. Elle désigna le défilé d'un geste.) Qu'est-ce qui se passe? En quel honneur sont données ces festivités?

La moins douée en anglais des trois éclata d'un rire stupéfait, comme si Lila plaisantait.

— *Mas aven*, dit la deuxième. D'où sors-tu pour ne pas être au courant? C'est l'anniversaire du prince Rhy, bien sûr.

— Bien sûr, répéta Lila.

— Ton accent est remarquable, commenta Elissa, celle qui en pinçait pour le prince à l'œil noir. Qui est ton précepteur?

Ce fut au tour de Lila d'éclater de rire, sous le regard surpris des trois demoiselles. Puis des trompettes – enfin, quelque chose d'approchant – se mirent à sonner au loin. Dans le sillage du cortège, les badauds, et parmi eux le groupe de jeunes filles, se dirigèrent vers la musique. Une fois sortie de la cohue, Lila porta la main à sa poche. Le talisman s'y trouvait toujours, mais elle résista à la tentation de le prendre. Le joyau était peut-être malin, mais Lila aussi.

À présent que le cortège était passé, elle avait une meilleure vue sur le cours d'eau miroitant qui s'étirait parallèlement à la large avenue. Il brillait bien d'une improbable lumière rouge qui semblait provenir de sous sa surface. *Une source de magie*, avait expliqué Kell. Et en effet, le fleuve frémissait de pouvoir.

Le cortège royal avait dû traverser un pont, car il longeait à présent la rive opposée. Lila suivit les flots du regard jusqu'à un bâtiment monumental qui se dressait un peu plus loin – sans aucun doute le palais. Il ne se trouvait pas sur l'une des rives du fleuve, comme le palais de Westminster dans le Londres gris, mais au milieu, telle une passerelle jetée au-dessus des eaux. Il semblait taillé dans le verre ou le cristal, et orné de cuivre et de pierre. Lila embrassa l'édifice d'un œil avide. Le palais ressemblait à un bijou. Ou plutôt à une couronne entière, assez grande pour parer une montagne.

Les trompettes claironnaient toujours, mais cette fois depuis le perron de l'imposant édifice, d'où affluaient des serviteurs en pèlerine rouge et or. Les bras chargés de plateaux, ils offraient à boire et à manger au peuple.

Pour Lila, les parfums qui flottaient dans l'air – boissons, mets et magie exotiques – se faisaient toujours plus enivrants.

La foule se dispersait en direction du château mais, niché entre le fleuve écarlate et la majestueuse avenue, un marché avait fleuri telle une haie de roses. Au lieu d'accompagner le cortège royal, une partie des spectateurs s'attardait pour faire quelques courses. Lila leur emboîta le pas.

— *Crysac!* criait une femme qui exhibait des pierres rouge vif. *Nissa lin.*

— *Tessane, cas tessane!* hurlait un homme avec dans la main une sorte de théière métallique fumante.

Il agita deux doigts en l'air en ajoutant:

— *Sessa lin.*

Et tous les commerçants de vanter les mérites de leurs marchandises dans leur langue étrange. Lila essaya de relever un terme çà et là, d'associer les mots criés aux articles brandis: *cas* semblait signifier chaud, et *lin* désignait sans doute une monnaie. Mais tout était tellement brillant, coloré et vibrant de pouvoir qu'elle peinait à se concentrer.

Elle resserra le manteau de Kell autour de ses épaules avant de se mettre à déambuler entre les stands, le regard avide. Elle n'avait pas d'argent, mais des doigts agiles. Un étal, qui annonçait « *Essenir* », présentait aux badauds des pierres polies de toutes les couleurs. Pas de banales couleurs mais de parfaites imitations de la nature: le jaune du feu, le vert de l'herbe, le bleu de la nuit. Le marchand lui tournait le dos, alors elle ne put se retenir.

Elle tendit la main vers la pierre la plus proche, bleu-vert comme la haute mer – du moins dans son imagination ou sur les peintures qu'elle avait vues – avec de petits traits blancs comme des vagues déferlantes. Mais à son contact, une douleur aiguë lui rongea la peau.

Avec un hoquet de surprise, plutôt dû au choc qu'à la brûlure elle-même, elle recula. Sans même lui laisser le temps de faire deux pas, le marchand l'attrapa par le poignet.

— *Kers la?* s'écria-t-il.

Face au silence de la voleuse – bien entendu incapable de répondre –, il se mit à crier plus vite et plus fort. Tous les mots se confondaient dans les oreilles de Lila.

— Lâchez-moi !

En l'entendant, le marchand se fit plus méfiant encore.

— Tu penses quoi ? dit-il dans un anglais guttural. Tu es libre en parlant bien ?

— Je n'ai pas la moindre idée de ce que vous racontez. Maintenant, lâchez-moi.

— Parle arnésien. Parle anglais. Pas important. *Gast* quand même. Voleuse.

— Je ne suis pas une *gast*.

— *Viris gast*. Stupide voleuse. Essaie de voler sur un étal enchanté.

— Comment pouvais-je le savoir ! répliqua Lila, une main déjà posée sur le couteau à sa ceinture.

— *Pilse !* cracha l'homme. (Elle eut le net sentiment d'avoir été insultée. Il haussa ensuite considérablement le ton.) *Strast ! Strast !*

Elle se tordit le cou pour apercevoir des gardes en armure à l'autre bout du marché. En entendant les cris, l'un d'eux se tourna dans leur direction.

Non, ce n'est pas vrai ! gémit-elle en son for intérieur. Mais elle ne s'arracha à la poigne du commerçant que pour retomber, en reculant, entre d'autres bras. Elle s'apprêtait à dégainer son couteau quand elle vit le marchand blêmir.

— *Mas aven*, dit-il.

Et l'homme de se fendre d'une profonde révérence. Les mains sur les épaules de Lila disparurent. En faisant volte-face, elle découvrit derrière elle Kell, les sourcils froncés comme à son habitude.

— Qu'est-ce que ça signifie ? demanda-t-il au marchand.

Lila ne savait pas ce qui l'étonnait le plus : sa soudaine apparition, son ton froid et distant, ou le regard du marchand où se lisait un respect mêlé de crainte.

Les cheveux auburn de Kell étaient coiffés en arrière, son œil noir exposé à la lumière rouge du matin.

— *Aven vares.* Si je savais qu'elle était avec v-vous… bredouilla le marchand.

Il continua en arnésien – puisque c'était donc le nom de cette langue. Lila fut surprise d'entendre le même dialecte dans la bouche de Kell, qui tentait d'arranger la situation. Quand le commerçant répéta le mot « *gast* », elle se jeta sur lui. Son compagnon la retint d'une main ferme.

— Ça suffit, lui gronda-t-il à l'oreille avant de s'adresser à l'homme sur un ton d'excuse. *Solase.* C'est une étrangère. Barbare, mais inoffensive.

Elle le fusilla du regard. Le commerçant s'inclina encore plus bas.

— *Anesh, mas vares.* Assez inoffensive pour voler…

La tête baissée, il ne vit pas Kell regarder par-dessus son épaule, puis se figer à la vue du garde qui se dirigeait vers eux. Mais Lila, si.

— Je vais acheter ce qu'elle a tenté de vous prendre, se hâta de répondre le magicien.

Il plongea une main dans la poche de son manteau, sans se soucier du fait que Lila le portait encore. Le marchand se redressa et se mit à secouer la tête.

— *An. An.* Je ne peux pas accepter votre argent.

Le soldat se rapprochait. De toute évidence, Kell ne désirait pas s'attarder, car il déposa une pièce sur la table d'un geste brusque.

— Pour le dérangement. *Vas ir.*

Sans attendre la réponse du marchand, il poussa Lila à travers la foule, loin du garde sur le point de les rejoindre.

— « Barbare » ? gronda la jeune fille.

— Cinq minutes ! rétorqua Kell, qui lui reprit son manteau, le revêtit et en releva le col. Tu ne peux pas garder tes mains dans tes poches plus de cinq minutes ! Dis-moi que tu n'as pas déjà vendu la pierre, au moins…

Une main posée sur son épaule, il la guidait déjà vers une ruelle, loin de la foule et du fleuve.

— Incroyable ! jeta-t-elle, agacée. « Je suis tellement content que tu ailles bien, Lila ! » s'exclama-t-elle en imitant la voix de l'*Antari*. « Ouf, quel soulagement, heureusement que le talisman ne t'a pas réduite en charpie ! »

La paume de Kell quitta le dos de la jeune fille.

— Je n'arrive pas à croire que ça ait marché… murmura-t-il.

— Eh ben dis donc, ça a l'air de te faire plaisir !

Kell s'arrêta net et la fit pivoter vers lui. Elle lut de l'inquiétude dans son œil bleu – le noir, comme toujours, demeurait indéchiffrable.

— Sans doute parce qu'il n'y a pas de quoi se réjouir. Je suis content que tu sois saine et sauve, Lila, mais les portes entre les mondes sont censées être fermées à tous, à l'exception des *Antari*. Que la pierre t'ait laissée passer n'est qu'une nouvelle preuve de sa dangerosité. Et à chaque instant qu'elle passe ici, dans mon monde, je suis un peu plus inquiet.

Lila se surprit à baisser les yeux, penaude.

— Alors débarrassons-nous-en… répliqua-t-elle.

Kell esquissa un petit sourire reconnaissant. Elle tira alors le talisman de sa poche et le lui tendit. Avec une exclamation consternée, il referma sa main sur celle de la voleuse pour dissimuler le joyau. Une lueur s'alluma dans son regard quand leurs doigts se touchèrent, mais Lila doutait qu'elle soit due au contact de sa peau. La pierre émit un petit frémissement étrange, comme si elle désirait que Kell la prenne. Lila se sentit vaguement insultée.

— *Sanct!* Je t'en prie, montre-la à tout le monde.

— Je croyais que tu voulais la récupérer! rétorqua-t-elle, excédée. On ne peut jamais avoir raison avec toi.

— Garde-la. Et pour l'amour du ciel, cache-la!

Lila la rangea de nouveau dans sa cape et maugréa dans sa barbe une longue litanie d'amabilités.

— Charmant! lui dit Kell. À propos, il va falloir que tu te surveilles, ici. L'anglais n'est pas une langue courante.

— J'avais remarqué. Merci de m'avoir prévenue.

— Je t'ai dit que tout serait différent. Mais tu as raison, j'aurais dû t'en avertir. Ici, l'anglais est la langue de l'élite, et de ceux qui désirent la côtoyer. En la parlant aussi bien, tu te démarques nettement.

— Qu'est-ce que tu veux que je fasse? Que je me taise?

— L'idée m'a effleuré… gloussa-t-il tandis qu'elle se renfrognait. Mais comme ça m'étonnerait que tu y parviennes, je te demanderai juste de baisser d'un ton.

Elle résista à la tentation de lui mettre son poing dans la figure et lui sourit à son tour, d'un air mielleux.

— Voilà au moins une question de réglée… dit-il.

Il se remit en marche, suivi de Lila, qui grommela « *pilse* » en espérant que ce soit une insulte.

II

Aldus Fletcher n'était pas un honnête homme.

Il tenait une boutique de prêt sur gages, cachée dans une ruelle non loin des quais. Chaque jour, des voyageurs débarquaient des navires, certains pour acquérir un bien, d'autres pour s'en débarrasser. Fletcher leur apportait ses services, ainsi qu'aux habitants du coin. Dans les quartiers les plus sombres du Londres rouge, sa boutique était connue pour fournir un large éventail d'articles illégaux.

De temps à autre, bien sûr, d'honnêtes gens venaient acheter ou vendre autre chose : pipes et instruments divers, tables de divination, pierres runiques ou chandeliers. Fletcher acceptait volontiers de remplir sa boutique avec ces objets, qui constituaient une bonne couverture en cas d'inspection de la garde royale. Mais son véritable commerce reposait sur le risque et la rareté.

Dans son magasin, un panneau de pierre lisse, de la taille d'une fenêtre mais noir comme du charbon, se trouvait accroché au mur à côté du comptoir. À sa surface, une fumée blanche scintillante, semblable à de la craie, tourbillonnait. Elle annonça d'abord l'itinéraire détaillé des festivités organisées pour l'anniversaire du prince. Apparut ensuite le visage souriant de Rhy, qui clignait de l'œil tandis qu'en dessous planait la phrase suivante :

Le roi et la reine vous invitent à fêter
le vingtième anniversaire du prince Rhy
sur le perron du palais
après le défilé annuel

Au bout de quelques secondes, le message et le héros du jour disparurent. Le panneau redevint noir, avant de s'animer de nouveau pour afficher d'autres nouvelles.

— *Erase es ferase ?* marmonna Fletcher de sa voix grave.

« À apporter ou à emporter ? » La question s'adressait à un tout jeune homme, dont le duvet naissant était encore clairsemé, penché sur un assortiment de bibelots disposés sur une table à côté de la porte. C'était « apporter » pour un vendeur, « emporter » pour un acheteur.

— Ni l'un ni l'autre, murmura le garçon, nerveux. Je regarde, c'est tout.

Fletcher tenait à l'œil les mains baladeuses de son client, mais à vrai dire sans trop s'inquiéter : la boutique était enchantée contre le vol. C'était une journée particulièrement calme. Fletcher aurait presque voulu le voir tenter sa chance, histoire de tromper un peu l'ennui.

La boutique n'attirait pas souvent de simples curieux. Les visiteurs entraient avec une intention précise, qu'ils devaient en général faire connaître au propriétaire. Le garçon ne semblait pas assez motivé pour révéler son véritable but.

— Préviens-moi si tu ne trouves pas ce que tu cherches, lança Fletcher.

Le jeune homme hocha la tête sans cesser de lui jeter des regards à la dérobée. Il lorgnait plus précisément ses bras posés sur le comptoir. La saison des récoltes était bien avancée, mais le temps semblait lourd (étant donné sa clientèle, on aurait pu croire que la boutique ouvrait aux horaires des ruffians, du crépuscule à l'aube, mais, comme l'avait découvert Fletcher, les meilleurs escrocs agissaient en plein jour). Incommodé par la chaleur, il avait donc remonté ses manches jusqu'au coude, dévoilant de nombreuses cicatrices sur ses avant-bras hâlés. Sa peau dessinait la carte de sa vie, qui n'avait pas toujours été facile.

— C'est vrai, ce qu'on raconte ? finit par demander le garçon.

— Sur quoi ?

— Sur vous.

Il observait les marques sur les poignets de Fletcher, qui ressemblaient à des menottes profondément ancrées dans sa chair.

— Je peux les voir ?

— Ah, ça ?

Fletcher leva les deux mains. Ces stigmates étaient la sanction réservée à ceux qui défiaient la règle d'or de la magie.

— « Tu ne te serviras point de ton pouvoir pour contrôler autrui », récita-t-il avec un petit sourire glacial.

En punition de ce crime, la couronne se montrait impitoyable. Elle garrottait les pouvoirs des coupables, les limitait ou les supprimait, temporairement ou pas, à l'aide de sceaux enchantés.

Mais ceux de Fletcher étaient brisés. Les marques à l'intérieur de ses poignets étaient gâtées, obscurcies, comme les maillons rompus d'une chaîne métallique. Il était allé jusqu'au bout du monde pour briser ces liens. Il avait marchandé son sang, son âme et plusieurs années de sa vie, mais il était revenu libéré. Enfin… en quelque sorte, puisqu'il était toujours enchaîné à son travail et devait de toute façon maintenir une illusion d'impuissance, de peur que les gardes n'apprennent la vérité et ne reviennent réclamer davantage que sa magie, cette fois. Avoir acheté les faveurs de certains soldats l'aidait aussi, bien sûr. Tout le monde – même les plus riches et les plus fiers, même les membres de la famille royale – brûlait à un moment ou un autre de mettre la main sur un artefact interdit. Or c'était justement la spécialité de Fletcher.

Le jeune homme, le teint blême et les yeux écarquillés, observait toujours les marques sans mot dire. Le prêteur sur gages reposa ses bras sur le comptoir.

— *Tac.* Le spectacle est fini. Tu comptes acheter quelque chose ou pas ?

Le garçon finit par filer les mains vides. Avec un petit soupir, Fletcher tira une pipe de la poche arrière de son pantalon. Quand il claqua des doigts, une petite flamme bleue se mit à danser au bout de son pouce. Il s'en servit pour allumer le tabac dans le fourneau, avant de sortir de sa chemise un objet qu'il posa sur le comptoir en bois.

Une pièce d'échec. Une petite tour blanche, plus précisément. Le souvenir d'une dette qu'il n'avait pas encore remboursée.

La tour appartenait autrefois au jeune *Antari*, Kell. Elle était entrée dans la boutique de Fletcher plusieurs années auparavant, au cours d'une partie de sanct.

Le jeu était particulièrement populaire. Mélange de stratégie, de chance et d'une bonne dose de tricherie, il pouvait se terminer en quelques minutes ou durer une après-midi entière. Ce soir-là, la dernière manche avait duré près de deux heures. Il ne restait plus que deux joueurs, Fletcher et Kell, et à mesure que la nuit progressait, le pot enflait lui aussi. Ils ne jouaient pas de l'argent, bien entendu. Sur la table s'étalaient reliques, babioles rares et autres objets magiques. Une fiole de sable d'espoir. Une lame d'eau. Un manteau qu'on pouvait retourner à l'infini.

Fletcher avait abattu toutes ses cartes sauf trois : une paire de rois et un saint, un tirage exceptionnel. Il était sûr et certain de gagner. C'est alors que Kell avait joué trois saints. Seulement, le jeu n'en comptait que trois, or Fletcher en tenait un dans sa main. Mais alors que l'*Antari* posait ses cartes, la sienne avait scintillé avant de se transformer en valet, la plus mauvaise carte du jeu.

Devant cette métamorphose, Fletcher avait viré au cramoisi. Ce morveux avait glissé une carte enchantée dans le paquet et s'était joué de lui ! C'était l'avantage et l'inconvénient, au sanct. Rien n'était interdit. On n'était pas forcé de jouer à la loyale pour gagner. Il fallait simplement l'emporter.

Fletcher n'avait eu d'autre choix que de s'incliner au milieu des railleries et commentaires des spectateurs braillards. Kell avait haussé les épaules, souri, puis choisi un petit rien sur le haut de la pile, une pièce d'échec rapportée d'un autre Londres, qu'il avait lancée à son adversaire et assortie d'un petit clin d'œil.

— *Sans rancune!* s'était-il exclamé avant d'empocher le pot.

« Sans rancune… » Fletcher serra dans son poing la petite statue de pierre. La cloche de la boutique signala l'arrivée d'un nouveau client, un homme grand et mince à la barbe grisonnante et au regard rapace. Après avoir fourré la tour dans sa poche, Fletcher esquissa un sourire sans joie.

— *Erase es ferase?*

« À apporter ou à emporter? »

III

Kell pouvait sentir la pierre jusque dans la poche de Lila.

L'espace d'un instant, lorsqu'il avait refermé ses doigts sur ceux de la jeune fille et effleuré le talisman, il n'avait plus eu qu'un seul désir aveugle : le lui enlever. Une impression irrésistible le taraudait, celle que, s'il pouvait simplement tenir le joyau entre ses mains, tout s'arrangerait. Ce qui était absurde, bien sûr… Tant que la pierre existerait, au contraire, trois univers risquaient la mort et la dévastation. Pourtant, il la convoitait, tous ses sens en éveil. Saisi de frissons, il faisait de son mieux pour ne surtout pas y penser tout en menant Lila dans les rues du Londres rouge, loin du vacarme des célébrations, vers *Le Champ de rubis*.

Les festivités organisées pour l'anniversaire de Rhy, qui dureraient toute la journée, avaient attiré une bonne partie des habitants sur les rives du fleuve et les marches du palais écarlate. Les membres de la garde royale étaient sur les dents.

Il se sentait un peu coupable, il devait bien l'avouer. Chaque année, il faisait partie du cortège, installé bien au chaud dans la calèche en compagnie de la famille royale, et n'aurait habituellement manqué pour rien au monde pareille occasion de taquiner son frère, qui savourait toujours avec un peu trop d'enthousiasme l'attention qu'on lui portait.

Son absence aux diverses cérémonies allait lui valoir des bouderies sans fin de la part de Rhy. À ce stade de ses réflexions, il se fit la remarque qu'il n'aurait sans doute jamais l'occasion de s'excuser, de toute façon. Il se répéta qu'il n'avait pas le choix, que le moment venu, Lila leur expliquerait tout. Et Rhy… Rhy saurait lui pardonner, bien sûr.

Kell marchait col relevé et tête baissée, mais il lui semblait malgré tout sentir des regards posés sur lui. Il ne cessait de se retourner, incapable de se défaire de l'impression d'être suivi. C'était le cas, bien sûr : par Lila, qui le scrutait d'ailleurs avec de plus en plus d'insistance.

De toute évidence, quelque chose la tracassait, mais elle semblait vouloir tenir sa langue. Avait-elle résolu de lui obéir ou attendait-elle tout simplement son heure ? Puis l'apparition de deux gardes royaux, casque sous le bras, poussa Kell, et par la force des choses Lila, à reculer en hâte dans l'embrasure d'une porte. Lorsqu'ils se remirent en marche après le passage des deux hommes, elle finit par prendre la parole.

— Dis-moi, Kell… les gens du peuple te traitent comme un noble, mais tu évites les soldats comme si tu étais un voleur. Qui es-tu ?

— Ni l'un ni l'autre.

Il aurait donné cher pour qu'elle en reste là, mais espérait en vain.

— Tu es… quoi, une espèce de Robin des Bois ? Un héros pour le peuple mais un hors-la-loi aux yeux de la couronne ?

— Non.

— Tu es recherché ?

— Pas vraiment.

— D'après mon expérience, on est recherché ou on ne l'est pas. Si ce n'est pas le cas, pourquoi te cacher des gardes ?

— Parce qu'ils me cherchent peut-être.

— Et pourquoi ?

— Parce que j'ai disparu.

Il entendit Lila ralentir le pas, puis s'arrêter.

— Et alors, quelle importance pour eux ? Qui es-tu, exactement ?

Il se campa en face d'elle.

— Je te l'ai déjà dit…

— Non, l'interrompit-elle. Qui es-tu ici ? Pour eux ?

Kell hésita. Il n'avait plus qu'une idée en tête : traverser la ville le plus vite possible, récupérer dans sa chambre une relique du Londres blanc et emporter la maudite pierre noire hors de son monde. Mais Lila ne paraissait pas avoir l'intention de reprendre son chemin avant d'avoir obtenu une réponse.

— J'appartiens à la famille royale, expliqua-t-il.

Depuis qu'il connaissait Lila, c'est-à-dire quelques heures seulement, il avait appris qu'il en fallait beaucoup pour l'étonner. Pourtant, à ces mots, elle resta interdite.

— Toi, tu es un prince ?

— Non, nia-t-il fermement.

— Comme la belle gueule dans la calèche ? C'est ton frère ?

— Il s'appelle Rhy, et non, répondit Kell avec une grimace. Enfin… pas vraiment.

— Alors c'est vraiment toi, le prince à l'œil noir ? Je dois avouer que je ne t'aurais jamais pris pour un…

— Je ne suis pas un prince, Lila.

— Mais il faut reconnaître que tu es assez arrogant et…

— Puisque je te dis que…

— Mais que fait un membre de la famille royale…

Kell la poussa contre le mur en brique de la ruelle.

— Je ne suis pas un membre de la famille royale ! gronda-t-il. Je leur appartiens.

— Comment ça ? s'étonna Lila, perplexe.

— Ce sont mes propriétaires. Je suis une de leurs possessions. Un bibelot dans leurs collections. J'ai grandi au palais, mais ce n'est pas chez moi. J'ai été élevé par la reine et le roi, mais ce n'est pas ma famille, nous ne sommes pas parents. J'ai de la valeur à leurs yeux, alors ils me gardent auprès d'eux, mais ce n'est pas la même chose.

Chacune de ces paroles lui coûtait. Il savait qu'il se montrait injuste envers le roi et la reine, qui le traitaient sinon avec amour, du moins avec chaleur, et surtout envers Rhy, qui l'avait toujours considéré comme son frère. Mais après tout, c'était la vérité, même si elle lui faisait de la peine. Malgré toute l'affection qu'ils se portaient réciproquement, il n'en demeurait pas moins une arme, un bouclier, un instrument. Il n'était pas un prince. Et encore moins leur fils.

Lila appuya sur son torse pour le faire reculer et rétorqua, glaciale :

— Pauvre petit chou ! Tu veux qu'on s'apitoie sur ton sort ? Tu as frappé à la mauvaise porte.

— Non, je… intervint-il, furieux, les dents serrées.

— Tu ne te sens peut-être pas chez toi, mais tu as tout de même un toit sur la tête. Ces gens-là ne t'aiment peut-être pas, mais ils te protègent. Tu n'as peut-être pas tout ce que tu désires, mais je parie que tu ne manques de rien, jamais, et tu as l'audace de ne pas en vouloir parce que ce n'est pas de l'amour.

— Je…

— L'amour n'a jamais empêché personne de mourir de faim ou de froid, Kell, ni de se faire poignarder pour trois sous. L'amour ne t'achètera rien, alors remercie Dieu pour ce que tu possèdes et pour les gens qui t'entourent, parce qu'il te *manque* peut-être des choses, mais tu n'as *besoin* de rien.

Elle termina sa tirade hors d'haleine, les yeux brillants et les joues rouges. Et pour la première fois, Kell vit Lila pour ce qu'elle était vraiment : une jeune fille intelligente mais pétrifiée de peur, qui essayait désespérément de rester en vie. Elle avait sans doute connu le froid et la faim. Elle avait dû lutter, et très certainement tuer, pour conserver un semblant d'existence, le protéger comme une flamme dans la tempête.

— Dis quelque chose, le défia-t-elle.

Les poings serrés, Kell la regarda droit dans les yeux.

— Tu as raison.

Cet aveu le laissa étrangement écœuré, comme éviscéré.

Il n'avait plus qu'une envie : rentrer chez lui (et le palais, malgré ses dénégations, était sans doute pour lui bien plus un foyer que Lila n'en avait jamais eu). Laisser la reine lui caresser la joue et le roi poser la main sur son épaule. Prendre Rhy dans ses bras, fêter son anniversaire, l'écouter divaguer, et rire à ses pitreries.

L'intensité de ce désir lui déchirait les entrailles. Mais il ne pouvait pas rentrer chez lui, car il avait commis une terrible erreur qui les mettait, tous jusqu'au dernier, en grand danger. Une erreur qu'il devait absolument réparer. Parce que son devoir était de les protéger. Et parce qu'il les aimait.

Lila le dévisageait toujours, attendant le « mais » – à ceci près qu'il n'y en avait aucun.

— Tu as raison, répéta-t-il. Je suis désolé. À côté de ta vie, la mienne doit te paraître merveilleuse…

— Je *t'interdis* de me plaindre, petit magicien… gronda-t-elle, un couteau dans la main.

Tout à coup, la gamine des rues effrayée avait disparu, remplacée par l'assassin sans scrupule. Kell esquissa un sourire. Impossible d'avoir raison avec elle, mais la voir arborer cet air menaçant lui procurait, étrangement, un immense soulagement. Il leva les yeux vers le ciel, où les nuages bas reflétaient le rouge de l'Île. Un orage approchait. Rhy ne manquerait pas de bouder aussi à cause du temps, comme de tout ce qui aurait nui à la réussite de sa journée.

— Viens, on est presque arrivés.

La voleuse rengaina son couteau et le suivit, cette fois sans le foudroyer du regard.

— Cet endroit où on va, il a un nom ?

— Is Kir Ayes. *Le Champ de rubis.*

Il n'avait pas encore révélé à Lila que son périple s'arrêterait là. Il le fallait. Pour sa tranquillité d'esprit à lui et sa sécurité à elle.

— Qu'est-ce que tu espères y trouver ?

— Une relique pour accéder au Londres blanc.

Dans sa tête, il passa en revue ses étagères et ses tiroirs. Tous les objets issus des différentes villes scintillaient devant ses yeux.

— La taverne est tenue par une femme, Fauna. Vous devriez vous entendre à merveille.

— Pourquoi ?

— Parce que vous êtes toutes les deux…

Il s'apprêtait à dire « têtues comme des mules » quand il tourna au coin de la rue et s'arrêta net.

— C'est *Le Champ de rubis* ? demanda Lila derrière son épaule.

— Oui, répondit Kell tout bas. Ou ce qu'il en reste…

Cendres et fumée. L'auberge, et tout ce qu'elle contenait, avait entièrement brûlé.

IV

L'incendie n'avait rien d'ordinaire.

En règle générale, les flammes ne consumaient pas le métal comme le bois. Et le feu se propageait, contrairement à celui-là. Or, le brasier avait pris la forme exacte de l'auberge – seules quelques flammèches avaient calciné les pavés alentour.

La magie était à l'œuvre là, bien sûr. Et le sort ne remontait pas à très longtemps. Les ruines étaient encore chaudes sous les pieds de Kell et Lila, qui y cherchèrent en vain le plus petit objet ayant résisté aux flammes. L'*Antari* en avait la nausée.

À l'évidence, l'incendie avait tout consumé à une vitesse folle, et son périmètre très circonscrit suggérait l'usage d'un cercle d'enchantement qui n'avait pas simplement contenu les flammes à l'intérieur de l'établissement, mais tout et tout le monde. Combien d'habitués s'étaient retrouvés piégés entre ces murs ? Combien de cadavres reposaient sous les décombres, réduits en os ou même en cendres ?

Kell songea alors, de façon terriblement égoïste, à sa chambre. À toutes ces années passées à collectionner des objets précieux, courants ou étranges – boîtes à musique, médaillons, instruments, ornements – et voilà que tout avait disparu…

La mise en garde de Rhy résonna dans sa tête : *« Alors, mets un terme à ces inepties, sinon c'est moi qui le ferai »* et, l'espace d'un instant, il éprouva du soulagement à l'idée que son trésor ait été volé plutôt que découvert. Puis la réalité des choses le submergea aussitôt. Les responsables de l'incendie n'avaient pas pour but de lui dérober son butin, mais simplement de détruire toutes ses reliques afin de lui barrer la route. Aucun *Antari* ne pouvait voyager sans elles. Ses adversaires cherchaient donc à le prendre au piège, à s'assurer qu'à son retour dans le Londres rouge, il n'aurait plus aucun moyen d'en ressortir.

La minutie de cette mesure de précaution signait le crime de la main de Holland. Cette même main qui lui avait arraché ses pendentifs pour les jeter dans le noir.

Du bout du pied, Lila effleura les restes fondus d'une bouilloire.

— Et maintenant ?

— Il n'y a plus rien ici. On va devoir trouver un autre moyen de se procurer une relique.

Kell laissa glisser entre ses doigts une poignée de cendres, avant de s'essuyer les mains, plongé dans ses pensées. En ville, les détenteurs de reliques issues du Londres blanc se comptaient sur les doigts d'une main, car l'*Antari* préférait de loin échanger des objets venus du monde gris, si original et inoffensif, plutôt que du blanc, perverti et violent. Le roi en personne en possédait une, transmise de souverain en souverain. Fauna aussi en avait réclamé une pour sceller leur accord (mais l'aubergiste, il le craignait, gisait désormais quelque part sous les décombres). Il ne restait donc que Fletcher. Kell grimaça en son for intérieur.

— Je connais un homme.

Cet euphémisme lui évitait d'entrer dans les détails : Kell, alors plus jeune et plus arrogant, avait un jour gagné toute une collection d'objets magiques lors d'une partie de sanct contre ce scélérat et, en gage de réconciliation (s'il se mentait à lui-même) ou en guise de coup bas (s'il était sincère), l'*Antari* avait laissé à son adversaire un pion d'échec issu du Londres blanc.

— Il s'appelle Fletcher et tient une boutique sur les quais. Il possède une relique.

— Eh bien, espérons qu'on n'ait pas non plus brûlé sa boutique.

— J'aimerais bien voir ç...

La phrase mourut sur ses lèvres, car quelqu'un arrivait, un homme qui sentait le sang séché et le métal brûlant. Kell se précipita sur Lila, qui tenta de protester avant qu'il ne lui couvre la bouche d'une main et ne plonge l'autre dans sa poche. Lorsqu'il referma les doigts sur la pierre, le pouvoir déferla dans son sang, dans tout son corps. Il retint son souffle – impossible de s'attarder sur le frisson, à la fois terrifiant et excitant, qui le parcourut de la tête aux pieds. « *La clé, c'est la conviction* », avait affirmé Holland, alors le jeune homme n'hésita pas.

— Cache-nous ! ordonna-t-il au talisman.

Et la pierre obéit. Son chant s'éleva soudain, son pouvoir résonna en Kell et, en un clin d'œil, une fumée noire enveloppa les deux compagnons. Elle se déposa sur eux telle une ombre, un voile, plus épais que l'air mais plus fin qu'un tissu. Kell et Lila se voyaient. Autour d'eux, le monde était toujours parfaitement visible, quoique teinté par le sort. Mieux valait espérer que la pierre avait accompli son devoir, car c'était là leur dernière chance : ils n'avaient plus le temps de s'enfuir.

Holland apparut alors au bout d'une rue transversale. À sa vue, les deux fugitifs se figèrent. Il paraissait un peu chiffonné après l'épisode du Londres gris. Ses poignets étaient à vif sous sa cape froissée, son fermoir en argent terni, son col taché de boue et son expression plus proche de la colère que jamais. Il avait les sourcils froncés, la mâchoire serrée.

Kell sentit la pierre frémir dans sa main. Holland était-il attiré par elle, ou l'inverse ?

L'*Antari* tenait un objet près de ses lèvres : un cristal plat, de la taille et de la forme d'une carte à jouer. Il parlait dans sa langue maternelle, sa voix grave aussi posée qu'à l'accoutumée.

— *Öva sö taro.*

« Il est en ville. » Impossible d'entendre la réponse de son interlocuteur mais, après une pause, il répondit :

— *Kösa.*

« J'en suis sûr. » Il rangea le cristal dans sa poche puis, une épaule appuyée au mur, prit le temps d'examiner les ruines carbonisées de l'auberge, comme perdu dans ses pensées. Ou comme s'il attendait quelque chose.

Mal à l'aise face à ce regard persistant, Lila remua légèrement contre Kell, qui lui appuya la main plus fort sur la bouche.

Holland plissa les yeux. Peut-être réfléchissait-il… ou bien les voyait-il ? Puis il prit la parole en anglais, d'une voix bien trop forte pour n'être en train de s'adresser qu'à lui-même.

— Ils ont crié comme des porcs quand le bâtiment a brûlé. À la fin, ils hurlaient tous, même la vieille femme.

Le jeune *Antari* serra les dents.

— Je sais que tu es là, Kell. Même les débris calcinés ne couvrent pas ton odeur. Et même sa propre magie ne peut pas dissimuler la présence de la pierre. Pas à moi. Elle me lance les mêmes appels qu'à toi, tu sais. Je te retrouverai où que tu sois, alors arrête ces bêtises et montre-toi.

Immobiles, Kell et Lila se tenaient à seulement quelques mètres de lui.

— Je ne suis pas d'humeur à ça.

Son calme habituel laissait place à une pointe d'irritation. Face à l'absence de réactions de ses adversaires, il sortit avec un soupir une montre en argent de sa cape. Celle que Lila avait laissée à Barron. Kell sentit la jeune fille se raidir contre lui tandis que Holland lançait l'objet vers eux. Le bijou rebondit sur les pavés noircis et glissa jusqu'aux restes carbonisés de l'auberge. Il était taché de sang.

— Il est mort à cause de toi, dit Holland à Lila. Parce que tu t'es enfuie. Comme une lâche. As-tu retrouvé ton courage ?

Elle se débattit pour se dégager, mais Kell la plaqua de toutes ses forces contre son torse et ne desserra pas son étreinte, même lorsqu'il sentit des larmes couler sur sa main.

— Non, Lila, lui chuchota-t-il à l'oreille, le souffle court. Pas ici. Pas comme ça.

— Tu vas mourir comme une lâche, Delilah Bard, soupira Holland avant de tirer de sous sa cape un couteau à la lame incurvée. Quand j'en aurai terminé avec vous, vous regretterez tous les deux de ne pas vous être montrés.

Lorsqu'il leva la main, une rafale de vent souleva les cendres de l'auberge au-dessus de leurs têtes. Les yeux fixés sur le nuage de poussière, Kell marmonna une prière.

— C'est votre dernière chance, les prévint Holland.

Devant le silence qui lui répondit, il abaissa la main. Une pluie de cendres retomba. Il était facile de deviner la suite : elle allait révéler leur position en se déposant sur le voile invisible qui les masquait à la vue, et Holland leur sauterait aussitôt à la gorge. La pierre serrée dans la main, il s'apprêtait à recourir de nouveau à son pouvoir quand l'averse rencontra la barrière de protection… et la traversa.

Les débris passèrent à travers l'improbable manteau, puis à travers leur propre corps, comme s'ils n'étaient pas réellement là. Lorsque les dernières cendres se déposèrent sur les ruines, Holland se renfrogna de plus belle. Pour Kell, le spectacle de sa frustration était une (toute petite) consolation. L'*Antari* blanc pouvait certes les sentir, mais pas les voir.

Une fois la brise retombée, comme Kell et Lila ne bougeaient pas une oreille, Holland finit par douter de lui-même. Il rengaina son poignard et s'éloigna à grands pas, sa cape tourbillonnant derrière lui.

Dès qu'il fut parti, Kell ouvrit les bras. La voleuse s'arracha à son étreinte et à l'influence du sort pour se précipiter sur l'objet en argent.

— Lila…

Elle ne parut pas l'entendre. Était-ce parce qu'elle avait quitté leur linceul protecteur ou parce que son monde s'était réduit à une petite montre ensanglantée ? Elle mit un genou en terre pour la ramasser de ses doigts tremblants.

Kell s'approcha d'elle et voulut poser la main sur son épaule, en vain : la paume du magicien passa au travers du corps de sa camarade. Il avait donc vu juste. La barrière les rendait non seulement invisibles, mais aussi incorporels.

— Révèle-moi, ordonna-t-il au talisman.

Une vague d'énergie traversa son corps et, l'instant d'après, le voile se dissipa. En s'agenouillant à côté de Lila, Kell s'émerveilla : la magie se manifestait sans demander aucun effort et, pour la première fois, un sort acceptait d'être brisé. Comme ils ne pouvaient pas rester là, exposés au danger, il prit Lila par le bras et demanda de nouveau à la pierre, cette fois en silence, de les dissimuler à la vue. Elle obéit, et le linceul réapparut.

Sous sa main, il sentait Lila trembler. Il aurait voulu la rassurer – Holland n'avait peut-être pris que la montre et pas la vie de Barron – mais se refusait à lui mentir. Malgré sa personnalité complexe et mystérieuse, Holland était tout sauf sentimental. S'il avait un jour éprouvé de la compassion, ou fait preuve de clémence, Athos lui en avait depuis longtemps ôté l'envie en le privant de son âme. Holland était sans pitié, et Barron passé de vie à trépas.

— Lila… murmura Kell. Je suis désolé.

Elle se releva, le précieux souvenir serré entre ses doigts, se refusant à le regarder dans les yeux. La colère et le chagrin se lisaient sur son visage.

— Quand tout ça sera terminé, je lui trancherai moi-même la gorge.

Après avoir glissé la montre dans un repli de sa cape, elle poussa un soupir encore frémissant.

— Bon, où se trouve ce fameux Fletcher ?

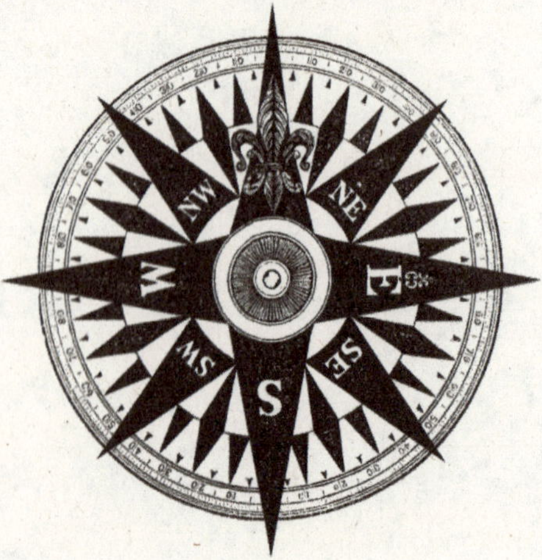
NW
NE
W
E
SW
SE
S

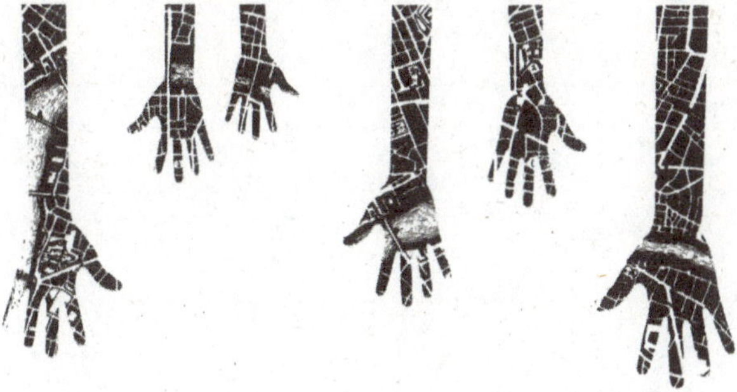

DIXIÈME CHAPITRE

UNE TOUR BLANCHE

I

Booth commençait à perdre forme humaine.

Dans ce Londres gris et morne, le corps de l'ivrogne n'avait pas tenu très longtemps, au grand dam de ce qui le rongeait de l'intérieur. La magie n'y était pour rien : elle trouvait à peine de quoi se nourrir, de quoi alimenter sa flamme. Les habitants de ce monde ne possédaient qu'une maigre étincelle de vie. Une chaleur insignifiante et si éphémère. Sitôt qu'il s'emparait d'une enveloppe charnelle, elle se consumait en un rien de temps : sang et os devenaient peau et cendre.

Booth baissa sur ses doigts carbonisés des yeux noirs comme la nuit. Avec un si piètre combustible, il ne durait pas et ne pouvait donc pas se propager correctement.

Ce n'était pas faute d'avoir essayé. Il avait laissé dans son sillage une succession de coquilles vides le long des quais, saccagé le quartier de Southwark en à peine une heure.

Même son corps actuel, trouvé dans la ruelle près de la taverne et un peu plus résistant, commençait à se désagréger. La tache noire sur le devant de sa chemise palpitait pour retenir en lui un maigre reste de vie.

Il n'aurait peut-être pas dû poignarder l'ivrogne, mais c'était l'accès le plus rapide.

Avec cette enveloppe défaillante et sans aucune perspective, sa situation devenait fâcheuse. Il était en voie de décomposition.

Des lambeaux de peau se détachaient de lui à chacun de ses pas. À sa vue, les passants s'éloignaient aussitôt hors de portée, comme si ce qui le dévorait était contagieux. C'était le cas, bien sûr. La magie était une magnifique maladie. À condition que ses hôtes soient assez solides. Assez purs. Contrairement aux habitants de ce monde.

Il continua de marcher, ou plutôt de clopiner, à travers la ville. Sa carapace ne renfermait plus que des braises de vie, qui se refroidissaient.

Dans son désespoir, il se sentit attiré par son point de départ : *Le Jet de pierre*. Il s'interrogea sur l'attraction qu'exerçait sur lui cette curieuse petite auberge, telle une miette de chaleur dans une ville désespérément froide. Une étincelle de lumière, de vie, de magie. S'il parvenait à se traîner jusque-là, il y trouverait peut-être de quoi rallumer la flamme.

Obnubilé par cette idée, il ne remarqua ni l'homme debout devant la porte de la taverne, ni la calèche qui approchait à vive allure au moment où son enveloppe charnelle descendait du trottoir.

Edward Archibald Tuttle attendait devant *Le Jet de pierre*, contrarié.

À cette heure-là, la taverne aurait dû être ouverte, mais la porte en était toujours verrouillée, les volets fermés, et un curieux silence semblait régner à l'intérieur. Il consulta sa montre à gousset. Midi passé. Étrange. *Louche… et même funeste*, se dit-il. Il passa en revue les raisons possibles pour ce retard – toutes lugubres, bien entendu.

D'après sa famille, il avait une imagination bien trop fertile, mais lui soutenait au contraire que c'étaient les autres qui manquaient tout simplement de vision. Ils n'avaient pas l'intuition magique que lui, de toute évidence, possédait. Ou, du moins, cherchait à développer. Ou, pour tout dire, avait craint de ne jamais trouver au point de finir par douter (même s'il refusait de l'admettre) de son existence.

Jusqu'à sa rencontre avec le voyageur, le célèbre magicien connu sous le nom de Kell. Cette rencontre, unique et singulière, avait ravivé sa foi, désormais plus ardente que jamais.

Edward avait donc obéi à l'injonction de son nouvel ami et fréquenté assidûment *Le Jet de pierre* dans l'espoir de recevoir des mains du mage le sac de terre promis. Il était déjà venu la veille et reviendrait le lendemain, ainsi que les jours suivants, jusqu'au retour de l'illustre personnage.

En attendant, Ned – car c'était ainsi que l'appelaient ses amis et sa famille – se racontait des histoires, imaginant la forme et le déroulement de cette deuxième rencontre. Les détails changeaient, mais jamais la fin : dans chaque version, le magicien inclinait la tête et considérait l'apprenti-sorcier de son œil noir.

— Edward Archibald Tuttle… Puis-je vous appeler Ned ?

— Mais je vous en prie, tous mes amis le font.

— Eh bien, Ned, je discerne en vous un talent disons-le exceptionnel…

Kell insistait alors pour devenir son mentor ou, mieux encore, son associé. Ensuite, le fantasme tournait souvent à l'éloge éhonté.

Sur le perron du Jet de pierre, le jeune homme rêvait tout éveillé, les poches remplies de bibelots et de pièces de collection – bref, de tout un éventail de paiements susceptibles de plaire au magicien. Mais Kell n'était pas venu, et la taverne semblait bel et bien fermée. Après une vaine tentative pour déverrouiller la porte – assortie d'un murmure qui tenait à la fois du sort, de la prière et de l'ineptie –, Ned s'apprêtait à aller patienter quelques heures dans un établissement ouvert quand il entendit un fracas dans la rue derrière lui.

Hennissements de chevaux et crissements de roues se mêlèrent. Plusieurs cageots de pommes dégringolèrent d'une charrette en perdition, dont le conducteur tira sur les rênes d'un coup sec. Le pauvre homme semblait plus effrayé que ses bêtes. Ned s'approcha à grands pas.

— Que se passe-t-il ?

— Bon sang ! J'ai renversé quelqu'un !

— Je ne crois pas, dit Ned après avoir regardé autour de lui.

— Il est passé sous la carriole ? Oh mon Dieu ! Je ne l'ai pas vu…

Mais lorsqu'il s'agenouilla pour regarder sous le véhicule et entre ses roues, Ned ne vit sur les pavés qu'une traînée de suie, qui rappelait d'ailleurs curieusement une silhouette, déjà emportée par la brise. Un petit tas de poussière sembla bouger, puis s'effrita avant de s'envoler à son tour. *Étrange… et même inquiétant*, se dit-il. Le souffle court, il tendit la main vers le résidu de poudre noire, craignant de le voir s'animer à son contact, mais… rien. Après en avoir testé la consistance entre son pouce et son index, il se releva, déçu.

— Il n'y a personne, l'ami.

— Je vous jure que j'ai vu quelqu'un. Juste là.

— Vous avez dû vous tromper.

Le conducteur secoua la tête en marmonnant, puis descendit recharger les cageots. Il jeta deux ou trois coups d'œil sous sa charrette histoire d'en avoir le cœur net.

Ned leva dans la lumière sa main enduite de particules noires. Il avait senti, ou cru sentir, un vague picotement, une sorte de chaleur, mais la sensation avait aussitôt disparu. Il renifla la suie et éternua vivement, puis essuya ses doigts sur la jambe de son pantalon avant de s'éloigner dans la rue d'un air rêveur.

II

Kell et Lila se dirigeaient vers les quais, invisibles aux yeux des passants. Non seulement invisibles, mais aussi intangibles. Déjà, au milieu des ruines de l'auberge, la pluie de cendres était passée à travers leur corps, et la main de Kell à travers l'épaule de Lila. À présent, les badauds ne pouvaient ni les sentir ni les entendre. Comme si, sous le linceul, ils n'appartenaient plus à cet univers. Le monde extérieur ne pouvait pas les toucher, mais le phénomène semblait réciproque. La tentative de Lila de voler une pomme sur un étal s'était soldée par un échec : sa main avait traversé le fruit, ou le fruit sa main. Le voyageur et la voleuse étaient comme des fantômes dans une ville débordante de vie.

Le sortilège était puissant, même pour un monde aussi baigné de magie que le Londres rouge. L'énergie du talisman vibrait à travers Kell, tel un second pouls. Une petite voix dans sa tête ne cessait de le mettre en garde contre le pouvoir qui coulait désormais dans ses veines, mais il en fit bien peu de cas. Pour la première fois depuis le guet-apens, il ne se sentait plus ni affaibli ni pris de vertige à la moindre occasion. Il s'accrochait

donc à cette force nouvelle autant qu'à la pierre elle-même.

Silencieuse depuis qu'ils avaient laissé derrière eux les décombres de la taverne, Lila tenait Kell d'une main et la montre de l'autre. Quand elle sortit enfin de son silence, elle parla tout bas, d'une voix acerbe.

— Ne va pas croire que Barron était mon père ou mon oncle. Je n'ai aucun lien de sang avec lui. Il n'était pas de ma famille.

Ces paroles sonnaient creux. Son visage crispé de chagrin et ses yeux humides (qu'elle frottait quand elle croyait qu'il regardait ailleurs) disaient tout autre chose. Mais il la laissa mentir. Il n'avait pas oublié les remarques cinglantes de la voleuse sur ses liens complexes avec la famille royale, aussi se risqua-t-il à demander :

— Tu en as une ? De famille ?

— Non. Ma mère est morte quand j'avais dix ans.

— Et ton père ?

Lila éclata d'un petit rire sans joie.

— Mon père, dit-elle comme si ce mot était une insulte. La bonne blague ! La dernière fois que je l'ai vu, il a essayé de vendre mon corps pour payer son ardoise.

— Je suis désolé.

Le sourire tranchant de Lila parvint à ressurgir.

— Il ne faut pas. J'ai tranché la gorge du client avant qu'il ait le temps d'enlever sa ceinture.

Kell se raidit. Elle poursuivit sur un ton désinvolte :

— J'avais quinze ans. Je me rappelle avoir été étonnée par tout ce sang qui n'arrêtait pas de couler…

— C'était la première fois que tu tuais quelqu'un ?

Le sourire de la jeune fille se fit triste.

— Oui. Mais l'avantage, c'est qu'on s'y habitue.

— On ne devrait pas.

— Et toi, tu as déjà tué ?

Le visage de Kell se rembrunit un peu plus encore, si c'était possible.

— Oui.

— Et ?

— Et quoi ?

Il pensait qu'elle allait lui demander qui, où, quand ou comment. Mais non. Elle lui demanda pourquoi.

— Parce que je n'avais pas le choix.

— Et ça t'a plu ?

— Tu plaisantes, j'espère ?

— À moi, oui, avoua-t-elle avec une pointe d'amertume. Enfin, pas le sang, les gargouillis, les yeux vides du cadavre, bien sûr. Mais quand j'ai décidé de sauter le pas, quand j'ai enfoncé ma lame dans sa chair, en voyant que j'en étais capable, je me suis sentie… puissante. (Elle scruta le visage de Kell.) C'est ce qu'on ressent, avec la magie ?

Peut-être dans le Londres blanc, où chacun manie le pouvoir comme une arme pour parvenir à ses fins… songea-t-il.

— Non. Rien à voir, Lila. Ça, c'est juste un meurtre. La magie…

Il s'interrompit et ralentit le pas, distrait par la table de divination la plus proche, soudain plongée dans le noir.

Toute la matinée, les panneaux d'ardoise fixés aux lampadaires et aux devantures des magasins avaient notifié au bon peuple de Londres les festivités organisées pour l'anniversaire de Rhy, égrené le détail des défilés, fêtes publiques, festivals et bals privés de la journée et

Mais ce qu'il est advenu du Londres noir et du reste de son monde, on ne peut que le deviner. La magie a besoin d'un hôte vivant pour s'épanouir – elle ne peut prospérer qu'en présence de vie. Elle a sans doute rongé les habitants de l'intérieur les uns après les autres, avant de finir par manquer de combustible, ne laissant derrière elle que désolation. Mais ce n'est pas une certitude. Avec le temps, le Londres noir est devenu une histoire de fantômes. Une légende. Racontée si souvent que certains n'y croient même plus.

— Mais la pierre…

— Ne devrait pas exister. Une fois les passages condamnés, toutes les reliques du Londres noir ont été détruites, par précaution.

— À l'évidence, pas toutes.

— Le Londres blanc s'est pourtant montré le plus zélé, car ses habitants craignaient que les barrières ne résistent pas, que la magie vienne les consumer à leur tour. Leur purge ne s'en est pas tenue aux objets. Ils ont tranché la gorge de tous ceux qu'ils soupçonnaient de posséder, ou simplement d'être entrés en contact avec la puissance du Londres noir.

Kell porta ses doigts à son œil noyé de ténèbres.

— On raconte que certains ont pris la marque des *Antari* pour une preuve de cette corruption et les ont capturés sous le couvert de la nuit. Toute une génération massacrée avant qu'on se rende compte que, sans les portails, les magiciens de sang représentaient la seule possibilité de communiquer avec les autres mondes… Mais tu as raison, à l'évidence, toutes les reliques n'ont pas été détruites.

— Là-bas, il paraît que la magie coulait non seulement dans le sang, mais en toute chose, comme une deuxième âme. Trop puissante, elle a fini par conquérir ses hôtes et prendre le pouvoir. C'est que l'univers repose sur un équilibre entre humanité et magie. Tout être vivant possède les deux, et dans un monde parfait, une certaine harmonie règne entre eux. Mais la perfection n'est pas de ce monde. Dans le Londres gris, le tien, l'humanité l'a emporté sur la magie. Mais dans le noir, c'est l'inverse qui s'est produit. Ses habitants l'ont laissée envahir non seulement leur corps, mais aussi leur âme. Alors elle s'est emparée d'eux et a dévoré leur force de vie afin d'alimenter sa propre puissance. Ils sont devenus de simples réceptacles, des instruments soumis à sa volonté. À travers eux, elle a transformé les rêves en réalité, brouillé les frontières, oublié toutes limites. Elle a créé, encore et encore, puis corrompu et détruit.

Lila ne répondit rien. Elle écoutait en silence, sans cesser d'arpenter la chambre.

— La magie s'est répandue comme la peste, poursuivit Kell. Les trois autres mondes se sont repliés sur eux-mêmes et ont refermé leurs portes pour éviter toute contagion.

Il ne précisa pas que c'était la rupture du Londres rouge avec ses voisins qui les avait contraints à sceller à leur tour les portails entre les univers. Que le Londres blanc s'était retrouvé coincé entre ces passages définitivement condamnés et le Londres noir, forcé de résister seul à sa magie dévorante.

— Avec le contrôle des sources et la fermeture des portes, les trois villes restantes, isolées, ont commencé à diverger, pour finir par prendre leur forme actuelle.

de la semaine. Quand tous les affichages de la rue s'éteignirent en même temps, Kell s'attendait à une simple mise à jour des annonces. Mais un seul mot s'y inscrivit soudain :

DISPARU

Sous les grosses lettres blanches qui clignotaient en haut de chaque écriteau apparut un portrait de Kell. Cheveux auburn, œil noir, manteau aux boutons d'argent. Et sous son visage au regard fixe, qui bougeait imperceptiblement mais sans sourire, s'étalait un second message :

RÉCOMPENSE OFFERTE

Sanct! L'intéressé s'arrêta si brusquement que Lila se cogna contre lui.

— Qu'est-ce qui se passe ? demanda-t-elle avant de découvrir à son tour le panneau. Oh…

À quelques mètres d'eux, un vieil homme lisait l'annonce, sans savoir que l'individu porté disparu se tenait juste derrière lui. Sous l'image tremblotante de Kell, un cercle vide se dessina à la craie. À côté, on pouvait lire les instructions suivantes :

Si vous l'apercevez, appuyez ici.

Le jeune magicien poussa un chapelet de jurons à mi-voix. Comme si Holland ne suffisait pas, voilà qu'à présent toute la ville s'apprêtait à lui donner la chasse. Et lui comme Lila ne pourraient pas rester éternellement invisibles, car sous le voile, impossible ne serait-ce que d'effleurer une relique, et encore moins de s'en servir.

— Allez, viens.

Il pressa le pas pour traîner Lila jusqu'aux quais. L'expression renfrognée du visage du jeune homme les poursuivait où qu'ils aillent. Sur la porte fermée de la boutique de Fletcher, un petit écriteau indiquait « *Renache* », « Absent ».

— On l'attend ? demanda Lila.

— Pas ici.

La porte en bois, sans doute enchantée, comportait trois verrous, mais ils n'avaient pas besoin de l'ouvrir. Ils la traversèrent, comme ils avaient traversé une bonne demi-douzaine de passants dans la rue.

Ce n'est qu'une fois en sécurité à l'intérieur de la boutique que Kell demanda à la pierre de dissiper la barrière. Encore une fois, elle obéit sans protester, et le sort s'atténua avant de disparaître. À mesure que le voile glissait de leurs épaules, la pièce leur paraissait plus nette. *C'est une affaire de conviction*, ruminait le jeune *Antari*. Holland avait raison : il fallait garder le contrôle. Et Kell y était parvenu.

Lila lui lâcha la main, mais se figea à sa vue.

— Kell…

— Qu'y a-t-il ?

— Pose la pierre.

Incrédule, il baissa les yeux sur le talisman et retint son souffle. Depuis le dos de sa main jusqu'à son coude, ses veines avaient foncé, à tel point qu'elles se détachaient comme des lignes dessinées à l'encre sur sa peau claire. Le pouvoir qu'il avait senti palpiter en lui ne faisait rien d'autre, justement : il s'était glissé dans ses artères et obscurcissait son sang. Abusé par son regain d'énergie, concentré sur le sort de dissimulation, il n'avait pas perçu – ou s'était refusé à remarquer – la chaleur de la magie répandue dans son bras tel un poison. Tout le problème était là. Kell n'était pas né de la dernière pluie. Il savait quel danger représentait la pierre, et pourtant, alors même qu'il découvrait ses veines noircies, ce péril lui semblait étrangement lointain. Un calme rassurant s'insinuait peu à peu en lui en même temps que la magie du talisman. Tout irait bien tant qu'il gardait la…

Une lame s'enfonça dans le poteau à côté de sa tête. Il reprit aussitôt ses esprits.

— Tu es devenu sourd ? grommela Lila, qui sortait déjà un autre couteau. J'ai dit : pose la pierre.

Avant que l'illusoire sérénité ne puisse l'emporter de nouveau, Kell se força à lâcher le joyau. Au début, son bras resta crispé, comme engourdi par la chaleur anesthésiante de la roche. De son autre main, intacte, il tira de toutes ses forces sur ses doigts, qui finirent enfin, malgré leur réticence, par obtempérer.

Lorsque le talisman tomba, les jambes du magicien se dérobèrent sous lui. Il se raccrocha au rebord d'une table, le souffle court, la vision trouble. Il n'avait pas senti la pierre aspirer son énergie, mais à présent, il se sentait éteint, vidé. Glacé jusqu'aux os.

La roche brillait sur le parquet, son bord dentelé taché de sang là où Kell l'avait serrée trop fort. Il dut résister de toutes ses forces pour ne pas la ramasser. Malgré les conséquences, il brûlait de la tenir dans ses mains. Certains hommes, tapis dans les recoins les plus sombres de Londres, recherchaient ce genre d'euphorie, cette sensation de puissance brute, mais Kell n'avait jamais été de ceux-là. Le pouvoir, il en avait toujours eu à revendre, jusque-là. Pourtant, à ce moment précis, ses veines, en manque, avaient soif de magie. Avant qu'il ne perde à nouveau le contrôle, Lila s'agenouilla à côté de la pierre.

— Petite maligne, murmura-t-elle en tendant le bras vers le joyau.

— Ne… commença Kell.

Mais elle tenait dans la main son mouchoir, qu'elle utilisa pour ramasser la roche et la glisser dans sa poche.

— Il faut bien que quelqu'un la garde. Et à mon avis, il vaut mieux que ce soit moi.

Il resta cramponné à la table tandis que la magie quittait son corps. Les veines de son bras s'éclaircirent peu à peu.

— Toujours avec nous ? demanda Lila.

Il hocha la tête, atterré. La pierre était un poison dont ils devaient à tout prix se débarrasser.

— Ça va.

— Oui, c'est la grande forme, ça crève les yeux.

Kell s'effondra dans un fauteuil avec un profond soupir. Sur les quais, la fête battait son plein. Des feux d'artifice ponctuaient une succession d'airs entraînants entrecoupés d'acclamations. Le vacarme leur parvenait presque intact, à peine étouffé par les murs de la boutique. Lila se mit à fouiller dans un placard.

— Il est comment, le prince ?

— Rhy ? Il est… charmant et gâté, généreux, volage et hédoniste. Il flirte avec tout ce qui bouge et ne prend jamais rien au sérieux.

— Il s'attire autant d'ennuis que toi ?

— Oh, beaucoup plus ! sourit Kell. Crois-le ou non, c'est moi le plus responsable des deux.

— Mais vous êtes proches, non ?

Le visage de Kell retrouva son sérieux, et il lui fit signe qu'elle avait vu juste.

— Le roi et la reine ne sont peut-être pas mes parents, mais Rhy, lui, est mon frère. Je mourrais pour lui. Je tuerais, même. Et je l'ai déjà fait.

— Ah oui ? s'étonna Lila, qui admirait un chapeau sous tous les angles. Raconte.

— Ce n'est pas une histoire très réjouissante.

— Ça me donne encore plus envie de l'entendre.

Kell la contempla un instant, poussa un autre soupir et baissa les yeux sur ses mains croisées.

— Rhy a été enlevé à l'âge de treize ans. On jouait à un jeu idiot dans la cour du palais quand ils l'ont emmené. Enfin, le connaissant, il a peut-être accepté de les suivre de son plein gré, au moins au départ. Petit, il a toujours été beaucoup trop confiant…

Lila déposa le couvre-chef à côté de son siège.

— Que s'est-il passé ?

— Il fait bon vivre dans le monde rouge. La famille royale est généreuse et juste. La plupart de ses sujets sont heureux. Mais j'ai visité les trois Londres, et il faut bien reconnaître que partout il y a de la souffrance, d'une manière ou d'une autre.

Il songeait à l'opulence de la couronne, à sa fortune éblouissante, aux sentiments que cette richesse devait inspirer aux plus démunis. Ceux qui avaient été privés de magie en punition d'un crime, comme ceux qui à la naissance en étaient dénués. Comment ne pas se demander… Que serait devenu Rhy Maresh s'il n'était pas né prince ? Où serait-il ? Mais bien sûr, il se serait probablement sorti de n'importe quelle situation à grand renfort de charme et de sourires. Il savait y faire, le bougre.

— Mon monde déborde de magie, reprit-il. Les citoyens qui en sont dotés en récoltent les fruits, mais la famille royale veut croire que c'est le cas de tous. Que leur générosité s'étend à tous ses sujets. Mais j'ai vu les bas quartiers de la ville… Dans ton monde, la magie est rare, un objet de curiosité. Dans le mien, son absence est tout aussi étrange. Ceux qui ne possèdent aucun pouvoir sont souvent considérés comme indignes, et traités comme des moins que rien. Ici, les habitants croient que la magie choisit les chemins qu'elle emprunte, qu'elle juge de la valeur des hommes, et qu'eux aussi peuvent l'imiter. C'est ce qu'on appelle l'*Aven Essen*. L'équilibre divin.

Ce système de valeurs faisait de Kell l'élu de la magie, mais le jeune homme, lui, en doutait profondément. De son point de vue, n'importe qui aurait tout aussi bien pu se réveiller – ou naître – avec la marque *Antari*, et être accueilli à sa place dans le luxuriant palais rouge.

— Nous vivons avec éclat. Pour le meilleur et pour le pire, notre ville déborde de vie, de lumière. Et là où il y a de la lumière… Bref, il y a plusieurs années, un groupe s'est formé. Une poignée d'hommes et de femmes, certains doués de pouvoir, d'autres non. Ils se sont donnés le nom d'Ombres. À les écouter, la ville consumait sa magie avec trop d'ardeur et la gaspillait. À leurs yeux, Rhy n'était pas un petit garçon innocent, mais le symbole de toutes ces dérives. Alors ils l'ont enlevé. J'ai appris plus tard qu'ils comptaient le pendre aux portes du palais. Heureusement, par tous les saints, qu'ils ne sont pas parvenus à leurs fins.

» J'avais quatorze ans quand c'est arrivé, un an de plus que Rhy, et je ne maîtrisais pas encore mes pouvoirs. Quand le roi et la reine ont appris l'enlèvement de leur fils, ils ont envoyé la garde royale fouiller la ville. Toutes les tables de divination, celles des jardins publics comme celles des demeures privées, appelaient à retrouver le prince. Mais au fond de moi, je savais qu'ils n'y arriveraient pas. Je le sentais dans ma chair. Alors je suis allé dans la chambre de Rhy. Le palais était désert, presque tout le monde participait aux recherches. J'ai trouvé un de ses jouets préférés, un petit cheval en bois qu'il avait sculpté, de la taille de ma paume. Si j'avais déjà créé des passages à partir d'un objet, c'était toujours pour atteindre un endroit, jamais encore une personne. Mais il existe un mot *Antari* qui signifie « trouver ». Je me suis dit que ça marcherait. Il le fallait. Et j'avais vu juste. Le mur de sa chambre s'est ouvert sur la cale d'un bateau. Rhy était allongé sur le sol. Mais il ne respirait plus.

Lila inspira brusquement, surprise – l'air siffla entre ses dents. Elle n'interrompit pas Kell pour autant.

— On m'avait appris de nombreuses incantations de sang différentes. *As Athera*, grandis. *As Pyrata*, brûle. *As Illumae*, allume. *As Travars*, traverse. *As Orense*, ouvre. *As Anasae*, dissipe. *As Hasari*, guéris. Alors j'ai tout tenté pour le guérir. Je me suis entaillé la main, je l'ai posée sur son torse et j'ai prononcé la formule. Mais elle n'a pas fonctionné.

Kell n'oublierait jamais cette vision : Rhy, étendu sur le plancher humide, blême et immobile. L'une des seules occasions de sa vie où son frère lui avait paru petit.

— Je ne savais pas quoi faire. J'ai cru que je n'avais pas utilisé assez de sang, alors je me suis taillé les veines.

Sous le regard inébranlable de Lila, il baissa les yeux sur ses poignets, striés de cicatrices presque invisibles désormais.

— Je me revois agenouillé au-dessus de lui – une douleur sourde montait le long de mes bras –, les mains appuyées sur sa poitrine, répétant en boucle la formule. *As Hasari, As Hasari, As Hasari.* Ce que j'ignorais à l'époque, c'est qu'un sort de guérison prend toujours du temps, même dans le cas d'une incantation de sang. En fait il faisait déjà effet : il avait commencé à fonctionner dès la première invocation. Au bout de quelques instants, Rhy s'est réveillé.

Kell eut un sourire triste avant de poursuivre :

— Il a levé les yeux et m'a vu accroupi au-dessus de lui, saigné aux quatre veines. Il n'a pas cherché à savoir ce qui s'était passé ni où on était. Non, il a touché son torse baigné de sang et m'a demandé : « C'est le tien ? Tout ça, c'est le tien ? » Et quand j'ai acquiescé, il a éclaté en sanglots. Ensuite, je l'ai ramené à la maison.

Quand il releva la tête, Lila le fixait, les yeux écarquillés.

— Mais qu'est-ce qui est arrivé aux Ombres ? finit-elle par demander comme il n'ajoutait rien. Ses ravisseurs ? Ils se trouvaient à bord du bateau ? Tu es retourné les chercher ? Tu leur as envoyé la garde royale ?

— Oui. Le roi et la reine les ont tous retrouvés. Et Rhy les a graciés.

— Quoi ? s'étrangla Lila. Alors qu'ils avaient tenté de le tuer ?

— C'est mon frère tout craché. Il est têtu comme une mule et n'utilise pas assez sa tête, mais c'est un bon prince. Il possède une qualité rare : l'empathie. Il a pardonné à ses ravisseurs, car il comprenait les raisons de leur acte, s'imaginait leur souffrance. Et puis… il était persuadé qu'ils ne récidiveraient pas. (Kell baissa les yeux.) Je m'en suis assuré, ajouta-t-il.

Le sens de cette phrase ne laissait pas de place au doute. La jeune fille fronça les sourcils.

— Mais tu as dit…

L'*Antari* se leva.

— J'ai dit que Rhy leur avait pardonné. Pas moi.

Le regard de Lila ne trahissait ni choc ni effroi, mais un certain respect. Kell se leva, se massa le cou et épousseta son manteau.

— Je crois qu'on ferait mieux de commencer à chercher.

Elle aurait voulu poursuivre, mais il lui fit bien comprendre que la conversation était terminée. Il se mit à inspecter les étagères et armoires pleines à craquer.

— Qu'est-ce qu'on cherche ? finit-elle par demander.

— Une pièce d'échec, une tour blanche.

III

Kell avait fouillé les ruines du Champ de rubis, mais sans s'aventurer dans la ruelle où, après l'attaque de la veille, il avait abandonné deux cadavres. Sinon il aurait découvert que l'un d'eux, l'assassin encastré dans la pierre, manquait à l'appel.

Ce même tueur à gages se promenait à présent dans la rue en fredonnant. Il se délectait de la chaleur du soleil et des sons lointains de la fête.

Son corps n'allait pas très bien. Certes, il s'en était beaucoup mieux tiré que son autre enveloppe charnelle : l'ivrogne du Londres gris n'avait pas tenu le coup très longtemps. Cette coquille-ci avait mieux résisté mais, déjà carbonisée à l'intérieur, elle commençait à noircir à l'extérieur. Les ténèbres qui se répandaient dans ses veines entachaient peu à peu sa peau. Il ressemblait de moins en moins à un homme, et de plus en plus à un morceau de bois calciné.

Rien de surprenant à ça. Après tout, il avait été très occupé. La veille au soir, il avait d'abord été attiré par les lumières vives de cette maison de joie… Une femme l'attendait sur le seuil, avec un sourire peint sur le visage et des cheveux couleur de feu – couleur de vie. Elle avait relevé ses jupons au-dessus de ses genoux et ronronné dans la douce langue arnésienne :

— *Avan, res nastar.* Tu entres ?

Et il ne s'était pas fait prier. Les pièces de l'assassin tintaient dans sa poche. Il l'avait suivie le long d'un couloir plus sombre encore que la nuit qui régnait à l'extérieur tout en savourant la sensation de cette main – ou plus exactement de son pouls – dans la sienne. Si elle l'avait regardé dans les yeux, elle aurait remarqué qu'ils étaient encore plus foncés que le corridor. Mais elle restait concentrée sur ses lèvres, son col, sa ceinture.

Il ne maîtrisait pas encore tout à fait son nouveau corps, mais il parvint à appuyer ses lèvres gercées sur celles, plus douces, de la femme. La braise d'une flamme noire, pure, passa entre eux. L'inconnue frissonna.

— *As Besara*, lui souffla-t-il à l'oreille.

« Prends. » Après l'avoir déshabillée, il l'embrassa avec passion. Les ténèbres se glissèrent tout contre la langue de la femme puis s'insinuèrent dans sa tête, enivrantes. Le pouvoir… Tout le monde le convoitait, trop anxieux de se rapprocher de la magie, de sa source. Elle s'ouvrit à cette puissance nouvelle, s'ouvrit à lui. Leurs nerfs vibrèrent tandis que la magie les emportait, se repaissait du flot de vie, de leur sang, de leurs corps. Il avait pris l'enveloppe charnelle de l'ivrogne, Booth, par la force, mais mieux valait un hôte consentant. Ils avaient tendance à durer plus longtemps…

— *As Herena*, chuchota-t-il en poussant d'une main douce la femme en arrière sur le lit.

« Donne. »

— *As Athera*, gémit-il.

« Grandis. » Il s'empara d'elle et elle le laissa faire. Ils se mouvaient en parfaite harmonie, comme s'ils ne faisaient plus qu'un, leurs cœurs battant de concert. Il déversa en elle sa magie. À la fin, quand la femme rouvrit les yeux, ses prunelles d'un noir brillant étaient désormais le parfait miroir des siennes. La chose qui s'était emparée d'elle étira ses lèvres rougies en un rictus difforme.

— *As Athera*, répéta-t-elle avant de se glisser hors du lit.

Tous deux se mirent en marche – une seule âme dans deux corps – d'abord dans la maison de joie, puis dans la nuit.

Oui, il avait été bien occupé. Il sentait la contagion – c'est-à-dire lui-même – s'étendre à travers la ville à mesure qu'il se dirigeait vers le pouls battant du fleuve rouge, source de magie et de vie, promesse de festin.

IV

La boutique de Fletcher était agencée comme un labyrinthe, où seule cette satanée vipère savait se repérer. Kell venait de passer dix minutes à fouiller divers tiroirs où l'attendaient une multitude d'armes et de breloques, et même une inoffensive ombrelle, en vain. Pas la moindre tour blanche à l'horizon. Il jeta le parasol avec un grognement.

— Tu ne peux pas utiliser la magie pour trouver cette fichue relique ? demanda Lila.

— Toute la boutique est protégée contre les sorts de localisation. Et contre le vol, alors remets ça à sa place.

Elle reposa sur le comptoir le colifichet qu'elle s'apprêtait à subtiliser, puis examina le contenu d'une vitrine.

— Alors, ce Fletcher et toi, vous êtes amis ?

— Pas vraiment, répondit-il.

Le visage du prêteur sur gages après sa défaite aux cartes avait laissé peu de place au doute.

— Tant mieux. C'est plus drôle de voler ses ennemis.

« Ennemis » était le bon terme. Le plus curieux, c'était qu'ils auraient pu devenir associés.

— *Un contrebandier et un receleur. On ferait une belle équipe*, s'était exclamé Fletcher.

— *Pas intéressé, désolé*… avait rétorqué Kell.

Mais quand l'*Antari* avait compris qu'il allait gagner la partie, il avait eu l'audace d'appâter son adversaire :

— Anesh. *Si tu gagnes, je travaillerai pour toi.*

Le sourire carnassier, Fletcher avait tiré une dernière carte. L'écho de cette expression sur le visage, Kell avait joué sa main et tout raflé, pour ne laisser au prêteur sur gages qu'un ego meurtri et une petite pièce d'échec blanche.

« *Sans rancune.* » La bonne blague…

Il continuait méthodiquement de retourner la boutique en jetant à intervalles réguliers un coup d'œil vers la porte. Sur la table de divination, son propre visage les observait.

DISPARU

Lila, de son côté, était tombée en arrêt devant une carte encadrée. Elle plissait les yeux et fronçait les sourcils, contrariée et perplexe.

— Qu'est-ce qu'il y a ?

— Où est Paris ? demanda-t-elle, un doigt posé à l'emplacement habituel de la capitale française.

— Paris n'existe pas. Pas plus que la France ou l'Angleterre.

— Mais comment Londres peut-il exister sans Angleterre ?

— Je te l'ai déjà dit, le nom de cette ville est une curiosité linguistique. Ici, Londres est la capitale d'Arnes.

— Donc Arnes est simplement le nom que vous donnez à l'Angleterre.

— Non, s'esclaffa Kell, qui traversa le magasin pour la rejoindre. Arnes couvre plus de la moitié de ton Europe.

L'île, ton Angleterre, s'appelle la *raska*. La « couronne ». Mais ce n'est qu'une petite partie de l'empire. À la frontière nord du pays se trouve Vesk, et au sud Faro.

Il traça du doigt les limites de l'immense territoire.

— Et plus loin ?

— D'autres pays. De toutes tailles. Le monde est vaste.

Les yeux brillants, elle contempla la carte avec un petit sourire mystérieux.

— Bien dit.

Elle s'aventura ensuite dans une autre pièce. Quelques instants plus tard, un cri le fit sursauter.

— Aha !

— Tu l'as trouvée ?

Elle réapparut, munie de sa découverte, un simple poignard. L'espoir de Kell retomba.

— Non... Mais regarde comme c'est ingénieux !

Elle lui montra la garde du couteau, qui sortait en effet de l'ordinaire : le métal s'incurvait par-dessus la jointure des doigts pour rejoindre la crosse.

— Pour donner des coups de poing, expliqua Lila, comme s'il n'avait pas compris. On peut l'utiliser pour poignarder l'adversaire ou lui casser les dents. Ou les deux, mais pas en même temps, bien sûr.

Elle admira la poignée avant d'effleurer du doigt le fil de la lame. Kell referma un placard.

— Bien sûr, l'imita-t-il. Tu adores les armes, dis-moi.

Elle sembla prise au dépourvu.

— Comme tout le monde, non ?

— Tu as déjà un couteau.

— Et alors ? On n'en a jamais assez.

— Tu es vraiment quelqu'un de violent.

Elle agita la lame avec irritation.

— On n'a pas tous le pouvoir de se défendre à coups de sang et de chuchotis, je te signale !

— Je ne chuchote pas ! Et on n'est pas là pour piller la boutique.

— Pardon, mais c'est exactement pour ça qu'on est là.

Kell reprit ses recherches en soupirant. Il avait inspecté toute l'échoppe, y compris la petite pièce du fond qui servait de bureau au propriétaire, sans succès. Fletcher ne l'avait tout de même pas vendue… si ? Les yeux fermés, il laissa ses sens vagabonder, comme s'il pouvait sentir la magie blanche. Mais la boutique bourdonnait de pouvoir. La superposition des vibrations l'empêchait de distinguer le fruit défendu de tout un déluge d'artefacts simplement illégaux.

— J'ai une question… lança Lila, dont les poches tintaient de manière suspecte.

— Bien sûr que tu as une question, soupira Kell, qui rouvrit les paupières. En revanche, je croyais t'avoir demandé de ne rien voler.

Elle se mordilla les lèvres avant de se résoudre à tirer de ses poches plusieurs pierres et un curieux objet métallique, qu'elle déposa sur un coffre.

— Les mondes sont isolés, non ? Alors comment se fait-il que cet homme possède une relique du Londres blanc ?

Kell passa au crible une table de travail qu'il était certain d'avoir déjà fouillée, avant de se mettre à chercher d'éventuels tiroirs cachés sous les rebords du plateau.

— Je la lui ai donnée.

— Mais comment l'as-tu récupérée, toi ? Tu l'as volée ?

Oui.

— Non.

— Menteur.

— Ce n'est pas pour moi que je l'ai prise. Les rares habitants de ton Londres à connaître le mien – je les appelle les Collectionneurs et les Passionnés – sont prêts à payer cher pour s'offrir un objet venu d'ici. Et la plupart de mes compatriotes sont familiers de l'existence du Londres gris. Quelques-uns, parmi eux, sont aussi intrigués par votre ingéniosité que vous par notre magie. Mais tous connaissent l'autre Londres, le blanc. Et certains paieraient très cher pour en posséder un morceau.

— Bref, tu fais de la contrebande, conclut Lila avec un sourire désabusé.

— Tu peux parler, toi, se défendit-il.

— Je vole pour vivre, touché. Moi, en revanche, je le reconnais. Ce n'est pas ma faute si tu te mens à toi-même.

Le lin rouge qu'elle triturait d'une main se volatilisa soudain. Kell ouvrit la bouche pour protester, mais la pièce réapparut l'instant d'après dans son autre paume.

— Mais je ne comprends pas. Si tu es un prince…

— Je ne suis pas…

Elle lui lança un regard cinglant mais corrigea sa formulation.

— Si tu habites avec la famille royale, que tu dînes avec elle et que tu lui appartiens, tu ne dois pas manquer d'argent. Pourquoi prendre un tel risque ?

La mâchoire de Kell se serra. Rhy, lui aussi, lui avait déjà demandé de cesser ses petits jeux puérils.

— Tu ne comprendrais pas.

Elle haussa un sourcil ironique.

— Écoute, ce n'est pas compliqué. On vole tous pour obtenir quelque chose. Parfois c'est pour de l'argent, mais parfois c'est une affaire de… maîtrise de sa destinée. Violer les règles procure un sentiment de puissance. L'intérêt, c'est de défier l'autorité. Certains volent pour rester en vie, d'autres pour se sentir en vie, voilà ce que je crois. C'est aussi simple que ça.

— Et toi ?

— Un peu des deux, j'imagine : je vole pour gagner ma liberté, déclara-t-elle avant de pénétrer dans un petit couloir. Alors c'est comme ça que tu es tombé sur la pierre noire ? Un échange qui a mal tourné ?

— Non, une énorme erreur que je compte bien réparer à condition de retrouver cette fichue relique ! rétorqua Kell, frustré, en refermant un tiroir d'un geste brusque.

— Attention, tu pourrais casser quelque chose, le prévint une voix rauque en arnésien.

L'*Antari* fit volte-face : le propriétaire de la boutique, l'air vaguement perplexe, était appuyé contre une armoire.

— Fletcher…

— Comment es-tu entré ?

Kell haussa les épaules puis jeta un coup d'œil vers Lila, qui avait eu la bonne idée de rester dans le couloir, hors de vue.

— Tes conjurations ne doivent plus très bien marcher.

— Ça m'étonnerait, répliqua l'homme, les bras croisés.

Kell lança un nouveau regard vers la voleuse, mais elle avait disparu. Son sang ne fit qu'un tour : elle avait déjà réapparu derrière Fletcher. Elle avançait à pas de loup, un couteau étincelant brandi devant elle.

— *Tac*, dit Fletcher, une main levée. Ton amie est très impolie.

À ces mots, Lila se figea en plein mouvement. Les traits crispés, elle luttait en vain contre une force invisible qui l'immobilisait. Fletcher détenait un pouvoir rare et dangereux : celui de contrôler les os, et par conséquent les corps. C'était ce qui lui avait valu les cicatrices dont il était si fier.

Lila ne se laissait pas si facilement intimider. Elle maugréait un chapelet d'injures quand Fletcher ouvrit la main. Un son retentit, semblable au craquement de la glace, suivi du cri étouffé de Lila, qui lâcha son couteau.

— Je croyais que tu préférais travailler seul, poursuivit Fletcher sur le ton de la conversation.

— Laisse-la partir.

— Tu vas m'y contraindre, l'*Antari* ?

Kell serra les poings. La boutique était protégée contre les intrus, les voleurs et, malheureusement pour lui, tous ceux qui s'en prendraient à son propriétaire, il était prêt à le parier. Mais Fletcher abaissa la main en gloussant et Lila s'écroula à quatre pattes. Elle se frotta le poignet en l'injuriant avec véhémence.

— *Anesh*, reprit l'homme d'un air dégagé. Qu'est-ce qui t'amène dans ma modeste boutique ?

— Je t'ai donné quelque chose il y a plusieurs années. J'aimerais l'emprunter.

— Je ne fais pas affaire avec les emprunteurs, répliqua Fletcher avec un reniflement moqueur.

— Alors je vais l'acheter.

— Et si ce n'est pas à vendre ?

— Tout est à vendre, tu le sais mieux que quiconque.

Fletcher singea le sourire froid de Kell.

— À toi, je ne vendrai rien, mais à elle, peut-être…

Il lança un regard à Lila, qui s'était relevée et pestait toujours, tapie contre le mur.

— Au juste prix.

— Elle ne parle pas arnésien, alors elle n'a pas la moindre idée de ce que tu racontes.

— Ah oui ? Je parie que je saurais me faire comprendre, railla le marchand, une main posée sur son entrejambe.

— Va rôtir en enfer ! s'écria Lila. Sale…

— Tu ne devrais pas t'y risquer, Fletcher, l'interrompit Kell. Elle mord.

— Dans quel pétrin vous êtes-vous fourré, maître Kell ? soupira Fletcher.

— Aucun.

— Tu dois avoir de sacrés ennuis, pour être venu ici. En plus, ajouta-t-il, narquois, ton visage n'est pas affiché sur tous les panneaux pour rien, c'est certain.

Kell jeta un coup d'œil vers la table de divination et blêmit. Le cercle qui indiquait « Si vous l'apercevez, appuyez ici » clignotait d'un vert vif.

— Mais qu'est-ce que tu as fait ? s'écria l'*Antari*.

— Sans rancune, alors… rétorqua Fletcher.

Au même moment, les portes de la boutique s'ouvrirent à la volée sur la garde royale.

V

En un éclair, Kell dut surmonter sa panique et composer son expression avant l'intrusion des cinq gardes dans la boutique.

Il ne pouvait pas s'enfuir – il n'avait nulle part où aller – et ne voulait pas les blesser. Quant à Lila… à vrai dire, il n'avait aucune idée d'où elle se trouvait. Tapie contre le mur l'instant d'avant, elle s'était volatilisée. Mais il l'avait vue plonger la main dans la poche de sa cape juste avant de disparaître, et entendait vibrer dans la pièce le subtil murmure de la pierre, sans doute comme Holland au Champ de rubis.

Même si son cœur battait la chamade, il se força à rester immobile, à feindre le calme. Il devait se rappeler qu'il n'était pas un criminel. La famille royale s'inquiétait simplement de sa disparition, mais il n'avait rien fait de mal – pas à leur connaissance du moins. À moins qu'en son absence, Rhy n'ait révélé ses nombreuses incartades au roi et à la reine. Non… Kell espérait que non. Et même alors, il demeurait un *Antari*, un membre de la famille royale, digne de respect voire de crainte.

Réconforté par cette certitude, il s'appuya contre la table derrière lui avec une désinvolture proche de l'arrogance.

Le voyant vivant et suprêmement détendu, les gardes parurent troublés. S'attendaient-ils à trouver un cadavre ? À tomber sur une rixe ? Deux d'entre eux s'agenouillèrent, tandis que deux autres posaient la main sur la garde de leur épée. Au milieu, le dernier, sourcils froncés, ne bougea pas. Kell salua de la tête le chef de la garde, qui s'avança enfin.

— Ellis.

— Maître Kell… Tout va bien ?

— Mais bien sûr.

— Nous… l'homme hésita. Tout le monde au palais s'inquiétait pour vous.

— Telle n'était pas mon intention. Comme tu le vois, je vais très bien.

Ellis regarda autour de lui avant de se retourner vers l'*Antari*.

— C'est juste que… quand vous n'êtes pas revenu après votre mission…

— J'ai été retenu.

Il espérait mettre fin à cet interrogatoire, sans succès.

— Vous n'avez pas vu l'annonce ? Elle est affichée partout.

— Je viens juste de rentrer.

— Dans ce cas… Excusez-moi, mais qu'est-ce que vous faites ici ? demanda Ellis en désignant la boutique.

Fletcher fronça les sourcils. Il comprenait assez bien la langue royale pour saisir l'insulte.

— Je cherche un cadeau pour Rhy, répondit Kell.

Il esquissa un sourire, mais Ellis poussa un rire nerveux.

— Alors… Vous allez venir avec nous ?

Le sous-entendu était clair. *Sans résistance.* Kell se redressa de toute sa hauteur et épousseta son manteau.

— Bien sûr.

Les soldats parurent soulagés. Les pensées se bousculaient dans la tête de Kell, qui remercia Fletcher pour son aide.

— *Mas marist*, répondit le propriétaire d'une voix lugubre. Mais de rien. Je n'ai fait que mon devoir de citoyen.

— Je reviens dès que j'en ai terminé au palais. Il faut encore que je trouve ce cadeau, lança Kell en anglais.

Les gardes parurent surpris – ces paroles s'adressaient en fait à Lila. Il sentait sa présence dans la pièce, tout comme celle de la pierre.

— Après vous, lui dit Ellis.

Il désignait la porte. Kell la franchit sans plus tergiverser.

Dès qu'elle entendit l'irruption des gardes, Lila eut la bonne idée d'empoigner la pierre. *Cache-moi !*

Une fois de plus, le talisman avait obéi. Elle avait senti une palpitation dans son bras, juste sous sa peau, une sensation de plaisir… Était-ce aussi agréable la fois précédente ? Puis le voile l'avait de nouveau recouverte, rendue invisible aux yeux de tous. Les gardes, Fletcher et même Kell, qui tournait ses yeux vairons vers elle sans paraître la remarquer.

Elle, en revanche, le voyait parfaitement. Elle lisait sur son visage une lueur d'inquiétude, masquée par son ton mais pas par sa posture, et décelait une pointe de menace dans le calme forcé de ses paroles.

« Reste », semblait-il déjà lui demander avant même de lancer à la cantonade une toute dernière phrase qui lui était de toute évidence destinée. Elle s'y conforma donc, et le regarda sortir avec quatre des cinq gardes. Le dernier resta dans la boutique, le visage dissimulé derrière la visière de son casque.

Le marchand s'était tourné vers lui, paume tendue, symbole universel du paiement. Le garde hocha la tête avant de porter la main à sa ceinture, tandis que le prêteur sur gages observait par la vitre le départ de Kell.

Lila vit ce qui allait se passer, mais pas Fletcher. Au lieu d'attraper une bourse, le garde dégaina un couteau. La lame scintilla dans la lumière crépusculaire de la boutique avant d'aller tracer une ligne rouge sur le cou du prêteur sur gages.

Une calèche fermée, tirée par des chevaux blancs à la crinière encore parsemée des rubans rouge et or de la parade, attendait Kell devant l'échoppe.

Il retourna son manteau de gauche à droite pour enfiler sa tenue royale aux manches rouges. Qu'allait-il dire au roi et à la reine ? Certainement pas la vérité. Mais le roi possédait une relique du Londres blanc, un ornement posé sur une étagère dans ses appartements. Si Kell pouvait s'en emparer, retourner chercher Lila et la pierre… Dire que toutes deux se trouvaient en ce moment même en liberté dans la ville… Rien qu'à cette pensée, un frisson lui parcourut l'échine. Mais avec un peu de chance, la voleuse l'attendrait bien sagement dans la boutique, à l'abri des ennuis.

Ellis avançait sur les talons de Kell, suivi de trois autres gardes. Le dernier était resté avec Fletcher, sans doute pour régler la question de la récompense. (Quelle aubaine pour le prêteur sur gages, qui le détestait assez pour le dénoncer sans l'appât du gain…)

Au bord du fleuve, près du palais, les célébrations de la journée s'achevaient. Elles n'allaient pas tarder à laisser place aux festivités de la soirée. Le volume de la musique avait diminué, tout comme la foule sur les quais et autour des étals du marché. Elle s'était dispersée dans les différents bars et auberges de la ville pour continuer de boire à la santé du prince.

— Après vous.

Ellis lui tenait la porte de la calèche. Les habituels sièges face à face étaient remplacés par deux banquettes tournées vers l'avant. Deux gardes s'assirent à l'arrière, un autre avec le conducteur, et Kell à l'avant à côté d'Ellis, qui referma la porte et conclut :

— On vous ramène chez vous.

Kell eut un pincement au cœur. Il s'était efforcé de ne pas y penser, pas depuis qu'il avait hérité de la pierre, et de la mission suicide qui allait avec. Mais à présent, il n'avait plus qu'une seule idée en tête : revoir Rhy, pour le serrer contre lui une dernière fois. En son for intérieur, il se réjouissait d'en avoir l'occasion. Avec un soupir, il s'enfonça dans la banquette tandis qu'Ellis fermait les rideaux de la calèche.

— Pardonnez-moi, maître Kell.

L'*Antari* s'apprêtait à lui demander pourquoi quand un tissu vint lui couvrir la bouche. Ses poumons s'emplirent d'un parfum aigre-doux. Il tenta de se dégager, mais des gants cuirassés se refermèrent sur ses poignets pour le maintenir fermement sur la banquette. En quelques instants, les ténèbres l'engloutirent.

Lila prit une profonde inspiration, inaudible sous le linceul, en voyant Fletcher s'écrouler comme une masse inerte sur le parquet usé du magasin.

Imperturbable malgré son crime et son armure tachée du sang d'un autre homme, le garde inspecta la pièce. Son regard glissa sur Lila, mais à travers la fente du casque, elle crut voir une étrange lumière dans ses yeux. Une lueur magique. Satisfait de n'avoir trouvé personne d'autre à éliminer, le soldat rengaina sa lame puis fit sonner la petite cloche de la boutique en sortant. Quelques instants plus tard, Lila entendit une calèche s'éloigner.

Le corps de Fletcher gisait sur le sol, les yeux ouverts mais dépourvus de vie. Son sang coulait sur ses cheveux blonds et venait former une petite flaque sur le sol. Son air narquois avait disparu, remplacé par une expression de surprise, conservée dans la mort comme un insecte dans l'ambre.

Un petit objet, tombé de la poche de sa chemise, se trouvait coincé entre son corps et le sol. Un objet qui ressemblait beaucoup à une pièce d'échec.

Lila regarda autour d'elle pour s'assurer qu'elle était seule avant de lever le sort de dissimulation. Lâcher la pierre se révéla beaucoup plus difficile que de briser le charme. Quand elle parvint enfin, après un long moment, à ranger le talisman dans sa poche, toute la pièce se mit à tanguer. Lila fut parcourue d'un frisson, qui emporta avec lui la chaleur de son corps, et plus encore. Elle se sentit comme… éviscérée. Elle avait l'habitude de la faim, pourtant le talisman la laissa plus assoiffée que jamais. *Saloperie de pierre…*

Du bout de sa botte, elle retourna le corps de Fletcher, son regard inanimé à présent dirigé vers le plafond. Après avoir pris soin d'éviter la flaque rouge grandissante, elle s'agenouilla pour ramasser la pièce d'échec tachée de sang.

Elle se releva, immensément soulagée, pour la soupeser d'un air appréciateur. À première vue, elle semblait plutôt ordinaire. Pourtant, quand Lila referma les doigts sur la pierre, ou l'os – elle ne savait pas dans quel matériau l'objet avait été sculpté – elle sentit la différence entre sa nature profonde et celle du Londres rouge. Une variation subtile, peut-être le fruit de son imagination, mais on aurait dit un courant d'air froid dans une pièce chaude. Voilà qui était plutôt incongru.

Elle s'efforça d'oublier cette sensation et glissa la tour dans sa botte – elle ignorait le mode de fonctionnement de la magie mais ne trouvait pas judicieux de garder les deux reliques ensemble, pas avant d'avoir besoin de s'en servir, et elle se jura de ne plus toucher à cette sale voleuse de pierre, sauf en dernier recours. Elle essuya ensuite le sang de Fletcher sur son pantalon.

Tout compte fait, elle se sentait plutôt fière. Elle avait en sa possession non seulement le talisman du Londres noir, mais aussi la relique du monde blanc. Il ne lui manquait plus que Kell.

Elle se tourna vers la porte, hésitante. Il lui avait demandé de ne pas bouger, mais à voir le cadavre encore frais de Fletcher, elle craignait qu'il aille au-devant de nouveaux ennuis. Même après une seule journée passée dans le Londres rouge, elle n'avait pas l'impression que c'était le genre de ville où les gardes royaux allaient tranchant des gorges à leur guise. Elle se trompait peut-être… Mais si elle avait raison ?

Son instinct lui soufflait de filer. Or, après toutes ces années passées à voler pour survivre, elle avait appris à l'écouter. Du reste, personne ne la cherchait, elle.

Lila était presque arrivée à la porte quand elle aperçut le couteau, celui qui l'avait tant attirée, posé sur le coffre où elle l'avait laissé. Kell lui avait déconseillé de voler dans la boutique, mais son propriétaire était mort et le poignard gisait, abandonné. Elle le ramassa, en effleura la lame du doigt. Une très belle arme, vraiment. Les conjurations qui protégeaient la boutique contre les voleurs avaient-elles disparu avec leur créateur ? *Autant tenter ma chance*, se dit-elle. Elle ouvrit la porte d'un geste prudent, posa le couteau sur le sol puis le poussa dehors du bout du pied. Elle grimaça, de peur d'un contrecoup : un flot d'énergie, une vague de douleur ou même le retour du poignard à l'intérieur. Mais rien ne se produisit.

Avec un sourire ravi, Lila sortit, s'empara de la dague et la glissa dans sa ceinture. Elle s'élança sur la piste de Kell, histoire, encore une fois, de le tirer du pétrin dans lequel il s'était fourré.

VI

Casque dans une main et gobelet dans l'autre, Parrish et Gen flânaient au milieu des festivaliers. Le premier avait déjà repris au deuxième toutes ses pertes de l'avant-veille. En réalité, entre leurs incessantes parties de cartes et une multitude de petits paris, les pièces semblaient passer de l'un à l'autre sans réel gain ni perte. En bon joueur, Parrish avait alors proposé à Gen de lui offrir un verre. Après tout, c'était la fête.

Le prince avait eu la bonté d'accorder aux deux membres de sa garde personnelle quelques heures de repos pour profiter des festivités avec le peuple rassemblé sur les bords de l'Île. De nature inquiète, Parrish avait hésité à quitter son poste, mais Gen l'en avait convaincu. En ce grand jour, Rhy ne manquerait pas de compagnie et pourrait se passer d'eux, au moins pour quelques heures. Ils s'étaient donc mêlés à la foule.

Les célébrations s'étendaient sur toute la longueur du fleuve, le marché avait triplé sa surface pour l'occasion et les rives grouillaient donc de badauds qui déambulaient au milieu des acclamations, de la musique et des démonstrations de magie. Chaque année, la fête se faisait plus grandiose : d'une heure ou deux de réjouissances, on était passé à une journée entière de festivités (suivie de plusieurs jours d'animations, avant que la vie ne reprenne son cours normal). En ce jour le plus important, le défilé du matin laissait place à une après-midi passée à boire et à manger dans la bonne humeur, avant le bal du soir. Et, cette année-là, les masques y seraient de rigueur.

L'immense perron du palais était déjà dégagé, le hall d'entrée tapissé de fleurs fraîches. À l'intérieur aussi bien qu'à l'extérieur, on avait accroché des globes lumineux, telles des étoiles basses, et déroulé un tapis bleu foncé. Ainsi, le soir venu, le palais donnerait l'impression de flotter non pas sur le fleuve comme un soleil levant, mais loin au-dessus, telle une lune dans l'éblouissant ciel nocturne. À travers toute la ville, les membres de la bonne société, en tenue de fête, cape et masque, grimpaient dans leur calèche et profitaient du trajet pour pratiquer tout bas leur anglais. À leur arrivée devant la demeure royale, ils vénéreraient le prince tel un dieu et, comme à son habitude, Rhy se délecterait de leur adoration, avec joie et bonne humeur.

Contrairement au bal masqué qui se déroulerait dans le palais, accessible uniquement sur invitation, la fête sur les berges était ouverte à tous et se poursuivrait bien après minuit, jusqu'au départ des plus joyeux fêtards.

Parrish et Gen seraient bientôt rappelés aux côtés du prince, mais pour le moment, adossés au poteau d'une tente au milieu du marché de nuit, ils profitaient de leur temps libre et observaient la foule. De temps à autre, Parrish tapait sur l'épaule de Gen pour lui rappeler en silence de garder l'œil ouvert. Même s'ils n'étaient pas en service, tous deux (ou du moins Parrish) prenaient leur fonction suffisamment à cœur pour porter l'armure royale (bien sûr, ces dames n'étaient à l'évidence pas indifférentes au prestige de l'uniforme) et garder l'œil ouvert, à l'affût du moindre problème. Dans l'après-midi, il s'agissait surtout de fêtards un peu trop enthousiastes, mais de temps à autre, une bagarre éclatait, ou bien l'éclat d'une lame ou de la magie les poussait à intervenir.

Selon toute apparence, Gen passait un très bon moment. Parrish, en revanche, commençait à s'agiter. D'après son partenaire, c'était parce qu'il n'avait bu qu'un seul verre, mais lui en doutait. Une étrange ambiance régnait, et il avait beau savoir que cette effervescence était sans doute indissociable du festival, il ne pouvait s'empêcher d'être nerveux. La magie qui baignait l'atmosphère n'était pas simplement plus prégnante que d'habitude, elle lui semblait également d'une nature différente. Parrish fit rouler son gobelet vide entre ses mains, s'efforçant d'apaiser ses nerfs.

Non loin, un groupe de maîtres du feu s'appliquait à transformer des flammes qui en dragons, qui en chevaux ou en oiseaux. La lumière de leur brasier enchanté troubla un instant la vision de Parrish. Une fois le brouillard dissipé, il remarqua dans la foule une jolie femme aux lèvres rouges, aux cheveux dorés et au généreux décolleté. Lorsque son regard remonta de cette plantureuse poitrine jusqu'aux yeux de la demoiselle, il eut un mouvement de recul. Ses iris n'étaient pas bleus, ni verts ou marron, mais noirs. Noirs comme un ciel sans étoile ou une pierre de divination. Noirs comme l'œil droit de maître Kell.

Parrish plissa les yeux pour s'en assurer avant d'interpeller Gen. Son collègue ne réagit pas, trop occupé à regarder un garçon – non, plutôt une jeune fille vêtue d'habits d'homme effilochés aux couleurs étrangement passées –, se faufiler à travers la foule en direction du palais.

Sa présence paraissait certes incongrue, mais pas autant que celle de l'inconnue aux yeux noirs. Parrish attrapa donc son partenaire par le bras pour attirer son attention.

— *Kers ?* grommela Gen, qui avait failli renverser son vin. « Quoi ? »

— Cette femme en bleu…

Mais elle avait disparu.

— Ne me dis pas, un coup de foudre ?

— Non, je… J'aurais juré que ses yeux étaient… complètement noirs.

Gen haussa un sourcil, dubitatif, avant de boire une gorgée de son vin. Par-dessus son épaule, Parrish vit la fille en habits d'homme pénétrer dans une tente.

— Tu as peut-être trop fait la fête, en fin de compte, le taquina Gen, qui lui asséna une petite tape sur le bras. D'ailleurs, on dirait que tu n'es pas le seul.

Parrish suivit son regard. Un homme, qui leur tournait le dos, enlaçait une femme au milieu du marché. Il avait les mains un peu trop baladeuses, même pour un jour de fête, et sa compagne ne semblait pas franchement s'amuser. Elle tenta de le repousser, mais loin de la lâcher, il l'embrassa avec encore plus de passion. Gen et Parrish se dirigèrent vers le couple. Tout à coup, la femme cessa de se débattre, les mains et la tête étrangement pendantes. Quand l'homme desserra son étreinte quelques secondes plus tard, elle chancela et alla s'écrouler sur une chaise. Entre-temps, l'importun s'était déjà éloigné en titubant.

Parrish et Gen lui emboîtèrent le pas à travers la cohue. Ils se rapprochaient de leur cible sans se presser afin d'éviter d'être repérés. L'homme se fraya un chemin au milieu de la foule, avant de se glisser entre deux tentes jusqu'à la berge. Les gardes pressèrent alors le pas et finirent par le rattraper. Comme toujours, ce fut Gen qui prit les devants.

— Toi, là-bas ! Stop !

L'inconnu ralentit puis s'arrêta.

— Retourne-toi, ordonna Gen, une main posée sur la poignée de son épée.

L'homme obtempéra. Parrish le dévisagea alors avec stupeur. À la place de ses yeux se trouvaient deux globes, sombres et brillants tels des galets au clair de lune, entourés d'une peau veinée de noir. Quand il sourit, des particules de son visage s'envolèrent, pareilles à de la cendre.

— *Asan narana*, dit-il dans une langue inconnue.

Il leva la main et Parrish recula – la paume de l'inconnu était toute noire, et ses doigts réduits à des bouts d'os calcinés.

— Au nom du roi…

Gen ne put terminer sa phrase : leur adversaire enfonçait sa main brunie dans la poitrine du garde, à travers l'armure.

— Cœur noir, dit-il, dans la langue de la cour, cette fois.

Sous le choc, Parrish resta pétrifié par la terreur, tandis que l'homme – mais lui restait-il vraiment un tant soit peu d'humanité ? – retirait son poing trempé de sang du torse de Gen. Lorsque son ami s'écroula au sol, Parrish sortit enfin de sa stupeur. Il se rua sur le monstre aux yeux noirs pour lui planter son épée de cour dans le ventre.

L'espace d'un instant, la créature sembla trouver ce geste risible. Puis l'épée se mit à briller : la lame enchantée s'appliquait à séparer l'individu de sa magie. Les ténèbres quittèrent peu à peu ses yeux écarquillés et ses veines, jusqu'à ce qu'il ressemble plus ou moins à un homme ordinaire (quoique mourant). Dans un râle, il saisit l'armure de Parrish – il portait un X, la marque des assassins, sur le dos de la main – avant de se réduire en cendres autour de la lame.

— *Sanct!* s'écria le garde, le regard rivé sur le tas de suie qui commençait déjà à s'envoler.

Soudain, sans crier gare, une douleur cuisante lui déchira le dos. Baissant les yeux, il découvrit la pointe d'une épée qui dépassait de son torse et disparut ensuite dans un horrible bruit de succion. Il tomba à genoux tandis que son agresseur le contournait.

Haletant, les poumons déjà remplis de sang, il vit alors Gen penché sur lui, les yeux vides, une lame rouge dans la main.

— Pourquoi ? murmura Parrish.

— *Asan harana*, répondit Gen. Cœur noble.

Avec un sourire cruel, il souleva l'épée loin au-dessus de sa tête avant de l'abattre sur son camarade.

ONZIÈME CHAPITRE

BAL MASQUÉ

I

Nimbé d'or dans la lumière déclinante du jour, le palais se dressait tel un deuxième soleil au-dessus des flots rougeoyants de l'Île. Tout en se faufilant à travers le marché bondé, toujours plus bruyant à mesure que coulaient le temps et l'alcool, Lila se demandait comment pénétrer dans le magnifique édifice. Elle était bien tentée d'utiliser la pierre qui palpitait dans sa poche, mais non : elle avait décidé de ne plus y toucher sauf en dernier recours. Le talisman la vidait de son énergie, qui plus est avec la furtivité d'un voleur. Non, s'il y avait un autre moyen d'entrer, Lila le trouverait.

Et sitôt qu'elle aperçut le perron du palais, elle y vit sa réponse. Les lourdes portes en étaient ouvertes en grand. Les marches monumentales, couvertes d'un tapis de soie bleue qui imitait un torrent nocturne, étaient empruntées par un flot continu de visiteurs qui semblaient se rendre à un bal.

Pas une réception ordinaire, comprit-elle en les observant de plus près, mais un bal masqué. Hommes et femmes portaient tous un domino. Pour certains, il s'agissait seulement d'un simple loup de cuir coloré, d'autres étaient beaucoup plus sophistiqués, ornés de cornes, de plumes ou de bijoux. Certains ne couvraient que les yeux, d'autres tout le visage. Celui de Lila se fendit d'un sourire diabolique. Inutile d'être un membre de la haute société pour entrer, il lui suffirait tout simplement de dissimuler son identité.

En revanche, il lui faudrait apparemment se procurer autre chose, que tous brandissaient en plus de leur masque : une invitation. Voilà qui risquait de s'avérer plus difficile à obtenir, elle en avait bien peur. Mais à ce moment précis, la chance – ou était-ce la providence ? – lui sourit. Les trilles cristallines d'un rire policé la firent se retourner. Elle découvrit derrière elle trois invitées, pas plus âgées qu'elle, qui descendaient d'une calèche. Vêtues d'amples robes, le visage rayonnant, elles bavardaient gaiement. Lila reconnut aussitôt les jeunes filles qu'elle avait croisées le matin même lors du défilé, celles qui se pâmaient devant Rhy et le prince à l'œil noir, alias Kell. Elle comprenait, à présent leur insistance à pratiquer leur anglais, *« la langue de l'élite, et de ceux qui désirent la côtoyer ».* Kell avait peut-être raison : en toute autre circonstance, son accent l'aurait trahie. Mais ce soir-là, il l'aiderait à se fondre dans la masse, à sembler à sa place.

L'une de ces demoiselles – celle qui était particulièrement fière de ses prouesses linguistiques – tira de sa poche un carton d'invitation doré à l'or fin. Le trio l'admira un moment avant qu'elle ne le glisse sous son bras. Lila s'approcha alors et posa une main sur le coude de la jeune fille.

— Excusez-moi, à quelle heure commence le bal ?

La jeune noble ne semblait pas se souvenir d'elle. Elle lui lança un long regard inquisiteur, qui donna envie à Lila de lui casser deux ou trois dents, avant d'esquisser un sourire sans chaleur.

— Mais tout de suite, voyons.

— Bien sûr, suis-je bête! répondit Lila, qui singea son expression.

L'aristocrate reprit son chemin sans s'apercevoir qu'elle n'avait plus d'invitation et le trio s'éloigna en direction des marches du palais. Lila prit un instant pour admirer son butin, effleurant de l'index la bordure dorée et l'inscription enjolivée d'arabesques, puis examina la procession qui se dirigeait vers les larges portes, mais sans pour autant s'y joindre. Femmes et hommes montaient les marches dans des robes aux couleurs vives et d'élégants costumes sombres, les épaules drapées de capes luxueuses et les cheveux parsemés de fils de métal précieux. Les atours des convives jetaient mille feux. Avec sa cape élimée et ses bottes usées, Lila se sentait plus miteuse que jamais. Elle tira de sa poche ce qui lui servait habituellement de masque – à vrai dire, ce n'était en fait qu'une simple bande de tissu noir froissé. Même avec une invitation et une parfaite maîtrise de la langue anglaise, on ne la laisserait jamais entrer dans cet accoutrement.

Elle fourra son bandeau dans la poche de son manteau et se retourna vers le marché. Plus loin, les étals proposaient de quoi se sustenter, mais de ce côté-ci, aux abords du palais, les marchandises présentées étaient de nature différente. On y trouvait des charmes et des invocations, bien sûr, mais aussi des cannes, chaussures et autres atours. Apercevant des tissus colorés à l'entrée de la tente la plus proche, elle se dirigea droit vers la boutique et s'y engouffra.

Elle fut accueillie par une centaine de visages alignés sur la paroi du fond, recouverte de masques. Austères ou exubérants, beaux ou grotesques, ils l'accueillaient, tour à tour méfiants, renfrognés ou ravis. Lila traversa la tente pour en descendre un de son crochet. Un demi-masque noir orné de deux cornes en spirale.

— *A tes fera, kes ile?*

Lila sursauta. La femme à ses côtés était petite et ronde. Sur sa tête s'enroulaient, tels des serpents, une demi-douzaine de tresses, elles-mêmes surplombées par un petit masque planté au milieu comme une épingle à cheveux.

— Je suis désolée, articula lentement Lila. Je ne parle pas arnésien.

La marchande sourit, les mains croisées sur son ventre replet.

— Ah... Mais ton anglais est excellent.

— Le vôtre aussi, répondit Lila, soulagée.

La femme rougit. De toute évidence, c'était pour elle une source de fierté.

— Je suis au service du bal, il n'y a donc rien de plus normal, expliqua-t-elle avant de désigner le déguisement choisi par sa cliente. Un peu sinistre, tu ne trouves pas?

Lila regarda le masque bien en face.

— Non. Il est parfait.

Lorsqu'elle le retourna, elle découvrit une série de chiffres inscrite au dos. Sans doute son prix. Il n'était pas écrit en shillings ou en livres, mais peu importait la monnaie, la jeune fille était certaine de ne pas avoir les moyens de s'offrir un tel objet. À contrecœur, elle le replaça sur son crochet.

— Pourquoi le reposer, s'il est parfait ?

Lila soupira. Elle ne se serait pas privée de le voler si la marchande n'avait pas été justement plantée à côté d'elle.

— Je n'ai pas d'argent.

Elle plongea une main dans sa poche, où elle sentit un objet lisse.

— Mais j'ai ceci…

Elle tira de son manteau la montre, en espérant que la femme ne remarque pas le sang qui la maculait encore (elle l'avait essuyé de son mieux). Mais la marchande secoua la tête et replia les doigts de Lila sur le bijou.

— *An, an.* Je ne peux l'accepter. Ni aucun paiement d'aucune sorte, d'ailleurs.

— Je ne comprends pas…

— Je t'ai vue ce matin, au marché.

Quand j'ai failli être arrêtée pour vol, pensa immédiatement Lila. Mais la femme ne parlait pas de cette partie de la scène.

— Maître Kell et toi, vous êtes… amis, c'est bien ça ?

— En quelque sorte, répondit Lila, qui rougit à la vue du sourire mystérieux de la modiste. Non, enfin, ce n'est pas…

— *Ise av eran*, l'interrompit-elle d'une voix douce en lui tapotant la main. Je ne voulais pas me montrer… indiscrète. Mais maître Kell est *aven*, « béni », un trésor pour la couronne. Alors si tu es à lui, ou lui à toi, ma boutique t'appartient.

La jeune fille fit la grimace. Elle détestait qu'on lui fasse la charité. Même quand on croyait faire un cadeau à autrui, le présent était comme un poids qui déséquilibrait les rapports des deux parties. Lila préférait voler que d'être redevable. Mais elle avait besoin de ces vêtements… La femme sembla deviner sa réticence.

— Tu n'es pas d'ici, alors il y a certaines choses que tu ignores encore. Les Arnésiens paient leurs dettes de différentes manières, et pas toujours avec de l'argent. Pour l'instant, je n'ai besoin de rien de ta part, alors tu me rembourseras une autre fois, à ta façon. Entendu ?

Lila hésita. Puis des cloches se mirent à sonner quelque part dans le palais, suffisamment fort pour résonner en elle.

— D'accord.

— *Ir chas*, répondit la marchande, radieuse. À présent, quelle tenue allons-nous te trouver ?

La marchande, qui s'appelait Calla, se mordillait les lèvres.

— Tu ne préférerais pas plutôt une robe à corset ? Ou une traîne ?

Elle avait bien essayé de conduire sa cliente vers un portant chargé de toilettes féminines, mais le regard de Lila avait immédiatement été attiré par les manteaux d'hommes. Tous magnifiques, dotés d'épaulettes, de cols montants et de boutons brillants. Elle en choisit un.

— Non. Voilà exactement ce que je veux.

Calla l'observait avec une étrange lueur de fascination dans le regard, mais sans une ombre de réprobation – ou du moins était-elle parfaitement dissimulée.

— *Anesh*… Dans ce cas, je vais te chercher des bottes.

Quelques minutes plus tard, Lila se retrouva dans un coin de la tente, derrière un rideau, avec dans les bras les plus beaux vêtements qu'elle ait jamais approchés, et encore moins possédés. *Empruntés*, se corrigea-t-elle. Et bientôt remboursés.

Elle vida ses poches de ses maigres richesses – la pierre noire, la tour blanche, la montre en argent tachée de sang et le carton d'invitation – avant de les poser par terre, puis enleva sa vieille cape usée et ses bottes. Calla lui avait déniché une nouvelle tunique brune, qui lui allait tellement bien que la voleuse se demandait si un sort d'adaptation n'y était pas attaché, ainsi qu'un pantalon moulant – quoique encore un peu large pour son corps osseux. Elle avait insisté pour garder sa ceinture et, en lui tendant les souliers neufs, Calla avait eu la décence de ne pas rester bouche bée devant la quantité d'armes qui étaient accrochées à sa taille.

Tout pirate avait besoin d'une bonne paire de bottes. Celles-là étaient splendides, en cuir et doublées dans une matière plus douce que du coton. Lila poussa une exclamation de plaisir en les enfilant. Quant au manteau, il était divin : en véritable velours noir, avec un col montant, une taille cintrée et une capeline intégrée dotée de fermoirs rouges transparents. Admirative, elle caressa les boutons noir de jais qui en ornaient le devant. Elle avait toujours dédaigné les babioles et les atours, n'avait jamais rêvé que d'air marin, d'un solide navire sous ses pieds et d'une carte du monde. Mais à présent qu'elle se trouvait sous la tente d'une inconnue, dans un pays lointain, vêtue de somptueuses étoffes, elle commençait à changer d'avis.

Pour finir, elle souleva le masque. L'étal proposait tant de jolis visages délicats, ornés de plumes, de dentelles ou de paillettes… Mais celui-là possédait une beauté singulière. Il lui rappelait moins les robes et les parures que des couteaux et des navires en pleine mer dans la nuit. Il respirait le danger. Elle l'enfila avec un sourire.

Elle s'admira ensuite dans le miroir teinté posé dans un coin. L'image qu'il lui renvoyait n'avait plus rien à voir avec la silhouette sombre qui ornait les avis de recherche du Londres gris, et encore moins avec la pauvre fille émaciée qui amassait toute la menue monnaie lui passant à portée de main afin de fuir sa misérable vie. Avec ses hautes bottes cirées, ses jambes paraissaient plus longues. Le manteau élargissait ses épaules et lui cintrait la taille. Enfin, le masque aux cornes noires à la fois élégantes et monstrueuses affinait son visage. Elle lança à son reflet un long regard inquisiteur, pareil à celui de la jeune noble devant le palais, mais il n'y avait plus aucune raison de se moquer.

Delilah Bard avait tout d'un roi. *Non, d'un conquérant*, se dit-elle en se redressant de toute sa hauteur.

La voix de Calla lui parvint alors depuis l'autre côté du rideau.

— C'est la bonne taille, Lila?

Elle prononçait son prénom en allongeant le « i ». Lila glissa ses possessions dans les poches doublées de soie de son nouveau manteau avant de sortir de la cabine. Les talons de ses bottes claquaient fièrement sur le sol en pierre, mais elle s'était assurée de pouvoir marcher en silence sur la pointe des pieds. Calla sourit, une lueur de malice au fond des yeux.

— *Mas aven!* Tu sembles plus prête à mettre une ville à sac qu'à séduire un homme !

— Kell va adorer.

La façon dont elle avait insufflé une subtile douceur, une espèce de familiarité aux sonorités du nom de l'*Antari* sembla réjouir Calla plus que de mesure. Puis les cloches sonnèrent de nouveau, et Lila jura tout bas.

— Je dois partir. Merci encore !

— Tu me rembourseras.

— Bien sûr.

— Veille sur lui, ajouta Calla au dernier moment.

Lila lui lança un sourire grave avant de relever le col de son manteau.

— Bien sûr, répéta-t-elle avant de disparaître.

II

Les couleurs se déployaient au-dessus de sa tête : de larges traînées de rouge, or et bleu foncé. Après avoir accommodé sa vision, Kell reconnut les tentures du palais, qui reproduisaient des motifs célestes au plafond de toutes les chambres royales.

Il devait se trouver dans celle de Rhy. Le plafond de la sienne représentait la nuit, par des volutes de tissu presque noir parsemé de fils d'argent, celui de la reine le jour, bleu azur, et celui du roi le crépuscule, avec des bandes jaunes et orange. Seul le plafond de la chambre du prince était drapé ainsi. Comme l'aube. Kell avait la tête qui tournait. Les yeux fermés, il prit une profonde inspiration pour rassembler ses pensées.

Allongé sur un canapé, il s'enfonçait dans des coussins moelleux. De l'extérieur de la pièce lui parvenait de la musique – un orchestre –, mêlée à des rires et des acclamations. Bien sûr ! Le bal d'anniversaire de Rhy. À ce moment-là, quelqu'un se racla la gorge. Kell rouvrit les yeux et tourna la tête pour découvrir le prince en personne. Assis dans un fauteuil en face de lui, jambes croisées, il sirotait du thé et paraissait très contrarié.

— Mon frère, dit Rhy.

Il était tout de noir vêtu : manteau, pantalon et bottes ornées de dizaines de boutons dorés. À la place de son habituelle couronne, un masque criard, parsemé de milliers de paillettes d'or étincelantes.

Quand Kell voulut repousser les cheveux de ses yeux, il se rendit compte qu'il ne le pouvait pas : il avait les mains menottées dans le dos. Il se redressa tant bien que mal en position assise.

— C'est une plaisanterie… Rhy, bon sang, tu veux bien m'expliquer ce que ça veut dire ?

Les menottes n'étaient pas comme celles du Londres gris, métalliques. Ni comme celles du Londres blanc, qui causaient une douleur aveuglante en cas de résistance. Non, celles-là étaient en fer solide et conçues pour neutraliser la magie. Un châtiment loin d'être aussi violent que les épées royales, bien entendu, mais cependant très efficace.

Rhy posa sa tasse de thé sur une desserte.

— Je ne pouvais pas te laisser t'enfuir de nouveau.

— C'est ridicule, soupira Kell. Et c'est aussi pour ça que tu m'as fait droguer ? Franchement, Rhy !

Le prince croisa les bras. De toute évidence, il boudait. Kell regarda autour de lui et remarqua la présence de deux gardes royaux, qui portaient l'armure officielle et leur casque, visière baissée. Mais Kell connaissait assez bien les membres de la garde personnelle de Rhy pour savoir que ce n'étaient pas eux, avec ou sans armure.

— Où sont Gen et Parrish ?

— Ils doivent profiter un peu trop de la fête, j'imagine, répondit Rhy d'un ton désinvolte.

Kell se tortilla sur le canapé pour tenter de se libérer des menottes, trop serrées.

— Tu ne crois pas que tu exagères un peu ?

— Où étais-tu passé, cher frère ?

— Enlève-moi ça, Rhy.

Le prince décroisa les jambes et se redressa dans son fauteuil, les deux pieds plantés dans le sol.

— C'est vrai ?

— De quoi parles-tu ?

— Que tu as en ta possession une relique du Londres noir ?

— Quoi ?

— Est-ce que c'est vrai ?

— Qui t'a raconté ça, Rhy ?

Personne n'était au courant, à part ceux qui voulaient détruire la pierre et ceux qui désiraient la récupérer. Le prince secoua la tête avec tristesse.

— Qu'as-tu apporté dans notre ville, Kell ? Quel mal as-tu attiré ici ?

— Rhy, je…

— Je t'avais prévenu, pourtant. Je t'avais bien dit que si tu continuais ton trafic, tu finirais par te faire attraper et qu'alors je ne pourrais pas te protéger.

Le sang de Kell sembla se figer dans ses veines.

— Est-ce que le roi et la reine sont au courant ?

— Non. Pas encore.

Il poussa un petit soupir de soulagement.

— Inutile de les en informer. Je vais m'occuper de la rapporter dans la ville déchue.

— Je ne peux pas te laisser faire.

— Pourquoi ? C'est le seul endroit sûr pour ce talisman.

— Où est-il, en ce moment ?

— En sécurité, répondit-il, priant pour que ce soit vrai.

— Je ne peux pas t'aider si tu m'en empêches, Kell.

— Je vais régler cette histoire, Rhy. Je te le promets.

— Les promesses ne suffisent plus. Dis-moi où se trouve la pierre.

— Je ne t'ai jamais dit que c'était une pierre.

Un lourd silence s'abattit entre eux. Le prince soutint son regard, puis ses lèvres s'étirèrent en un sourire sombre qui le faisait ressembler à quelqu'un d'autre.

— Oh, Kell !

Lorsque Rhy se pencha en avant, les coudes posés sur les genoux, l'*Antari* se raidit à la vue d'un petit bijou sous le col de sa chemise. Un pendentif. Un collier en verre aux bords rouge sang, qu'il avait déjà vu quelques jours plus tôt. Sur Astrid Dane.

Il se leva d'un bond, mais les gardes foncèrent sur lui pour le retenir. Leurs mouvements étaient trop réguliers, leur poigne trop forte. Soumis à un sort de contrainte, bien sûr. Pas étonnant que leurs visières soient baissées, car l'effet du charme se lisait dans les yeux.

— Bonjour, petite fleur, entonna Rhy d'une voix qui n'était plus tout à fait la sienne.

— Astrid ! Ne me dites pas que tout le palais est déjà sous votre influence ?

— Pas encore, mais j'y travaille, gloussa-t-elle.

— Qu'avez-vous fait à mon frère ?

— Oh… Un simple petit emprunt, c'est tout.

La main de Rhy se glissa sous le col de sa chemise pour sortir le pendentif. Il ne pouvait s'agir que d'une amulette de possession.

— Du sang *Antari*, déclara-t-elle fièrement. Il permet d'étendre le sort à deux mondes.

— Vous allez me le payer. Je vais…

— Tu vas quoi ? T'en prendre à moi ? Et risquer de blesser ton cher prince ? Ça m'étonnerait.

De nouveau, ce sourire froid, si étranger au visage de Rhy.

— Où est la pierre, Kell ?

— Qu'est-ce que vous faites ici ?

— Allons, ça ne se voit pas ? Je me diversifie.

Elle balaya la pièce d'un geste de la main. Kell tira sur ses menottes : le métal s'enfonçait dans ses poignets. Elles étaient assez puissantes pour supprimer les pouvoirs de base et empêcher les sorts, mais pas la magie *Antari*. Si seulement il parvenait à…

— Dis-moi où est cachée la pierre.

— Dites-moi pourquoi vous avez pris le corps de mon frère, répliqua-t-il pour gagner du temps.

— Tu ignores tout de la guerre, soupira Astrid. Les batailles se mènent peut-être de l'extérieur, mais les guerres se gagnent de l'intérieur. Tout comme les royaumes et les couronnes. La plus solide des forteresses peut résister à n'importe quelle attaque, sauf à celle qui vient d'entre ses murs. Si j'avais marché sur votre palais, serais-je parvenue jusqu'ici ? Maintenant, personne ne se méfiera de moi. Ni le roi, ni la reine, ni le peuple. Je suis leur prince adoré et je le resterai aussi longtemps qu'il me plaira.

— Je sais qui vous êtes, ce dont vous êtes capable. Qu'est-ce que vous allez faire, Astrid ? Me tuer ?

— Non, répondit-elle avec une étrange jubilation.

Mais tu vas le regretter, j'en suis certaine. Bon, finissons-en, où est ma pierre ?

Lorsque la main de Rhy souleva le menton de Kell, l'*Antari* regarda dans les yeux mordorés de son frère et crut voir le reste de son esprit tapi au fond de lui. Il aurait voulu le supplier de lutter contre le sort… Mais c'était inutile. Elle avait pris sa place.

— Je l'ignore.

— Tu sais…

Le sourire de Rhy s'élargit, féroce. Il leva la main et examina ses longs doigts ornés de bagues, dont il retourna les pierres étincelantes vers sa paume.

— Une partie de moi espérait que tu dises ça.

Il serra le poing et l'envoya dans la mâchoire de Kell. La tête de l'*Antari* partit sur le côté dans un craquement sinistre. Il faillit trébucher, mais les gardes le maintenaient debout. Un goût métallique dans la bouche, il vit Rhy se frotter le poing sans se départir de son horrible sourire.

— On va bien s'amuser !

III

La capeline de son nouveau manteau gonflée dans son dos, Lila gravit les marches du palais. Le tapis bleu nuit, éclatant, ondulait légèrement sous chacun de ses pas : elle avait l'impression de marcher sur l'eau. Alors que les autres invités montaient par deux ou en petits groupes, Lila, seule, imitait de son mieux leur arrogance hautaine, les épaules rejetées en arrière, la tête haute. Elle n'était peut-être pas riche, mais elle avait assez volé ceux qui l'étaient pour savoir copier leurs manières.

En haut des marches, elle présenta son carton d'invitation à l'homme en noir et or qui s'inclina et s'écarta pour la laisser entrer dans un hall couvert de fleurs. Il y en avait là plus qu'elle n'en avait jamais vu. Roses, lis, pivoines, jonquilles, azalées et une multitude d'autres qu'elle ne reconnaissait pas. Des bouquets de minuscules fleurs blanches, semblables à des flocons de neige, et d'autres énormes qui ressemblaient à des tournesols – à la différence près que ceux-là étaient azur. Leur parfum emplissait la pièce, mais ne submergea pas Lila. Elle était peut-être en passe de s'y habituer, tout simplement.

Attirée par la musique qui lui parvenait de derrière un rideau, elle avança dans la galerie florale. Mais au moment même où elle s'apprêtait à écarter le rideau, un second serviteur surgit de nulle part et lui barra le passage. Lila se raidit, inquiète à l'idée que son déguisement et son invitation ne suffisent pas, qu'on découvre son imposture. Elle glissa une main vers le couteau dissimulé sous son manteau. Alors l'homme lui sourit et déclara dans un anglais guindé :

— Qui dois-je annoncer ?

— Excusez-moi ? demanda Lila d'une voix bourrue.

— Sous quel titre et nom dois-je vous annoncer, monsieur ?

Soulagée, elle laissa retomber sa main et sourit à son tour.

— Capitaine Bard, du *Roi des mers*.

Après une brève hésitation, le domestique se retourna et répéta sa réponse sans protester. Son nom résonna dans la pièce avant même son entrée. Une fois derrière le rideau, elle resta bouche bée.

Le vif éclat du monde extérieur faisait pâle figure à côté de l'intérieur de ce palais à la voûte en verre et aux tapisseries chatoyantes, traversé par une magie lumineuse. L'air respirait la magie. Pas celle, secrète et séductrice, de la pierre, mais une à la nature plus voyante, brillante, englobante. Lila comprit alors pourquoi Kell lui avait présenté la magie comme un sixième sens. Elle était partout, enivrante. La jeune fille ignorait si l'énergie provenait des centaines de corps rassemblés dans la pièce ou de la pièce elle-même, qui la reflétait et l'amplifiait comme une chambre d'écho. Elle lui paraissait d'une étrange et incroyable familiarité.

Sous l'éclat de cette magie, ou peut-être à cause d'elle, l'espace était empli de couleurs et de lumière. Lila n'était jamais entrée dans le palais Saint James, mais il ne pouvait pas rivaliser avec cette splendeur. Impossible. Rien dans son Londres ne le pouvait. En comparaison, son monde paraissait tellement gris, morne et vide qu'elle avait envie d'embrasser la pierre pour l'en avoir libérée et l'avoir amenée dans ce joyau. Partout où elle portait le regard, elle ne voyait que richesse. Ses doigts la démangeaient, mais elle se retint de faire les poches des convives, car le contenu de la sienne était bien trop précieux pour risquer de le perdre.

Le rideau donnait sur un palier et une volée de marches qui descendait vers la salle au sol lustré, perdu sous les bottes et les jupes tournoyantes.

Au pied de l'escalier, terriblement élégants dans leurs habits d'or, le roi et la reine accueillaient chacun de leurs invités. Lila n'avait jamais approché d'aussi près un membre de la famille royale, mis à part Kell. Elle savait qu'elle aurait dû s'éclipser, mais ne put résister à la tentation d'exhiber son déguisement. De plus, il aurait été impoli de ne pas saluer ses hôtes. *Imprudente!* grogna une voix dans sa tête. Malgré cette mise en garde, elle descendit les marches avec le sourire. Le roi lui serra la main d'une poigne ferme.

— Bienvenue, capitaine.

— Votre Majesté.

Elle lutta pour empêcher sa voix de monter dans les aigus, et veilla à ne pas lui donner de coup de corne avec son masque lorsqu'elle inclina la tête.

— Bienvenue, répéta la reine tandis que Lila effleurait

de ses lèvres la main royale. Je ne crois pas vous avoir déjà rencontré.

— Je suis un ami de Kell, déclara Lila sur le ton le plus désinvolte possible, le regard toujours baissé.

— Ah… alors bienvenue.

— En fait, Votre Altesse, je le cherche. Savez-vous où je pourrais le trouver ?

— Il n'est pas là, mais je ne suis pas inquiète.

Les yeux dans le vague, la reine avait répondu d'un ton plat, comme si elle récitait une réplique. Soudain prise d'un mauvais pressentiment, Lila retira sa main.

— Il va venir, j'en suis sûre.

— Tout ira bien, dit le roi d'une voix tout aussi creuse.

— Oui, ajouta la reine.

Quelque chose n'allait pas. Lila se risqua alors à regarder la reine dans les yeux, quitte à faire preuve d'impertinence. Elle y vit une subtile lueur, pareille à celle qui brillait dans les prunelles du garde, celui qui avait tranché la gorge de Fletcher. Comme de la magie. Était-elle la seule à l'avoir remarqué ? Ou à avoir eu le culot de croiser le regard des souverains ? Derrière elle, l'invité suivant se racla la gorge.

— Je suis désolée de vous avoir retenus, conclut Lila avec empressement.

Elle se fraya ensuite un chemin dans la salle de bal, et se mit en quête du prince, au milieu de la foule des danseurs et des buveurs. Mais à en juger par leur impatience, et les regards furtifs lancés vers les portes et l'escalier, il n'avait pas encore fait son apparition.

Elle s'éclipsa par une porte à double battant au fond de la salle et se retrouva dans un couloir quasi désert

– il y avait bien un garde et une jeune femme qui se trouvaient là, mais ils étaient bien trop occupés par leur étreinte amoureuse pour la voir. Elle franchit une nouvelle porte, puis encore une autre. Se frayer un chemin dans les rues de Londres lui avait beaucoup appris sur les labyrinthes, dont le centre concentrait la richesse. Elle progressa donc de salle en salle autour du cœur palpitant du palais, sans jamais trop s'en écarter. Partout, elle trouvait de nombreux invités, gardes et serviteurs, mais aucun signe de Kell ou du prince, ni aucune brèche dans le labyrinthe. Elle repéra enfin un escalier en colimaçon, élégant mais étroit, de toute évidence réservé à un usage privé. Elle jeta un dernier coup d'œil vers la salle de bal avant de monter.

Un étrange silence régnait à l'étage. À cela s'ajouta bientôt le murmure de la pierre dans sa poche, et Lila en fut alors certaine : elle se rapprochait du but. C'était comme si la relique sentait Kell et souhaitait le rejoindre. Encore une fois, Lila essaya de ne pas se vexer.

Une nouvelle enfilade de salles se présenta à elle : la première était vide, mais pas la deuxième. Elle retint son souffle et recula dans un coin sombre pour échapper de justesse aux yeux d'un garde qui se tenait devant une porte ouvragée. Il n'était pas seul. De fait, contrairement à toutes les autres, la porte du fond était gardée par pas moins de trois hommes armés et cuirassés.

Lila dégaina son tout nouveau couteau, mais hésita. Pour la deuxième fois en deux jours, elle se retrouvait seule contre trois. Aucune garantie qu'elle s'en sorte. Le poing serré sur le manche de son poignard, elle chercha activement un plan qui lui permettrait d'éviter de finir dans la tombe. Elle s'apprêtait à contrecœur à sortir la pierre, qui murmurait de plus belle, quand un détail lui sauta aux yeux.

Parmi les nombreuses portes de la salle, la plus lointaine était gardée, mais la plus proche entrouverte. Elle donnait sur une chambre luxueuse avec, au fond, un balcon. Des rideaux flottaient dans l'air du soir.

Lila sourit et rengaina son couteau. Elle avait une idée.

IV

Kell cracha du sang sur le beau sol marqueté de la chambre de Rhy. Le prince n'aurait pas été content… mais il n'était pas là.

— La pierre, ma rose, où est-elle ? demanda Astrid de sa voix sensuelle.

Les bras toujours coincés dans le dos, Kell peinait à se mettre à genoux. Les deux gardes le forcèrent à se relever.

— Qu'est-ce que vous comptez faire ?

— Mais… m'emparer du trône, bien sûr.

— Vous en avez déjà un, fit remarquer l'*Antari*.

— Dans un Londres mourant. Et tu sais pourquoi il agonise ? À cause de vous, de cette ville et de son lâche repli. Vous avez fait de nous votre bouclier. Aujourd'hui, votre royaume prospère alors que nous périssons. Ce n'est que justice que je prenne le pouvoir ici, en guise de réparation. De représailles.

— Et ensuite, quel est le plan ? Abandonner votre frère dans votre monde en décomposition pour pouvoir profiter des splendeurs de celui-là ?

Un rire froid et sec s'échappa de la gorge de Rhy.

— Bien sûr que non. Je serais une bien piètre sœur. Non, Athos et moi allons régner ensemble. Côte à côte.

— Comment ça ?

— Nous allons rétablir l'équilibre entre les mondes. Rouvrir les portes. Ou plutôt les démolir pour en créer une nouvelle qui elle restera ouverte, afin que tout le monde puisse passer d'un monde à l'autre. Une fusion de nos deux illustres Londres, si tu préfères.

Kell blêmit. Même quand les passages étaient déverrouillés, ils demeuraient fermés. Une porte ouverte entre les mondes ne serait pas seulement source de danger, mais aussi d'instabilité.

— La pierre n'en a pas le pouvoir, elle n'est pas assez puissante.

Il avait essayé de prendre un ton assuré, pourtant il doutait. La relique avait bien créé une porte pour Lila. Il y avait cependant une grande différence entre percer un trou dans un tissu et le déchirer.

— En es-tu sûr ? le railla Astrid. Mais tu as peut-être raison. Peut-être que ta moitié ne suffit pas.

Le sang de Kell se figea dans ses veines.

— Ma moitié ?

— Tu n'as pas remarqué qu'elle était cassée ?

— Le bord dentelé…

— Athos l'a trouvée dans cet état, en deux morceaux. Il aime dénicher des trésors, depuis toujours. Enfants, nous cherchions des objets de valeur dans les rochers sur la côte. Une habitude qu'il a gardée. Sa quête est juste devenue un peu plus sophistiquée, pointue. Bien sûr, nous avions entendu parler de la purge du Londres noir, de l'éradication des reliques, mais il était persuadé qu'il restait quelque chose, n'importe quoi, pour nous aider à sauver notre monde mourant.

— Et il l'a trouvé.

Kell enfonça ses poignets dans les menottes métalliques. Leurs bords étaient lisses et non tranchants. Une douleur sourde parcourut ses bras, sa peau refusait de se fendre. Il baissa les yeux sur son sang par terre, mais les gardes le maintenaient debout de leur poigne inflexible.

— Il a fouillé, poursuivit Astrid. Trouvé quelques objets inutiles, un carnet, un morceau de tissu… et puis, ô surprise, la pierre. Cassée en deux, mais comme tu l'as sans doute remarqué, cet état ne l'empêche pas de fonctionner. C'est pure magie, après tout. Elle peut se diviser sans faiblir. Même séparées, les deux moitiés restent liées. Chacune est assez puissante pour changer le monde. Mais elles désirent se retrouver. Elles sont attirées l'une par l'autre. Si une goutte de ton sang suffit pour créer une porte, imagine le pouvoir des deux moitiés réunies.

Elles pourraient détruire le mur entre les mondes. Anéantir la réalité.

— Je l'avoue, c'est moi qui ai eu l'idée de te donner la pierre pour que tu la transportes de l'autre côté.

Kell s'efforçait de gagner du temps pendant qu'il frottait ses poignets contre les menottes.

— Pourquoi ne pas avoir utilisé Holland pour passer la pierre en contrebande ? Il a bien livré ce collier à Rhy.

— C'est toi que je voulais.

Astrid lui caressa la joue, puis les cheveux, avec un sourire. Penchée en avant, elle appuya la joue volée de Rhy contre celle de Kell, en sang, et lui murmura à l'oreille :

— Je te l'avais déjà dit que ta vie m'appartiendrait.

Kell se dégagea, et la main de Rhy retomba.

— Et puis, c'était logique. Si notre plan avait échoué et Holland été attrapé, la culpabilité aurait pesé sur notre couronne, et notre seule chance aurait été gâchée.

Mais si c'était toi qui te retrouvais piégé, cette culpabilité pèserait sur ta seule tête. J'ai entendu parler de ton passe-temps, Kell. Tu crois que *L'Os calciné* garde les secrets ? Rien ne passe inaperçu dans ma ville. Un serviteur royal contrebandier ? Pas si difficile à croire. Et si tout se passait bien et que je parvenais à prendre ce palais, ce royaume, je ne pouvais pas te laisser t'échapper et me résister. Je voulais que tu sois là, à ta place. À mes pieds.

Une sombre énergie se mit à crépiter dans sa paume. Kell se prépara au choc, mais Astrid ne semblait pas la maîtriser, pas avec les compétences rudimentaires de Rhy. L'éclair dévia sur la gauche pour frapper le montant métallique du lit du prince. Kell se força à lâcher un petit rire.

— Vous auriez dû choisir un meilleur corps. Mon frère n'a jamais été doué pour la magie.

— Peu m'importe. J'ai encore le reste de la famille.

Alors qu'elle examinait ses doigts, Kell eut une idée.

— Pourquoi ne pas prendre quelqu'un d'un peu plus fort ?

— Comme toi ? Tu aimerais que je fasse un tour dans ton corps ?

— J'aimerais vous voir essayer.

S'il parvenait à la convaincre d'ôter le collier pour le lui passer…

— Je pourrais… mais la possession ne fonctionne pas sur les *Antari*. Je le sais, et toi aussi. Bien tenté !

L'espoir de Kell retomba. Astrid se retourna pour prendre un couteau sur une table et en admirer la lame étincelante.

— En revanche, la contrainte, c'est une autre histoire.

Il recula, mais n'avait nulle part où aller. Les gardes le prirent en étau tandis que le prince s'approchait d'un pas nonchalant. Il trancha les boutons de la chemise de Kell et repoussa son col de la pointe du couteau pour révéler la peau blanche et lisse au-dessus de son cœur.

— Si peu de cicatrices… On va arranger ça.

— Plus un geste ! intervint une voix.

Kell se tortilla et aperçut Lila. Vêtue d'un nouveau manteau noir et d'un masque à cornes, elle se tenait sur la balustrade du balcon, cramponnée au chambranle, son pistolet pointé sur le torse du prince.

— C'est une affaire de famille, prévint Astrid de la voix de Rhy.

— J'en ai assez entendu pour savoir que vous ne faites pas vraiment partie de la fratrie, répliqua la jeune fille avant d'armer son pistolet. Maintenant, éloignez-vous de Kell.

Astrid leva la main avec un sourire sombre. Cette fois, l'éclair atteint sa cible et frappa Lila en pleine poitrine. Le souffle coupé, la voleuse lâcha le chambranle, glissa de la balustrade et bascula dans le noir.

— Lila ! cria Kell.

Une des menottes avait fini par s'enfoncer suffisamment dans son poignet pour le faire saigner. Il replia aussitôt ses doigts sur le métal et cracha un ordre :

— *As Orense.*

Ouvre. Libéré de ses chaînes, il récupéra son pouvoir et leva les mains. Les deux gardes furent projetés en arrière, l'un contre le mur et l'autre contre le cadre métallique du lit. Kell dégaina alors son poignard et se retourna vers Astrid, prêt au combat. Elle le regarda, amusée.

— Qu'est-ce que tu comptes faire, Kell ? Tu ne vas pas me blesser, pas tant que je possède ton frère.

— Mais moi, si.

De nouveau la voix de Lila, suivie d'une détonation. La douleur et la surprise déformèrent le visage de Rhy, puis l'une de ses jambes se déroba sous lui. Le sang assombrissait l'étoffe autour de son genou. Lila se tenait dehors, mais au-dessus de la balustrade, cette fois, sur un panache de fumée noire. Le soulagement de Kell laissa place à la terreur. Elle ne s'était pas contentée de se jeter dans la gueule du loup. Elle avait apporté la pierre.

— Vous allez devoir faire un peu plus d'efforts pour me tuer.

Elle descendit de son nuage couleur suie et pénétra dans la chambre à grands pas. Astrid se releva.

— Serait-ce un défi ?

Les gardes s'étaient ressaisis. L'un approchait derrière Lila, l'autre derrière Kell.

— Cours ! lui dit-il.

— Contente de te revoir, moi aussi.

Lorsqu'elle rangea le talisman dans sa poche, il entrevit une lueur de faiblesse dans ses yeux. Elle la cachait bien.

— Tu n'aurais pas dû venir, Lila.

— Non, tu n'aurais pas dû, répéta Astrid. Mais tu es là maintenant. Et tu m'as apporté un cadeau.

Devant son horrible sourire, Kell se prépara à une attaque, mais Rhy posa la pointe du couteau sur son propre torse, juste sous son cœur. Kell se raidit.

— Donne-moi la pierre ou je tue le prince.

Indécise, Lila regarda Rhy, puis Kell.

— Vous n'oseriez pas, affirma l'*Antari*.

— Tu en es sûr, petite fleur, ou tu l'espères seulement ?

— Vous avez choisi son corps parce qu'il fait partie de votre plan. Vous ne…

— Ne prétends jamais connaître ton ennemi, répliqua Astrid, qui enfonça la pointe entre ses côtes. J'ai d'autres rois à ma disposition.

Le sang s'était mis à couler. Kell s'efforça d'immobiliser la main du prince grâce à sa magie, mais la puissante volonté d'Astrid à l'intérieur du corps fragilisait son emprise.

— Combien de temps penses-tu pouvoir tenir ? Que se passera-t-il quand ta concentration commencera à diminuer ? Il ne veut pas que je blesse son frère, ajouta-t-elle à l'intention de Lila. Alors tu ferais mieux de me donner la pierre avant qu'il n'arrive malheur.

Lila hésitait. De sa main libre, Astrid enleva son amulette de possession.

— La pierre, Lila.

— Non, dit Kell sans savoir s'il s'adressait à Astrid, Lila ou aux deux.

— La pierre !

— Astrid, s'il vous plaît, l'implora-t-il.

À ces mots, la bouche de Rhy se tordit en un sourire triomphant.

— Tu es à moi, Kell, et je vais te briser. En commençant par ton cœur.

— Astrid !

— Attrape !

Trop tard. Astrid lança le pendentif à Lila avant de plonger la lame dans le torse de Rhy.

V

Tout arriva si vite, le pendentif fendant l'air au même moment que le couteau. Après avoir vu Lila se jeter hors de portée de l'amulette, Kell se retourna juste à temps pour voir Rhy plonger la lame entre ses côtes.

— Non !

Alors que le collier glissait sur le sol jusqu'à la botte d'un garde, le prince s'écroula. Kell se précipita à ses côtés pour retirer le couteau de son corps.

Rhy – car c'était vraiment lui à présent – laissa échapper un râle. Kell appuya sa main tachée de sang sur le torse de son frère, frissonnant. Le devant de sa chemise était déjà mouillé. Il venait juste de commencer le sort de guérison pour le prince quand un garde se rua sur lui. Ils tombèrent ensemble sur le parquet ouvragé. À quelques mètres d'eux, Lila était aux prises avec l'autre soldat.

L'agresseur de Kell tentait de l'étrangler d'une main et serrait le talisman dans l'autre. Le magicien se débattit de toutes ses forces et parvint à se libérer. Quand le garde (et Astrid à l'intérieur) fonça de nouveau sur lui, il leva la main. Le corps cuirassé vola en arrière, non pas contre le mur mais contre la balustrade du balcon, qui s'effondra sous le choc. La sentinelle atterrit sur les pavés de la cour en contrebas, dans un fracas aussitôt suivi de hurlements. Kell courut à la fenêtre et découvrit le corps entouré d'une dizaine d'invités. L'un d'eux, une femme vêtue d'une belle robe verte, tendit une main curieuse vers le pendentif tombé sur les pavés.

— Non ! hurla l'*Antari*.

Trop tard. Dès qu'elle referma les doigts dessus, il perçut le changement, devina au long frisson qui la parcourut que le sort de possession s'infiltrait en elle. L'inconnue leva alors la tête vers lui avec un sourire froid avant de se précipiter à l'intérieur du palais.

— Kell ! appela Lila.

Lorsqu'il se retourna, il prit enfin conscience du tumulte qui régnait dans la chambre. Le deuxième garde gisait sur le sol, un poignard enfoncé à travers la visière de son casque, et Lila, penchée sur Rhy, son masque à cornes relevé, appuyait sur le torse du blessé. Elle était couverte de sang, mais ce n'était pas le sien. En revanche, la chemise du prince était trempée.

— Rhy… Tiens bon, Rhy.

Kell avait prononcé son nom entre un sanglot et un soupir. Agenouillé à côté de son frère, il dégaina son poignard et s'entailla profondément la main. Il appuya ensuite sa paume blessée sur la poitrine du prince, qui respirait de façon saccadée.

— *As Hasari*.

Guéris. Rhy se mit à cracher du sang.

Des voix affolées montaient de la cour, prise de frénésie. Des bruits de pas traversaient les salles, des poings cognaient à la porte de la chambre, verrouillée par un sort.

— Il faut filer d'ici, dit Lila.

— *As Hasari*, répéta Kell.

Il appuyait sur la plaie, mais il y avait tellement de sang… Trop.

— Je suis désolé, chuchota le prince.

— Tais-toi, Rhy.

— Kell, insista Lila.

— Je ne l'abandonnerai pas.

— Alors emmenons-le avec nous. Tu as dit que la magie avait besoin de temps pour faire effet. On ne peut pas attendre. Emmène-le si tu veux, mais il faut y aller, tout de suite.

— Je suis désolé.

Il releva Rhy, qui hoqueta de douleur. Impossible de sortir par la porte : ils ne pouvaient pas exhiber le prince blessé devant les invités venus fêter son anniversaire. D'autant que, quelque part parmi eux, se trouvait Astrid Dane. Il existait cependant un couloir secret entre les chambres de Rhy et Kell, qu'ils empruntaient depuis qu'ils étaient petits. Il entraîna alors, ou plutôt souleva son frère jusqu'à une porte dérobée, puis dans l'étroit couloir aux murs recouverts de curieuses marques : scores, paris et défis, oubliés depuis longtemps. Traces de leur adolescence protégée.

À présent, c'étaient des traces de sang qu'ils y laissaient.

— Reste avec moi, Rhy. Écoute ma voix.

— Une si belle voix, murmura le prince, la tête pendante.

— Rhy !

Kell entendit les gardes faire irruption dans la chambre du prince au moment où ils arrivaient dans la sienne. Il appuya sa main couverte de sang sur la porte en bois.

— *As Staro.*

Ferme. À ces mots, une pièce de métal surgit de ses doigts et verrouilla la porte.

— On ne peut pas continuer à courir de chambre en chambre, intervint Lila d'un ton brusque. Il faut sortir de ce palais !

Kell le savait bien. Il les conduisit dans le bureau au fond de la pièce. Sur le mur derrière la porte se trouvaient des marques de sang. Des raccourcis vers une demi-douzaine de lieux dans la ville. Celui qui menait au Champ de rubis ne servait plus à rien, mais les autres fonctionneraient. Il passa en revue les possibilités jusqu'à trouver la seule qui serait sans danger.

— Ça va marcher ? lui demanda Lila.

Il n'en était pas certain. Les portes au sein des mondes étaient plus difficiles à créer mais plus faciles à utiliser : seuls les *Antari* savaient les ouvrir, mais n'importe qui d'autre pouvait, en théorie, les traverser. Il l'avait déjà fait avec Rhy, le jour où il l'avait retrouvé sur le bateau, mais ils n'étaient alors que deux.

— Ne me lâchez pas.

Après avoir déposé du sang frais sur la marque, Kell serra Rhy et Lila contre lui. Il espérait que la porte, et la magie, seraient assez puissantes pour les emmener tous les trois au sanctuaire.

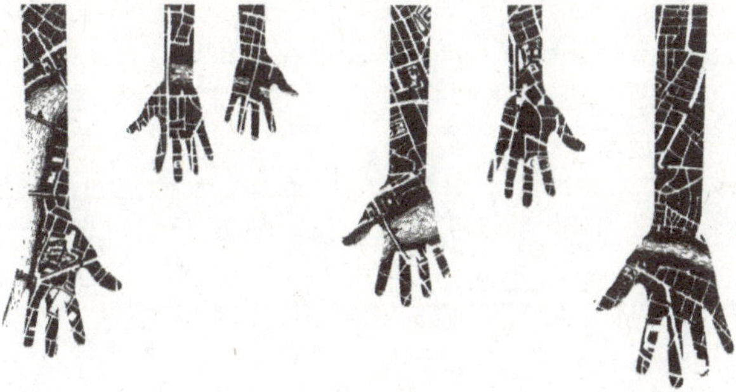

DOUZIÈME CHAPITRE

SANCTUAIRE ET SACRIFICE

I

Situé dans un coude du fleuve non loin de la périphérie de la ville, le sanctuaire de Londres était un édifice en pierre dont l'élégance simple rappelait celle d'un temple, et qui inspirait le respect. Un lieu où hommes et femmes venaient explorer la magie tout autant que la vénérer. Où érudits et maîtres consacraient leur vie à s'efforcer de saisir et de communiquer avec l'essence du pouvoir, son origine, sa source. Comprendre l'élément même de la magie, cette entité omniprésente, pourtant évanescente.

Durant son enfance, Kell avait passé autant de temps au sanctuaire qu'au palais, pour y étudier auprès de son tuteur, maître Tieren, qui l'avait étudié en retour. Même s'il y retournait de temps à autre, il n'y avait pas séjourné depuis des années (depuis que Rhy avait commencé à piquer des colères à chacune de ses absences, et exigé qu'il ne fasse plus partie des meubles mais devienne un membre de la famille à part entière). Malgré tout, Tieren avait tenu à ce qu'il y garde une chambre. Kell avait donc conservé la trace de la porte sur son mur, un simple cercle de sang avec un X au centre. Le symbole du sanctuaire.

Kell, Lila et le prince ensanglanté passèrent alors du splendide palais en plein chaos à une sobre pièce aux murs de pierre. La lumière d'une bougie vacillait sur les parois lisses de l'étroite chambre, haute de plafond et sommairement meublée. Le sanctuaire, qui méprisait toute distraction, ne fournissait que l'essentiel. Kell était peut-être *aven*, béni, mais Tieren avait insisté pour le traiter comme n'importe quel élève, ce dont Kell lui était reconnaissant. À ce titre, sa chambre ne contenait ni plus ni moins qu'une autre : un bureau en bois installé contre un mur et un long lit de camp contre un autre, à côté d'une petite table. Sur cette table, comme toujours, se consumait une bougie infinie. L'air de la pièce, dépourvue de fenêtre, renfermait la fraîcheur des lieux souterrains, des cryptes.

Sur le sol, un cercle gravé entouré de symboles. Une sphère euphorisante destinée à la méditation. Le sang de Rhy y laissa sa trace lorsque Kell et Lila le traînèrent jusqu'au lit, pour l'y allonger le plus doucement possible.

— Reste avec moi, ne cessait de répéter Kell.

Mais les « bien sûr », « d'accord » et « comme tu veux » murmurés par le prince avaient à présent laissé place au silence et à une faible respiration.

Combien d'« *As Hasari* » Kell avait-il prononcé ? La formule était une fois de plus devenue une psalmodie sur ses lèvres, dans sa tête et son cœur, pourtant Rhy ne guérissait pas.

Combien de temps devrait-il encore attendre avant que la magie ne fasse effet ? Elle allait agir, il le fallait. La peur submergea le jeune homme. Il aurait dû mieux regarder l'arme d'Astrid. Prêter attention au métal et aux inscriptions qui y étaient tracées. Avait-elle jeté un sort pour bloquer la magie de l'*Antari* ? *Pourquoi ça ne fonctionne pas ?*

— Reste avec moi, murmura le jeune homme une fois de plus.

Rhy ne bougeait plus. Il avait les yeux fermés, sa mâchoire était détendue.

— Kell, chuchota Lila. Je crois que c'est trop tard.

— Non. La magie a juste besoin de temps. Tu ne connais pas son fonctionnement.

— Kell…

— Je te dis qu'elle a besoin de temps !

Il posa les deux mains sur le torse de son frère et étouffa un cri. Il ne sentait plus le moindre mouvement. Aucun battement de cœur.

— Je ne peux pas… haleta-t-il, comme si lui aussi manquait d'air. Je ne peux pas…

Sa voix se brisa alors qu'il serrait la chemise en sang du prince.

— Je ne peux pas l'abandonner.

— C'est fini. Tu ne peux plus rien faire.

Mais c'était faux. Il lui restait une dernière solution. Toute chaleur quitta son corps, et avec elle l'hésitation, le désarroi et la peur. Il savait ce qu'il pouvait faire. Ce qu'il devait faire.

— Donne-moi la pierre.

— Non.

— Lila, donne-moi cette maudite pierre avant qu'il ne soit trop tard.

— C'est déjà trop tard. Il est…

— Il n'est pas mort ! Donne-la-moi, répétât-il en tendant vers elle une main tremblante et maculée de sang.

La jeune fille plongea la sienne dans sa poche mais hésita un instant.

— Kell, n'oublie pas que si je la garde, c'est pour une bonne raison.

— Bon sang, Lila ! S'il te plaît !

Elle sortit la pierre avec un soupir. Il la lui arracha des mains, sans tenir compte de l'impulsion du pouvoir dans son bras, puis plaça le talisman sur le cœur inanimé du prince et appuya sa paume par-dessus.

— Tu l'as dit toi-même, il n'en sort rien de bon, insista Lila. Tu es bouleversé, je le sais, mais enfin, tu ne peux quand même pas croire que cette…

Il ne l'entendait plus. La voix de la voleuse s'était évanouie avec tout ce qui l'entourait tandis qu'il se concentrait sur la magie qui coulait dans ses veines.

Sauve-le. Le pouvoir de la pierre parcourut son sang, puis de la fumée s'échappa de sous ses doigts. Après avoir enveloppé son bras et le torse de Rhy, elle se transforma en une corde noire qui s'entortilla autour d'eux. Pour les attacher ensemble. Les lier. Mais Rhy gisait toujours, immobile.

Ma vie est la sienne. Sa vie est la mienne. Unis-les et ramène-le.

Il sentait la magie avide essayer de puiser dans son corps, son pouvoir, sa force vitale. Cette fois, il la laissa entrer.

Aussitôt, la corde noire se resserra et le cœur de Kell sembla manquer un battement. Celui de Rhy l'attrapa et cogna une fois sous sa main. L'espace d'un instant, il n'éprouva que soulagement et joie.

Puis de la douleur. Comme une déchirure, un nerf après l'autre. Plié en deux au-dessus du prince, Kell poussa un hurlement mais ne relâcha pas pour autant son étreinte. Rhy se cambra, et les sombres ressorts de la magie se tendirent. La douleur empirait, cuisante sur la peau de l'*Antari*, son cœur, sa vie.

— Kell !

La voix de Lila perça le brouillard. Il la vit se précipiter en avant, la main tendue pour l'arrêter, le libérer du sort. *Stop.* Il se contenta de le penser, sans lever la main, mais la magie entendit sa volonté. La fumée jaillit et rejeta Lila en arrière. Elle heurta violemment le mur en pierre et s'écroula par terre.

Kell perçut en lui une voix lointaine, étouffée. *C'est mal. C'est…* Mais une nouvelle vague de douleur le submergea. Le pouvoir battait dans ses veines. Il posa la tête sur le torse de son frère alors que la douleur le déchirait, peau et muscles, os et âme.

Rhy avait le souffle court. Kell aussi. Son cœur rata un battement, puis s'arrêta soudain.

II

Dans la chambre régnait un silence de mort.

La main de Kell glissa du torse de Rhy, puis son corps tomba du lit sur le sol en pierre dans un bruit sourd. Les oreilles encore bourdonnantes après le choc de sa tête contre le mur, Lila se releva tant bien que mal.

Kell ne bougeait pas. Ne respirait pas. Enfin, au bout d'un moment qui sembla durer une éternité, il prit une profonde inspiration tremblante. Rhy aussi.

Avec un juron de soulagement, Lila s'agenouilla auprès de Kell, dont la chemise ouverte révélait son ventre taché de sang. Sur la peau juste au-dessus de son cœur était gravé un symbole noir composé de cercles concentriques. Lila leva les yeux vers le lit et découvrit la même marque sur le torse ensanglanté du prince.

— Qu'as-tu fait ? murmura-t-elle.

Elle ne connaissait pas grand-chose à la magie, mais elle était à peu près certaine que ressusciter quelqu'un relevait du domaine du maléfique. Si toute magie avait un prix, quel était celui que Kell allait devoir payer pour ce qu'il venait d'accomplir ?

Comme en réponse à sa question muette, il ouvrit alors les yeux. Lila fut soulagée de voir que son iris gauche était toujours bleu, car l'espace d'un instant, pendant le sort, les deux étaient devenus noirs.

— Bon retour parmi les vivants.

Kell gémit. Elle l'aida à se redresser en position assise sur le sol froid tandis qu'il se retournait vers le lit, où le torse de Rhy se soulevait et s'abaissait dans un mouvement lent mais régulier. Son regard passa ensuite de la marque sur la peau du prince à la sienne, qu'il toucha avec une légère grimace.

— Qu'est-ce que tu as fait ? lui demanda Lila.

— J'ai lié la vie de Rhy à la mienne, répondit-il d'une voix rauque. Tant que je vivrai, lui aussi.

— Ça m'a tout l'air d'être un sort plutôt dangereux.

— Ce n'est pas un sort, mais un sceau des âmes, murmura-t-il.

N'avait-il pas la force de parler plus fort ou craignait-il de réveiller son frère ?

— On peut lever un sort, pas un sceau des âmes. C'est immuable. Mais ça, ajouta-t-il en effleurant sa marque, c'est…

— Interdit ?

— Impossible. Ce genre de magie n'existe pas.

Lorsqu'il se releva, hébété, Lila se raidit à la vue du talisman toujours niché au creux de la main de l'*Antari*. Des veines noires couraient le long de son bras.

— Tu dois lâcher cette pierre, maintenant.

Kell baissa les yeux, comme s'il avait oublié qu'il la tenait encore. Mais quand il parvint à ouvrir le poing, le talisman ne tomba pas. Il en sortait des fils noirs qui s'enroulaient autour de ses doigts et de son poignet. Il fixa la pierre pendant de longues secondes.

— Apparemment, je ne peux pas.

— Plutôt mauvais signe, non ?

— Effectivement, admit-il avec un calme effrayant. Mais je n'avais pas le choix… Il fallait…

Il ne termina pas sa phrase et se tourna vers Rhy.

— Tout va bien, Kell ? demanda Lila.

Une question absurde, vu les circonstances. Alors qu'il lui lançait un regard en ce sens, elle ajouta :

— Pendant le sort, tu n'étais pas toi-même.

— Je le suis maintenant.

— En es-tu certain ? insista-t-elle en désignant sa main. Parce qu'au cas où tu ne l'aurais pas remarqué, il y a du nouveau ! Cette pierre est maléfique, tu l'as dit toi-même. Elle se nourrit d'énergie, de vie humaine. Et la voilà attachée à ta main. Ne me dis pas que ça ne t'inquiète pas.

— Je ne pouvais pas le laisser mourir, Lila.

— Oui mais à la place…

— J'ai fait ce qu'il fallait. De toute façon, ça n'a plus d'importance. Je suis déjà perdu.

— Comment ça ?

— Quelqu'un doit rapporter la pierre dans le Londres noir, expliqua-t-il d'une voix radoucie. Il ne suffit pas d'ouvrir une porte pour la jeter à l'intérieur. Je dois y pénétrer avec elle.

Les yeux baissés sur le talisman attaché à sa main, il ajouta :

— Je savais qu'aucun retour n'était possible.

— Bon sang, Kell ! Si tu ne comptes pas essayer de rester en vie, alors à quoi bon lier celle de Rhy à la tienne ?

— Je n'ai pas dit que j'avais l'intention de mourir.

— Mais tu viens de…

— J'ai dit que je ne reviendrai pas. Les sceaux du Londres noir ont été conçus pour empêcher quiconque d'y entrer, mais surtout d'en sortir. Je suis incapable de les lever. Et même si je le pouvais, je ne le ferais pas. Si je parviens à créer une porte pour pénétrer dans le Londres noir, les sceaux ne me permettront jamais d'en ressortir.

— Et bien sûr, tu ne comptais pas m'en parler ! Tu allais me laisser te suivre pour un aller simple vers…

— Ce n'est pas toi qui voulais de l'aventure ? Et non, je n'ai jamais eu l'intention de te laisser…

C'est alors que la porte de la chambre s'ouvrit en grand. Kell et Lila se turent aussitôt, mais leur dispute résonnait encore, répercutée par les murs en pierre de la pièce.

Un vieil homme vêtu d'une bure noire se tenait sur le seuil, une main appuyée contre le chambranle. De l'autre, il portait une boule de lumière blanche. Le dos droit, les épaules larges, il n'avait pas la peau flétrie. Son grand âge n'était trahi que par ses cheveux blancs et les profondes rides sur son visage, accentuées par les ombres. Kell referma son manteau d'une main et enfouit l'autre, teintée de noir, dans sa poche.

— Maître Tieren, dit-il d'un ton désinvolte.

Comme si ce ton pouvait camoufler la situation : Lila et lui trempés de sang, devant le corps d'un prince mourant.

– Kell. *Kers la ? Ir vanesh mer…*

L'homme s'interrompit pour fixer Lila de ses yeux d'un bleu incroyablement clair, qui donnaient l'impression de la transpercer. Il fronça les sourcils puis se remit à parler, cette fois en anglais. Il semblait avoir deviné, d'un seul regard, qu'elle ne le comprenait pas, qu'elle n'était pas de ce monde.

— Qu'est-ce qui vous amène ici ?

— Vous avez dit que j'aurais toujours une chambre au sanctuaire. On en avait besoin, j'en ai bien peur.

Il s'écarta pour que maître Tieren voie le prince blessé. Les yeux écarquillés, le vieil homme porta les doigts à ses lèvres en un geste de prière.

— Est-il…

— Il est vivant, répondit Kell, qui cacha la marque sous son col. Mais le palais est attaqué. Je ne peux pas tout vous expliquer maintenant, mais vous devez me croire, Tieren. Il est aux mains de traîtres, qui usent d'une magie interdite. Ils prennent possession des corps et des âmes de ceux qui les entourent. Personne n'est en sécurité, nulle part, et on ne doit faire confiance à personne.

Il termina sa tirade hors d'haleine. Tieren s'approcha alors de lui d'un pas lent et lui prit le visage dans ses mains de manière étrangement intime. Il le regarda dans les yeux, comme s'il pouvait voir à travers.

— Qu'as-tu fait ?

— Ce qu'il fallait.

Son manteau s'était ouvert et le regard de Tieren se posa sur la marque noire au-dessus de son cœur.

— Je vous en prie, l'implora Kell d'un ton effrayé. Je n'aurais pas exposé cet endroit au danger si j'avais eu le choix.

— Le sanctuaire est protégé des ténèbres. Le prince y sera en sécurité.

Kell parut soulagé. Tieren se retourna pour dévisager de nouveau Lila.

— Tu n'es pas d'ici.

— Delilah Bard, annonça-t-elle en lui tendant la main. Quand il la serra, elle fut parcourue d'un courant chaud, comme un frisson, qui précéda un profond sentiment de sérénité.

— Je m'appelle Tieren. Je suis l'*onase aven*, c'est-à-dire le Grand prêtre, du sanctuaire de Londres. Et un guérisseur, ajouta-t-il comme pour expliquer cette sensation.

Tieren se dirigea ensuite vers le prince pour poser sur son torse une main osseuse, légère comme une plume.

— Ses blessures sont graves.

— Je sais, dit Kell d'une voix tremblante. Je les ressens dans mon propre corps.

Lila se raidit et l'expression de Tieren s'assombrit.

— Alors je ferai tout mon possible pour soulager sa douleur, et la tienne.

Kell hocha la tête avec gratitude.

— C'est ma faute. Mais je vais réparer mon erreur. Je ne peux rien vous dire de plus, ajouta-t-il dès que Tieren ouvrit la bouche. Tout ce que je vous demande, c'est votre confiance et votre discrétion.

— Je vais vous conduire aux tunnels. De là, vous saurez trouver votre chemin. Quel qu'il soit.

Kell n'avait pas prononcé un mot depuis qu'ils avaient quitté la petite chambre. Incapable de regarder son frère, ni même de lui dire adieu, il s'était contenté de hocher la tête avant de suivre maître Tieren. Derrière lui, Lila grattait le sang séché de Rhy sur les poignets de son nouveau manteau (de toute façon elle se serait sali les mains, et les manches, tôt ou tard). Tandis qu'ils parcouraient les entrailles du sanctuaire, elle observait Kell, qui fixait Tieren sans discontinuer – on aurait dit qu'il attendait que le prêtre réagisse. Mais le vieil homme gardait le silence et regardait droit devant lui. Kell finit par traîner le pas jusqu'à se retrouver à côté de Lila.

— Cette tenue te va bien, lui chuchota-t-il. Je ne te demande pas comment tu te l'es procurée…

— Je ne l'ai pas volée, si c'est ce que tu sous-entends. Je l'ai achetée à une marchande du nom de Calla.

Le nom lui arracha un sourire.

— Et comment l'as-tu payée ?

— Je ne me suis pas encore acquittée de ma dette. Mais ça ne signifie pas pour autant que je ne le ferai pas. Cela dit, j'ignore si j'en aurai l'occasion… ajouta-t-elle, les yeux dans le vague.

— Tu l'auras, car tu vas rester ici.

— Ça, ça m'étonnerait.

— Tu seras en sécurité au sanctuaire.

— Hors de question que je reste sur la touche !

— Tu n'étais pas censée aller plus loin. Quand j'ai accepté que tu m'accompagnes, j'avais déjà l'intention de te laisser ici, dans ma ville, pour que tu expliques la situation au couple royal. Et pour te protéger, ajouta-t-il avant que Lila ne puisse réagir. Le Londres blanc n'est pas fait pour un habitant du Londres gris. Pour personne, d'ailleurs.

— C'est à moi d'en juger. Je viens avec toi.

— Ce n'est pas un jeu, Lila. Il y a déjà eu assez de morts, et je…

— Tu as raison, ce n'est pas un jeu, mais une question de stratégie. J'ai entendu ce que la reine a dit sur les deux moitiés de la pierre. Tu dois éliminer les deux, mais pour l'instant, tu n'en possèdes qu'une seule. C'est le roi blanc qui a gardé l'autre, non ? Donc on a du pain sur la planche. Et j'ai bien dit « on », Kell. Deux contre deux. Tu pourras t'occuper du roi, et moi de la reine.

— Tu ne fais pas le poids face à Astrid Dane.

— Dis-moi, tu sous-estimes tout le monde ou juste moi ? C'est parce que je suis une fille, c'est ça ?

— Non, c'est parce que tu es humaine. Tu es peut-être la personne la plus courageuse, la plus audacieuse que j'aie jamais rencontrée, mais tu possèdes bien trop peu de pouvoir. Tu es faite de chair et d'os, et Astrid Dane de magie et de fourberie.

— Tant mieux pour elle, à ceci près qu'elle n'est même pas à l'intérieur de son propre corps. Elle est occupée à prendre du bon temps dans le Londres rouge. Ce qui fait d'elle une proie facile, conclut Lila avec un sourire malicieux. Et je suis peut-être humaine, mais je suis arrivée jusqu'ici.

Kell fronça les sourcils. *C'est incroyable qu'il n'ait pas plus de rides !* pensa Lila en son for intérieur.

— C'est vrai. Mais tu n'iras pas plus loin.

— Cette jeune fille détient un pouvoir, intervint Tieren sans se retourner.

— Tu vois ? se réjouit Lila. Je te l'avais bien dit.

— Quel genre de pouvoir ? demanda Kell, étonné.

— N'aie pas l'air aussi sceptique, répliqua-t-elle.

— Un pouvoir délaissé, répondit Tieren. Négligé. Endormi.

— Alors, allez-y, *onase aven*. Réveillez-le !

Lila tendit les mains. Le vieil homme jeta un coup d'œil derrière lui et esquissa un sourire.

— Il se réveillera tout seul, Delilah Bard. Et si tu le nourris, il grandira.

— Elle vient de l'autre Londres, avoua Kell. Celui sans magie.

— Aucun Londres n'est vraiment dépourvu de magie, fit remarquer le prêtre, qui ne semblait pas le moins du monde surpris par la révélation de Kell.

— Humaine ou pas, ajouta Lila d'un ton sec, dois-je te rappeler que c'est grâce à moi si tu es encore en vie ? Et si la reine blanche ne te porte pas en manteau. En plus, j'ai quelque chose dont tu as besoin.

— Quoi donc ?

— La clé.

Elle sortit la tour blanche de sa poche. Une fois la stupéfaction passée, Kell plissa les yeux.

— Tu crois franchement que tu pourrais m'empêcher de la prendre, si je le voulais ?

L'instant d'après, elle tenait la tour dans une main et son couteau dans l'autre. Les jointures en cuivre de la poignée étincelaient à la lumière de la bougie tandis que la pierre émettait un bourdonnement constant, comme un murmure à l'intention de Kell.

— Vas-y, essaie.

Il s'arrêta alors pour la dévisager, perplexe.

— Mais qu'est-ce qui ne va pas chez toi ? Tu tiens si peu à la vie que tu préfères risquer une mort violente pour quelques heures d'aventure ?

Lila fronça les sourcils à son tour. Au début, en effet, tout ce qu'elle désirait, c'était découvrir le vaste monde, mais ce n'était pas ce qui la poussait à continuer. En réalité, elle avait vu Kell changer, et son regard s'assombrir au moment de manipuler cette maudite magie, puis la difficulté qu'il avait éprouvée à recouvrer ses esprits. Chaque fois qu'il se servait de la pierre, il semblait perdre un peu plus de lui-même. Alors non, elle n'irait pas avec lui juste pour assouvir une quelconque soif de danger. Ou pour lui tenir compagnie. Mais parce qu'elle craignait qu'il ne parvienne pas à s'acquitter de sa mission tout seul.

— C'est à moi de décider comment je mène ma vie. Et je refuse de la passer ici, même si ta ville est très belle et sans doute plus sûre. On avait un accord, Kell. Maintenant Tieren est là pour transmettre ton message et soigner ton frère. Je ne lui serai d'aucune utilité, alors laisse-moi t'aider.

— Tu resteras piégée là-bas. À la fin.

— Peut-être, admit-elle avec un frisson. Peut-être aussi que je t'accompagnerai jusqu'au bout du monde. Après tout, tu as éveillé ma curiosité.

— Lila…

Chagrin et inquiétude assombrissaient le regard de Kell, mais elle lui sourit.

— Une aventure à la fois.

À leur arrivée au bout du tunnel, Tieren ouvrit une double porte métallique. Le fleuve rouge miroitait en contrebas. Ils se tenaient à présent sur la rive nord. Au loin chatoyait le palais, toujours auréolé de sa lumière étoilée, comme si de rien n'était.

La main posée sur l'épaule de Kell, le prêtre lui chuchota quelques mots en arnésien avant d'ajouter en anglais :

— Que les saints et la source soient avec vous.

Kell hocha la tête puis lui serra la main et sortit à l'air libre. Alors que Lila s'apprêtait à le suivre, Tieren la retint par le bras. Il la dévisageait, comme s'il cherchait à percer un secret.

— Quoi ? demanda-t-elle.

— Comment l'as-tu perdu ?

— Perdu quoi ? répliqua Lila, intriguée.

Il lui souleva le menton de ses doigts tannés.

— Ton œil.

Elle se dégagea aussitôt et porta sa main au plus foncé de ses deux yeux marron. Celui en verre. Rares étaient ceux qui le remarquaient. Ses cheveux couvraient une partie de son visage, et quand elle regardait les gens dans les yeux, ils ne soutenaient pas son regard assez longtemps pour percevoir la différence.

— Je ne m'en souviens pas, avoua-t-elle. J'étais petite. On m'a dit que c'était un accident.

— Hmm… Kell est au courant ?

— C'est important ?

Dehors, l'*Antari* observait Lila – il attendait qu'elle se décide à le suivre.

— Je ne crois pas, répondit le vieil homme au bout d'un long moment, avant d'ajouter tout bas : si les ténèbres l'emportent, tu devras mettre fin à sa vie. Penses-tu en être capable ?

Le Grand prêtre la regardait fixement. Regardait en elle. Cherchait-il à savoir si elle en aurait la capacité physique, ou la volonté ?

— S'il meurt, Rhy aussi.

— Alors l'ordre naturel des choses sera rétabli, répliqua Tieren avec un soupir.

Lila acquiesça avant de rejoindre Kell.

— En route pour le Londres blanc ?

Elle lui tendit la tour, mais il ne réagit pas. Le regard rivé sur le fleuve et le palais, il faisait sans doute ses adieux à son Londres, son foyer.

— La topographie est la même dans chaque monde, mais tout le reste sera différent. Aussi différent que cet univers du tien. Dans le Londres blanc, c'est là que se trouve le château, expliqua-t-il avec un geste vers le centre de la ville, de l'autre côté du fleuve. Ainsi qu'Athos et Astrid. Quand on sera arrivés, ne me quitte pas d'une semelle. C'est la nuit ici, donc là-bas aussi. Les ombres règnent sur la ville. Mais tu peux encore changer d'avis.

Lila remonta le col de son manteau et lui sourit.

— Aucune chance.

III

Le palais était au cœur d'une véritable tourmente.

Inquiets et perplexes, les invités dévalaient le grand escalier, conduits vers la sortie par les gardes. Des rumeurs se propageaient telles des flammes dans la foule. Il y était question de violence, de mort et d'attaque de la famille royale. L'air était empli de mots comme « trahison », « coup d'État » et « assassin », qui alimentaient la frénésie.

Un invité prétendait qu'un garde avait été tué. Un autre qu'il avait vu ce même soldat tomber du balcon du prince dans la cour. Un autre encore qu'une femme en robe verte avait volé un collier sur la scène macabre puis s'était précipitée à l'intérieur du palais. Quelqu'un soutenait l'avoir vue fourrer le pendentif dans les mains d'un autre garde avant de s'écrouler à ses pieds. Le soldat n'avait même pas appelé à l'aide et s'était contenté de filer vers les chambres royales.

Le roi et la reine, dont l'étrange calme ne faisait qu'ajouter au trouble des invités, s'étaient retirés dans leurs appartements, rejoints par le garde en question. Quelques instants plus tard, le roi était réapparu, hors de lui, pour hurler à la trahison. Le prince avait été poignardé par Kell et il exigeait l'arrestation immédiate de l'*Antari*. En un éclair, le trouble ambiant s'était ainsi transformé en une véritable panique générale, qui montait à présent telle une fumée dans la nuit.

Quand Gen arriva au palais, les invités se bousculaient sur le perron. La chose à l'intérieur de son armure leva ses yeux noirs vers les corps rassemblés sous les lumières dansantes. Ce n'était pas le tumulte qui l'avait attiré ici, mais le parfum. Quelqu'un avait utilisé une belle et puissante magie, et il comptait bien trouver qui.

Gen gravit l'escalier au milieu des invités affolés. Aucun ne sembla remarquer le trou dans son armure qui révélait une tache semblable à de la cire noire, juste au-dessus du cœur. Ni les éclaboussures de sang, celui de Parrish, sur le métal.

Parvenu en haut des marches, il inspira un grand coup et sourit : l'air nocturne était chargé de panique et de pouvoir. L'énergie qui emplissait ses poumons le réchauffait comme de la braise. Il sentait l'odeur de la magie. Son goût. Et il avait faim.

Il avait plutôt bien choisi sa dernière coquille, car dans leur affolement, les gardes le laissèrent entrer. Ce n'est qu'après avoir traversé le hall fleuri et la salle de bal désertée qu'une silhouette casquée l'arrêta.

— Gen, où étais-tu…

Mais le garde s'interrompit à la vue de ses yeux.

— *Mas aven…*

Son juron fut coupé par l'épée de Gen, qui transperça son armure. Dans un soubresaut, le garde poussa un râle et tenta de hurler, mais la lame remonta dans son abdomen et le cri mourut dans sa gorge. Gen déposa le corps sur le sol, rengaina son arme et enfila le casque de la sentinelle. La visière baissée, ses yeux noirs n'étaient plus qu'une lueur à travers la fente métallique.

Une multitude de bruits de pas retentissaient à travers le palais, des ordres résonnaient à l'étage. L'air était empli de sang et de magie. Il partit en chercher la source.

La pierre murmurait toujours dans la main de Kell, mais pas tout à fait comme avant. La mélodie, la vibration de pouvoir, ne semblait plus désormais flotter dans les airs mais provenir de son propre corps. À chaque instant, il la sentait résonner dans son cœur et dans sa tête. Elle s'accompagnait d'un étrange calme, dont il se méfiait encore plus. Ce calme le rassurait, l'apaisait et lui faisait oublier tous les problèmes, jusqu'à la pierre entre ses doigts. C'était le comble. Elle était attachée à sa main, pourtant il ne la sentait pas et devait lutter pour se rappeler sa présence. En lui. Chaque fois qu'il s'en souvenait, il avait l'impression de se réveiller d'un cauchemar, en proie à la panique et effrayé, avant de sombrer de nouveau dans la léthargie. Pendant ces brefs instants de lucidité, il voulait se libérer, casser, arracher ou découper la pierre de sa main. Mais il n'en faisait rien, car la tentation de s'en débarrasser rivalisait avec le désir, contraire et tout aussi fort, de la serrer entre ses doigts, de se cramponner à sa chaleur comme s'il mourait de froid. Il avait besoin de sa force. Plus que jamais. Il tentait de cacher sa peur à Lila, qui devait la voir malgré tout.

Ils étaient revenus vers le centre de la ville, déserte sur cette rive, mais n'avaient pas encore traversé l'un des ponts qui enjambaient le fleuve. C'était trop risqué de se balader ainsi, à la vue de tous. Surtout depuis que le portrait de Kell était réapparu sur les tables de divination disséminées dans les rues. Cependant, elles n'indiquaient plus « **DISPARU** » mais « **RECHERCHÉ** » pour « trahison », « meurtre » et « enlèvement ».

Malgré la peine que lui causaient ces accusations, Kell se raccrochait au fait que Rhy se trouvait hors de danger, enfin, autant que possible. Il posa la main sur sa marque : s'il se concentrait, il pouvait sentir l'écho des battements du cœur de son frère, une fraction de seconde après les siens.

Il regarda autour de lui pour se représenter les rues non seulement dans sa ville, mais aussi dans le Londres blanc. Les images se superposaient dans sa tête.

– Ça fera l'affaire.

Ils se tenaient au bout d'une ruelle, devant une rangée de bateaux que Lila avait observés d'un œil appréciateur, et arriveraient devant un pont dans la ville suivante. De l'autre côté de ce pont se trouvait une rue qui menait au château blanc. En chemin, Kell avait averti Lila des dangers que renfermait l'autre Londres, de ses souverains jumeaux à son peuple affamé, avide de pouvoir. Puis il lui avait décrit la forteresse et l'ébauche de son plan – car pour l'instant, c'était tout ce qu'il avait, rien qu'une ébauche.

Et un espoir. Celui de réussir, de résister assez longtemps pour vaincre Athos, récupérer la deuxième moitié de la pierre et…

Les yeux fermés, il prit une lente inspiration. Les paroles de Lila résonnèrent dans sa tête : « *Une aventure à la fois.* »

— Qu'est-ce qu'on attend ? Allez, Kell, c'est l'heure de franchir cette fameuse porte.

Appuyée contre le mur, elle tapotait la surface en brique. À son air désinvolte, provocateur, on eut dit qu'elle n'était ni inquiète ni effrayée, ce qui exalta son compagnon et lui redonna des forces.

L'entaille sur sa paume, quoiqu'en partie obscurcie par la pierre noire, était encore fraîche. Il la toucha du doigt puis dessina une marque sur le mur. Lila lui prit la main, paume contre paume avec la pierre qui murmurait entre les deux, et lui donna la tour blanche, qu'il posa sur la trace de sang.

— *As Travars.*

Le monde qui les entourait s'estompa et s'assombrit alors qu'ils franchissaient la nouvelle porte. Ou du moins, c'est ce qui aurait dû se produire.

Mais à mi-chemin entre les deux Londres, une force attira Kell en arrière, arrachant sa main à celle de Lila, et le ramena dans la rue pavée de la ville rouge. Étourdi, il cligna des yeux dans le noir avant de se rendre compte qu'il n'était pas seul. Une silhouette se tenait au-dessus de lui. Il ne s'agissait, au début du moins, que d'une simple ombre qui remontait ses manches. Puis Kell vit le cercle d'argent étincelant à son cou. Holland le regardait, sourcils froncés.

— Tu pars déjà ?

IV

Les bottes noires de Lila heurtèrent le sol de la rue blanche. Prise d'un léger vertige après ce changement soudain, la jeune fille s'appuya contre le mur. Elle entendait les pas de Kell derrière elle.

— On progresse, dit-elle en se retournant. Au moins cette fois on arrive au même…

Personne.

Elle se tenait sur un trottoir, en face d'un pont. Le château blanc se dressait au loin de l'autre côté du fleuve, qui n'était ni gris ni rouge, mais d'une teinte nacrée, et à moitié gelé. Il miroitait faiblement dans la nuit épaisse. Sur ses rives, des lanternes brûlaient d'un feu bleu pâle qui projetait sur le monde une étrange lueur incolore. Dans sa tenue d'un noir vif, Lila se démarquait autant que la lumière dans l'obscurité.

Un objet brillait à ses pieds : la tour blanche, tachée du sang de Kell. Mais de lui, aucune trace. Elle s'efforça de refouler son inquiétude grandissante et ramassa la relique pour la ranger dans sa poche.

Non loin, un chien famélique l'observait de ses yeux hagards. Elle prit alors soudain conscience de la présence d'autres yeux. Aux fenêtres, aux portes et dans les ombres entre les flaques de lumière blafarde. Elle posa la main sur le couteau aux jointures métalliques.

— Kell ? appela-t-elle tout bas.

Pas de réponse. C'était peut-être comme la fois précédente. Ils avaient juste été séparés et il allait la retrouver. Peut-être… mais elle avait senti une étrange force au moment de leur transfert, et il lui semblait que la main du jeune homme avait quitté la sienne trop tôt.

Des bruits de pas se firent entendre. Elle se retourna lentement mais ne vit personne. Kell l'avait mise en garde contre ce monde « dangereux », mais ce qualificatif décrivait si bien une grande partie de son propre monde qu'elle n'y avait pas prêté attention. Après tout, il avait grandi dans un palais et elle dans la rue. Elle estimait donc en savoir un peu plus que lui sur les ruelles obscures et les sombres individus. Mais à présent qu'elle était seule, Lila commençait à penser qu'elle ne lui avait pas accordé assez de crédit. Tout le monde, même un noble, pourrait voir le danger en cette ville. Sentir son odeur. Celle de la mort, de la cendre et de l'air glacial.

Elle frissonna, non seulement de froid mais aussi de frayeur. Un profond sentiment d'anomalie l'habitait. Comme si elle regardait dans l'œil noir de Holland. Pour la première fois, elle regrettait de n'avoir sur elle que des poignards et son pistolet.

— *Övos norevjk*, dit une voix à sa droite.

Elle fit un pas de côté pour découvrir un homme, chauve, couvert de tatouages du sommet du crâne jusqu'au bout des doigts. La langue qu'il parlait ne sonnait pas comme l'arnésien. Elle était dissonante et gutturale. Même si Lila ne comprenait pas le propos de son interlocuteur, elle en saisit le ton, qui lui déplut.

— *Tovach ös mostevna*, lança un autre homme à sa gauche, la peau parcheminée.

Le premier ricana. Le second fit claquer sa langue. Et Lila dégaina son couteau.

— N'approchez pas.

Elle espérait que son geste compenserait la barrière linguistique. Mais après avoir échangé un regard entendu, les hommes dégainèrent leurs propres armes dentelées.

Une brise froide se leva et la jeune fille retint un frisson. Les deux hommes se fendirent d'un sourire putride. Elle baissa alors son couteau puis, vive comme l'éclair, sortit le pistolet de sa ceinture et tira sur le premier homme entre les yeux. Il s'écroula comme un sac de pierres. Le sourire de Lila disparut lorsqu'elle se rendit compte avec quelle force le coup de feu avait retenti. Elle n'avait pas remarqué à quel point la ville était silencieuse jusqu'à ce que la détonation éclate et résonne dans la rue. Tout autour d'eux, les portes commencèrent à s'ouvrir. Des ombres. Des murmures. D'abord un, puis deux, puis une dizaine.

Le second individu, celui à la peau parcheminée, regarda le mort avant de se tourner vers Lila. Il se remit à parler d'un ton menaçant, et elle s'estima heureuse de ne pas comprendre sa langue, car elle n'avait aucune envie de savoir ce qu'il disait.

Des étincelles d'énergie sombre crépitaient autour de la lame de son adversaire. Lila sentait des mouvements derrière elle : les ombres prenaient la forme d'êtres humains, gris et décharnés. Elle brandit de nouveau son pistolet.

Bon sang, Kell ! Où es-tu ?

V

— Laisse-moi passer. S'il te plaît, implora Kell en réponse au silence de son adversaire. Je peux mettre fin à tout ça.

— Vraiment ? Je ne crois pas que tu en sois capable, rétorqua Holland, les yeux baissés sur la main noircie du jeune homme. Je t'avais prévenu, la magie n'est pas une question d'équilibre, mais de domination. Tu la contrôles, ou c'est elle qui te contrôle.

— J'ai toujours le contrôle, marmonna Kell.

— Non. Tu l'as perdu au moment même où tu as laissé entrer la magie en toi.

— Je n'ai aucune envie de me battre contre toi, Holland.

— Tu n'as pas le choix.

L'*Antari* du Londres blanc se servit de la pierre aiguisée de sa bague pour s'entailler la paume. Le sang goutta par terre.

— *As Isera.*

Gèle. Les gouttes sombres se transformèrent en glace noire, qui s'étendit aussitôt sur le sol. Kell recula, mais le gel se propageait trop vite. En quelques secondes, il se glissa sous ses pieds et le jeune homme dut lutter pour garder l'équilibre.

— Tu sais ce qui te rend faible ? demanda Holland. Tu n'as jamais été contraint d'être fort. De lutter. Encore moins pour ta vie. Mais ce soir, tout va changer. Ce soir, si tu ne luttes pas, tu mourras. Et si tu…

Kell n'attendit pas la fin de sa phrase. Une rafale de vent prit soudain forme et faillit le faire tomber lui-même lorsqu'elle tourbillonna vers Holland. Elle avala l'*Antari*, qui disparut sur-le-champ. À travers le sifflement du vent, Kell entendait cependant un son envoûtant et comprit soudain qu'il s'agissait d'un rire. Celui de Holland.

Un instant plus tard, la main tachée de sang de l'*Antari* blanc traversa le mur du cyclone, suivie du reste de son corps, et la tornade retomba.

— L'air n'est pas tranchant. Il ne peut pas blesser. Ni tuer. Ton choix d'élément laisse à désirer. Admire.

Holland se déplaçait à une telle vitesse qu'il était difficile de suivre ses mouvements. D'un seul geste fluide, il posa un genou à terre, toucha le sol et déclara :

— *As Steno.*

Casse. Le pavé sous ses doigts se brisa en une dizaine d'éclats aiguisés. L'*Antari* blanc se releva, et avec lui les débris tranchants, qui planaient dans l'air comme les clous dans la ruelle lors de leur dernier affrontement. Lorsqu'il agita le poignet, ils filèrent droit vers Kell. Le talisman brillant dans sa paume mit en garde le jeune homme. Il eut à peine le temps de lever la main et de dire :

— Stop !

La fumée avala les éclats et les réduisit en poussière. Le pouvoir se propagea dans le corps de Kell, aussitôt suivi d'une sensation plus sombre, plus froide, qui lui coupa le souffle. Alors qu'il sentait la magie s'infiltrer sous sa peau, il la repoussa de toutes ses forces et lui intima d'arrêter tandis que la fumée se dissipait. Holland secoua la tête.

— Vas-y, Kell. Sers-toi de la pierre. Elle te consumera plus vite, mais tu gagneras peut-être.

Kell jura tout bas et fit apparaître un nouveau cyclone, mais devant lui, cette fois. Quand il claqua les doigts de sa main libre, une flamme apparut dans sa paume puis, à son contact, l'air s'embrasa. Le cyclone brûlant fit fondre la glace dans son sillage alors qu'il fonçait vers Holland. Le magicien blanc leva la main pour soulever les pavés en un bouclier et, dès que la flamme s'éteignit, propulsa le mur de pierre vers son adversaire. Kell rassembla toutes ses forces pour contrer l'assaut, mais comprit trop tard que cette attaque n'était en fait qu'une diversion.

Une vague jaillit du fleuve et vint le frapper par-derrière. Il tomba à quatre pattes, mais n'eut pas le temps de se relever : l'eau l'avait déjà encerclé. En quelques instants, il se retrouva piégé par la puissante houle.

— Astrid te voulait vivant, déclara Holland en tirant de sous sa cape son poignard à la lame incurvée. Elle a bien insisté sur ce point.

Lorsque l'*Antari* blanc serra le poing, l'eau se fit à son tour plus oppressante, empêchant Kell de reprendre son souffle.

— Mais je suis sûr qu'elle comprendra ma décision si je suis forcé de te tuer pour récupérer la pierre.

Couteau à la main, Holland effectua quelques pas prudents sur le sol gelé pour se rapprocher de Kell, qui se débattait, cherchant désespérément quelque chose, n'importe quoi, pour se défendre. Il tendit les doigts vers la lame incurvée de son adversaire, mais le métal, qui devait être protégé, ne trembla même pas. Le magicien rouge suffoquait à présent, et Holland ne se trouvait plus qu'à quelques pas de lui. Soudain, il vit onduler, à travers le mur d'eau, l'équipement des bateaux amarrés sur le quai : un tas de planches et de mâts, sans oublier des chaînes métalliques.

Il serra la main et la chaîne la plus proche s'envola pour venir s'enrouler autour du poignet de Holland, qui en fut déconcentré un instant. Le mur d'eau s'écroula. Kell tomba alors à terre, trempé et haletant. Son adversaire tentait déjà de se libérer et le jeune homme savait qu'il ne pouvait pas se permettre d'hésiter. Une deuxième chaîne ceignit aussitôt les jambes et la taille de l'*Antari* blanc, qui s'apprêtait à lancer son poignard quand une troisième attache vint entraver son bras et se tendit au maximum. Cependant, elles ne tiendraient pas très longtemps. Kell souleva donc une barre de métal abandonnée sur le quai, qui se mit à planer à un mètre ou deux derrière Holland.

— Je ne peux pas te laisser gagner.

— Alors tu ferais mieux de me tuer, grommela Holland. Sinon, ça ne finira jamais.

Kell dégaina le poignard à son avant-bras et le brandit comme pour frapper.

— Tu vas devoir te donner un peu plus de mal.

La main du jeune magicien se figea, immobilisée par la volonté de l'*Antari* blanc. Mais c'était précisément ce qu'il espérait. Dès que l'homme porta son attention sur le couteau, Kell attaqua, non par-devant mais par-derrière.

La barre fendit l'air et atteignit sa cible de plein fouet, frappant Holland dans le dos avec tant de force qu'elle transperça sa cape, sa peau et ses os. Le métal dépassait à présent de son torse, le sceau gravé au-dessus de son cœur obscurci par le sang. Le fermoir rond en argent se brisa puis tomba au sol et sa cape glissa de ses épaules au moment où ses jambes se dérobaient sous lui.

Une terrible tristesse submergea Kell lorsqu'il se dirigea d'un pas titubant vers l'*Antari*, effondré sur le sol humide. Ils étaient les deux seuls survivants d'une espèce en voie de disparition. Désormais, Kell était le dernier. Et plus pour longtemps. Peut-être était-ce mieux ainsi ?

Il ôta la barre du torse de Holland et la jeta sur la chaussée. Le bruit sourd du métal contre les pavés résonna comme le battement d'un cœur vacillant. Agenouillé près du corps dans une flaque de sang grandissante, Kell trouva un pouls, de plus en plus faible.

— Je suis désolé.

Une remarque sans doute idiote et inutile, mais la colère du jeune homme était retombée. Sa tristesse, sa peur et son chagrin s'étaient transformés en une douleur constante, qui ne le quitterait peut-être jamais. Il glissa la main sous le col de l'*Antari* et trouva une relique du Londres blanc autour de son cou. Il cassa le cordon.

Holland savait. Il avait vu venir l'attaque et ne l'avait pas arrêtée. Juste avant que la barre ne le frappe par-derrière, il avait cessé de se battre. Un seul instant, une fraction de seconde, mais qui avait suffi à Kell pour prendre l'avantage. Et dans l'infime intervalle de temps entre le moment où le métal avait transpercé son corps et celui où il était tombé, un seul sentiment se lisait sur son visage. Ni colère ni douleur, mais du soulagement.

Kell ne pouvait se résoudre à laisser l'*Antari* dans la rue. Il regarda la relique, puis le mur, et finit par soulever le corps pour remettre Holland sur ses pieds.

VI

La première chose que vit Kell à son arrivée dans le Londres blanc fut Lila, qui brandissait deux couteaux ensanglantés. Elle était parvenue à se frayer un chemin au milieu de plusieurs hommes, dont les corps jonchaient la rue, mais quatre ou cinq l'encerclaient toujours, et davantage encore se tenaient en retrait, l'observant de leurs yeux avides et chuchotant dans leur langue gutturale.

— Joli sang rouge.

— Elle sent la magie.

— Et si on l'ouvrait…

— On verra bien ce qu'on trouve à l'intérieur !

Kell déposa le corps de Holland par terre et s'avança.

— *Vös rensk torejk !*

« Éloignez-vous d'elle ! » À ces mots, il fit trembler le sol pour ajouter du poids à ses propos. À sa vue, la foule fut parcourue d'un frisson. Certains prirent la fuite, mais d'autres, trop curieux, ne reculèrent que d'un pas ou deux.

— Tu es en retard, vraiment très en retard, grommela Lila, transie de peur derrière son calme apparent. Et tu peux m'expliquer pourquoi tu es trempé ?

Kell baissa les yeux sur ses vêtements dégoulinants, puis passa les mains dessus. L'instant d'après, il était sec, et l'eau formait une flaque à ses pieds.

— Je suis tombé sur un os, répondit-il en désignant la silhouette d'Holland derrière lui.

Plusieurs habitants aux yeux sombres commençaient déjà à examiner le corps. L'un d'eux sortit un couteau qu'il appuya sur le poignet du mourant.

— Stop !

Kell envoya les agresseurs valdinguer dans une rafale de vent, puis hissa l'*Antari* sur son épaule.

— Laisse-le, cracha Lila. Qu'ils nettoient sa carcasse.

Mais le jeune homme secoua la tête.

— Sinon c'est la nôtre qu'ils vont nettoyer, ajouta-t-elle.

Il fit volte-face. Le groupe se rapprochait dangereusement d'eux.

Les habitants du Londres blanc connaissaient les ordres. Ils savaient que les Dane couperaient la tête de quiconque oserait toucher leur hôte, mais il faisait nuit, Holland se trouvait sans défense et l'attrait de la magie fraîche semblait leur faire perdre tout contrôle.

— Je vais m'en faire une couronne, murmura l'un d'eux.

— Je parie qu'il reste encore du sang, chuchota un autre.

Lila et Kell reculèrent jusqu'au pont.

— Lila ?

— Oui ?

— Cours !

Sans hésiter, elle se retourna et s'élança en avant. Kell leva la main et dressa une barricade de pavés pour leur faire gagner du temps. Puis il se mit lui aussi à courir, le plus vite possible, avec le corps de Holland sur l'épaule et la magie noire qui déferlait dans ses veines.

Il avait traversé la moitié du pont, et Lila était presque arrivée de l'autre côté, quand les habitants vinrent à bout du mur et se précipitèrent à leur poursuite. Dès qu'il atteignit la rive opposée, Kell posa sa main couverte de sang sur l'édifice et ordonna, comme Holland un peu plus tôt :

— *As Steno.*

Aussitôt, le pont commença à s'effriter, puis sombra, pierres et corps, dans les eaux glacées de la Sijlt. Le jeune homme cherchait à reprendre son souffle, son pouls battant à ses oreilles, quand Lila posa un regard noir sur Holland.

— Il est mort ?

— C'est tout comme.

— J'espère que tu l'as bien fait souffrir, lança-t-elle avant de se tourner vers le château qui se profilait à l'horizon.

Non. Il a déjà suffisamment souffert.

Kell sentait qu'on les suivait du regard, mais personne ne sortit dans la rue. Ils se trouvaient à présent trop près du château, or l'édifice avait des yeux. Il se dressa bientôt devant eux, citadelle de pierre derrière ses hauts remparts, avec son porche voûté telle une gueule béante qui s'ouvrait sur la sombre cour et ses statues.

Le joyau murmurait dans la paume de Kell, qui comprit soudain que ce n'était plus lui qu'elle appelait mais son autre moitié. À ses côtés, Lila sortit de sous son manteau un nouveau couteau. Ou plutôt une épée royale du Londres rouge. Il en resta bouche bée.

— Où as-tu trouvé ça ?

— Je l'ai piquée au garde qui a essayé de me tuer.

Alors qu'elle admirait l'arme, il vit les marques qui ornaient la lame. Son métal neutralisait la magie.

— Comme je le dis souvent, on n'en a jamais assez.

— Tu veux bien me la donner ?

Après l'avoir dévisagé un instant, Lila haussa les épaules et lui tendit l'épée. Il en palpa la poignée tandis qu'elle dégainait son pistolet pour le recharger.

— Prêt ?

— Non, répondit Kell, tourné vers le château.

— Tant mieux, répliqua-t-elle avec un sourire acéré. Ceux qui se croient prêts finissent toujours par mourir.

— Merci, Lila.

— Pourquoi ?

Sans répondre, il esquissa à son tour un sourire avant de s'enfoncer dans l'obscurité.

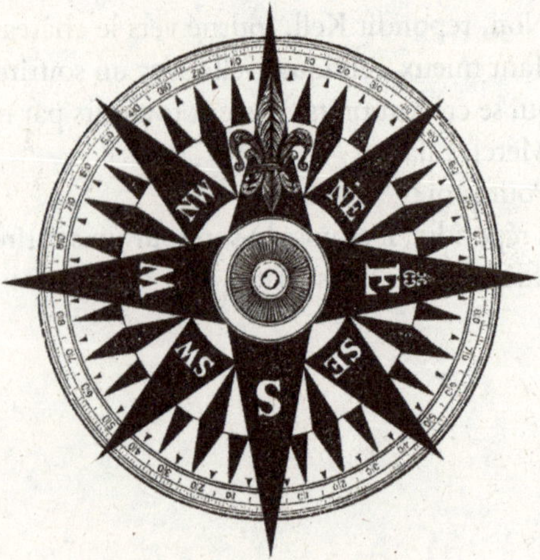
NW
NE
W
E
SW
SE
S

TREIZIÈME CHAPITRE

LE ROI BLANC

I

Dans la salle du trône blanc flottait un nuage de fumée noire, tache obscure sur fond pâle. Ses bords étaient effilés, estompés, mais son centre lisse et brillant, comme le fragment de pierre dans la main du roi, ou la surface de la table de divination qu'il venait de faire apparaître.

Assis sur son trône, à côté du corps de sa sœur dans son propre fauteuil, Athos Dane faisait tourner le talisman dans sa main pendant qu'il regardait Kell et sa compagne pénétrer dans la cour du château.

Il avait suivi le parcours de l'autre moitié de la pierre. Le Londres le plus lointain n'avait été qu'une vision floue, mais à mesure qu'ils s'étaient rapprochés, l'image était devenue plus nette. Il avait observé le déroulement des événements dans les différentes villes : la fuite de Kell, la ruse de la fille, l'échec de son serviteur et la sottise de sa sœur, le prince blessé, et enfin l'*Antari* massacré. Il étreignit le talisman dans son poing serré.

Athos avait assisté à ce spectacle avec un mélange d'amusement, de contrariété et, il devait le reconnaître, d'excitation. Si la perte de Holland l'avait irrité, il ressentait un frisson de plaisir à l'idée de tuer Kell. Astrid serait furieuse.

Il tourna la tête pour regarder le corps de sa sœur, installé sur son trône, les mains posées sur les accoudoirs. L'amulette palpitait à son cou. Dans une ville plus lointaine, elle semait peut-être encore la terreur, mais dans ce Londres-là elle était aussi immobile et pâle que la pierre sculptée de son siège. Des mèches de cheveux blancs tombaient sur ses paupières closes. Athos fit claquer sa langue.

— *Ös vosa nochten.* Tu aurais dû me laisser aller au bal masqué à ta place. Maintenant mon jouet est mort, et le tien a fichu une sacrée pagaille. Qu'as-tu à dire pour ta défense ?

Bien sûr, la reine envoûtée ne répondit pas. Athos pianota sur le rebord de son trône de ses longs doigts et réfléchit. S'il la réveillait, elle ne ferait que compliquer ses affaires. Il l'avait laissée s'occuper de Kell à sa façon, et elle avait échoué. À présent, c'était son tour.

Il se leva avec un sourire, serra la pierre, et l'image de Kell se dissout en un nuage de fumée. Le pouvoir vibrait en lui, mais il maintenait la magie avide à sa place et ne lui octroyait que ce dont elle avait besoin. C'était une puissance qui nécessitait d'être maîtrisée, or Athos n'avait jamais fait preuve d'indulgence.

— Ne t'inquiète pas, Astrid. Je vais régler la situation.

Après avoir lissé ses cheveux et rajusté le col de sa cape blanche, il partit accueillir ses invités.

II

La forteresse du Londres blanc se dressait dans une colonne de lumière vive, au-dessus de la sombre cour en pierre. Tandis que Lila se faufilait au milieu de la forêt de statues pour remplir sa part du plan, Kell se dirigeait vers l'escalier. Après avoir déposé le corps de Holland sur un banc, il gravit les marches, une main refermée sur l'épée royale, l'autre sur le talisman du Londres noir.

« Vas-y, Kell. Sers-toi de la pierre. Elle te consumera plus vite, mais tu gagneras peut-être. »

Il se jura de ne pas céder à la tentation. Utiliser le talisman durant le combat qui l'avait opposé à Holland n'avait fait que stimuler les ténèbres. Les fils noirs recouvraient désormais son avant-bras et remontaient jusqu'à son épaule. L'*Antari* ne pouvait pas se permettre de perdre encore une partie de lui-même. Le poison semblait déjà se propager un peu plus en lui à chaque battement de cœur.

Le temps de gravir l'escalier, son pouls lui martelait les oreilles. Kell n'était pas assez naïf pour croire qu'il pourrait surprendre Athos, surtout pas en ce lieu. Le roi savait forcément que le voyageur arrivait, pourtant il le laissait approcher sans l'attaquer. Les dix sentinelles aux yeux vides qui flanquaient d'habitude les marches avaient disparu pour lui laisser la voie libre. Ce chemin dépourvu d'obstacles constituait en lui-même un défi. Un acte d'arrogance digne du roi blanc.

Kell aurait préféré affronter une armée plutôt que cette porte non gardée et ce qui l'attendait de l'autre côté. Chaque pas qu'il effectuait sans être ralenti, sans tomber dans un piège, ne le rendait que plus nerveux. Parvenu sur le perron, il avait les mains qui tremblaient et la poitrine serrée.

Après une dernière inspiration, il poussa la porte d'un geste mal assuré. Elle s'ouvrit, sans nécessiter force ou magie. Dès qu'il franchit le seuil, une série de torches s'allumèrent d'un feu pâle, qui éclaira le couloir au plafond voûté et révéla les visages d'une dizaine de gardes. Kell retint son souffle, prêt au combat, mais les soldats n'esquissèrent pas le moindre geste.

— Ils ne lèveront pas la main sur toi, dit une voix argentine. Sauf si tu essaies de t'enfuir.

Athos Dane sortit de l'obscurité, tout vêtu d'un blanc immaculé, comme toujours, le visage blafard à la lueur des torches.

— C'est moi, et moi seul, qui aurai le plaisir de te tuer.

À la vue de l'autre moitié de la pierre noire dans sa main, une onde de pouvoir parcourut le corps de Kell.

— Astrid va bouder, bien sûr, poursuivit le roi. Elle voulait faire de toi son jouet, mais je lui ai toujours dit que te garder en vie nous causerait des ennuis. Les récents événements m'ont d'ailleurs donné raison.

— C'est fini, Athos. Votre plan a échoué.

— Tu es comme Holland, répliqua-t-il avec un sourire sombre. Tu sais pourquoi il ne pouvait pas s'emparer de la couronne ? Parce qu'il n'a jamais apprécié l'art de la guerre. Pour lui, batailles et massacres n'étaient qu'un moyen de parvenir à une fin. Une destination. Alors que moi, j'ai toujours su profiter du voyage en lui-même. Et je vais savourer celui-là, je te le promets.

Le roi serra alors sa moitié de pierre, et de la fumée en jaillit. Sans hésiter, Kell se servit des armures et des gardes qui les occupaient pour dresser une barricade entre son adversaire et lui. Mais ça n'était pas suffisant. La fumée s'infiltrait partout. Par-dessus, par-dessous, et même à travers… Elle tentait par tous les moyens de venir s'enrouler autour des bras de l'*Antari*. Il poussa le mur de gardes vers Athos et fendit l'air opaque de son épée. Mais le roi ne lâcha pas la pierre. Maligne, la magie contourna la lame de Kell et lui saisit les poignets avant de se transformer aussitôt en chaînes de fer, reliées non pas au sol mais aux murs de chaque côté du hall.

Les entraves de métal, tendues au maximum, forcèrent le magicien de sang à écarter les bras tandis que Athos sautait par-dessus les soldats et atterrissait en douceur devant lui. Les chaînes s'enfonçaient dans les poignets déjà meurtris du prisonnier, qui lâcha l'épée. Le roi brandit alors un fouet en argent, dont la pointe fourchue vint lécher le sol en pierre.

— Voyons voir si tu sais souffrir…

Athos s'apprêtait à lever son arme quand Kell referma les doigts sur ses chaînes. Le sang au creux de sa paume était presque sec, mais il serra les maillons assez fort pour rouvrir l'entaille.

— *As Orense*, dit-il une seconde avant que le fouet ne fende l'air.

Les liens cédèrent juste à temps pour permettre à l'*Antari* d'esquiver la pointe fourchue. Après avoir effectué une roulade, il ramassa son épée et, au souvenir de l'attaque de Holland, posa sa paume ensanglantée par terre.

— *As Steno.*

Sous ses doigts, la pierre se fêla en une dizaine d'éclats tranchants. Il se releva alors, entraînant à sa suite les morceaux dentelés, qui filèrent vers le roi. Pour toute réaction, Athos leva la main d'un geste désinvolte. Les éclats vinrent se fracasser contre un bouclier de pierres, soudain formé devant lui, qu'il abaissa ensuite avec un rictus.

— Oh oui, je sens que je vais bien m'amuser !

Lila se fraya un chemin à travers la forêt de statues, au milieu des têtes inclinées en signe de soumission et des mains levées pour implorer.

Elle fit le tour de la forteresse – avec ses voûtes, l'édifice ressemblait à une cathédrale sans vitraux, tout en acier et en pierre, qu'on aurait placée sur pilotis. Long et étroit comme une église, il comportait une entrée principale côté nord, ainsi que trois plus petites, quoique tout de même impressionnantes, côtés sud, est et ouest. Le cœur tambourinant, Lila approcha de l'entrée sud par un chemin bordé de suppliants en pierre.

Elle aurait préféré escalader le mur pour s'introduire discrètement dans le bâtiment par une fenêtre à l'étage, plutôt que de monter l'escalier à la vue de tous. Mais elle n'avait ni corde ni crochet – aucun équipement nécessaire –, et Kell lui avait de toute façon déconseillé une telle équipée.

D'après lui, les Dane ne faisaient confiance à personne, et le château constituait tout autant un piège grandeur nature qu'un palais royal.

— *L'entrée principale est orientée au nord. Je passerai par là, et toi par le sud.*

— *Ce n'est pas dangereux ?*

— *Tout est dangereux ici. Mais si on ne te laisse pas entrer, au moins tu tomberas de moins haut.*

Lila avait donc accepté de passer par la porte, malgré sa crainte tenace de se jeter dans la gueule du loup. Car toute cette histoire sentait le piège à plein nez… Parvenue devant l'escalier, elle abaissa son masque sur ses yeux avant de gravir les marches. Quand la porte s'ouvrit sans résistance, son instinct lui intima à nouveau de fuir, mais pour la première fois de sa vie, elle ignora cette mise en garde et pénétra dans le bâtiment. Dès qu'elle franchit le seuil, des lanternes s'allumèrent. Elle se figea devant les dizaines de gardes alignés contre les murs, telles des armures vivantes. Ils tournèrent la tête vers la porte ouverte, vers Lila, qui se prépara à l'assaut imminent. Lequel ne vint pas.

Kell lui avait raconté que le trône du Londres blanc avait été pris par la force, or ce genre d'ascension n'inspirait pas franchement la loyauté. Les gardes étaient de toute évidence sous l'emprise d'un sort de contrainte. Mais obliger autrui à agir contre son gré exigeait un certain degré de précision dans la demande. Ces hommes n'avaient pas d'autre choix que de suivre les ordres, mais ne faisaient sans doute jamais preuve de zèle.

Un lent sourire se dessina sur les lèvres de Lila. L'ordre donné par le roi Athos à ses soldats ne semblait pas s'appliquer à elle. Leurs yeux inexpressifs la suivaient à mesure qu'elle avançait dans le hall d'une démarche la plus naturelle possible. Comme si elle était chez elle, et non une intruse venue tuer leur reine. Elle se demanda combien souhaitaient la voir réussir.

Contrairement aux couloirs du palais rouge, labyrinthiques, ceux du château blanc constituaient un simple réseau de lignes droites qui se croisaient, preuve supplémentaire qu'il s'agissait d'une ancienne église. La jeune fille parcourut un couloir, puis un autre, pour arriver enfin devant la salle du trône, exactement comme l'avait prédit Kell. Mais il avait également affirmé que ce couloir serait désert. Ce qui n'était pas le cas.

Devant la porte se tenait un garçon filiforme, plus jeune que Lila. Ses yeux n'étaient pas vides comme ceux des gardes, mais sombres et fiévreux. À la vue de l'étrangère, il dégaina son épée.

— *Vösk.*

Lila fronça les sourcils.

— *Vösk*, répéta-t-il. *Ös reijkav vösk.*

— Eh, toi ! lança-t-elle d'un ton brusque. Pousse-toi !

Le garçon se mit à parler dans sa langue, tout bas et avec insistance. La jeune fille secoua la tête puis dégaina le couteau aux jointures en cuivre.

— Écarte-toi !

Elle pensait s'être fait comprendre et avança donc à grands pas vers la porte. Mais le garçon leva son épée et lui barra le passage.

— *Vösk*, reprit une nouvelle fois la sentinelle, en lançant des regards de tous côtés, impuissant.

— Écoute, je n'ai pas la moindre idée de ce que tu racontes. Mais si je peux te donner un conseil, tu ferais mieux de partir. Tu ne m'as jamais vue, d'acc… Bon sang, qu'est-ce que tu fais ?

Après avoir marmonné quelques mots, le jeune garde avait posé sa lame sur son propre bras. Les dents serrées, il appuya sur son arme et traça dans sa chair une ligne, puis une autre, et encore une autre.

— Hé ! Ça suffit, maintenant !

Lila voulut lui attraper le poignet, mais il arrêta son geste de lui-même pour la regarder dans les yeux.

— Va-t'en.

L'espace d'un instant, elle crut avoir mal entendu, mais il s'était bien adressé à elle en anglais. Quand elle baissa les yeux, elle découvrit un symbole gravé sur le bras du garçon.

— Va-t'en, répéta-t-il. Tout de suite.

— Non, c'est à toi de t'écarter de mon chemin.

— Je ne peux pas.

— Petit…

— Je ne peux pas. Je dois garder la porte.

— Sinon quoi ?

— Il n'y a pas de « sinon », répondit-il avant d'écarter le col de sa chemise pour révéler une marque noire incrustée dans sa peau. Il m'a donné l'ordre de garder la porte, alors j'obéis.

Quoique différente de celle de Kell, la marque devait représenter une sorte de sceau.

— Qu'est-ce qui se passe si tu t'écartes ?

— Je ne peux pas.

— Et si je te transperce de ma lame ?

— Je mourrai.

Il avait répondu aux deux questions avec autant de résignation que de tristesse. *Quel monde de fous !*

— Comment tu t'appelles ?

— Beloc.

— Quel âge as-tu ?

— L'âge qu'il faut.

Son port fier et la flamme qui brillait dans ses yeux trahissaient une attitude de défi. Mais il était encore jeune. Trop jeune.

— Je n'ai pas envie de te faire de mal, Beloc. Ne m'y force pas.

— Je voudrais bien… Mais tu devras me passer sur le corps.

Sur ces mots, il se planta devant elle, ses deux mains aux jointures blanches crispées sur la poignée de son épée. Avec un grognement, Lila serra son couteau.

— S'il te plaît, fais-le, ajouta-t-il.

— Comment ? finit-elle par demander après l'avoir dévisagé un long moment.

Il haussa les sourcils d'un air interrogateur.

— Comment veux-tu mourir ? précisa-t-elle.

La flamme dans ses yeux vacilla un instant, puis il reprit ses esprits.

— Vite.

Elle acquiesça. Il abaissa alors légèrement son épée, juste ce qu'il fallait, puis ferma les yeux et commença à psalmodier. Lila n'hésita pas. Elle savait se servir d'un couteau, où frapper pour blesser comme pour ôter la vie. Elle plongea la lame entre les côtes de Beloc avant même qu'il n'ait terminé sa prière. Même s'il y avait pire façon de mourir, elle maugréa contre Athos, Astrid et cette ville maudite.

Après avoir déposé avec précaution le corps du garçon par terre, elle essuya la lame sur l'ourlet de sa tunique, rengaina son poignard et s'approcha de la porte de la salle du trône. Un cercle de symboles, douze au total, était gravé dans le bois. *« Vois ça comme un cadran. Un, sept, trois, neuf »*, lui avait dit Kell.

Elle traça le mouvement avec son doigt et toucha d'abord le symbole à la première heure, ensuite le sept en bas, puis le trois à droite, et enfin le neuf en face.

— *Tu es sûre d'avoir compris ?*

— *Je te l'ai déjà dit, j'apprends vite.*

Au début, rien ne se produisit. Puis une sorte de courant passa entre ses doigts et le bois, un verrou glissa alors à l'intérieur.

— Tu vois, murmura-t-elle avant d'ouvrir la porte.

III

Le rire d'Athos était affreux à entendre.

Le hall s'était transformé en véritable champ de bataille : gardes écroulés, tentures déchirées, torches encore allumées éparpillées au sol… Kell avait une pommette contusionnée, tandis que la cape blanche d'Athos était roussie et tachée de sang noirâtre.

— On y retourne ? lança le roi blanc.

Avant même que les mots n'aient franchi ses lèvres, un éclair sombre jaillit de son bouclier, telle la foudre. Kell leva la main pour dresser le sol entre eux, mais trop tard. La charge électrique le propulsa si fort contre la porte d'entrée du château que le bois se fendit sous le coup. Hors d'haleine et étourdi par le choc, il n'eut pas le temps de se rétablir que l'air crépitait déjà. Le nouvel éclair le frappa avec une telle violence que la porte vola en éclats. Kell tomba dans la nuit.

L'espace d'un instant, tout devint noir. Il recouvra la vue en plein vol. L'air s'éleva pour le rattraper, ou du moins amortir sa chute, mais il heurta malgré tout le sol de la cour avec assez de force pour se fêler les os. Du sang gouttait de son nez sur les pavés. L'épée royale glissa à plusieurs mètres de lui. Athos descendit l'escalier, sa cape blanche gonflée dans son dos.

— Tsss… Nous sommes tous deux armés de sabres et tu persistes à vouloir te battre avec une épingle à nourrice !

Kell jura et se releva tant bien que mal. Le roi ne semblait pas affecté par la magie de la pierre. Ses veines avaient toujours été sombres et ses yeux conservaient leur teinte bleu glacé. Il gardait de toute évidence le contrôle, et pour la première fois Kell se demanda si Holland avait raison. Peut-être n'existait-il pas d'équilibre, juste des vainqueurs et des vaincus ? Avait-il déjà perdu ? À cet instant, il sentit bouillir dans son corps la magie noire qui ne demandait qu'à être utilisée.

— Tu vas mourir, Kell. Alors autant que ce soit en résistant !

De la fumée jaillit de la pierre d'Athos puis se transforma en lames qui filèrent vers l'*Antari*. Il leva sa main vide pour essayer de les arrêter, en vain – elles étaient faites de magie, et non de métal. Une seconde avant qu'elles ne lui déchirent la peau, son autre main, celle reliée à la pierre, se leva d'elle-même et l'ordre résonna dans sa tête. *Protège-moi.*

Sa pensée s'était à peine formée qu'elle se concrétisait déjà. L'ombre l'enveloppa tel un bouclier contre la fumée tranchante. Mélange de feu, d'eau glacée et d'énergie, le pouvoir irrigua tout son corps. Kell haletait tandis que les ténèbres progressaient en lui et sur lui, de son bras jusqu'à son torse, et que le mur de magie déviait l'attaque pour la retourner contre Athos, qui l'esquiva.

Une vague jaillie de la pierre du roi écarta les lames, qui se mirent à pleuvoir sur le sol de la cour. Une seule atteignit sa cible et se planta dans la jambe d'Athos. Il la retira puis la jeta avec un sourire sardonique.

— Ah, voilà qui est mieux!

Les pas de Lila résonnaient dans l'immense salle du trône circulaire. Blanche comme neige, la pièce était cernée par une série de piliers. Sur l'estrade installée au centre se trouvaient les deux trônes, côte à côte, sculptés dans un seul morceau de pierre pâle. L'un était vide.

Sur l'autre était assise Astrid Dane, ses cheveux blond platine enroulés telle une couronne autour de sa tête. Quelques mèches, aussi fines que de la soie d'araignée, tombaient sur son visage livide, penché en avant comme si elle somnolait. Elle était tout de blanc vêtue, mais pas dans le doux velours ou la dentelle d'une reine de conte de fées. Effilée au col et aux poignets, sa tenue l'enveloppait à la manière d'une armure. Elle ne portait pas de robe, mais un pantalon moulant et des bottes. Ses longs doigts, repliés sur les accoudoirs du trône, étaient pour la plupart ornés de bagues, même si la seule tache de couleur provenait du pendentif accroché à son cou, aux bords cerclés de sang.

Il ressemblait à celui que portait Rhy dans le Londres rouge, quand il n'était plus lui-même. Une amulette de possession. À l'évidence, Astrid Dane était toujours sous l'emprise de son sort.

L'écho anormal de ses pas dans la pièce fit grimacer Lila. *Astucieux.* La forme de la salle ne résultait pas seulement d'un choix esthétique. Elle était aussi conçue pour amplifier les sons. Parfait pour des souverains paranoïaques. En dépit du bruit, la reine ne cilla pas. Lila continua donc d'avancer, malgré sa crainte de voir des gardes surgir de recoins cachés – même s'il n'y en avait aucun – pour voler au secours d'Astrid. Mais personne ne vint.

Bien fait pour vous! Des centaines de gardes, et le seul à réagir voulait en fait mourir. Sacrée souveraine! Le pendentif scintillant palpitait légèrement contre la poitrine d'Astrid. Quelque part dans une autre ville, dans un autre monde, elle avait pris un nouveau corps: peut-être celui du roi, de la reine ou du chef de la garde. Mais dans ce monde-là, elle se trouvait sans défense.

Lila sourit d'un air grave. Elle aurait aimé prendre son temps, la faire payer pour Kell, mais elle savait qu'elle ne devait pas forcer sa chance. Alors elle dégaina son pistolet. Un seul coup et ce serait terminé. Rapide, facile… Elle visa la tête de la reine et tira.

La détonation retentit dans la salle, aussitôt suivie d'une onde de lumière, d'un grondement qui rappelait le tonnerre et d'une douleur aveuglante dans l'épaule de Lila. La voleuse recula d'un pas chancelant, lâcha son arme, puis agrippa son bras dans un hoquet de douleur. Elle jura sans retenue à la vue du sang qui traversait sa tunique et son manteau. Elle était touchée. De toute évidence, la balle avait ricoché, mais sur quoi?

Elle observa Astrid sur son trône et se rendit compte que l'air autour d'elle n'était pas aussi vide qu'il y paraissait: dans le sillage du coup de feu, il ondulait et brillait, parsemé d'éclats de lumière. De la magie.

Les dents serrées, Lila laissa retomber sa main de son épaule blessée (et de son manteau déchiré) pour sortir son couteau, encore taché du sang de Beloc. Elle se rapprocha petit à petit jusqu'à se retrouver juste devant le trône. Son souffle rebondissait contre la barrière presque invisible et revenait effleurer ses propres joues.

Elle approcha lentement la lame de la limite du sort. L'air crépita autour de la pointe, scintillant comme du givre, mais ne céda pas. Tout en maugréant, la jeune fille baissa les yeux sur le corps de la reine, puis sur le sol à ses pieds. La pierre à la base du trône était recouverte de symboles. Ils étaient indéchiffrables pour elle, bien sûr, mais le fait qu'ils entouraient le trône, et la reine, révélait leur importance. Il s'agissait des maillons d'un sort. Or briser des maillons était largement faisable.

Accroupie, Lila approcha sa lame du symbole le plus proche. Elle retint alors son souffle et se mit à gratter la marque. Lorsqu'elle eut effacé une étroite bande d'encre ou de sang (elle préférait ne pas savoir ce qui avait servi à écrire le sort), l'air autour du trône perdit de son éclat avant de s'obscurcir. L'enchantement qui protégeait la reine avait disparu.

— Adieu, Astrid.

Elle s'apprêtait à enfoncer la lame dans la poitrine de la reine, mais avant que la pointe ne déchire la tunique blanche, une main lui agrippa le poignet. Lila croisa le regard bleu clair d'Astrid Dane. Réveillée. La bouche de la souveraine s'étira en un sourire narquois.

— Méchante petite voleuse !

Astrid resserra son emprise et une douleur cuisante déchira le bras de Lila. La jeune fille entendit tout d'abord quelqu'un hurler, avant de se rendre compte que le son sortait de sa propre gorge.

La joue d'Athos était maculée de sang, sa cape blanche déchirée. Kell haletait, couvert d'entailles à la jambe, au poignet et au ventre. La plupart des statues de la cour gisaient, renversées, brisées, tandis que les deux moitiés de la pierre s'affrontaient et libéraient chacune leur propre magie – l'une heurtant l'autre, à la manière d'un silex.

— Je vais t'arracher ton fameux œil noir pour m'en faire un pendentif.

Athos passa de nouveau à l'attaque. Kell répliqua, volonté contre volonté, pierre contre pierre. À la différence près que lui menait deux batailles – la première contre le roi, la seconde contre lui-même. Les ténèbres continuaient de gagner du terrain, de l'absorber un peu plus à chaque instant, à chaque mouvement. Il ne pourrait pas gagner : à ce rythme-là, c'était soit le combat soit lui-même qu'il perdrait. Un sacrifice s'imposait.

La magie d'Athos trouva une fissure dans son bouclier d'ombre et le frappa de toutes ses forces. Les côtes fêlées, Kell cracha du sang, luttant pour rester concentré sur le roi. Il devait agir, et vite. L'épée royale scintillait à terre, non loin de lui. Athos souleva la pierre, prêt à l'attaquer de nouveau.

— C'est tout ce que vous avez ? le défia Kell, les dents serrées. Toujours les mêmes vieux stratagèmes ? Votre sœur est bien plus créative.

Les yeux plissés, Athos convoqua alors quelque chose de nouveau. Ni mur, ni lame, ni chaîne. Cette fois, la fumée prit la forme d'une ombre sinistre… Celle d'un énorme serpent argenté aux yeux noirs et à la langue fourchue, bien plus grand que le roi.

Malgré ses côtes fêlées, Kell se força à éclater d'un rire moqueur, puis ramassa l'épée royale. Elle était abîmée, couverte de poussière et de sang, mais les symboles qui couraient sur sa lame étaient encore visibles.

— Qu'est-ce que vous pouvez être prévisible ! J'étais certain que vous feriez apparaître une créature assez forte pour me supprimer, puisqu'à l'évidence, vous n'y parvenez pas tout seul.

— Quelle importance ? Quoi qu'il en soit, tu mourras par ma volonté.

— N'avez-vous pas dit vouloir me tuer de vos propres mains ? Mais apparemment vous êtes incapable de faire mieux… Allez-y, cachez-vous derrière la magie de la pierre ! Continuez de prétendre qu'elle vous appartient.

— Tu as raison, grogna Athos. C'est moi, et moi seul, qui vais t'éliminer.

Il serra la pierre pour dissiper le serpent qui rampait autour de lui. Mais le reptile, loin de s'évanouir, s'arrêta soudain et tourna ses yeux vitreux vers Athos – exactement de la même manière que le double de Kell lorsque, dans la chambre de Lila, il avait regardé la jeune fille. Furieux, le roi ordonna à la créature de disparaître, d'abord par la pensée puis par la parole.

— Soumets-toi ! Tu es ma création, et moi ton…

Il ne put pas terminer sa phrase, car le serpent passa à l'attaque. Ses mâchoires se refermèrent sur la pierre dans la main d'Athos. Avant même que le roi n'ait le temps de pousser un cri, le serpent l'avait enveloppé. Il s'enroula autour de ses bras, de son torse, puis de son cou, qu'il brisa d'un coup sec. Kell entendit les os craquer.

La tête pendante, le terrifiant roi n'était plus qu'une poupée de chiffon. Lorsque le serpent se déploya, le corps d'Athos s'effondra par terre. C'est alors que la créature se retourna et fondit vers Kell. Sa vitesse était vertigineuse, mais l'*Antari* se tenait prêt.

Il plongea l'épée royale dans le ventre de la bête. L'arme transperça la peau dure de sa lame rougeoyante avant de se briser en deux. Le reptile frémit avant de tomber, simple ombre aux pieds de Kell.

Et en son centre, un morceau de pierre noire.

IV

Le dos de Lila vint heurter l'un des piliers de la salle du trône.

Elle s'écroula sur le sol en pierre. Du sang coulait dans son œil de verre. Son épaule la tenaillait de douleur, tout comme le reste de son corps. Elle s'efforça de ne pas y penser. Astrid, elle, semblait bien s'amuser et lui souriait avec désinvolture. Un chat face à une souris.

— Je vais effacer ce sourire de votre visage, grommela Lila.

Elle se releva tant bien que mal. Elle avait affronté de nombreux adversaires, mais jamais quelqu'un comme Astrid Dane. Cette femme se déplaçait avec une vitesse et une grâce surprenantes. Ses mouvements étaient tellement fluides et rapides que Lila peinait à les esquiver, ou à rester debout… et même en vie.

Elle savait bien qu'elle allait perdre. Et mourir, par la même occasion. Mais elle comptait bien résister le plus longtemps possible.

À en juger par le vacarme qui régnait à l'extérieur, Kell devait lui-même être très occupé. Elle pouvait au moins s'arranger pour qu'il n'ait qu'un seul Dane à affronter à la fois. Lui faire gagner un peu de temps.

Mais où pouvait bien être passée la Lila d'autrefois ? La Lila Bard du sud de Londres ne pensait qu'à elle et à personne d'autre. Jamais cette fille-là n'aurait donné sa vie pour qui que ce soit. Jamais elle n'aurait choisi le bien si le mal lui avait permis de rester en vie. Et jamais elle ne serait revenue sur ses pas pour un inconnu, même s'il lui était venu en aide. Peut-être n'aurait-elle jamais dû voler cette maudite pierre ? Pourtant, face à la mort qui se présentait sous les traits de cette reine blanche, elle ne le regrettait pas. Elle avait eu soif de liberté. D'aventure. Peu importait si elle devait à présent en mourir. Son seul regret ? Que la mort soit aussi douloureuse.

— Tu es en travers de mon chemin depuis trop longtemps, déclara Astrid.

— Oui, on dirait que je suis assez douée pour ça.

Les mains levées, la reine se mit à parler dans cette langue gutturale que Lila avait déjà entendue auparavant. Mais dans sa bouche, les mots n'avaient pas la même sonorité. À la fois étranges, durs et beaux, ils bruissaient telle une brise au milieu des feuilles mortes. Ils rappelaient à Lila la musique au défilé de Rhy. Ce son quasi physique. Puissant.

Elle n'était cependant pas assez bête pour l'écouter sans rien faire. Son pistolet, vide, gisait trop loin d'elle, et son tout nouveau couteau au pied du trône. Il lui restait encore un poignard dans le dos, qu'elle dégaina. Mais Astrid avait terminé son incantation. Une vague d'énergie frappa aussitôt Lila, qui heurta le sol, le souffle coupé, avant de glisser sur plusieurs mètres. La jeune fille roula sur elle-même pour se mettre en position accroupie, à la recherche d'un peu d'air. La reine jouait avec elle.

Alors qu'Astrid se préparait à frapper de nouveau, Lila saisit sa dernière chance. Elle attrapa son poignard et, d'un geste vif, le lança avec force, droit sur le cœur de la souveraine. L'arme fila vers sa cible, qui, au lieu de l'esquiver, attrapa la lame en plein vol avant de la casser en deux et d'en jeter les morceaux. Le tout à main nue et sans s'interrompre dans sa litanie. Lila sentit l'espoir la quitter.

Oh, oh… eut-elle à peine le temps de penser avant que le sol ne se mette à trembler sous ses pieds. Elle lutta pour garder l'équilibre et évita de justesse les blocs de pierre qui lévitaient au-dessus de sa tête. Il pleuvait des cailloux. Elle plongea pour éviter les gravats au moment même où tout s'effondrait, mais ne fut pas assez rapide. Piégée sous les décombres, la jeune femme sentit une douleur lui déchirer la jambe droite, du talon au genou. La pierre pâle qui s'était abattue sur elle était parsemée de fragments de roche blanche. *Non, pas de la roche… Des os!*

Horrifiée, elle voulut dégager sa jambe, mais Astrid la repoussa sur le dos et s'agenouilla sur sa poitrine. La reine lui arracha alors son masque, puis lui saisit la mâchoire d'une main avant de ramener le visage de son adversaire vers le sien.

— Tu as une bien jolie petite frimousse… sous tout ce sang.

— Allez rôtir en enfer!

Avec un sourire, Astrid enfonça les ongles de sa main libre dans l'épaule blessée de Lila, qui retint un hurlement et se débattit, en vain.

— Si vous avez l'intention de me tuer, alors faites-le!

— Oh, j'y compte bien! Mais pas tout de suite. Quand j'en aurai fini avec Kell, je reviendrai te voir. Je prendrai alors tout mon temps pour t'ôter la vie, et t'ajouter à ma collection de pierres.

Elle retira ses ongles tachés de sang de l'épaule de Lila. Le rouge vif ressortait sur sa peau pâle.

— Mais d'abord…

D'un doigt ensanglanté, elle traça un motif entre les yeux de sa prisonnière, qui luttait de toutes ses forces pour se libérer. Mais Astrid la maintenait clouée au sol de sa poigne inébranlable.

Après avoir dessiné une marque sur son propre front, la reine se mit à psalmodier dans sa langue. Lila se débattait comme une furie à présent. Elle essaya de crier pour interrompre le sort, mais Astrid lui couvrit la bouche de ses longs doigts. Un frisson parcourut la jeune fille lorsque la magie se mit à onduler sur elle. C'est alors que le visage de la reine commença à changer.

Son menton s'affina, ses joues blanchâtres prirent une teinte plus saine, ses lèvres rougirent, ses yeux passèrent du bleu au marron, de deux nuances différentes, et ses cheveux, auparavant blancs comme neige et enroulés autour de sa tête, tombaient désormais sur son visage, en un court carré brun. Même ses vêtements se transformèrent en une tenue bien trop familière. Lila leva un regard horrifié non sur Astrid Dane, mais sur son propre reflet, au sourire acéré. Et quand la reine prit la parole, c'est la voix de Lila qui se fit entendre.

— Je ferais mieux d'y aller. Kell a sûrement besoin d'aide.

La voleuse lança un dernier coup de poing désespéré, mais Astrid lui saisit le poignet, sans aucun effort, avant de lui murmurer à l'oreille :

— Ne t'inquiète pas, je le saluerai de ta part.

Puis elle lui cogna la tête par terre, et le monde de Lila devint noir.

Dans la cour, entre une série de statues brisées, un roi mort et un morceau de pierre noire, Kell se tenait debout, en sang, meurtri, mais toujours en vie. Le manche de l'épée royale lui glissa des mains et tomba au sol alors qu'il prenait une inspiration. Il fut saisi d'un tremblement et l'air froid lui brûla les poumons avant de se condenser devant sa bouche. L'*Antari* éprouvait une sensation étrange, mélange de chaleur et de fraîcheur, à la fois apaisante et inquiétante. Il n'avait qu'une envie : cesser de lutter, céder, mais il ne le pouvait pas, car ce n'était pas encore terminé.

Une moitié de la pierre palpitait contre sa paume, tandis que l'autre brillait par terre, là où le serpent avait disparu. Le corps de Kell se dirigea de lui-même vers la pièce manquante, qui l'appelait. Le talisman guida ses doigts vers le sol puis les referma autour du caillou. À l'instant où les deux morceaux entrèrent en contact, des mots se formèrent sur les lèvres du jeune homme :

— *As Hasari*, ordonna-t-il d'une voix qui n'était pas vraiment la sienne.

Dans sa main, les deux moitiés de la pierre commencèrent à *guérir*. Elles se ressoudèrent. Les fissures s'effacèrent jusqu'à ce que la surface devienne lisse, intacte.

Un immense pouvoir – clair, beau et doux – traversa alors le corps de Kell, et avec lui un sentiment de félicité. D'intégrité. Un calme apaisant. Le rythme régulier de la magie l'hypnotisait. Il n'avait plus qu'un seul souhait : lâcher prise, pour disparaître dans les paisibles ténèbres.

Abandonne, murmura une voix dans sa tête. Paupières closes, il chancelait déjà quand il entendit Lila l'appeler. Le silence l'enveloppa lorsqu'il rouvrit les yeux et l'aperçut qui descendait l'escalier. Elle lui paraissait si lointaine… comme tout ce qui l'entourait, d'ailleurs.

D'un regard, la jeune fille balaya la scène : la cour dévastée, le corps d'Athos, celui de Kell, meurtri, et le talisman, désormais entier.

— C'est fini, Kell. Il est temps de la lâcher.

Il baissa les yeux sur la pierre au creux de sa paume. Les fils noirs, devenus aussi épais qu'une corde, s'enroulaient autour de son corps.

— S'il te plaît. Je sais que tu en es capable. Je sais que tu m'entends.

Elle tendit la main, le visage déformé par l'inquiétude, tandis que Kell essayait de reprendre ses esprits – le pouvoir qui irriguait en lui continuait de lui renvoyer une vision déformée de la réalité, altérait ses pensées.

— Je t'en prie.

— Lila, dit-il d'une voix douce, désespérée, avant de s'appuyer sur son épaule.

— Je suis là. Donne-moi la pierre.

Il examina un instant le talisman, avant de refermer les doigts dessus. Les mots n'étaient pas nécessaires. La magie faisait partie inhérente de lui à présent. Et elle savait ce qu'il voulait. En un instant, la fumée qui s'échappait de la pierre se transforma en un couteau. Le jeune homme s'en saisit, les yeux rivés sur la lame étincelante.

— Lila…

— Oui, Kell ?

— Attrape !

Il plongea le poignard dans son ventre. Lila laissa échapper un hoquet de douleur. Tout son corps fut alors parcouru de tremblements et sembla onduler avant de changer d'apparence pour prendre celle d'Astrid Dane, ses vêtements blancs tachés de sang.

— Comment…

Kell ne lui laissa pas l'occasion de continuer. Il l'immobilisa et lui maintint la mâchoire pour l'empêcher de parler. Aucune parole, aucun sort, ne la sauverait plus. Bien sûr, il désirait tuer Astrid Dane. Mais par-dessus tout, il voulait la faire souffrir. Pour Rhy. Son frère. Son prince. Car en cet instant, alors qu'il fixait les grands yeux bleus de la reine, il ne voyait plus que Rhy.

Rhy qui portait son amulette à elle.

Rhy qui affichait un sourire bien trop froid et cruel pour son doux visage.

Rhy qui l'étranglait et lui murmurait à l'oreille les mots d'un autre.

Rhy qui s'enfonçait un couteau dans le ventre.

Rhy – son Rhy – qui s'écroulait par terre.

Rhy qui saignait.

Rhy qui mourait.

Kell voulait anéantir Astrid pour ce qu'elle lui avait fait. Et venant de lui, ce désir devint bientôt un ordre. Les ténèbres s'échappèrent du couteau enfoui dans le ventre de la souveraine pour venir ramper sur ses vêtements et sous sa peau, et changer en pierre blanche tout ce qu'elles rencontraient. Astrid tenta d'ouvrir la bouche, mais que ce soit pour parler ou hurler, la rigidité avait déjà gagné sa poitrine, sa gorge et ses lèvres décolorées avant qu'un seul son ne franchisse ses dents serrées. La roche s'empara ensuite de ses jambes et de ses bottes avant de se répandre sur le sol criblé de trous. Kell contemplait à présent la statue d'Astrid Dane, ses yeux écarquillés par le choc, sa bouche pincée. Elle avait désormais sa place dans la cour.

Il avait beau vouloir la laisser là, au milieu des statues brisées, avec le cadavre de son frère, ce n'était pas suffisant. La magie, comme tout, s'atténuait. Les sorts n'étaient pas éternels. Astrid retrouverait peut-être un jour sa liberté. Or, il ne pouvait pas courir un tel risque.

De ses doigts en sang, il saisit l'épaule en pierre blanche de la reine. La magie *Antari* vint à lui avec autant de facilité que l'air qu'il respirait.

— *As Steno.*

De profondes fissures apparurent sur le visage de la reine, avant de s'étendre au reste de son corps. Quand Kell serra la main, la statue en pierre d'Astrid Dane vola en éclats.

V

Kell frissonna, de nouveau gagné par ce calme étrange, malgré tout plus pesant, cette fois.

Puis, comme quelques instants plus tôt, quelqu'un l'appela. Lorsqu'il leva les yeux, il vit Lila dévaler l'escalier en boitant, une main agrippée à son épaule. Lila meurtrie, en sang, mais vivante. Son masque noir pendait entre ses doigts tachés de rouge.

— Est-ce que ça va ? lui demanda-t-elle, une fois arrivée à sa hauteur.

— On ne peut mieux, répondit-il, même s'il peinait à rester concentré, à focaliser sur elle son regard et ses pensées.

Elle baissa les yeux sur ce qu'il restait de la reine.

— Comment as-tu deviné ? Comment as-tu su que ce n'était pas moi ?

— Elle a dit « s'il te plaît ».

— Tu te fiches de moi ?

Il esquissa un sourire las puis haussa légèrement les épaules, geste douloureux.

— Je l'ai su, c'est tout.

— C'est tout…

Elle le dévisageait, consternée, et il se demanda à quoi il devait ressembler.

— Tu as une mine affreuse. Tu ferais mieux de te débarrasser de cette pierre.

Lorsqu'il acquiesça, elle ajouta soudain :

— Je pourrais t'accompagner…

— Non. S'il te plaît. Je ne préfère pas.

C'était la vérité. Il ne savait pas ce qui l'attendait de l'autre côté, mais dans tous les cas, il l'affronterait seul.

— Très bien. Je reste ici.

— Qu'est-ce que tu vas faire ?

— J'ai vu de beaux bateaux sur le quai quand on s'enfuyait, répondit-elle d'un air faussement détaché. L'un d'eux fera l'affaire.

— Lila…

— Ça ira. Allez, dépêche-toi avant que quelqu'un ne s'aperçoive qu'on a tout simplement assassiné les souverains.

Il essaya de rire, mais une sombre douleur le transperça soudain. Il se plia en deux, la vision trouble. Lila s'agenouilla à côté de lui.

— Kell ? Que t'arrive-t-il ? Qu'est-ce qui se passe ?

Non. Pas maintenant. Il était si proche du but. Si proche ! Il ne lui restait plus qu'à… Une nouvelle vague de douleur le fit tomber à genoux.

— Kell ! Parle-moi.

Il voulut répondre quelque chose, n'importe quoi, mais sa mâchoire se verrouilla et il serra les dents malgré lui. Il luttait contre les ténèbres, qui se défendaient… et étaient en train de l'emporter. La voix de Lila se faisait de plus en plus lointaine.

— Kell… tu m'entends ? Reste avec moi.

Arrête de lutter, chuchota une voix dans sa tête. *Tu as déjà perdu.*

Non. Pas encore. Il parvint à toucher l'entaille sur son ventre et dessina une marque sur le sol fissuré. Mais avant qu'il n'ait le temps d'y poser sa main attachée à la pierre, une force le renversa. Les ténèbres l'enveloppèrent. Il résistait à la magie, mais elle était déjà entrée en lui et coulait dans ses veines. Il essaya de la repousser, de se libérer de son emprise. Trop tard.

Il prit une dernière inspiration, puis la magie l'emporta.

Kell ne pouvait pas bouger.

Des ombres, enroulées autour de ses membres, l'immobilisaient. Plus il se débattait, plus elles se resserraient et absorbaient ses dernières forces. La voix de Lila, lointaine, finit par s'évanouir. Il se retrouva alors seul dans un monde de ténèbres.

Ces ténèbres emplissaient tout, quand soudain, pour une raison inconnue, elles se replièrent pour se fondre en une ombre, puis un homme qui ressemblait à Kell : même taille, mêmes cheveux, même manteau. À la différence près que le nouveau venu était entièrement noir, aussi lisse et brillant que la pierre reconstituée.

— Bonjour, Kell.

Les ténèbres ne parlaient ni anglais, ni arnésien, ni maktais, mais la langue natale de la magie. L'*Antari* comprit enfin. C'était *Vitari* qui s'était introduit en lui pour se nourrir de sa vie, l'avait rendu plus fort tout en affaiblissant sa volonté.

— Où sommes-nous ? demanda-t-il d'une voix rauque.

— Nous sommes en toi. Nous nous fondons en toi.

— Sortez de mon corps.

Il se débattit contre les cordes sombres, en vain. Avec son sourire noir, *Vitari* s'approcha de lui.

— Tu t'es bien battu. Mais l'heure n'est plus au combat, c'est terminé à présent. Tu m'étais destiné, *Antari*. Tu es l'enveloppe idéale et je garderai ton corps pour l'éternité, dit-il en posant une main sur le torse du magicien.

Kell eut un mouvement de rejet à son contact. Il lui fallait lutter. Il n'était pas arrivé jusque-là pour rien. Il ne pouvait pas abandonner.

— C'est trop tard. Je possède déjà ton cœur.

À ces mots, *Vitari* plongea la main dans sa poitrine. Le souffle coupé, Kell sentit les doigts de son double se refermer sur son cœur battant, qui vacilla. Les ténèbres se déversèrent tel du sang sur sa chemise en lambeaux.

— C'est fini, Kell. Tu m'appartiens.

Kell frissonnait, étendu sur le sol. Lila lui prit le visage entre les mains. Sa peau était brûlante, les veines de son cou et de ses tempes devenues noires. La mâchoire serrée, les yeux fermés, il ne bougeait plus. Puis son corps se mit à convulser.

— Résiste ! cria la jeune fille. Tu ne peux pas abandonner, pas maintenant.

Lorsqu'il fut pris d'une nouvelle secousse, elle ouvrit sa chemise. Du noir s'étendait sur son cœur. Elle tenta de lui arracher la pierre de la main, en vain.

— Bon sang ! Si tu meurs, qu'est-ce qui va arriver à Rhy ?

Le dos de Kell heurta le sol et le jeune homme laissa échapper un gémissement. Lila avait récupéré ses armes. Elle dégaina alors son couteau, qu'elle soupesa dans sa paume. Elle n'avait aucune envie de le tuer, mais elle en était capable, si cela devenait nécessaire. Elle ne voulait pas non plus lui couper la main, mais n'hésiterait pas à le faire.

— Tu n'as pas intérêt à abandonner, Kell. Tu m'entends ?

Le cœur de Kell rata quelques battements.

— J'ai demandé si gentiment, dit *Vitari*, la main toujours enfouie dans la poitrine de son adversaire. Je t'ai laissé une chance de te rendre, mais tu m'as obligé à employer la force.

La chaleur qui se répandait dans les membres de Kell laissait un étrange froid dans son sillage. Il entendait de nouveau la voix lointaine de Lila. Étirées à l'infini, tel un écho d'écho, ses paroles lui parvenaient à peine. Il distingua pourtant un nom : Rhy. S'il mourait, alors son frère aussi. Il ne pouvait pas abandonner.

— Je ne vais pas te tuer, Kell. Pas tout à fait.

Enveloppé par les ténèbres, l'*Antari* ferma les yeux. La voix de Lila résonna dans sa tête : *« Il n'y a pas un mot pour ça ? Qu'est-ce que c'est ? Allez, Kell. Dis ce foutu mot. »*

Il se força à se concentrer. Bien sûr… Lila avait raison ! Il existait une formule. *Vitari* était de la magie pure.

Or toute magie obéissait à des règles. Des ordres. *Vitari* était une création, mais tout ce qui pouvait être créé pouvait aussi être détruit. Éliminé.

— *As Anasae.*

Une étincelle d'énergie le traversa, mais rien ne se produisit. *Vitari* referma sa main libre sur la gorge du jeune homme.

— Tu croyais franchement que ça marcherait ?

Pourtant, Kell perçut dans la voix de son double et à travers la tension de son corps un nouveau sentiment. De la peur. Ça pouvait donc marcher. Ça marcherait. Il le fallait.

Mais la magie *Antari* était un pacte oral. Il ne pourrait jamais l'invoquer par la seule pensée. Or, dans sa tête, tout n'était que pensée. Il devait prononcer la formule à voix haute. Malgré ses sens affaiblis, il se concentra jusqu'à sentir son corps. Pas celui qui se trouvait dans cette illusion mentale, mais celui du monde réel, étendu sur le sol glacé de la cour, Lila accroupie au-dessus de lui. Il se raccrocha à ce froid dans son dos et lutta pour percevoir ses doigts endoloris, contractés autour de la pierre. Sa mâchoire, serrée de douleur. Enfin, il contraignit sa bouche à s'ouvrir, puis ses lèvres à former les mots :

— *As An...*

Son cœur faiblissait sous la poigne de *Vitari.*

— Non ! grogna la magie.

La peur, presque tangible, transformait son impatience en colère. Kell comprenait la source de cette anxiété. *Vitari* n'était pas un simple sort, mais la source même du pouvoir de la pierre. L'éliminer revenait à éliminer le talisman lui-même. Tout serait ainsi terminé.

Alors qu'il luttait pour se cramponner à son corps, à lui-même, il se força à inspirer puis expirer.

— *As Anas...*

La main de *Vitari* passa de son cœur à ses poumons, pour en expulser l'air.

— Tu ne peux pas, l'interrompit la magie d'un ton désespéré. C'est moi qui garde ton frère en vie.

Kell hésita, il ignorait si *Vitari* disait vrai, si le lien qu'il avait créé avec son frère pouvait être brisé. En revanche, il savait que Rhy ne lui pardonnerait jamais d'avoir cédé. Tout ça n'aurait d'ailleurs aucune importance s'ils mouraient tous les deux.

Il rassembla alors ses dernières forces pour se concentrer non pas sur *Vitari*, qui tentait de l'étouffer, ni sur les ténèbres qui se répandaient en lui, mais sur la voix de Lila, le sol froid, ses doigts endoloris et ses lèvres en sang, qui formèrent enfin les mots désirés :

— *As Anasae.*

VI

Dans tout le Londres rouge, les corps se mirent à tomber.

Les hommes et femmes qui avaient été embrassés ou emportés, séduits ou contraints, qui avaient accueilli ou subi la magie, s'écroulèrent lorsque la flamme noire, désormais éteinte, les quitta. Le sort était rompu. Partout, la magie laissa derrière elle une traînée de corps.

Dans les rues, ils titubaient avant de s'effondrer. Certains brûlés au point de se dissoudre en un nuage de cendres, d'autres réduits à l'état de simples coquilles vides. De rares chanceux tombaient, faibles et haletants, mais toujours en vie.

Dans le palais, la magie qui avait pris les traits de Gen venait d'atteindre les chambres royales, sa main noire posée sur la porte, quand les ténèbres l'emportèrent avec elles dans la mort.

Et au cœur du sanctuaire, loin du château, sur un simple lit de camp dans une chambre éclairée à la bougie, le prince du Londres rouge frémit un instant avant de trouver l'apaisement.

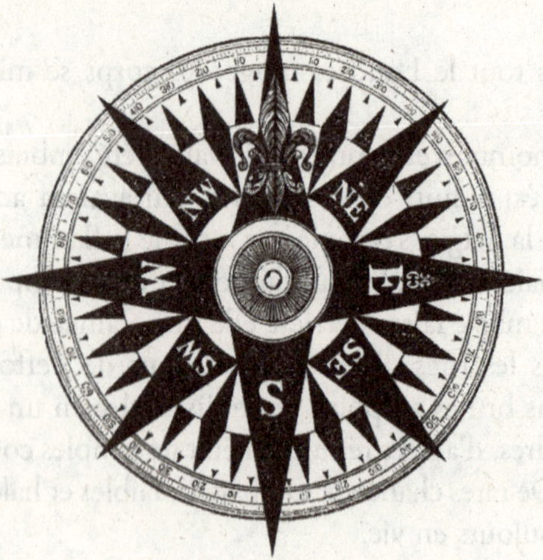
NW
NE
W
E
SW
SE
S

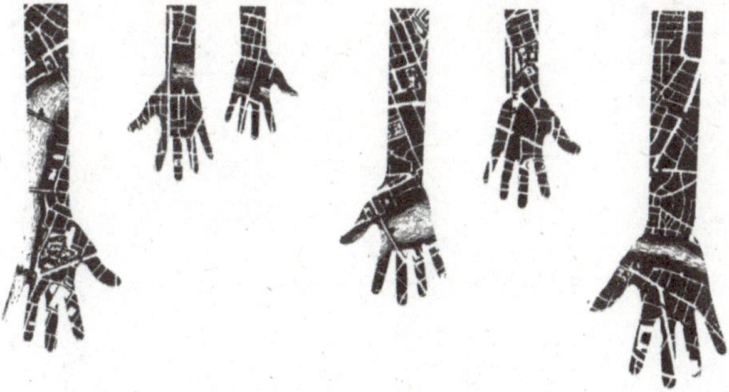

QUATORZIÈME CHAPITRE

LA DERNIÈRE PORTE

I

Lorsqu'il ouvrit les yeux, Kell aperçut les étoiles, petits points de lumière blanche qui flottaient loin au-dessus du château.

La pierre lui glissa des doigts et tomba sur le sol dans un tintement sourd. Elle ne contenait plus rien, ni murmure, ni désir, ni promesse. Ce n'était plus qu'un simple caillou.

Lila s'adressait à lui. Pour une fois, elle ne paraissait pas furieuse, du moins pas autant que d'habitude, mais il ne parvenait pas à distinguer ses paroles. La voix de la voleuse était couverte par le martèlement de son cœur alors qu'il abaissait le col de sa chemise d'une main tremblante. Même s'il ne voulait pas vraiment savoir la vérité, être confronté à la réalité, il regarda la peau au-dessus de son cœur, là où le sceau avait lié la vie de Rhy à la sienne.

L'entrelacs noir avait disparu, mais pas la cicatrice. Le sceau demeurait intact. Il ne dépendait donc pas seulement de *Vitari*, mais aussi de lui-même. Kell laissa échapper un petit sanglot de soulagement.

Enfin, il reprit conscience du monde qui l'entourait. Le sol froid de la cour, le cadavre d'Athos, les éclats d'Astrid, et Lila, qui le serra dans ses bras un instant. Un instant tellement bref qu'il n'eut pas le temps d'apprécier son étreinte.

— Je t'ai manqué ? murmura-t-il d'une voix enrouée.

— Bien sûr, répondit-elle, le tour des yeux rougis, avant de toucher la pierre de la pointe de sa botte. Elle est morte ?

— On ne peut pas tuer la magie, expliqua-t-il en se relevant. Juste la dissoudre. Et c'est fait.

— Tu dois quand même la rapporter ?

— Oui, au cas où.

Kell ramassa le talisman, devenu un poids mort. À présent qu'il était enfin libéré de son emprise, quelqu'un d'autre pourrait peut-être s'en charger. Il scruta la cour pour retrouver le corps de Holland. Durant la bataille, l'*Antari* était tombé du banc et gisait désormais par terre. Seule sa cape trempée de sang signalait qu'il n'était pas seulement endormi.

Kell se releva au prix de terribles efforts et s'approcha de Holland, suivi de Lila. À genoux, il prit la main froide de l'*Antari* dans la sienne. Le pouls à son poignet était de plus en plus faible, son cœur s'acquittait de ses derniers battements. Mais il était encore en vie.

« C'est vraiment très dur de tuer un Antari. » De toute évidence, il avait raison.

Kell ignorait si son idée fonctionnerait ou non, si un *Antari* pouvait donner un ordre à la place d'un autre. Il toucha malgré tout la plaie sur le torse de Holland et traça une ligne de sang sur le sol à côté du corps. Il posa ensuite la pierre sur la ligne, et la main du blessé par-dessus.

— Paix, murmura-t-il.

Un seul mot d'adieu pour un homme brisé. Enfin, il appuya sa paume sur celle du voyageur.

— *As Travars.*

Le sol s'ouvrit sous l'*Antari*. Kell recula alors que les ténèbres, et l'au-delà, avalaient le corps de Holland et la pierre, pour ne laisser qu'une trace de sang.

Les yeux rivés sur le sol souillé, il n'arrivait pas à croire que le sort ait fonctionné. Il était sain et sauf, et pouvait rentrer chez lui. Lorsqu'il se releva, chancelant, Lila le rattrapa.

— Reste avec moi.

Kell hocha la tête, étourdi par la douleur auparavant masquée par le pouvoir de la pierre. Les blessures de Rhy s'ajoutaient aux siennes, et quand il essaya de refouler un gémissement, sa bouche s'emplit de sang.

À présent que la ville avait perdu ses souverains, la lutte acharnée pour le trône allait bientôt reprendre. Le prochain roi ne tarderait pas à se frayer un chemin sanglant jusqu'à la couronne. Comme toujours.

— Il faut partir.

— Oui, rentrons, dit Lila.

Une vague de soulagement le submergea avant que la dure réalité ne le rattrape.

— Lila, je ne sais pas si je pourrai t'emmener avec moi.

La pierre avait garanti son passage d'un monde à l'autre, créé pour elle une porte interdite. Sans sa magie, les chances de transfert…

Lila parut comprendre. Meurtrie, ensanglantée, elle regarda autour d'elle, les bras serrés contre sa poitrine. Combien de temps tiendrait-elle toute seule ? Mais il s'agissait de Lila. Il y avait de grandes chances pour qu'elle survive quoi qu'il arrive.

— De toute façon, on peut toujours essayer. Qu'est-ce qui pourrait m'arriver, au pire ? Éclater en mille morceaux entre les deux mondes ?

Malgré son sourire en coin, il voyait la peur dans ses yeux.

— Je suis prête à rester, mais j'ai envie de tenter la traversée.

— Si ça ne marche pas…

— Je m'en sortirai.

Kell la conduisit alors jusqu'au mur de la cour. Après avoir tracé une marque sur les pierres pâles, il sortit de sa poche la pièce de monnaie du Londres rouge. Puis il attira Lila contre lui, l'enveloppa de son corps brisé et appuya son front contre le sien.

— Lila, dit-il d'une voix douce.

— Oui ?

Il déposa un baiser furtif sur ses lèvres. Une chaleur fugitive, éphémère. Elle leva les yeux vers lui, sourcils froncés, mais sans se dégager.

— C'est en quel honneur ?

— Pour te porter chance. Même si tu n'en as pas besoin.

Il posa la main sur le mur et songea à son foyer.

II

Le Londres rouge prenait forme autour de lui. Plongé dans la nuit, il sentait la terre et le feu, les fleurs et les épices, et surtout son foyer. Kell n'avait jamais été aussi heureux de rentrer. Mais son bonheur vola en éclats quand il se rendit compte que ses bras étaient vides. Lila n'était pas revenue avec lui.

Il regarda la relique dans sa main en sang, puis la jeta de toutes ses forces. Les yeux clos, il prit une profonde inspiration pour se ressaisir. C'est alors qu'il entendit une voix. Sa voix.

— Je n'aurais jamais cru apprécier autant le parfum des fleurs.

Kell cligna des yeux et se retourna. Lila était là. En vie et en un seul morceau.

— Impossible...

— Contente de te revoir, moi aussi, lui répondit-elle, un sourire narquois aux lèvres.

Kell la prit dans ses bras. L'espace d'une seconde, une seule seconde, elle ne se dégagea pas, ne menaça pas de le poignarder, mais lui rendit son étreinte.

— Quel est ton secret ? demanda-t-il, stupéfait.

— La ténacité.

Ils restèrent ainsi un moment, appuyés l'un sur l'autre, sans savoir lequel des deux avait le plus besoin de soutien. La seule chose dont ils étaient certains, c'est qu'ils étaient heureux d'être là, en vie. Soudain, l'*Antari* entendit des bruits de bottes et d'épées, suivis d'éclats de lumière.

— Je crois qu'on nous attaque, chuchota Lila.

Kell releva la tête et découvrit autour d'eux une dizaine de gardes, lames au clair. Sous leurs casques, ils le regardaient avec un mélange de peur et de fureur. Lila se raidit contre lui, à la recherche de son pistolet ou d'un couteau.

— Ne résiste pas, lui murmura-t-il.

Il lui prit la main avant de se tourner vers les hommes au service de sa famille.

— Nous nous rendons.

Malgré les jurons marmonnés par Lila, les soldats les forcèrent à s'agenouiller devant le roi et la reine, les mains menottées dans le dos, comme Kell plus tôt ce soir-là dans la chambre de Rhy. Ces quelques heures pesaient comme des années sur ses épaules.

— Laissez-nous, ordonna le roi.

— Votre Majesté, protesta l'un des gardes, qui fusilla Kell du regard. Le danger qu'il…

— J'ai dit : sortez !

Les gardes obéirent. Kell et Lila restèrent à genoux dans la salle de bal déserte, sous les yeux des souverains. Ceux du roi Maxim étaient fiévreux, son visage déformé par la colère. À ses côtés, la reine Emira était pâle comme la mort.

— Qu'as-tu fait ? tonna le roi.

Non sans une grimace, Kell leur dit toute la vérité. Il leur parla non seulement de l'amulette de possession d'Astrid et du plan des jumeaux Dane, mais aussi de la pierre (et de son trafic de reliques), de sa découverte et de sa tentative de la rapporter au seul endroit où elle ne représenterait aucun danger. Les souverains l'écoutèrent, moins incrédules qu'horrifiés. Au fil de ses explications, le roi devenait de plus en plus rouge, et la reine de plus en plus pâle.

— La pierre a disparu, et sa magie avec elle, conclut Kell.

Le roi tapa du poing.

— Les Dane vont payer pour ce qu'ils ont…

— Les Dane sont morts. Je les ai tués.

Lila se racla la gorge, et Kell leva les yeux au ciel.

— Avec l'aide de Lila.

Le roi sembla enfin la remarquer.

— Qui es-tu ? Quel rôle as-tu joué dans toute cette folie ?

— Je m'appelle Delilah Bard. On s'est déjà rencontrés, au bal. Vous savez, quand j'essayais de sauver votre ville, et que vous, vous restiez là sans rien faire, sous l'emprise d'un quelconque sort.

— Lila ! s'écria Kell, atterré.

— C'est en partie grâce à moi si votre ville est encore debout.

— « Votre » ville ? demanda la reine. Tu n'es donc pas d'ici ?

Lila ouvrit la bouche, mais Kell répondit à sa place :

Non. Elle vient de loin.

— Loin comment ? voulut savoir le roi, intrigué.

— J'ai amarré mon bateau à Londres il y a quelques jours, déclara Lila. J'avais entendu parler de l'anniversaire de votre fils, événement à ne pas manquer d'après les rumeurs, et je devais régler une affaire avec une marchande du nom de Calla. J'avais déjà croisé Kell une ou deux fois, alors je lui ai offert mon aide. En échange d'une récompense, bien sûr, ajouta-t-elle sous le regard perplexe de l'*Antari*.

Les souverains dévisageaient eux aussi Lila, comme s'ils s'efforçaient de déterminer la partie la moins vraisemblable de son récit (son histoire de bateau ou son anglais, bien trop parfait pour une étrangère). Mais la reine perdit soudain son calme :

— Où est notre fils ?

Kell tressaillit – à l'entendre, on aurait dit qu'elle n'en avait qu'un.

— Rhy est-il vivant ? demanda le roi.

— Grâce à Kell, intervint Lila. On s'est tués à essayer de sauver votre royaume, et vous, vous ne…

— Il est vivant, l'interrompit Kell. Et il le restera tant que je vivrai, ajouta-t-il, un brin provocateur.

— Que veux-tu dire ? s'étonna le roi.

— Monsieur, j'ai fait ce qu'il fallait. J'étais prêt à lui donner ma vie, mais je n'ai pu que la partager.

Les mains toujours menottées, il se tortilla pour révéler le bord de la cicatrice sous son col. La reine retint son souffle, tandis que le visage du roi s'assombrit.

— Où est-il ? demanda-t-il d'une voix adoucie.

Les épaules de Kell s'affaissèrent, libérées d'un poids.

— Détachez-nous, et je le ramènerai à la maison.

III

— Entrez.

Kell n'avait jamais été aussi heureux d'entendre la voix de son frère. Lorsqu'il ouvrit la porte, il essaya de ne pas se représenter la chambre de Rhy dans l'état où ils l'avaient laissée, le sol couvert du sang du prince.

Trois jours s'étaient écoulés depuis ce soir-là, et toute trace du désastre avait été effacée : le balcon réparé, le sol nettoyé, les meubles et tentures remplacés.

Rhy était couché dans son lit. Malgré les cernes sous ses yeux, il semblait davantage souffrir d'ennui que de douleur. C'était déjà un progrès. Les guérisseurs l'avaient soigné de leur mieux (tout comme Kell et Lila), mais il ne se remettait pas aussi vite qu'il aurait dû. Kell savait pourquoi, bien entendu. Le prince n'avait pas juste été blessé, comme il l'avait raconté aux guérisseurs. Il était revenu d'entre les morts.

Deux domestiques se tenaient à côté d'une table, et un garde se trouvait assis dans un fauteuil près de la porte. Tous trois surveillaient Kell. L'humeur sombre de Rhy était en partie due au fait que la sentinelle qui veillait sur lui n'était ni Parrish ni Gen. Tous deux étaient morts

– l'un d'un coup d'épée, l'autre de la « fièvre noire », comme on l'avait bientôt surnommée – et cette nouvelle l'affectait autant que son propre état.

Les domestiques et le garde redoublèrent de vigilance quand Kell s'approcha du lit du prince. Rhy les fusilla du regard.

— Ces salauds m'interdisent de me lever. Si je n'ai pas le droit de bouger, ajouta-t-il à leur adresse, auriez-vous du moins l'obligeance de sortir ? Allez monter la garde dehors, je vous en prie. De toute façon, j'ai déjà l'impression d'être un prisonnier, alors autant compléter l'illusion !

Le poids de la perte et de la culpabilité, associé au désagrément de ses blessures et de l'alitement, le mettait de très mauvaise humeur. Après leur départ, il soupira et se laissa retomber sur ses oreillers.

— Ils veulent juste t'aider, dit Kell.

— Si au moins ils étaient plus agréables à regarder !

Mais son commentaire puéril sonna étrangement creux. Soudain, son regard s'assombrit lorsqu'il croisa celui de Kell.

— Raconte-moi tout. Mais parle-moi d'abord de ça, précisa-t-il, un doigt pointé sur la cicatrice au-dessus de son cœur. Qu'as-tu fait comme bêtise, mon frère ?

Les yeux baissés sur les somptueux draps rouges, Kell écarta son col pour révéler sa propre cicatrice.

— Ce que tu aurais fait à ma place.

— Je t'aime, Kell, mais pas au point de vouloir porter un tatouage assorti au tien.

— Tu allais mourir, Rhy, alors je t'ai sauvé la vie, expliqua-t-il avec un sourire triste.

Il ne pouvait se résoudre à lui raconter toute la vérité :

que la pierre ne s'était pas contentée de lui sauver la vie, mais la lui avait rendue.

— Comment ? À quel prix ?

— Peu importe. Je serais prêt à le refaire.

— Arrête de tourner autour du pot !

— J'ai lié ta vie à la mienne. Tant que je vivrai, tu vivras aussi.

— Tu as fait quoi ? murmura-t-il, horrifié. Je devrais me lever pour te tordre le cou.

— Je te le déconseille. On partage aussi la douleur.

— Comment as-tu pu ? s'exclama le prince, les poings serrés.

Kell eut soudain peur que son frère répugne à être lié à lui. Mais Rhy ajouta aussitôt :

— Comment as-tu pu t'infliger ce fardeau ?

— C'est ainsi. On ne peut rien y changer. Alors s'il te plaît, estime-toi heureux et oublie tout ça.

— Comment pourrais-je l'oublier ? rétorqua Rhy d'un ton plus enjoué. C'est gravé sur ma poitrine.

— À ce qu'il paraît, les femmes aiment les hommes balafrés.

Il se fendit d'un sourire et Rhy soupira. Un silence s'installa entre eux, de plus en plus lourd. Alors même que Kell s'apprêtait à le rompre, le prince le devança.

— Qu'est-ce que j'ai fait ? murmura-t-il, ses yeux mordorés rivés sur le plafond en tulle avant de se tourner vers son frère. C'est Holland qui m'a apporté ce collier. Il a prétendu que c'était un cadeau, qu'il venait de ce Londres, et moi, je l'ai cru.

— Tu as commis une erreur, Rhy. Ça arrive à tout le monde, même aux princes. Ce n'est rien comparé à ce que j'ai fait.

— J'aurais dû m'en douter. D'ailleurs, je m'en doutais, ajouta-t-il d'une voix brisée.

Il tenta de se redresser avec une grimace, mais Kell le força à se rallonger.

— Alors pourquoi l'avoir accepté ?

Cette fois-ci, le prince refusa de le regarder dans les yeux.

— D'après Holland, il devait me rendre fort.

— Tu l'es déjà ! répliqua l'*Antari*.

— Pas comme toi. Bien sûr, je sais que je ne serai jamais comme toi. Mais mon manque de talent pour la magie me donne l'impression d'être faible. Un jour, je deviendrai roi. Je voulais être un souverain fort.

— La magie ne rend pas fort, Rhy. Crois-moi. Et tu as beaucoup mieux : l'amour du peuple.

— C'est facile d'être aimé. Moi, je veux être respecté, et j'ai cru… Tout ce qui compte, c'est que j'ai pris le collier, murmura-t-il alors que des larmes se mettaient à couler sur ses tempes jusque dans ses boucles brunes. J'ai failli tout perdre. Me faire voler la couronne avant même de la porter. Condamner ma ville à la guerre, à la dévastation ou à la chute.

— Nos parents n'ont pas de chance. À nous deux, on va détruire le monde entier.

Rhy émit un son étouffé, à mi-chemin entre le rire et le sanglot.

— Est-ce qu'ils nous pardonneront un jour ?

— Je ne suis plus menotté, il y a déjà du progrès, ironisa Kell.

Le roi et la reine avaient informé les habitants de son innocence, par le biais de la garde royale et des tables de divination. Cela n'empêchait pas les regards posés sur lui dans la rue – des regards où la méfiance, la peur et le soupçon se mêlaient au respect. Quand Rhy serait assez rétabli pour s'adresser directement à eux, il pourrait leur assurer que Kell n'avait joué aucun rôle dans la scène macabre qui s'était déroulée au palais ce soir-là. Peut-être alors le croiraient-ils, mais la situation ne serait jamais aussi simple qu'avant.

— Au fait, dit le prince, Tieren est passé me voir. Il a apporté…

On frappa à la porte. Avant qu'ils n'aient le temps de répondre, Lila fit irruption dans la chambre, toujours vêtue de son nouveau manteau, rapiécé en divers endroits, là où une balle, une lame ou une pierre avait laissé sa marque. Elle avait cependant pris un bain et ses cheveux étaient attachés par un fermoir doré. Même si elle ressemblait encore un peu à un oiseau famélique, elle était à présent propre, nourrie et soignée.

— Les gardes ne me quittent pas des yeux, je n'aime pas ça ! dit-elle avant de croiser le regard mordoré du prince. Oh, je suis désolée. Je ne voulais pas déranger.

— Ah oui, et qu'est-ce que tu voulais, alors ? la défia Kell.

— Tu ne déranges pas, intervint Rhy, qui se redressa dans son lit. Même si je ne suis pas très présentable, j'en ai bien peur. Comment t'appelles-tu ?

— Delilah Bard. On s'est déjà rencontrés, et vous aviez l'air encore plus mal en point.

Le prince accueillit sa réponse avec un rire silencieux.

— Je vous prie de m'excuser pour mes actes de ce soir-là. Je n'étais pas moi-même.

— Quant à moi, je vous prie de m'excuser de vous avoir tiré dans la jambe. J'étais moi-même.

— Elle me plaît bien, dit-il à Kell, son sourire charmeur aux lèvres. Je peux te l'emprunter ?

— Vous pouvez toujours essayer, répliqua Lila. Mais vous risquez d'y perdre les doigts.

Le rire de Rhy se transforma vite en grimace. Kell soutint son frère, alors que la douleur résonnait dans sa propre poitrine.

— Attends d'aller mieux pour flirter.

Il reconduisit Lila à la porte.

— Est-ce que je te reverrai, Delilah Bard ? demanda le prince.

— Nos chemins se recroiseront peut-être.

— Si j'ai mon mot à dire, ça ne fait aucun doute.

Alors que Kell leva les yeux au ciel, il crut voir Lila rougir au moment où il refermait la porte derrière eux pour laisser Rhy se reposer.

IV

— Je pourrais essayer de te ramener dans ton Londres.

Kell et Lila se promenaient sur la rive du fleuve. Ils avaient longé le marché de nuit, sous les regards encore insistants des habitants, et se dirigeaient à présent vers les quais. Le soleil, qui se couchait dans leur dos, allongeait leurs ombres devant eux.

Lila secoua la tête et sortit de sa poche la montre en argent, qu'elle ouvrit puis referma d'un coup sec.

— Il n'y a plus rien pour moi là-bas.

— Mais tu n'es pas chez toi ici non plus, se contenta-t-il de répondre.

Elle leva le menton pour le regarder bien en face.

— Je saurai me débrouiller. Et toi ?

La cicatrice, sur son cœur, continuait de l'élancer légèrement, comme l'écho d'une douleur ancienne. Il se frotta l'épaule.

— Je vais essayer. Tiens, j'ai un cadeau pour toi.

Il tira un petit paquet de la poche de son manteau – le noir orné de deux rangs de boutons d'argent – pour le lui tendre. Lila déballa la boîte, avant d'en faire glisser le couvercle. La jeune fille tenait dans ses mains un plateau de jeu à cinq cases, où se nichaient autant d'éléments.

— Pour t'entraîner. D'après Tieren, il y a de la magie en toi. Autant savoir de quoi il en retourne.

Ils firent halte sur un banc afin que Kell lui montre le fonctionnement du jeu. Elle lui reprocha de fanfaronner, avant de ranger la boîte et de lui dire merci. Elle semblait encore avoir du mal à prononcer ce mot. Ils se relevèrent enfin, à contrecœur. Kell regarda Delilah Bard : assassin et voleuse, partenaire valeureuse, étrange et terrifiante.

Il la reverrait, il le savait. C'était la magie qui façonnait le monde. Créait des points fixes. Il s'agissait le plus souvent de lieux, mais aussi parfois, plus rarement, de personnes. Même si Lila ne tenait pas en place, il avait toujours l'impression d'être ramené vers elle.

Comme il ne savait pas quoi dire, il lança tout simplement :

— Tâche d'éviter les ennuis !

Elle lui adressa un sourire qui sous-entendait le contraire, bien sûr. Elle releva ensuite son col, plongea les mains dans ses poches et s'éloigna d'un pas nonchalant. Kell la regarda partir. Elle ne se retourna pas une seule fois.

Delilah Bard était enfin libre.

Elle repensa au parchemin qu'elle avait laissé dans sa petite chambre au Jet de pierre, dans son Londres, ce Londres vieux et gris. La carte qui menait vers des terres inconnues. Son rêve se réalisait… Elle fut parcourue d'un frisson à cette idée.

Selon Tieren, elle détenait un pouvoir, jusque-là négligé. Elle ignorait la forme qu'il prendrait – s'agirait-il de la même magie que celle de Kell, ou d'une tout autre sorte ? –, mais elle avait hâte de le découvrir. Dans tous les cas, elle était certaine d'un fait : le monde, ou plutôt les mondes lui appartenaient. Et elle avait bien l'intention de les conquérir.

Elle contempla les bateaux amarrés de l'autre côté du fleuve, leurs flancs brillants et leurs mâts sculptés, assez grands et pointus pour transpercer les nuages bas. Drapeaux et voiles claquaient dans la brise : rouge et or, mais aussi verts, violets et bleus. Avec ou sans étendards royaux. Ils venaient d'autres pays, avaient traversé d'autres mers, proches ou lointaines.

Au milieu de toutes ces embarcations se trouvait un fier navire sombre à la coque lustrée, à la bannière argentée et aux voiles couleur nuit, d'un noir qui tirait sur le bleu dans la lumière du crépuscule.

Celui-là fera l'affaire, se dit Lila avec un sourire.

REMERCIEMENTS

On considère souvent les auteurs comme des êtres reclus penchés sur leur travail dans un bureau étroit mais désespérément vide. Pourtant, même s'il est vrai que l'écriture se pratique le plus souvent en solitaire, un livre n'est jamais le fruit d'un seul esprit, ou du labeur d'une seule paire de mains, mais toujours celui de la collaboration d'un grand nombre de personnes. Remercier chacun et chacune serait impossible, mais il en est certains que je ne peux tout simplement pas omettre de mentionner. Ils sont tout aussi responsables que moi de l'existence de cet ouvrage.

Je dédie ce livre à mon éditrice, Miriam, ma complice de crime, qui aime Kell, Lila et Rhy autant que moi et m'a aidée à poser les fondations de cette série à coups d'hémoglobine, d'ombres menaçantes et de tenues bourrées de style. Une bonne éditrice n'a pas toutes les réponses, mais elle sait poser les bonnes questions, et il se trouve que tu es vraiment une éditrice hors pair.

À mon agent, Holly, pour avoir si bien défendu cet étrange petit objet fantasy, même quand je l'ai décrit comme une histoire de pirates, de voleurs, de rois sadiques et de magie teintée de violence. Et à mon agent pour les droits audiovisuels, Jon, qui a démontré une passion pour ce titre au moins équivalente à celle de Holly. Je n'aurais pas pu avoir de meilleurs champions que vous deux.

À ma mère, qui a arpenté les rues de Londres avec moi sur les pas de Kell, et à mon père, pour m'avoir prise au sérieux quand je lui ai annoncé que j'écrivais un livre sur une voleuse déguisée en garçon et un magicien doté d'un manteau fabuleux. À la réflexion : à mes deux parents, pour n'avoir jamais ricané quand je leur disais que je voulais devenir écrivain.

À Lady Hawkins, qui m'a suivie dans les rues d'Édimbourg, et à la ville elle-même, pour la magie dont elle regorge. Tu peux faire ce que tu veux de mes os, ils sont à toi.

À Patricia, parce qu'elle connaît ce livre aussi bien que moi, et pour avoir toujours accepté sans rechigner de se pencher sur ce manuscrit avec un grand à-propos, quelle que soit la difficulté des passages que je lui soumettais.

À Carla et Courtney, les meilleures cheerleaders – et les meilleures amies – qu'un auteur qui soigne ses névroses à grands coups de café puisse avoir au monde.

Aux auteurs et artistes de Nashville – Ruta, David, Lauren, Sarah, Sharon, Rae Ann, Dawn, Paige, et la liste ne s'arrête pas là – qui m'ont accueillie chez eux à bras ouverts avec un charme qui ne s'est jamais démenti et un grand nombre de délicieuses margaritas.

À Tor, Irène Gallo, Will Staehle, Leah Withers, Becky Yeager, Heather Saunders et tous ceux qui ont aidé cet ouvrage à venir au monde.

Et à mes lecteurs, les anciens comme les nouveaux. Sans vous, je suis juste une fille qui marmonne toute seule en public.

Ce livre est pour vous.

Ouvrage composé par
Fr&co - 61290 Longny-au-Perche

Imprimé en France par
CPI Bussière
en avril 2023
N° d'impression : 2070740
S33194/02

#lisez engagé !
www.lisez.com
Pour plus d'information :
Imprimé sur du papier issu de forêts gérées durablement.

PKJ • www.pocketjeunesse.fr
POCKET JEUNESSE

92, avenue de France - 75013 PARIS